HIRAETH NEIFION

HIRAETH NEIFION

SIMON CHANDLER

Carreg Gwalch

Argraffiad cyntaf: 2025
ⓗ testun: Simon Chandler 2025

Cedwir pob hawl.
Ni chaniateir atgynhyrchu unrhyw ran o'r cyhoeddiad hwn,
na'i gadw mewn cyfundrefn adferadwy, na'i drosglwyddo
mewn unrhyw ddull na thrwy unrhyw gyfrwng, electronig, electrostatig,
tâp magnetig, mecanyddol, ffotogopïo, recordio, nac fel arall,
heb ganiatâd ymlaen llaw gan y cyhoeddwyr, Gwasg Carreg Gwalch,
12 Iard yr Orsaf, Llanrwst, Dyffryn Conwy, Cymru LL26 0EH.

ISBN clawr meddal: 978-1-84527-964-6

ISBN elyfr: 978-1-84524-639-6

Cyhoeddwyd gyda chymorth Cyngor Llyfrau Cymru

Cynllun y clawr: Bedwyr ab Iestyn / Almon

Cyhoeddwyd gan Wasg Carreg Gwalch,
12 Iard yr Orsaf, Llanrwst, Dyffryn Conwy, Cymru LL26 0EH.
Ffôn: 01492 642031
e-bost: llyfrau@carreg-gwalch.cymru
lle ar y we: www.carreg-gwalch.cymru

Argraffwyd a chyhoeddwyd yng Nghymru

*I arloeswyr jazz ar draws y byd
am ein dysgu ni sut i gyd-fyw'n bersain.*

*'Artists are the gatekeepers of truth.
We are civilisation's radical voice.'*

Paul Robeson

Rhagair

Nofel hanesyddol yw hon: ffuglen, hynny yw, er bod y digwyddiadau ffuglennol wedi'u hymblethu mewn digwyddiadau hanesyddol. Mae'r nofel yn cynnwys cymeriadau dychmygol yn ogystal â dau brif gymeriad hanesyddol, sef y Natsi drwgenwog, Dr Joseph Goebbels, a'r trwmpedwr jazz chwedlonol, Mr Louis Armstrong. Mae ambell is-gymeriad hanesyddol hefyd, sydd wedi'u rhestru yng nghefn y nofel. Yn ogystal, dylid crybwyll bod cyfieithiadau i'r Gymraeg o'r gweithiau llenyddol canlynol (sydd bellach allan o hawlfraint) wedi'u hatgynhyrchu yn y nofel:

1. Rhan o'r gân 'Empty Bed Blues', gan Jay Cee Johnson (a gyhoeddwyd yn 1928).

2. Rhan o'r gân 'Softly, as in a Morning Sunrise', gan Sigmund Romberg ac Oscar Hammerstein II (a gyhoeddwyd yn 1928).

3. Rhan o'r gân 'A Monday Date', gan Earl Hines a Sydney Robin (a gyhoeddwyd yn 1928).

4. Y gân 'Auf, Hitlerleute, Schließt die Reihen' ('Ymgodwch, Ddynion Hitler, Caewch y Rhengoedd'), sy'n fersiwn Natsïaidd o'r gân Ffrengig ac anthem y gweithwyr o'r bedwaredd ganrif ar bymtheg, 'L'Internationale', gan Eugène Pottier a Pierre De Geyter.

5. Rhan o'r gân 'Dinah', gan Harry Akst a Sam M. Lewis (a gyhoeddwyd yn 1925).

6. Rhan o araith a draddodwyd gan Dr Joseph Goebbels yn 1932 fel rhan o ymgyrch etholiadol y Natsïaid.

Mae nodiadau ar y cefndir hanesyddol i'w cael ar dudalen 291.

Rhai o'r cymeriadau

Ieuan Llwyd chwarelwr a phianydd o Flaenau Ffestiniog
Ifan Williams chwarelwr a phianydd o Flaenau Ffestiniog
Dafydd Williams chwarelwr o Flaenau Ffestiniog

Lutz Schneider parafilwr o Berlin, Capten yn y Sturmabteilung (Adran Ymosod) (sef yr SA, asgell barafilwrol y Blaid Natsïaidd) ac arweinydd Sturm 12 (sef isuned filwrol SA rhif 12)
Fritz Kramrisch parafilwr o Essen ac aelod o Sturm 12
Paul Bauer parafilwr o Berlin, newyddiadurwr Natsïaidd ac aelod o Sturm 12

Emmi Schmidt cantores o Berlin

Dr Joseph Goebbels gwleidydd Natsïaidd o Rheydt, ger Mönchengladbach, pennaeth Lutz a Gauleiter (sef Arweinydd Ardal y Blaid Natsïaidd) Berlin-Brandenburg (1897-1945)

Neifion (enw iawn: Willi Grünbaum) dyn busnes o Berlin, perchennog clwb jazz Palas Neifion (Westend, Berlin) a rheolwr band jazz yr Asphalt Hustlers
Gustav Rademann gyrrwr o Berlin a gŵr cyflog Neifion
Severin Röhrle bwtler o Hamburg a gŵr cyflog Neifion

Art Wendell cerddor o New Orleans, trwmpedwr ac arweinydd band jazz yr Asphalt Hustlers
Bradshaw Sangster-Smythe cerddor o Efrog Newydd a basydd yr Asphalt Hustlers
Maurice White cerddor o Chicago a phianydd yr Asphalt Hustlers
Lincoln Lacroix cerddor o Baton Rouge a thrombonydd yr Asphalt Hustlers
Ambrose Browning cerddor o New Orleans a sacsoffonydd yr Asphalt Hustlers

Elias Dunbar cerddor o Denham Springs a drymiwr yr Asphalt Hustlers

Yulia Lobodina cerddores o Moscow a chlarinetydd yr Asphalt Hustlers

Angus Barclay cerddor o Glasgow a gitarydd yr Asphalt Hustlers

Dietmar Neumann newyddiadurwr Comiwnyddol o Gelsenkirchen a golygydd papur newydd *Die Rote Faust* (*Y Dwrn Coch*)

Ray Dodds Jr dyn busnes o Chicago a pherchennog clwb jazz Chicago Red (Soho, Llundain)

Louis Armstrong cerddor o New Orleans, trwmpedwr, canwr ac athrylith (1901-1971)

Proffwyd o lwyd i'n goleudy, un fflach
o'n fflam cyn y fagddu,
llif o aur, gwyll yfory,
un nef wen yw'r hyn a fu.

Prolog

Yn gynnar, fore Llun, 2 Gorffennaf 1990

Rhodfa Fuddug, Aberystwyth

Ciciodd yr hen ddyn y bar ar ben pella'r promenâd, i ufuddhau i'w ofergoel. Dechreuodd dwy wylan ffraeo dros fag o sglodion oedd wedi'i ollwng ar y palmant, hyd nes i un dderbyn ei threchu a hedfan i ffwrdd yn ddigysur i awyr lwyd y bore bach. Dechreuodd y llall lenwi'i bol ag ysbail seimllyd, oer y frwydr.

Trodd yr hen ddyn tua'r llethr serth a godai o Rodfa Fuddug i fyny at swyddfa docynnau Rheilffordd y Graig, a'i gartref ar Rodfa Bryn-y-Môr. Roedd o wedi prynu'r tŷ cyn iddo ymddeol o'r Llyfrgell Genedlaethol, ac roedd o'n hoffi byw yno er nad oedd o'n gallu fforddio'i gynhesu'n iawn yn ystod y gaeaf bellach. Ar ôl noson arall heb fawr o gwsg, a'r ymdrech o droedio ar hyd y prom ac yn ôl mewn awel fain, prin y gallai ddod o hyd i'r egni angenrheidiol i ddringo'r llechwedd.

Erbyn iddo gyrraedd pen y bryn a throi i'r dde i gyfeiriad ei dŷ, anodd oedd rhoi un droed o flaen y llall. Roedd ei ben yn niwlog wrth iddo droi'r allwedd yn ei ddrws ffrynt, a sylwodd fod y paent coch pŵl yn dechrau plicio oddi arno. Byddai'n rhaid iddo wneud rhywbeth ynghylch hynny cyn y gaeaf, meddyliodd. Wrth gamu i'r cyntedd sathrodd ar dwmpath o lythyrau – roedd y postmon wedi bod yn anarferol o gynnar – ac er gwaethaf ei flinder cafodd yr hen ddyn ei wefreiddio gan awgrym o bersawr yn yr aer. Roedd amlen felen welw wedi'i chladdu yng nghanol gweddill yr amlenni a'r taflenni hysbysebu diflas.

Go brin, meddyliodd, ond cyflymodd ei galon serch hynny.

Plygodd yn araf i godi'r pentwr o bapurach oddi ar y mat drws budr, a rhoi'r cyfan ar fwrdd yr ystafell fwyta cyn eistedd. Edrychodd o'i gwmpas rhag iddo orfod troi ei sylw at yr amlen fechan.

Ar seidbord yng nghornel yr ystafell, wrth y ffenest â'i golygfa o gefn un o neuaddau preswyl Prifysgol Aberystwyth, roedd llun sepia mewn ffrâm frown tywyll: llun ohono a'i hanner brawd pan oedden nhw yn eu hugeiniau. Roedden nhw yng nghwmni criw mawr o bobl, yn ddynion ac yn ferched. Yn eu mysg roedd y trwmpedwr byd-enwog, Louis Armstrong, yn sefyll rhwng y brodyr a'i freichiau am eu hysgwyddau, yn gwenu o glust i glust. Yn wir, roedd pawb yn y llun yn gwenu'n braf: eiliad goeth wedi'i hanfarwoli. Roedd Armstrong wedi marw yn 1971 yn 69 oed, ac roedd hanner brawd yr hen ddyn wedi cael ei ladd ym mlodau ei ddyddiau, ond wyddai o ddim beth oedd wedi digwydd i'r lleill. Iddi hi.

Sgubodd y cylchlythyrau, y bwydlenni têc-awê a'r catalogau siopa dillad o'r neilltu'n ddiseremoni a chydio yn yr amlen felen welw. Daeth yn amlwg yn syth mai ar honno roedd yr arogl melys, cyfarwydd oedd yn ei dynnu'n ôl i'r gorffennol.

Mr I Llwyd
5a Bryn-y-Môr Terrace
Aberystwyth
SY23 2HU
Großbritannien

Roedd y geiriau wedi'u hysgrifennu'n daclus ar yr amlen mewn inc glas golau, efo ysgrifbin. Llanwyd ei galon â chyfuniad rhyfedd o gasineb, chwant a chyffro. Nid oedd angen iddo agor yr amlen. Roedd o'n gwybod eisoes pwy oedd wedi'i hanfon, oherwydd nad oedd ei llawysgrifen na'i phersawr na lliw ei hinc na'i hamlenni wedi newid o gwbl. Doedd o ddim wedi'i gweld na chlywed gair ganddi hi ers bron i drigain mlynedd: merch oedd wedi'i siomi i'r eithaf, ond merch roedd o wedi bod yn breuddwydio amdani bob dydd ers hynny.

Â bysedd crynedig, dechreuodd agor yr amlen.

RHAN 1

Pennod 1

Nos Fercher, 27 Hydref 1926

Stryd Fawr, Blaenau Ffestiniog

Camodd Ieuan Llwyd allan o ddrws ffrynt y Queen's Hotel gyda dwy botel o stowt Beamish a phecyn o sigaréts Players Navy Cut ym mhocedi'i gôt, a throi ei wyneb i fyny at y plu eira trwm oedd yn ei daro fel saethau oer. Trodd i'r chwith a chael ei sgytio gan lach y gwynt. Gwyddai y byddai'n cael ei ddallu gan yr eira oedd yn cael ei chwythu gan y gwynt gogleddol cyn gynted ag y byddai'n troi i'r dde i fyny Llwyn-y-Gell i gyfeiriad Talywaenydd.

Dechreuodd Ieuan ymlwybro trwy'r eira a oedd yn lluwchio yma ac acw. Serch yr oerfel, gwenodd o weld bod y Stryd Fawr wedi'i thrawsffurfio'n wlad ddieithr o hud a lledrith.

Byddai'n siŵr o gymryd mwy na'r hanner awr arferol i gyrraedd adref, ond doedd neb yn aros amdano fo bellach, a'i dad wedi marw flwyddyn a hanner ynghynt. Ar y llaw arall, doedd Ieuan ddim yn bwriadu treulio'r noson ar ei ben ei hun nac yfed y ddwy botel o stowt ei hun, chwaith. Anrheg i Ifan oedd un o'r poteli, i'w hyfed i nodi'i ben-blwydd yn un ar bymtheg oed – defod hanfodol er ei bod, yn dechnegol, yn anghyfreithlon.

Roedd Ifan yn hanner brawd iddo, ac roedd Ieuan am ddatgelu hynny iddo heno. Roedd y llanc yn haeddu cael gwybod. Wedi'r cwbl, roedd o'n ddigon hen i weithio yng ngheudyllau llechi Llechwedd bob dydd, a hynny o dan amgylchiadau a oedd yn berygl bywyd.

Nid am y tro cyntaf, ystyriodd Ieuan sut fywyd fyddai o wedi'i gael pe na bai ei fam wedi marw wrth roi genedigaeth iddo yn y flwyddyn ar ôl diwedd Streic y Penrhyn. Gwahanol iawn, siŵr o fod. Ond doedd dim modd newid y gorffennol, iddo fo nac i Ifan. Fyddai Ifan ddim yn bodoli, hyd yn oed, oni bai am yr affêr rhwng Gareth, tad Ieuan, a mam Ifan. Roedd Gareth yn teimlo'n unig ar ôl colli'i wraig, a Morfudd yn gorfod delio â thrais corfforol a seicolegol dan law Dafydd, ei mochyn o ŵr. Yr unig syndod oedd na ddigwyddodd y peth yn gynt.

Doedd Ieuan ei hun ddim yn ymwybodol o'r gwir tan y noson dyngedfennol honno yn y Queen's Hotel gyda'i dad. Oni bai i'r cwrw lacio tafodau'r ddau, efallai na fuasai Ieuan byth wedi dod i wybod bod ganddo hanner brawd, yn enwedig o ystyried i'w dad gael ei ladd mewn damwain yn y chwarel y diwrnod wedyn. Wel, dyna'r stori swyddogol, beth bynnag: marwolaeth trwy anffawd, yn ôl y rheithgor yn y cwest. Ond doedd Ieuan ddim yn credu gair o hynny.

Digwyddodd y 'ddamwain' yn ystod y gyfres arferol o ffrwydradau yn y gwaith. Roedd yno saethu bum neu chwe gwaith bob dydd, ar adegau penodol, trwy'r chwarel i gyd, ac roedd yn rhaid i bob criw amseru popeth yn berffaith. Ar ôl i'r corn gael ei ganu, roedd yn rhaid i bawb fynd i'r caban mochal. Dri munud yn ddiweddarach, byddai'r corn yn cael ei ganu unwaith eto i ddynodi ei bod yn amser i danio'r ffiwsys. Y tanwyr oedd y bobl olaf ar y ponciau cyn iddynt hwythau hefyd redeg i'r caban mochal i aros gyda phawb arall hyd nes i'r ffrwydro orffen. Byddai sŵn y ffrwydradau, a sŵn tunelli o gerrig yn syrthio i waelodion y ponciau yn eu sgil, yn fyddarol.

Bryd hynny, dim ond ers ychydig fisoedd roedd Ifan wedi bod yn rybela i'w criw nhw, ac roedd yn casáu'r ffaith mai fo oedd yn gorfod mynd yn ôl i'r bonc gyntaf ar ôl pob ffrwydrad, gan frwydro trwy'r holl fwg cur-yn-ben er mwyn dechrau clirio'r sbwriel. Roedd yn casáu'r llwch hefyd. Câi popeth ei orchuddio ganddo, pob modfedd o bob arwyneb tanddaearol.

Y diwrnod hwnnw, roedd Ifan wedi gwneud darganfyddiad erchyll o dan y llwch: gweddillion corff Gareth, tad Ieuan. Wyddai'r llanc ddim mai corff ei dad ei hun roedd o wedi'i ddarganfod, a da o beth oedd hynny.

Roedd y crwner wedi methu ystyried un agwedd allweddol o'r achos yn ddigonol, ym marn Ieuan. Pam oedd Gareth wedi aros ar y bonc, er gwaetha'r saethu? I Ieuan, yr unig esboniad credadwy oedd bod Gareth wedi cael ei daro'n anymwybodol cyn i'r ffiws gael ei danio, ac wedi methu dianc i ddiogelwch y cwt. Dafydd oedd yn tanio'r ffiwsys, felly Dafydd oedd yr olaf i adael y bonc. Oedd o wedi taro'r dyn oedd yn cael perthynas â'i wraig yn anymwybodol cyn tanio'r ffiws, a'i adael i gael ei chwythu'n ddarnau mân? Byddai digon o amser a chyfle iddo wneud hynny – ac roedd gan Dafydd ddigon o gymhelliad hefyd – ond doedd gan Ieuan ddim tystiolaeth i brofi'r peth.

Roedd Ieuan wedi cael gwybod y gwir am berthynas ei dad â Morfudd, gwraig Dafydd, y noson cyn y ddamwain honno, flwyddyn a hanner yn ôl. Yn ei gwrw, roedd wedi herio'i dad a gofyn pam roedd o wedi bod yn rhoi cymaint o'i amser a'i sylw i Ifan ar draul ei fab ei hun. Roedd Gareth yn treulio oriau yn rhoi gwersi piano i Ifan, gan gymryd diddordeb mawr ym mywyd y llanc oedd yn byw y drws nesaf iddynt. Pam nad oedd o'n rhoi'r un sylw i Ieuan?

Torrodd yr argae. Llifodd blynyddoedd o gyfrinachau trwy'r adwy, fel carthion o geuffos. Parablodd Gareth heb stopio, gan sôn am y nosweithiau melys, pechadurus gyda Morfudd, fyddai'n sleifio i'w wely ar ôl i Dafydd fynd i'r dafarn. Roedd hynny'n digwydd yn aml – bron bod Dafydd yn byw yn y dafarn – a'r trefniant yn un rhy gyfleus gan fod y ddau deulu'n byw yn yr un rhes o fythynnod, Tai Oakeley. Yn Caban Bach y cafodd

Ifan ei genhedlu, a chafodd ei eni y drws nesaf, yn Tegfan.

Eglurodd Gareth wrth ei fab yn y dafarn y noson honno fod y cyfan wedi datod pan ddaeth Dafydd yn ymwybodol o feichiogrwydd Morfudd. Doedd ei wraig ddim wedi gadael iddo ddod ar ei chyfyl yn y gwely ers tua dwy flynedd, a dim ond un gweir oedd ei hangen cyn iddi hi ddatgelu mai Gareth oedd tad y babi.

Chwalwyd cyfeillgarwch Gareth a Dafydd mewn eiliad. Ac eto, roedd yn rhaid iddyn nhw barhau i gydweithio yn yr un chwarel, yn yr un criw, ac ar yr un bonc, a hynny am flynyddoedd.

Roedd Morfudd wedi llwyddo i gadw caead ar dymer Dafydd, yn gyhoeddus, o leiaf. Ac wrth gwrs, doedd Dafydd ddim am i neb wybod bod ei wraig wedi bod yn cysgu â dyn arall, felly bu'r tri yn byw celwydd a doedd y ddau fachgen, Ieuan ac Ifan, yn ddim callach.

Ond trodd bywyd Ifan yn uffern ar ôl i'w fam farw o Ffliw Sbaen saith mlynedd ynghynt. Doedd neb ar ôl bellach i'w amddiffyn rhag casineb a thrais Dafydd. Neb ond Gareth.

Yn ddisymwth, roedd popeth wedi dod yn glir i Ieuan. Roedd pob cwestiwn mud wedi'i ateb. O'r diwedd, roedd o'n deall.

Ond allai o ddim claddu'r genfigen boeth oedd wedi bod yn ei fwyta'n fyw. I'r gwrthwyneb. Er ei fod yn ymwybodol fod hynny'n gwbl afresymol, dechreuodd Ieuan roi'r bai ar Ifan am bob anhawster a brofodd. Roedd Ifan wedi dwyn popeth oddi arno: cariad ei dad, a'r cyfle i serennu fel pianydd. Doedd o ddim am rannu'r atgof am ei dad chwaith.

Roedd Ifan wedi etifeddu dawn gerddorol Gareth a natur weithgar Morfudd. Ni allai Ieuan gymharu â fo fel pianydd, ac roedd y ddau'n gwybod hynny'n iawn. Roedd pawb yn disgwyl i Ifan serennu yn y maes, ac roedd hynny'n dân ar groen Ieuan, a oedd wedi breuddwydio drwy ei fywyd am yrfa yn y byd cerddorol.

Ac eto, yn rhyfedd ac yn annisgwyl, roedd Ieuan wedi dod i garu Ifan fel brawd dros y flwyddyn a hanner ddiwethaf. Roedd y ddeuoliaeth y tu mewn iddo fo fel rhyfel dinistriol, ond roedd o'n benderfynol y byddai'r daioni yn ei enaid yn drech na'r elfen dywyll. Roedd o'n benderfynol o fod yn gefn i'w hanner brawd. Na, i'w frawd.

Dyna pam roedd o'n mynd i weld Ifan yn yr eira heno, gyda'r sigaréts a'r poteli stowt. Dyna pam roedd o am ddatgelu'r gwir.

Syllai Ifan Williams yn ddigalon ar y plu eira'n disgyn y tu allan i'r ffenest fechan, fudr. Roedd gorchudd go drwchus o wynder rhewllyd ar y lôn fach a'r llethr rhwng y rhes o fythynnod a Llwyn-y-Gell. Roedd y mis Hydref hwn wedi bod yn un rhyfedd o ran y tywydd, ystyriodd, gan ddechrau gyda haf bach Mihangel a throi'n ganol gaeaf cyn ei ddiwedd. Rhywsut, roedd popeth allan o drefn.

Tybed a fyddai ei dad yn dod adref cyn hir i ddymuno penblwydd hapus iddo? Neu a fyddai Dafydd yn aros yn y dafarn tan amser cau, fel arfer? Roedd o wedi anwybyddu'i fab yn llwyr yn y chwarel heddiw, a'i drin fel baw. Doedd dim yn newydd yn hynny. Petai Ifan yn ddigon lwcus i gael plentyn ei hun ryw ddydd, byddai'n ceisio bod yn dad dipyn gwell iddo, roedd hynny'n sicr.

Wrth i Ifan gau'r llenni a throi oddi wrth y ffenest er mwyn eistedd yn ei gadair bren o flaen y tân, sylwodd ar rywbeth anghyffredin ar y silff lyfrau ger y simnai. Roedd Beibl ei fam, heddwch i'w llwch, yn sticio allan rhyw ychydig. Pam, tybed? Go brin y buasai ei dad wedi bod yn ei ddarllen ac yntau'n anffyddiwr rhonc, er na fuasai byth yn cyfaddef hynny wrth neb yn y capel. Ond roedd Ifan yn gwybod y gwir. Roedd Dafydd yn rhagrithiwr.

Tynnodd y Beibl oddi ar y silff, ac wrth iddo ddechrau bodio trwyddo, rhyddhawyd darn brau o bapur wedi melynu o'r tudalennau. Syrthiodd y papur i'r llawr, a phlygodd Ifan i'w godi oddi ar y llechi llychlyd. Syllodd ar y llawysgrifen glir, daclus, a sylweddoli'n syth mai cerdd ydoedd.

I Morfudd

Yn y bore, rwy'n siarad â'r awyr
ac â'r wal, er na ddaw'r un gair yn ôl.
Gwlith dy bersawr yn fy nghwsg oedd y cyffur,
a chyffur oedd pob ias o obaith ffôl.

O dan yr haul bûm yn rhodio'r anialwch
i faglu eto yn y twyni sych,
i hela'th rithlun hardd ym mhob disgleirwch
a chael fy llosgi heb gysgod y gwrych.

Fe gaf fy nallu gan yr holl ddegawdau
gan geisio dy ddwbl i'm cysuro i.
Yna dychwelaf adref yn fy nagrau
wrth sylweddoli nad oes neb ond ti.

Doedd hyn ddim yn gwneud synnwyr. Cerdd serch i'w fam oedd hi, roedd hynny'n sicr, ond nid llawysgrifen gyfarwydd ei dad oedd hon. Uffern dân! Ni allai Ifan ddychmygu rhywun arall yn chwenychu ei fam. Bu iddi guddio'r gerdd yn y Beibl – roedd hi wedi bod yno ers blynyddoedd maith felly, mae'n rhaid.

Cafodd Ifan ei ddychryn gan gnocio taer ar y drws. Yn frysiog, rhoddodd y Beibl yn ôl yn ei le ar y silff a cherdded draw i'w agor. Ei dad, debyg, yn methu ymbalfalu am ei allwedd yn yr oerfel. Rhaid ei fod o'n rhy feddw, neu wedi'i cholli hi ar y ffordd adref. Fyddai hynny mo'r tro cyntaf.

Wrth i Ifan agor y drws, cofiodd yn rhy hwyr fod y darn

papur yn ei law. Llifodd rhyddhad drwyddo wrth sylweddoli nad ei dad oedd yno, ond Ieuan.

Yn ogystal â bod yn gymdogion roedd Ieuan ac yntau hefyd yn rhan o'r un criw o weithwyr yn Chwarel Llechwedd, ac ers i dad Ieuan, Gareth Llwyd, gael ei ladd mewn damwain yn y chwarel y llynedd, roedd Ieuan a Dafydd wedi bod yn creigio efo'i gilydd gydag Ifan yn labro iddyn nhw.

'Ieuan...' meddai Ifan yn ddryslyd.

'Ga i ddŵad i mewn?'

'Cei, wrth gwrs... ddrwg gen i. Ty'd i mewn.'

Roedd gwallt a chôt Ieuan wedi'u gorchuddio ag eira, fel petai o wedi cerdded milltiroedd yn y tywydd mawr. Sylwodd Ifan hefyd ar y ddwy botel yn ei ddwylo oer.

'Pen-blwydd hapus!' meddai Ieuan yn siriol wrth i Ifan gau'r drws y tu ôl iddo.

'O, diolch o galon i chdi!'

'Croeso mawr! Ac, ym... yli, mae gen i rwbath yn fama i dy helpu di i ddathlu go iawn.'

Rhoddodd un o'r poteli i Ifan.

'Be?'

'Mae'n hen bryd i chdi flasu cwrw go iawn, 'swn i'n deud!'

'Ond...'

'Does 'na'm "ond" amdani! Does 'na neb arall yma, nagoes? A ddeuda i ddim gair wrth neb os na wnei di!' atebodd Ieuan gyda gwên warcheidiol.

Dim ond chwe blynedd yn hŷn nag o oedd Ieuan, eto roedd Ifan yn ei barchu fel ewythr. Yn wir, roedd o'n ei addoli.

Tynnodd Ieuan declyn i agor y poteli o boced ei drowsus, ac ar ôl tynnu'r caead oddi ar y ddwy, rhoddodd un i Ifan.

'Iechyd da!' meddai.

Yn betrus, cododd Ifan y botel at ei wefusau a chymryd llymaid. Ych a fi! Roedd o'n ffiaidd.

Chwarddodd Ieuan. 'Mi ddei di i arfar efo fo, paid â phoeni!'

Cymerodd gegaid o'i botel ei hun. 'Be 'sgin ti yn fanna?'
'Be?'
'Yn dy law.'
'O,' atebodd Ifan yn syn, 'dim.'
'Dim?'
'Wel... rwbath ffeindiais i funud yn ôl.'
'Ga i ei weld o?' holodd Ieuan.
Yn anfoddog, rhoddodd Ifan y darn papur iddo.
'Mae'n edrych fel llawysgrifen Dad i mi,' meddai Ieuan wrth ddechrau darllen y gerdd. 'Ti'n gwybod be, dwi'n siŵr mai llawysgrifen Dad ydy hi.'
'Dy dad?' gofynnodd Ifan mewn penbleth. 'Mr Llwyd?'
''Mond un tad sy gen i,' atebodd Ieuan. 'Wel, *oedd* gen i...'
Yn raddol, newidiodd yr olwg ar wyneb Ieuan wrth iddo ddarllen gweddill y gerdd.
'Dy dad sgwennodd honna i Mam?' holodd Ifan yn wan.
'Ia, does dim dwywaith.'
'Ond pam?'
'Pam ti'n feddwl?'
Cododd Ifan ei ysgwyddau, er bod y gwir yn dechrau gwawrio arno.
Ochneidiodd Ieuan. 'A deud y gwir, mi o'n i am ddeud wrthat ti heno.'
'Deud be?'
'Am dy dad.'
'Be amdano fo?'
'Mi oedd dy dad yn dy garu di gymaint.'
Bellach, roedd Ifan wedi dechrau gwylltio wrth amau fod Ieuan yn tynnu'i goes.
'*Oedd*? Pam ti'n malu cachu? Ti'n gwybod yn iawn 'i fod o'n fy nghasáu i erioed!'
'Naci, naci... dim Dafydd. Nid fo ydy dy dad di.'
'Be?'

'Nid fo ydy dy dad di,' ailadroddodd Ieuan yn araf gan wenu'n gam. 'Dwyt ti ddim yn dallt? Y gerdd 'na... dy dad di... ydy 'nhad i. Ti'n hanner brawd i mi.'

Llenwodd llygaid Ifan â dagrau, a dechreuodd ei fochau losgi. Roedd ei stumog yn corddi, a'r bendro yn ei lethu. Ond cyn iddo gael cyfle i yngan gair arall, agorwyd y drws a baglodd Dafydd Williams i mewn gan dasgu eira i bob man. Roedd o'n drewi o hen gwrw, mwg sigaréts a dillad budr. Edrychai fel petai o ddim wedi newid ei drowsus melfaréd mochynnaidd ers wythnosau.

'Be ddiawl ti'n 'neud yn fy nhŷ i, y llipryn i chdi?' meddai Dafydd wrth Ieuan yn heriol.

'Llipryn wyt ti'n fy ngalw i, ia?'

'Dyna be wyt ti.'

'Wel, mi wyt ti'n un da i ddeud!' ebychodd Ieuan. 'O leia tydw i ddim –'

Ond torrodd Ifan ar draws ei hanner brawd, gan droi at y meddwyn yn wyllt.

'Ydy o'n wir? Dwi isio gwybod.'

'Ydy be yn wir, 'ngwas i?' gofynnodd Dafydd Williams yn ei ffordd goeglyd arferol.

Dechreuodd gwaed Ifan ferwi, ac am y tro cyntaf erioed, teimlodd yr ofn a deimlai at ei dad yn llithro ohono.

'Ydy o'n wir mai Gareth Llwyd ydy 'nhad i?'

'O, ddeudodd o wrthat ti, do?'

'Ffeindiais i hon... cerdd sgwennodd o i Mam.'

Yn ddirybudd trodd wyneb Dafydd yn goch, a dechreuodd floeddio yn wyneb Ifan nes bod ei boer a'i anadl ddrewllyd yn ei lethu.

'Mi oedd dy fam di yn *butain*! Yn butain *uffern*, yr ewach bach i chdi!'

'Peidiwch â galw Mam yn hynny!'

'Pam? Be 'nei di?'

Roedd Ifan wedi'i fwrw oddi ar ei echel, ac ni allai yngan gair.

'Pathetig,' oedd unig ateb Dafydd. 'Wel, rŵan dy fod di'n gwybod, does 'na'm pwynt smalio, nagoes? Dos!'

'Be?'

'Ti'n fyddar? Dos!'

Aeth Dafydd mor agos at Ifan nes bod eu trwynau'n cyffwrdd. Wedyn sibrydodd yn ddilornus, 'Dos! Allan o fy nhŷ i... *rŵan*! A phaid â dod yn ôl, y diawl i chdi!'

Doedd Ifan ddim yn gallu credu'i glustiau. Bu ychydig eiliadau o ddistawrwydd peryglus cyn i ryw ffiws ddechrau llosgi y tu mewn iddo. Yn yr ennyd honno rhuthrodd yr holl sarhau, yr holl fychanu, yr holl sylwadau sbeitlyd a phob cosb gorfforol annheg i'r wyneb fel magma chwilboeth mewn llosgfynydd. Ffrwydrodd y cyfan wrth i Ifan blygu'n ôl cyn hyrddio'i hun yn galed i ganol wyneb y dyn o'i flaen. Roedd clec ffiaidd wrth i dalcen Ifan chwalu trwyn Dafydd. Dechreuodd y gwaed a'r llysnafedd lifo allan o'i ffroenau ac i lawr ei gôt.

Yn reddfol, cymerodd Ifan ddau gam yn ôl.

A'i lygaid yn wyllt, rhuthrodd Dafydd tuag at Ifan er mwyn ceisio talu'r pwyth yn ôl, ond o ganlyniad i'w oed a'r alcohol yn ei gorff, dim ond yr awyr gafodd ei dyrnu. Collodd ei gydbwysedd yn llwyr a syrthio dros gefn y gadair o flaen y tân, gan daro'i ben ar y llawr caled.

Bellach, roedd Ifan wedi colli rheolaeth arno'i hun yn llwyr. Yn dal i wisgo'i fŵts gweithio, dechreuodd gicio'r dyn oedd wedi bod yn dad iddo am un mlynedd ar bymtheg dro ar ôl tro yn ei fol, gyda ffyrnigrwydd cynyddol. Er gwaethaf yr ebychu a'r ochneidio, clywodd y tri dyn asennau Dafydd yn torri. Dechreuodd Ifan ei gicio yn ei wyneb nes i ddant hedfan i gyfeiriad y tân. Roedd patrymau coch tywyll dros deils y llawr, gan fod wyneb Dafydd bellach yn dalp coch o gig chwyddedig.

Trwy gydol y cyfan, nid oedd Ieuan wedi codi bys i atal y

llifeiriant treisiol. Ymhen sbel, rhoddodd ei law ar ysgwydd Ifan.

'Dyna ddigon rŵan, Ifan,' meddai'n dawel ond yn gadarn. 'Gad lonydd iddo fo. 'Dach chi'ch dau'n sgwâr bellach, 'swn i'n deud. Ty'd... rhaid i ni fynd.'

Dechreuodd Dafydd dagu ar ei waed ei hun.

'O, rho'r gorau iddi, y frechdan bathetig i chdi,' meddai Ieuan. 'Mi ddoi di dros y gweir yn ddigon buan, a phaid di â meiddio deud gair am hyn wrth yr heddlu chwaith. Mi wn i be wnest ti i 'nhad yn y chwarel, cofia.'

Wnaeth Dafydd ddim ateb, dim ond mwmian crio.

'Ty'd,' sibrydodd Ieuan wrth ei hanner brawd. 'Rhaid i chdi adael – heno.'

'Gadael?' sibrydodd Ifan yn anghrediniol.

'Wel, fedri di ddim aros yn Stiniog ar ôl hyn, na fedri? Gei di aros efo fi heno, a dal y trên cynta i Lundain yn y bore. Fedri di brynu tocyn yn yr orsaf.'

Roedd llygaid Ifan yn dechrau llenwi.

'Ty'd 'laen,' meddai Ieuan. 'Ti wedi bod yn breuddwydio am gael mynd i Lundain i fod yn bianydd, dwyt? Wel, dyma dy gyfle di. Mae gen i chydig bach o bres gei di fenthyg. Mi fedrith yr uffar yna watsiad ar ôl ei hun.'

Pennod 2

Nos Sul, 26 Chwefror 1928

Pencadlys y Blaid Natsïaidd, Potsdamer Straße 189, Schöneberg, Berlin

Roedd Lutz Schneider, Capten yn yr SA a phrif swyddog Sturm 12, yn tindroi'n ansicr yn y coridor tywyll y tu allan i swyddfa'r Gauleiter, Arweinydd Ardal y Blaid Natsïaidd yn ardal Berlin-Brandenburg. Roedd y drws yn gilagored a threiddiai haen o olau melyn trwy'r agen i'r düwch y tu hwnt. Ymhen munud neu ddau, curodd yn swil ar y drws.

'Mewn!' atseiniodd y gorchymyn cryno.

Roedd Dr Joseph Goebbels yn pwyso'n erbyn y cwpwrdd ffeilio a guddiai faestrefi mwyaf deheuol Berlin ar y map anferth ar y wal. Deg ar hugain oed oedd o, ond edrychai fel bachgen a hen ddyn musgrell ar yr un pryd.

'A, Lutz,' meddai'r Doctor yn fodlon wrth edrych ar wisg ei hoff barafilwr: esgidiau duon, sanau duon, trowsus du, menig duon a balaclafa du i guddio'i wallt golau.

'Ti wedi dilyn fy nghyfarwyddiadau i'r dim, Capten, fel arfer. Perffaith! Gyda llaw, sut gyrhaeddaist ti heno?'

'Ar fy meic, Herr Doctor Gauleiter.'

'Ydy hwnnw'n ddu hefyd?'

'Ydy, Herr Doctor Gauleiter.'

'Arbennig,' meddai wrth dynnu pecyn o sigaréts o boced frest siaced ei siwt lwyd.

'Rŵan 'ta,' aeth yn ei flaen ar ôl tanio sigarét a thynnu'n ddwfn arni, 'dwi'n siŵr dy fod yn awyddus i gael gwybod pa dasg sydd gen i ar dy gyfer di heno.'

Roedd Lutz, yn wir, yn ysu i gael gwybod, ond roedd hunanddisgyblaeth o'r pwysigrwydd mwyaf.

'Os gwelwch yn dda, Herr Doctor.'

Cododd Goebbels bapur newydd oddi ar dop y cwpwrdd ffeilio, ei agor a dangos ei glawr i Lutz. 'Wyt ti'n gyfarwydd â hwn?' gofynnodd.

Roedd Lutz yn fud. *Die Rote Faust*? *Y Dwrn Coch*? Pam ar y ddaear oedd y Doctor yn darllen y fath fudreddi Comiwnyddol?

'Dwi'n hoffi cadw llygad ar y wasg danseiliol,' eglurodd Goebbels gan chwifio'i sigarét yn yr awyr. 'Wyt ti'n gwybod pwy ydy Dietmar Neumann?'

'Golygydd *Y Dwrn Coch*?'

'Da iawn. Ond oeddet ti'n gwybod bod Herr Neumann wedi sgwennu erthygl olygyddol sarhaus iawn amdana i yn y rhifyn hwn o'r rhacsyn papur?'

'Mae hynny'n warthus, Herr Doctor Gauleiter! Ydych chi am i mi gasglu'r bechgyn at ei gilydd?'

'Mawredd mawr, na, Lutz. Does dim angen bod mor anwaraidd â hynny! Er na allwn ni orymdeithio yn ein slipers i ddinistrio'r Weriniaeth, rhaid i ni ddewis pryd i ddefnyddio trais, a hynny pan fydd yn fwyaf effeithiol.'

'Ond... ydych chi eisiau i mi wneud rhywbeth arall?'

'Dwi wedi gwneud *rhywbeth* fy hun eisoes,' meddai Goebbels wrth roi copi o'r rhifyn nesaf o bapur newydd y Blaid Natsïaid, *Der Angriff*, i'r Capten ifanc. 'Gyda llaw, dwi newydd dderbyn yr ystadegau gwerthiant ar gyfer yr wythnos ddiwethaf: 31,000! Gredi di? Ddim yn ddrwg ar ôl dim ond wyth mis.'

'Yn bendant, Herr Doctor.'

'Ta waeth,' aeth y Gauleiter yn ei flaen wrth dynnu sylw

Lutz at ei erthygl flaen ei hun yn y papur newydd. Roedd ystyr yr enw, *Yr Ymosodiad*, yn addas. 'Fel y gweli di, mae Mjölnir wedi rhagori y tro yma.'

Edrychodd Lutz ar wawdlun o olygydd *Y Dwrn Coch* – roedd maint trwyn Dietmar Neumann wedi'i gynyddu'n sylweddol ynddo.

'Does dim angen i ti ddarllen yr erthygl ei hun,' meddai Goebbels. 'Digon ydy dweud ei bod yn cyhuddo Neumann o fod yn Iddew a gafodd ei fabwysiadu gan gwpl Aryaidd. Mae'n ymddangos fod ei Iddewes o fam wedi'i adael o ar ryw riniog pan oedd o'n fabi oherwydd mai canlyniad carwriaeth odinebus oedd o.'

'Ac ydy hynny'n wir?'

'Nac ydy siŵr!' atebodd Goebbels gyda chryn dipyn o siom yn ei lais. 'Propaganda ydy o, y grefft o ddylanwadu ar gredoau ac agweddau pobl wan. Crefft y dylid ei harfer er lles ein cymdeithas. Crefft y dylen ni, y meddylwyr praffaf, yn unig ei defnyddio er mwyn annog ein lleiafrif ifanc, pur a phenderfynol i ddymchwel llywodraeth y mwyafrif diog, di-asgwrn-cefn, diymadferth a thwp. Y llywodraeth y mae'r Iddewon yn cuddio'u cynlluniau tywyll y tu ôl iddi. Ac er mwyn i hynny ddigwydd, rhaid i ni greu'r amodau fydd yn hwyluso'n goruchafiaeth ni.'

Myfyriodd Goebbels ar ei athrylith ei hun wrth dacluso'i wallt brown, oedd yn prysur deneuo.

'Ac rydych chi'n bwriadu dial ar Neumann, Herr Doctor.'

'Heb os, ond does dim brys gwyllt, nac oes, Capten?'

'Wel,' meddai Lutz, yn gyndyn o dynnu'n groes i'w Gauleiter, 'am wn i, ond...'

'Ardderchog, dyna ni'n gytûn felly. Aros nes i'r dicter gilio sydd orau, yn hytrach na llunio cynllun yn ein tymer.'

'Ond mae ganddoch chi gynllun, oes, Herr Doctor Gauleiter?'

'O, oes, mae gen i gynllun. Ond, yn gyntaf, faint o bobl wyt ti'n eu disgwyl yn y rali nos fory?'

'Wel, Herr Doctor, mae Neuadd Pharus yn dal mil o bobl, a dwi'n disgwyl iddi fod yn llawn, o ystyried yr holl bosteri mae'r bechgyn wedi bod yn eu rhannu, yn enwedig o gwmpas Wedding a Pankow.'

'Yn union fel y disgwyl. A dyna pam, erbyn diwedd nos fory, y bydd gan Neumann a phob aelod o'i staff ar y rhacsyn papur 'na fil o resymau i ofni am eu diogelwch.'

'Mil o resymau? Sut hynny, Herr Doctor?'

'Achos, fy Nghapten annwyl i, erbyn diwedd y rali nos fory mi fydda i wedi rhannu eu cyfeiriadau ar goedd o flaen y mil o fynychwyr, fel y bydd pob un o'r mil yn gwybod yn union ble maen nhw'n byw.'

Doedd Lutz ddim yn deall. 'Ydy eu cyfeiriadau nhw ganddoch chi felly, Herr Doctor?'

'Nac ydyn.'

'Felly sut ydych chi'n mynd i'w rhannu nhw nos fory?'

'Achos dy fod di, Lutz, yn mynd i ddwyn yr wybodaeth i mi.'

Edrychodd Lutz i lawr ar ei iwnifform ddu wrth i fwriad y Gauleiter wawrio arno.

'Yn union,' meddai Goebbels wrth roi darn o bapur wedi'i blygu i Lutz. 'Mae enwau'r holl bobl y bydd angen i ti ddod o hyd i'w cyfeiriadau nhw ar hwn.'

Roedd Lutz yn teimlo'n sâl. Roedd dyrnu a phastynu Iddewon a Chomiwnyddion yn weithgareddau cyfiawn ac angenrheidiol, ond doedd o erioed wedi cyflawni byrgleriaeth nac ystyried sut roedd gwneud hynny, hyd yn oed. Fodd bynnag, roedd hi'n amlwg mai un o brofion menter, teyrngarwch a chryfder cymeriad y Gauleiter oedd hwn. Allai Lutz ddim fforddio dangos unrhyw betruster. Os oedd yn barod i farw dros ei Gauleiter, roedd yn rhaid iddo fod yn barod i fod yn lleidr drosto hefyd.

'Mi wna i fel y mynnwch chi, Herr Doctor Gauleiter,' meddai Lutz.

'Wrth gwrs y gwnei di.'

Cleciodd Lutz ei sodlau a throi i adael, ond daeth yn amlwg nad oedd y Doctor wedi darfod gydag o eto.

'Gyda llaw,' holodd Goebbels, 'oes 'na unrhyw ddatblygiadau ar y ffrynt fenywaidd?'

Edrychodd Lutz ar Goebbels yn hurt.

'Ynglŷn â'r swynol Fräulein Schmidt?' eglurodd Goebbels.

'O... nac oes, Herr Doctor. Ddim eto, beth bynnag.'

'Pam wyt ti'n meddwl ei bod hi'n medru gwrthsefyll cyfaredd y fath esiampl o ddyndod Aryaidd? Ydy hi'n gaeth i ryw Iddew, ti'n meddwl?'

'Nac ydy!' ebychodd Lutz ychydig yn rhy chwyrn. 'Nid felly mae hi. Dim ond... dwi'n credu ei bod hi'n fy ngweld i'n fwy fel... fel brawd hŷn, neu warcheidwad, o bosib, na chariad.'

'A, ia,' cydymdeimlodd Goebbels, 'ond paid ag anobeithio. Dim ond pump ar hugain oed wyt ti, a phan fyddwn ni'n llywodraethu'r wlad, mi fydd Fräulein Schmidt yn dy weld di mewn goleuni cwbl wahanol. Tan hynny, aros am dy gyfle a gad i'r Blaid ddiwallu dy anghenion di. Mae dyn a chanddo fo dasg yn ddyn hapus!'

Dri chwarter awr yn ddiweddarach, roedd Lutz yn ei gwrcwd ymysg dail trwchus rhododendron yn y Gustav-Meyer-Allee. Doedd neb arall o gwmpas wrth iddo baratoi i dorri i mewn i swyddfeydd *Y Dwrn Coch*. Heb rybudd, teimlodd gynnwrf annisgwyl, a chaledodd ei bidyn am y tro cyntaf ers misoedd. Ni allai'r amgylchiadau fod yn fwy anghyfleus, ond cododd calon Lutz serch hynny. Efallai nad oedd y dasg hon mor ddrwg wedi'r cwbl.

Mor aml yn ystod ei ugeiniau, er gwaethaf ei daldra a'i gorff athletaidd, doedd Lutz ddim wedi teimlo'n gyfforddus yn ei groen ei hun. Cafodd ei anallu rhywiol effaith ar bob agwedd o'i fywyd – yr unig dro y byddai o'n cael codiad oedd wrth deimlo'i awdurdod dros aelodau eraill Sturm 12, a phetai'r dynion hynny'n synhwyro'r pŵer oedd ganddyn nhw drosto, buasai popeth ar ben arno. Ysai am gael dianc o'i garchar cudd a medru ymgolli yn y pleserau anifeilaidd roedd eraill yn eu mwynhau. Doedd o, Capten-SA Lutz Schneider, ddim yn teimlo fel dyn go iawn, ac roedd hynny mor greulon ac mor annheg. Roedd Negroaid ac Iddewon yn rhagori arno yn y gwely – roedd y peth yn warth!

Ac eto, wrth iddo gael ei lyncu gan ddüwch y nos, roedd ei waed yn pwmpio'n galed drwy ei gorff. Roedd ganddo hunaniaeth newydd, a chroen newydd ei ddillad du. Roedd o'n anifail rheibus. Roedd o uwchlaw'r gyfraith. Dyna ddywedodd y Doctor, a doedd y Doctor byth yn anghywir.

Wrth i Lutz syllu allan drwy ddail ei guddfan, tynhaodd ei afael ar y trosol yn ei law dde. Wrth syllu ar ffrâm ffenest bydredig yr adeilad unllawr a oedd yn bencadlys i bapur newydd *Y Dwrn Coch*, dychmygodd ei hun yn trin yr erfyn du, caled. Gwenodd wrth ddychmygu ei hun yn treisio'r pren meddal efo fo, yn llithro'n anghyfreithlon trwy'r agen i mewn i'r man cysygredig lle na chaniateid iddo fod.

Pennod 3

Yn hwyr, brynhawn Gwener, 15 Mehefin 1928

Clwb Palas Neifion, Bleibtreustraße, Charlottenburg, Berlin

Yn y swyddfa y tu ôl i lwyfan ei glwb jazz, roedd Neifion, rheolwr band yr Asphalt Hustlers, yn darllen ei gopi o bapur newydd *Der Angriff* yn llawn pryder. Ac yntau'n ddyn Iddewig balch, teimlai Neifion, neu Willi Grünbaum i roi ei enw iawn iddo, gywilydd bob tro y byddai'n ei brynu, ond roedd cadw llygad ar y wasg Natsïaidd o'r pwys mwyaf. Yn benodol, roedd erthygl gan yr atgas Joseph Goebbels, un o ddirprwyon newydd y Reichstag yn sgil yr etholiad ar yr ugeinfed o Fai, wedi gyrru ias i lawr ei gefn. Yn yr erthygl, broliai Goebbels am y rhyddid newydd oedd ganddo i ddinistrio'r weriniaeth oedd wedi rhoi pŵer yn ei ddwylo. 'Dim ond rhagchwarae ydy hyn,' darllenodd Neifion. 'Ymunwch yn yr hwyl. Mae hi'n amser am sioe!'

Oedd y cyhoedd yn ddall?

Tarfwyd ar ei fyfyrdod gan gnoc ar ddrws ei swyddfa.

'Dewch i mewn, Fräulein Schmidt,' meddai Neifion wrth roi'r papur milain i lawr a cheisio anghofio amdano am y tro.

Ar yr un pryd, o flaen y llwyfan, roedd Art Wendell, trwmpedwr ac arweinydd Americanaidd y band, mewn hwyliau drwg. Roedd o'n gwybod y buasai ceisio dod o hyd i gantores yn yr Almaen yn dasg amhosib – wedi'r cyfan, roedd y band wedi bod yn clyweld ymgeiswyr ers misoedd a phob un ohonyn nhw'n anobeithiol, ond roedd gan Neifion chwilen yn ei ben. Roedd Art wedi ceisio dweud wrtho sawl gwaith: yn Paris, efallai y gallen nhw ddod o hyd i rywun addas, ond yn Berlin? Byth! Roedd Berlin yn llawn pobl oedd yn awyddus i wneud arian sydyn o jazz, ond nad oedden nhw'n deall y nesaf peth i ddim amdano; pobl oedd yn benderfynol o'i foddi o dan don o feiolinau gorfelys a'i losgi mewn coelcerth o ddrymiau jyngl gwyllt. I'r rhan fwyaf o gerddorion y ddinas, rhywbeth i'w wneud i dalu'r biliau oedd cerddoriaeth – cerddorion salon wedi'u hyfforddi'n glasurol oedden nhw, a oedd yn casáu jazz. Ond doedd ganddyn nhw ddim dewis ond ceisio'i chwarae ar ôl i'r rhan fwyaf golli'u swyddi wrth i gerddorfeydd mewn sinemâu ac ati fynd yn bethau prinnach. Na, doedd dim siawns o ddod ar draws cantores o safon yma, ond yma i Berlin roedd Neifion wedi mynnu dod pan adawodd yr Unol Daleithiau. Allai o ddim gwrthsefyll y dynfa at ei wreiddiau. Roedd Art yn deall yn iawn sut roedd o'n teimlo, ac yntau'n hiraethu am New Orleans.

Camodd Neifion, yn llond ei groen, yn farfog ac yn siriol, ar y llwyfan yng nghwmni ymgeisydd olaf y dydd: merch dal â gwallt coch byr ac ysgwyddau llydan. Ar wahân i Maurice, oedd yn eistedd wrth y piano ar y llwyfan, roedd aelodau'r band yn eistedd wrth fyrddau oedd fel arfer wedi'u neilltuo ar gyfer y gynulleidfa.

'Hei, Brad,' meddai Art wrth ei fasydd penfelyn wrth basio'i smôc iddo, 'be ti'n feddwl o hon?'

Ar ôl tynnu'n ddwfn arni a chwythu'r mwg cryf allan mewn tri chylch perffaith, dychwelodd y basydd y smôc i'r trwmpedwr yn ofalus.

''Machgen annwyl i,' atebodd Brad, 'mae Fräulein...' oedodd er mwyn edrych ar restr ymgeiswyr y diwrnod hwnnw, '... Schmidt yn... yn fwy siapus na Bugatti Euraidd, yn fy marn i.'

'Wel, mae ganddi hi wyneb digon del… am ferch wen, beth bynnag. Ond siapus? Sut all neb ddeud, o dan y ffrog erchyll 'na?'

Roedd gan Art bwynt. Roedd Emmi Schmidt yn gwisgo ffrog reion lac, ddi-siâp hyd at ei fferau, gyda gwddf uchel, hen ffasiwn. I goroni'r cyfan, roedd patrwm gorflodeuog y ffrog binc ac oren yn rhegi lliw coch ei gwallt.

Ond roedd Brad yn ddiwyro. 'O, creda di fi, Maestro, mae gen i ddigon o brofiad o ferched i allu dweud.'

'Wyddost ti be?' meddai Art. 'Wn i ddim pam fod dy rieni di wedi talu'r holl arian 'na am addysg ddrud i ti. Fyddi di'n meddwl am unrhyw beth o gwbl ar wahân i ferched a cheir?'

'Dwi'n meddwl am fy mas dwbl hefyd… o dro i dro,' atebodd Brad gyda gwên.

Yr eiliad honno, cliriodd Neifion ei wddf ar y llwyfan.

'Iawn, bobl. Rhowch groeso cynnes iawn i Fräulein Emmi Schmidt os gwelwch yn dda!' Cafwyd cymeradwyaeth lugoer cyn i Neifion barhau. 'Art, ti sy'n cael dewis y gân y bydd Fräulein Schmidt yn ei chanu i ni.'

'Unrhyw gân?' atebodd Art.

'Unrhyw gân a gyhoeddwyd eleni.'

'O, wel,' meddai Art â gwên ddireidus, 'os felly, be am "Empty Bed Blues"?'

Aeth ton o rialtwch trwy aelodau eraill y band, yn enwedig y rhai Du, sef Maurice, Lincoln, Ambrose ac Elias, ond gollyngodd Neifion ochenaid o ryddhad. Ac yntau'n adnabod Art Wendell mor dda, dyna'r gân roedd o wedi tybio y byddai'n ei dewis wrth weld Emmi: cân nad oedd Art yn disgwyl iddi hi allu gwneud cyfiawnder â hi; cân Ymerodres y Blues, Bessie Smith, oedd wedi'i chyhoeddi fis ynghynt. Da o beth fod Neifion wedi gofyn i Emmi ei hymarfer ymlaen llaw.

'Iawn, rydyn ni angen piano a thrombôn,' datganodd Neifion. 'Mae Maurice ar y llwyfan yn barod, felly Lincoln, tyrd i fyny os gweli di'n dda.'

Ar ôl i'r trombonydd tal ymlwybro i'w le ar y llwyfan, gyda'i gorn yn un llaw a smôc Lucky Strike yn y llall, cyfrodd Maurice yn fud i dri. Canodd dri nodyn cyntaf y rhagarweiniad ar y piano, ac ymunodd y trombonydd â fo ar y pedwerydd nodyn. Ymhen deuddeng eiliad byddai'n bryd i'r ferch hon, Emmi, ymuno, a byddai'n gamp iddi wneud cyfiawnder â'r gân. Wrth i Art amseru'r darn yn ei ben dechreuodd deimlo'n euog. Roedd o wedi gosod magl i'r ferch, i'w dal yn ddirybudd. A fyddai o wedi gwneud yr un peth i ferch Ddu? Na, ystyriodd. Caeodd ei lygaid rhag iddo orfod wynebu canlyniad ei dric gwael, a dechreuodd ei ben droi. Oedd yr hashish Morocaidd yn gryfach nag arfer? Wrth wrando ar y rhagarweiniad cyfarwydd, llanwyd ei ddychymyg â llais nerthol, cyfoethog Bessie Smith; llais oedd wedi'i drwytho mewn nwyd ac wedi'i drochi mewn môr o loes a hiraeth. Dawnsiodd y llais melfedaidd drwy ei ben fel acrobat sionc wrth ganu'r geiriau...

Pan fydd fy ngwely yn wag
Dwi'n flin a diflas fy myd
Pan fydd fy ngwely yn wag
Dwi'n flin a diflas fy myd
Mae'n sbrings i'n mynd yn rhydlyd
Wrth orfod cysgu fy hun o hyd

Mi brynais felin goffi
Y felin orau yn y dref
Mi brynais felin goffi
Y felin orau yn y dref
Iddo gael malu 'nghoffi
A f'anfon yn syth i'r nef

Ac mae o'n blymiwr tanfor
Efo strôc sydd byth yn gur
Ydy, mae'n blymiwr tanfor
Efo strôc sydd byth yn gur
Mae o'n synhwyro'r gwaelod
Ac yn dal ei wynt mor hir

Os gei di dy garu'n iawn
Paid, da ti, â'i droi yn fràg
Bydd yn dy dwyllo a dy adael
Yn d'adael yn canu'r blŵs gwely gwag

Gwenodd Art yn braf wrth i berfformiad Bessie ddechrau pylu ar sgrin ei isymwybod. Roedd yn wych, a chredai Art iddo ddychmygu tro newydd ar y gân. Tybed a allai ei gofio er mwyn ei ail-greu? Agorodd ei lygaid – roedd yn rhaid iddo gyflawni'i ddyletswydd fel arweinydd y band, hyd yn oed pe byddai'n rhaid iddyn nhw aros yn fand offerynnol nes iddyn nhw ddychwelyd i'r Unol Daleithiau.

Wrth i Art ailymuno â'r byd go iawn, cafodd ei daro â golygfa gwbl annisgwyl. Roedd holl aelodau'r band wedi codi ar eu traed a phawb, yn cynnwys Maurice a Lincoln ar y llwyfan, yn cymeradwyo ac yn bloeddio.

Roedd Brad yn chwibanu, hyd yn oed. Trodd hwnnw at Art a sibrwd yn ei glust, 'Dwi'n credu 'mod i wedi marw a mynd i baradwys!'

Dim ond un esboniad oedd. Nid llais Bessie Smith roedd Art wedi bod yn ei glywed, ond llais y ferch oedd yn sefyll o'i flaen ar y llwyfan: Emmi Schmidt, y ferch wynnaf iddo'i gweld erioed. Uffern, buasai wedi gallu serennu ar un o bosteri'r Blaid Natsïaidd! Syllodd arni'n anghredinïol.

'O... Fräulein Schmidt,' ebychodd Neifion, oedd bron yn ei ddagrau, *'das hat mir die Sprache verschlagen...* y, ddrwg gen i,' meddai, wrth gofio mai dim ond fo, Yulia y clarinetydd, ac Emmi oedd yn siarad Almaeneg yn rhugl. 'Does dim geiriau...' Trodd at Art. 'Maestro, oes gen ti unrhyw beth i'w ddweud wrth Fräulein Schmidt?'

Edrychodd Art ar Neifion, yna ar y ferch bengoch, ac o gwmpas wynebau disgwylgar ei gerddorion. Doedd yr un smic i'w glywed bellach. Yn annodweddiadol iawn, roedd yr huawdl Art Wendell fel petai wedi colli'i dafod.

'Pryd wyt ti'n medru dechrau?' gofynnodd i Emmi o'r diwedd, a ffrwydrodd bonllefau a sŵn curo dwylo drwy'r ystafell.

Wnaeth Emmi Schmidt ddim ateb, dim ond gwenu'n gynnil.

Ddeng munud yn ddiweddarach, roedd Emmi'n cerdded i lawr y Bleibtreustraße tuag at orsaf Savignyplatz er mwyn dal y tram yn ôl i'r hofel un ystafell roedd hi'n ei rhannu gyda'i mam yn Hallesches Tor yn ardal Kreuzberg. Roedd hi wedi disgwyl bod ar ben ei digon yn dilyn cael ei derbyn i'r Asphalt Hustlers, ond mewn gwirionedd roedd ganddi deimladau cymysg.

Ar y naill law, roedd hi newydd gyrraedd copa'r mynydd roedd hi wedi bod yn ei ddringo ers amser maith. O'r diwedd, dyma ffordd allan o'r slymiau. O'r diwedd, dyma'i thocyn allan o'r ffatri esgidiau roedd hi'n ei chasáu gymaint. Nawr, gallai rentu fflat yn ardal hyfryd Charlottenburg, rownd y gornel o Dŷ Neifion. Erbyn meddwl, o ystyried y cyflog arallfydol roedd Neifion wedi'i gynnig iddi, gallai rentu ail fflat yn yr un ardal ar gyfer ei mam. Buasai mor braf cael y preifatrwydd roedd hi wedi bod yn ei chwenychu cyhyd. Peth braf arall, wrth gwrs, oedd y lwfans hael ar gyfer dillad llwyfan roedd Neifion wedi'i addo iddi. Fyddai dim rhaid iddi wneud ei ffrogiau allan o hen lenni byth eto!

Ond, ar y llaw arall, doedd hi ddim yn edrych ymlaen at ddweud wrth ei phianydd, Günther, fod eu deuawd nhw ar ben.

Roedd o wedi bod mor dda efo hi – yn gynharach y diwrnod hwnnw roedd o wedi cau ei siop yn gynnar er mwyn ymarfer 'Empty Bed Blues' ac ambell gân arall efo hi, a hynny ar fyr rybudd, er mwyn ei helpu i baratoi ar gyfer y clyweliad. Roedd o'n barod i wneud unrhyw beth drosti, ac roedd hi'n ymwybodol o hynny. Dyna pam roedd Emmi'n teimlo mor euog... ond nid yn ddigon euog i beidio â chymryd y swydd, chwaith.

Roedd hi'n falch mai cân gan ei harwres, Bessie Smith, oedd wedi'i dewis ar ei chyfer. Gwenodd wrth gofio sut y bu iddi ddynwared ffordd Bessie o ganu i un aelod penodol o'r gynulleidfa er mwyn swyno pawb, yn enwedig y dyn penfelyn, chwantus oedd wedi bod yn ei llygadu'n bowld o'i chorun i'w sawdl. Ond ar yr un pryd teimlai Emmi fel petai wedi diraddio'i hun, rywsut, efo'i steil o berfformio. Oherwydd bod y gân yn un mor newydd, doedd hi erioed wedi'i chanu o flaen cynulleidfa o'r blaen, dim ond o flaen Günther, ac roedd gorfod canu'r fath eiriau o flaen llwyth o ddynion dieithr mewn seler, a hynny er mwyn ennill arian, wedi codi cywilydd arni, er nad oedd hi'n deall pam. Oedden, roedd y dyddiau drwg o orfod puteinio'i hun wedi hen ddod i ben, ond mae 'na fudreddi nad oes modd ei olchi i ffwrdd. Roedd yn rhaid iddi gydnabod ei bod hi'n teimlo fel putain unwaith eto ar ôl ei chlyweliad. Doedd y ffaith fod arweinydd y band, y stordyn â'r wyneb lliw coffi a'r mwstás a oedd yn eistedd wrth ochr yr hen gi penfelyn hwnnw, wedi cysgu trwy gydol y perfformiad ddim yn help. Doedd hi ddim wedi disgwyl ymddygiad mor anghwrtais ac amharchus, hyd yn oed mewn clwb nos.

Ond wrth ystyried popeth, daeth Emmi i'r casgliad nad oedd ots ganddi. Roedd hi wedi cael swydd wych, ac ar fin troi dalen newydd yn ei bywyd. A gallai ddangos i aelodau'r Asphalt Hustlers nad oedd y siawns leiaf iddyn nhw gael dod yn agos at Emmi Schmidt.

Pennod 4

Toc ar ôl hanner nos, fore Sadwrn, 27 Hydref 1928

Clwb Jazz Chicago Red, Ganton Street, Soho, Llundain

'Iechyd da!' meddai Ieuan wrth iddo godi'i beint o chwerw a gwenu. Edrychodd i lawr ar ei oriawr i wirio ei bod bellach wedi pasio hanner nos, '... a phen-blwydd hapus, frawd bach!'

'Diolch yn fawr iawn, a iechyd da!' atebodd Ifan ar ôl cymryd llymaid o gwrw golau. 'A diolch eto am ddŵad yr holl ffordd i lawr i 'ngweld i.'

'Mae'n bleser,' atebodd Ieuan. 'Hei, mae'n gyfreithlon i chdi yfed y stwff 'na rŵan, a chditha'n ddeunaw oed ers munud!'

Chwarddodd Ifan. Ew, roedd hi mor braf cael siarad Cymraeg unwaith eto, yn ogystal â chael treulio amser gyda'i hanner brawd, a dangos y clwb iddo fo. Edrychai ymlaen at fynd â Ieuan o gwmpas dinas Llundain drannoeth.

'Ddrwg gen i am gyrraedd mor hwyr,' meddai Ieuan.

'Dwi'n dallt. Mae hi'n siwrnai hir.'

'Dwi'n meddwl 'mod i wedi dal y rhan fwya o dy set ola di.'

Chwarddodd Ifan eto. 'Ola? Megis dechra mae'r noson, Ieuan bach! Mae'r lle 'ma'n gorad am oria eto.'

'Nefoedd yr adar, mae hwn yn fyd gwahanol iawn i Stiniog. Mi oeddat ti'n andros o dda, gyda llaw. Tydi'r pianydd sy'n chwarae rŵan ddim patsh arnat ti!'

'Go brin... mae o'n athrylith. Fi ydy ei ddirprwy o.'

Roedd y band yn chwarae fersiwn egnïol iawn o 'Alabama

Stomp'. Roedd trawsacennu taer y trwmped a'r clarinét yn ddigon i wneud i ben Ieuan droi, heb sôn am y chwyrlwynt oedd yn cael ei godi oddi tanyn nhw gan y trombôn, y piano, y banjo, y bas dwbl a'r drymiau. Roedd synau'r offerynnau'n plethu drwy'i gilydd i'r fath raddau fel nad oedd modd i Ieuan ddweud pa nodyn oedd yn dod o ba offeryn.

'Argol,' meddai, 'mae'r band 'ma'n wych. Dwi erioed wedi clywed dim byd tebyg.'

'Na, chlywi di ddim byd fel'ma ar y radio,' ategodd Ifan. 'Jazz poeth ydy hwn.'

'Poeth?'

'Ia, jazz Dixieland gwyllt a gorffwyll.'

Edrychodd Ieuan o gwmpas y clwb a cheisio amsugno'r olygfa arallfydol. Roedd yr ystafell i gyd yn wyrdd tywyll a'r goleuadau wedi'u cuddio'n gynnil mewn cilfachau – ar wahân i'r geiriau Chicago Red mewn goleuadau coch neon llachar ar wal gefn y llwyfan. Gosodwyd canhwyllau mewn gwydrau cochion ar yr holl fyrddau crwn o amgylch y llawr dawnsio, fel adleisiau o enw'r clwb.

'Pam mai Chicago Red ydy enw'r clwb?' gofynnodd Ieuan.

'Achos bod y perchennog, Ray Dodds Jr, yn dod o Chicago.'

'O. Ac... ai Americanwyr ydy'r holl bobl Ddu sydd yma heno?'

'Ia, gan fwya.'

'Pam eu bod nhw wedi dod draw yma, yr holl ffordd o'r Unol Daleithiau?'

'Mae 'na sawl rheswm, am wn i. Dianc o'r Gwahardd... ac maen nhw'n cael eu trin yn fwy parchus yn y wlad yma. Cyflogau gwych hefyd.'

'Be? Mewn clybiau fel hyn?'

'Na. Maen nhw'n cael eu cyflogi yn y gwestai mawr, llefydd fel y Savoy, i berfformio bob nos, wedyn yn dŵad yma neu i glybiau tebyg i jamio tan yr oriau mân. Yn fama maen nhw'n cael chwarae'r gerddoriaeth maen nhw wirioneddol isio'i chwarae, yn hytrach na'r rwtsh diflas mae'r gwestai'n ei licio. A deud y gwir, tydyn nhw ddim i fod i chwarae fan hyn o gwbl. Mae 'na *exclusivity clauses* yn eu cytundebau nhw, felly mae'n rhaid iddyn nhw fod yn ofalus. Maen nhw'n recordio hefyd, ond dim ond o dan ffugenwau.'

'Iesgob, mae 'na alw mawr amdanyn nhw felly!'

'Oes wir. Nhw ydy brenhinoedd y sin jazz. Maen nhw fel duwiau i mi – ganddyn nhw dwi wedi dysgu bob dim ers i mi adael Stiniog a dod i lawr i Lundain.'

'Diawch,' ebychodd Ieuan, 'dwi newydd sylweddoli bod 'na ddwy flynedd union ers i ti adael yr hen dre.'

'Oes, a wna i byth anghofio'r noson honno.'

'Na wnei, mi greda i. Gest ti goblyn o sioc, yn do?'

'Mi oedd yn rhyddhad mawr hefyd, 'sti, i ddysgu nad Dafydd oedd fy nhad i. Dwi mor falch fod ganddon ni... chdi a fi...'

'A finna. Mi fysa 'Nhad wedi bod yn falch iawn ohonat ti, dwi'n sicr o hynny. Dwinna'n falch ohonat ti hefyd,' meddai Ieuan, er bod yr un hen eiddigedd yn ei blagio.

Disgynnodd tawelwch rhwng y ddau wrth i Ieuan gael ei hudo eto gan yr holl gerddorion a'u hofferynnau. Dychmygodd ei hun yn canu'r piano cyngerdd mawr a chyfeilio i symudiadau gwyllt ond celfydd y cyplau ifanc ar y llawr dawnsio o'u blaenau nhw.

'Be ydy enw'r gân 'ma?' gofynnodd.

'"All by Yourself in the Moonlight",' atebodd Ifan.

'A'r ddawns?'

'Y "Turkey Trot". Mae'r cwbl yn Saesneg, wrth gwrs, a dyna'r peth anoddaf am fod yn Llundain. Dwi wir yn colli'r Gymraeg.'

'Fasat ti'n ystyried dŵad yn ôl i Stiniog ryw dro?'

'Tra mae Dafydd yno, na faswn. Fedra i ddim meddwl am

fyw yn yr un lle â fo. Ar ôl iddo fo farw? Heb os. Dwi'n gweld isio'r dre a hogia'r chwarel, a'r gymuned. Does dim cymuned yn fama. Gyda llaw, aeth y bastard at yr heddlu ar ôl i mi fynd?'

'Naddo, hyd y gwn i.'

'Ydy o'n gwybod lle ydw i?'

'Dwi erioed wedi deud wrtho fo. Ddeudais i ddim pam dwi wedi cymryd diwrnod o wyliau chwaith.'

'Fedra i ddim dallt sut wyt ti'n medru gweithio efo fo.'

'Be arall fedra i wneud?' Roedd yr ateb yn swnio'n fwy swta nag yr oedd Ieuan wedi'i fwriadu.

'Ta waeth,' meddai Ifan ar ôl oedi am sbel, 'sut mae petha yn y caban y dyddia yma?'

'O, ti wedi f'atgoffa i!' meddai Ieuan wrth dynnu darn o bapur o boced tu mewn ei siaced. 'Dyma'r Rhestr Testunau ar gyfer Steddfod y Caban fis nesa i ti, gan Aled.'

'Aled? Sut mae o?'

'O, yr un fath ag erioed, stori ddigri newydd bob dydd.'

'Does dim wedi newid felly!' meddai Ifan gyda gwên.

Rhoddodd Ieuan y rhestr iddo, a daliodd Ifan hi'n nes at y gannwyll goch yng nghanol eu bwrdd er mwyn ei gweld yn well.

'O,' meddai, 'mae testun yr englyn yn ddiddorol: Dawns.'

'Mi o'n i'n amau y bysat ti'n ffansïo hwnna. Mae'n debyg y basa dy englyn di chydig yn wahanol i rai gweddill yr ymgeiswyr bellach... o ystyried hyn i gyd,' meddai wrth edrych o gwmpas y clwb.

'Ella dy fod di'n iawn.'

'Wyt ti am roi cynnig arni, 'ta? Mae pythefnos tan y dyddiad cau.'

'Wel, dwi'n brysur iawn ar hyn o bryd,' meddai Ifan, 'a dwi ddim wedi cael cyfle i gynganeddu'n ddiweddar, ond...'

Torrwyd ar ei draws gan lais croch, a glaniodd llaw fawr yn glep ar ei ysgwydd.

'Say, Ivan,' meddai dyn byrdew gyda gwallt gwyn oedd yn gwisgo siwt olau â chadwyn watsh aur drom yn hongian o boced ei gwasgod.

Cythruddwyd Ieuan gan acen Americanaidd y dyn yn ogystal â'r ffaith iddo gamynganu enw Ifan mor afiach.

'Say, Ivan,' ailadroddodd y dyn, 'is this ya brother?'

'Yeah,' atebodd Ifan. 'Ieuan, this is Mr Ray Dodds, owner of the club. Mr Dodds, may I introduce my half brother, Ieuan.'

'Ray, please! How many times?' meddai Ray wrth estyn ei law i Ieuan. 'Pleased to meet ya, Ian.'

'The pleasure's all mine,' atebodd Ieuan yn rhwystredig wrth ysgwyd llaw chwyslyd Ray.

'And welcome to Chicago Red! Will ya have another beer, Ian?'

'Well...'

'Great, I'll send a waiter over right away. On the house, by the way. Hey, that rhymes! I'm a poet and I know it! Anyways, I just need to borrow Ivan here for a second. Ya don't mind, do ya? I've a buddy over from Germany who's just dyin' to meet him.' Trodd Ray yn ôl at Ifan. 'C'mon, Ivan, he's just over here at my table. You gotcha self a new fan, buddy...'

Edrychodd Ifan ar Ieuan yn ymddiheurol. Gwenodd yntau'n ôl er mwyn mynegi ei fod o'n deall y sefyllfa'n iawn, ond teimlodd Ieuan bigiad o genfigen wrth i'w hanner brawd gael ei arwain gan Ray at fwrdd mwy oedd â'r olwg orau o'r llwyfan. Yn eistedd yno roedd dyn mawr cyfoethog yr olwg gyda barf drwchus a chap corun, yn aros am y ddau. Dechreuodd Ieuan deimlo'n unig ac yn annigonol. Fflamiodd coelcerth ei eiddigedd.

Roedd ganddo yntau freuddwyd o ennill ei fywoliaeth fel pianydd, yn hytrach na rhoi ei fywyd mewn perygl bob dydd yn y chwarel. Ond yn wahanol i Ifan, roedd o'n dal i chwythu llechfeini allan o'r graig ym mherfeddion ceudyllau Llechwedd, yng nghwmni llofrudd ei dad. Roedd posibilrwydd cryf y buasai'n mynd i'w dranc yn y chwarel ryw ddydd, gwyddai hynny'n iawn, ond ychydig a wyddai Ieuan fod y trywydd roedd Ifan yn cychwyn arno y funud honno yr un mor beryglus.

Pennod 5

Prynhawn Mercher, 23 Ionawr 1929

Fflat Emmi Schmidt: Gelbes Haus III – 21, Mommsenstraße 5, Charlottenburg, Berlin

Roedd yr haul yn machlud. Ystyriodd Emmi gau'r llenni yn ei lolfa chwaethus er mwyn cadw'r gwres i mewn wrth iddi ymlacio yn ei hoff gadair freichiau i wrando ar record ar ei gramoffon trydan HMV newydd. Fersiwn Louis Armstrong o 'West End Blues' gan King Oliver oedd hi, gafodd ei ryddhau yn yr Unol Daleithiau'r haf blaenorol. Roedd teitl y gân yn gwneud iddi wenu bob tro: er ei fod yn cyfeirio at ardal o New Orleans ar lannau Llyn Pontchartrain a oedd yn ferw o ddifyrrwch ac adloniant, roedd yr ardal o Berlin roedd hi'n byw ynddi ers bron i chwe mis bellach yn cael ei galw'n 'Westend' hefyd.

Dyna un o'r myrdd o fanteision o weithio i Neifion. Roedd o'n mewnforio pob un record jazz newydd ac roedd modd eu prynu nhw i gyd yn ei siop recordiau ar lawr gwaelod Tŷ Neifion dim ond wythnos neu ddwy ar ôl iddyn nhw gael eu rhyddhau yn America, crud y symudiad jazz. Doedd hi byth yn blino ar wrando ar y record hon. Roedd pob eiliad ohoni'n berffaith: o ragarweiniad trwmped unigryw, syfrdanol Armstrong ei hun ar y dechrau i'w sgatio arloesol a oedd wedi dylanwadu gymaint eisoes ar ei dull hi o ganu. Ac ar ben hynny, yr unawd digyffelyb o hardd gan Earl Hines, ei hoff bianydd yn y byd. Dau ddyn Du a oedd, heb amheuaeth, yn athrylithoedd... fel ei chyd-aelodau o'r Asphalt Hustlers, Art a Maurice, a ganai'r un offerynnau bron yr un mor athrylithgar. Dynion dawnus, deallus, diddorol, gwybodus, gwaraidd ac eang eu darllen.

Pan orffennodd y record, cododd i gau'r llenni cyn mynd at y gramoffon i ailosod y nodwydd yn ofalus ar y rhigol wag yn agos at ymyl y ddisg. Dechreuodd Louis Armstrong ganu ei drwmped iddi unwaith eto.

Petai Lutz wedi bod yma, fuasai Emmi ddim wedi cael chwarae'r record unwaith, heb sôn am ddwywaith. Ffrind i'r teulu oedd Lutz, ond allai o ac Emmi ddim bod yn fwy gwahanol, ac roedd y jazz roedd hi'n ei garu yn dân ar ei groen. Pam na allai o weld pa mor hurt bost oedd ei ddamcaniaethau di-sail ynglŷn â goruchafiaeth y gwynion? Roedd o mor bengaled a chul – sut oedd modd i ddau o bobl a gafodd fagwraeth ddigon tebyg dyfu'n bobl mor wahanol?

Chwalwyd ei myfyrdod gan sŵn cloch y drws ffrynt.

Aeth Emmi at y drws a'i agor. Sôn am y diafol... o leiaf doedd o ddim yn gwisgo'i lifrai caci erchyll, ystyriodd.

'O... ti sy 'na.'

'Ga i ddod i mewn?'

'Cei, wrth gwrs.'

Wrth i Capten-SA Lutz Schneider gerdded i mewn i'r fflat clywodd nodau 'West End Blues' yn treiddio i mewn i'r cyntedd o'r lolfa.

'Ti'n gwrando ar y blydi miwsig 'na eto,' nododd.

Caeodd Emmi'i llygaid a chymryd anadl ddofn wrth sylweddoli fod yr un hen ddadl ddiflas ar ddechrau.

'Ydw.'

'Mi fuasai'n well gen i taset ti'n stopio ymwneud â sgym fel Negros ac Iddewon.'

'Mi fuasai'n well gen i taset ti'n stopio bod mor ddilornus.'

'Dyna ydyn nhw.'

'Gawn ni siarad am rywbeth arall?'

'Cawn... os oes raid.'

Bu tawelwch am rai eiliadau lletchwith wrth i 'West End Blues' ddirwyn i ben yn y cefndir.

'Awn ni i'r lolfa?' awgrymodd Emmi.

Nodiodd Lutz ei ben a'i dilyn i lawr coridor ei fflat foethus.

Yn ôl yn y lolfa, aeth Emmi at y gramoffon a chodi'r nodwydd oddi ar y ddisg.

'Gymri di rywbeth i'w yfed?'

'Na, dim diolch. Fydda i ddim yn aros yn hir.'

Ystumiodd Emmi i gyfeiriad y soffa gyferbyn â'i chadair freichiau.

Ar ôl iddyn nhw eistedd i lawr, gwnaeth Lutz sioe o edrych o gwmpas yr ystafell. 'Mae'n talu'n dda, mae'n amlwg, dy swydd newydd di.'

'Mae pethau'n mynd yn wych. Be am i ti ddod i'r clwb nos Sadwrn? Mae ganddon ni gig fawr. Mi fydd y lle dan ei sang, ond mi fedra i ofyn am docyn i ti.'

'Diolch, ond na.'

'Pam?'

'Mae gen i ddyletswydd tuag atat ti, i dy warchod di rhag –'

'Rhag be? Rhag fy ffrindiau, y bobl roeddet ti'n sôn amdanyn nhw gynna?'

'Ymysg pethau eraill.'

Roedd Lutz wedi bod yn rhan o'i bywyd ers ei bod yn bedair oed, a thad Lutz yn gyfreithiwr i'w thad hi bryd hynny, pan oedd ei thad yn berchen ar ffatri arfau. Ond roedd yn rhaid i Emmi frathu'i thafod – gan fod Lutz bum mlynedd yn hŷn na hi roedd o'n gymwys i gael rhyw lun o barch.

'Wel, does dim angen i ti fy ngwarchod i,' atebodd Emmi'n bendant. 'Mi fuasai'n dda gen i petaet ti'n fodlon dod i'w nabod nhw. Mi fuaset ti'n cael dy synnu.'

Anwybyddodd Lutz ei sylw.

'Y ddyletswydd 'ma... dyletswydd ata i ynteu at y genedl ydy hi?' holodd yn goeglyd.

'Y ddau.'

Cododd Emmi'i hysgwyddau. 'Dwi ddim yn deall yr ewgeneg 'ma rwyt ti mor hoff ohono,' meddai, 'y syniad ein bod ni, bobl wyn, yn well na phob hil arall. Os oeddet ti am addysgu dy hun, mae 'na bethau eraill mwy buddiol y medret ti fod wedi troi atyn nhw. Mi fedret ti fod wedi dysgu Ffrangeg, er enghraifft.'

'Mae'r hyn dwi wedi'i ddysgu wedi agor fy llygaid i.'

'Neu borthi dy ragfarn di.'

'Mae hi'n frwydr wirioneddol,' meddai Lutz wrth ddechrau adrodd yr un hen druth roedd o wedi'i ddysgu ar ei gof, fwy na thebyg. 'Mae'n rhaid dy fod di'n sylweddoli hynny. Does dim modd gwadu'r peth. Mae'r ddynoliaeth yn sâl. Mae'n argyfwng. Mae dŵr glân nant y mynydd yn prysur gael ei halogi. Mae drwg wedi dod i'r caws, ac mae'n rhaid i ni atal y dirywiad cyn y bydd hi'n rhy hwyr. Mae'n rhaid i burdeb ddiddymu amhurdeb er mwyn i'r hil ddynol wella'i hun. Fyddwn ni ddim yn goroesi fel arall.'

'Lutz, ti'n swnio fel taset ti'n traddodi darlith. A phwy ydy *ni*? Pwy sydd wedi stwffio hyn oll i dy ben di?'

'Mae'n amlwg nad wyt ti'n barod i gydnabod y gwir. Mae gen ti ddyletswydd hefyd, tuag at dy genedl... a'r ddynoliaeth.'

'O, dim hyn *eto*!' ebychodd Emmi'n rhwystredig.

'Hyd yn oed os nad wyt ti isio'i glywed o, does dim modd osgoi'r gwir,' aeth Lutz yn ei flaen. 'Mae'r genedl ar fin harneisio'i photensial er mwyn dial am frad y Troseddwyr ym mis Tachwedd... i reoli Ewrop – y byd, o bosib – pam lai? Does dim terfyn.'

'Gwranda arnat ti dy hun! Mae hyn yn wallgof! Y chwilen 'na yn dy ben di: dyna be sy'n sâl, nid y ddynoliaeth.'

'Mi ddylset ti fod yn gweithio tuag at gwymp Iddewon fel

Grünbaum, yn hytrach na chymryd rhan yn eu... *celfyddyd* amhur nhw.'

'Drycha, Lutz, dwi'n gwerthfawrogi dy bryder di, wir i ti, a dwi'n gwybod dy fod di wedi ceisio gofalu amdana i, ond dwi ddim yn ferch fach bellach. Dwi'n medru edrych ar ôl fy hun. Gad i mi wneud fy mhenderfyniadau fy hun.'

'Mi fuaswn i, petawn i'n medru ymddiried ynddat ti i wneud rhai call. Mi fuasai gen ti geg arall i'w bwydo heblaw amdana i, cofia. Fuaset ti ddim yn medru treulio dy amser yn canu'r caneuon Negro-Iddewig budron 'na petawn i ddim wedi –'

'Mi oedd honno'n sefyllfa gwbl wahanol,' meddai Emmi wrth dorri ar ei draws, 'a fyddai gŵr bonheddig ddim yn dal i sôn am y peth!'

'Ddrwg gen i, Emmi, ond mae'n debyg bod yn rhaid i mi. Mi oedd y Chwyddiant Mawr yn argyfwng, ond mae'n argyfwng rŵan hefyd. Hyd yn oed os nad wyt ti'n medru gweld hynny. Chdi, yn dy balas bach budr.'

Roedd Emmi ar fin colli'i thymer. 'Oes rhywbeth arall yn dy boeni? Mae gen i ymarfer mewn chwarter awr.'

'Oes. Oes angen i ti wisgo'r fath ffrog? Mae hi'n dangos popeth.'

Pennod 6

Gig yr Asphalt Hustlers, nos Sadwrn, 26 Ionawr 1929

Palas Neifion, Bleibtreustraße, Charlottenburg, Berlin

Roedd Maurice White mewn cariad. Wrth i'w fysedd ddawnsio ar draws nodau ei biano Steinway, gwyddai nad oedd o erioed wedi canu'i offeryn annwyl cystal. Roedd yn amhosib iddo ganu nodyn anghywir wrth i'r band hwylio trwy drefniant arloesol, chwim a phoeth Art o'r gân newydd 'Softly, as in a Morning Sunrise'.

Canai Emmi i'w dilynwyr addolgar oedd yn dawnsio o flaen y llwyfan:

Yn dyner fel yr haul yn codi
Mae golau cariad yn sleifio
I mewn i ddiwrnod newydd sbon

Yn fflamio fel yr haul sy'n codi
Mae cusan boeth yn selio
Y llw sy'n cael ei dorri'n llon

Roedd y ferch ar dân, doedd dim amheuaeth. Yn chwip o gantores, er ei bod ychydig yn ffroenuchel pan nad oedd hi ar y llwyfan. A'i ffrog! Roedd dyn hoyw fel Maurice, hyd yn oed, yn gallu gwerthfawrogi ei rhywioldeb. Ers i Emmi ymuno â'r Asphalt Hustlers, roedd popeth wedi disgyn i'w le rhywsut, a gwyddai hefyd fod Yulia yn mwynhau cael merch arall yn y band.

Edrychodd Maurice o'i gwmpas: roedd pob aelod o'r band ar dân heno.

Roedd rheswm penodol iawn dros ei orfoledd o'i hun, a Michael Kleist oedd hwnnw. Doedd Maurice erioed wedi profi unrhyw beth tebyg. Roedd o wedi poeni, cyn symud i Ewrop, y byddai'n colli'r rhyddid roedd o wedi'i fwynhau yn Chicago, ond doedd dim rheswm iddo fod wedi gwneud hynny. Roedd yn Berlin bopeth y gallai dyn hoyw freuddwydio amdano, a llawer mwy. Yn wir, roedd pethau hyd yn oed yn well yma – yn yr Unol Daleithiau fyddai dim modd iddo fod wedi chwarae mewn band gyda cherddorion gwyn gwych fel Brad, Angus ac Emmi, ond yma, doedd dim problem. Doedd dim Gwahanu. Dyna pam roedd o wedi derbyn cynnig Neifion i ddod i Ewrop – roedd y syniad o chwarae mewn band hil gymysg, gyda'r cerddorion gorau un ar bob offeryn, yn rhy ddeniadol i'w wrthod. Doedd peth felly ddim yn bosib yn Chicago, hyd yn oed, heb sôn am New Orleans.

Yma yn Berlin, doedd dim gwahanu na ffafriaeth ar y bysiau na'r trenau, nac ychwaith yn y sinemâu na'r theatrau. Roedd yma chwilfrydedd ynglŷn â phobl Ddu, dyna i gyd, gan eu bod yn ecsotig yng ngolwg y brodorion. Roedd Berlin yn ei atgoffa o Bentref Greenwich yn Efrog Newydd, a'r unig wahaniaeth oedd bod angen bod yn wyliadwrus o ddynion y Sturmabteilung, neu'r SA fel roedd pobl yn eu galw nhw: asgell barafilwrol y Blaid Natsïaidd. Ond roedd y Ku Klux Klan yn waeth o lawer, ystyriodd Maurice.

Ers iddo gyfarfod Michael fis ynghynt roedd Maurice wedi dod i adnabod cymaint o bobl – ei bobl o – yng nghymuned estynedig y ddinas o hoywon, lesbiaid a thrawswisgwyr. Roedd ganddyn nhw'u clybiau, eu tafarndai a'u bwytai eu hunain. Uffern, roedd Michael wedi mynd â fo i wylio ffilm hoyw y noson gynt yn nwyrain y ddinas, *Geschlecht in Fesseln*. O'i gyfieithu roedd y teitl yn golygu 'Rhyw mewn Cadwyni', ac er nad oedd wedi deall y rhan fwyaf o'r ddeialog, roedd Maurice wedi gallu gwerthfawrogi ei bod yn chwip o ffilm. Roedd Michael yn ei ddysgu i siarad Almaeneg, ei famiaith, felly roedd Maurice yn gobeithio y gallai ddeall dipyn mwy erbyn iddyn nhw fynd i'r sinema y tro nesaf.

Roedd llwyth o'i ffrindiau newydd yma heno – nhw oedd y garfan fwyaf yn y gynuellidfa ar wahân i'r rhai a ddeuai'n rheolaidd i wrando ar Emmi. Ond hyd yn oed yn well na'r môr o wynebau cyfarwydd oedd gallu edrych i fyny o'i biano a gweld Michael yn syllu arno â llygaid llawn angerdd. Am ysbrydoliaeth! Fo oedd y dyn harddaf i Maurice ei weld erioed. Carai bopeth amdano: ei lais, ei ffordd o siarad, ei acen rywiol, ei wyneb, ei ymennydd, ei gorff... o, ei gorff! Ceisiodd hel y ddelwedd honno o'i feddwl – roedd yn rhaid iddo ganolbwyntio ar ei waith.

Yn reddfol, gallai Maurice glywed a phrosesu pob nodyn a gâi ei chwarae ar y llwyfan heb gael ei fwrw oddi ar ei drywydd ei hun. Doedd dim dewis ond gwneud hynny wrth chwarae jazz, a phethau'n newid, yn trawsnewid, bob eiliad. Roedd angen dealltwriaeth drylwyr o bob sefyllfa gerddorol a allai godi er mwyn bod yn barod i ymateb. Sgrialai ei fysedd o gwmpas y nodau wrth iddo chwarae unawd a oedd, rhaid cyfaddef, yn ddilyniant perffaith i unawd sacsoffon alto Ambrose.

Bellach, roedd y band yn chwarae'r gân 'Sunshine'. Yn ôl ei arfer, roedd Art wedi'i threfnu'n boethach o lawer na fersiwn gwreiddiol, anystwyth Irving Berlin, ac Emmi'n sgatio wrth i'w llais cryf, hyblyg adweithio'n wefreiddiol i glarinét Yulia a thrwmped Art. Crwydrai golygon Maurice o gwmpas y clwb moethus a oedd wedi dod yn ail gartref iddo, lle yr oedd o'n ei garu gymaint. O holl glybiau jazz y ddinas lle roedd y band wedi chwarae gigs, hwn oedd ei ffefryn o bell ffordd. Erbyn hyn, Neif a gweddill y band oedd teulu Maurice, heb os nac oni bai, ac roedd hynny'n deimlad braf. Gyda'r band o'i amgylch, roedd o'n teimlo'n gwbl saff. Doedd o erioed wedi bod yn hapusach.

Taranodd y fwled trwy'i galon cyn iddo glywed clec y gwn.

Pennod 7

Fore Sul, 27 Ionawr 1929

Alexanderplatz, Berlin-Mitte

Y bore wedyn, syrthiodd Neifion yn swp i sedd gefn y car y tu ôl i'w *chauffeur*. Bu bron iddo gwympo ar ei hyd ar lawr oherwydd yr eira oedd wedi pentyrru ar y palmant, ac roedd y plu eira trymion yn dal i ddisgyn.

'I Dŷ Neifion, Gustav, os gweli di'n dda,' meddai, 'ond does dim brys. Dydy fy nghyfarfod ddim yn dechrau tan un ar ddeg.'

'Wrth gwrs, Herr Grünbaum,' atebodd Gustav, 'fel y dymunwch chi.'

Y gwir oedd nad oedd Neifion am ddechrau'r cyfarfod yn gynt nag oedd rhaid. Roedd arno angen amser i feddwl. Caeodd ei lygaid wrth i'r Rote Burg ddiflannu i'r pellter. Roedd pencadlys yr heddlu yng nghanol Berlin yn cael ei alw yn 'Gastell Coch' gan bawb oherwydd lliw neilltuol a phensaernïaeth fawreddog yr adeilad yn Alexanderplatz. Ond, heddiw, roedd yr ardal yn debycach i ddiffeithwch Siberia.

Anodd oedd prosesu'r holl wybodaeth roedd yr Uwcharolygydd Öllinger newydd ei rhoi iddo. Wrth i'r injan danio, sylweddolodd pa mor anaddas oedd ei gar dan yr amgylchiadau: hers oedd o, wedi'i addasu'n arbennig er mwyn cludo holl aelodau'r band a'u hofferynnau o gwmpas Berlin a thu hwnt mewn un cerbyd.

Trodd meddwl Neifion at y llwybr rhyfedd oedd wedi'i

arwain o Berlin, dinas ei febyd, i New Orleans, wedyn i Chicago ac wedyn yn ôl i'r man cychwyn.

Yng ngwanwyn 1914, fel petai ganddo chweched synnwyr ynglŷn â'r erchyllterau oedd rownd y gornel, roedd Neifion wedi llwyddo i argyhoeddi'i rieni a'i ddau frawd hŷn, Siegfried a Reuben, y dylen nhw hwylio efo fo i'r Unol Daleithiau er mwyn mentro'u lwc yn rhywle arall. Hyd yn oed bryd hynny, ac yntau ond yn ddwy ar bymtheg oed, Neifion oedd yn cynnal y teulu trwy ei fentrau busnes niferus – roedd o wedi dechrau'n ifanc, gan wneud teganau gartref a'u gwerthu i'w gyd-ddisgyblion yn yr ysgol. Aeth ymlaen i sefydlu stondin yn y farchnad, cyn rhentu siop yn y Scheunenviertel, Ardal yr Ysguboriau yn Berlin, o dan enw'i dad oherwydd ei fod yn rhy ifanc i wneud hynny ei hun. Cytunodd ei dad i'w helpu gan i Neifion achub ei siop faco yr haf cynt drwy roi benthyg arian iddo i dalu ei gredydwyr. Fu'r berthynas rhwng y tad a'r mab byth yr un fath wedyn.

Felly, Neifion dalodd am fordaith pawb, ac am lety i'r teulu yn New Orleans.

Yn 1915, yn ddeunaw oed, roedd o wedi priodi merch o'r enw Amethyst. Cyn diwedd 1918, roedd ganddo dri o blant, Helen, Dorothy a William – nid dewis Neifion oedd yr enwau – a chyn terfyn 1919 roedd Amethyst wedi cyflwyno cais i ysgaru ar ôl iddi ddarganfod ei gŵr yng ngwely eu morwyn Ddu, Mo'nique.

Yn 1920, ar ôl iddo wneud ffortiwn yn New Orleans trwy brynu, datblygu, rhentu a gwerthu tir, tai ac adeiladau masnachol, symudodd Neifion i Chicago... heb ei gyn-wraig, ei blant, ei frodyr na'i rieni. Ond aeth â'r band jazz Du roedd o wedi bod yn rheolwr arno ers tair blynedd efo fo. Late Nite Plan oedd enw'r band, a thrwmpedwr, Art Wendell, oedd ei arweinydd. Roedd y berthynas rhwng y ddau wedi goroesi, ac wedi siapio bywydau'r ddau.

Nid Neifion a'i deulu oedd yr unig bobl Iddewig yn New

Orleans, o bell ffordd, ond yn hytrach nag ymgartrefu yn eu mysg, cafodd yr Almaenwr ei ddenu'n reddfol i ogledd y ddinas, ond hefyd i Storyville, ardal y puteindai o fewn strydoedd St Louis, Basin, Iberville a North Robertson. Er nad oedd o erioed wedi cyfarfod person Du cyn symud i'r Unol Daleithiau, teimlodd atyniad tuag at y gymuned Ddu yn syth ar ôl iddo gyrraedd New Orleans. Roedd ganddo brofiad personol o gael ei ystyried yn wahanol i'r rhelyw, a daeth i feddwl amdanynt fel eneidiau hoff cytûn.

Ymysg y bobl Ddu oedd yn byw a bod yn Storyville ar y pryd roedd llwyth o gerddorion jazz fel Louis Armstrong ac Art, wrth gwrs, oedd yn llanc ifanc bryd hynny. Yng nghwmni rhai o'i gyfeillion busnes newydd yr ymwelodd Neifion â phuteindy mwyaf nodedig New Orleans, Mahogany Hall, ocdd yn cael ei redeg gan fenyw o'r enw Lulu White. Roedd yno loriau marmor, siandelïers, gwelyau moethus a dodrefn chwaethus, a phuteiniaid mwyaf prydferth talaith Louisiana. Wel, dyna roedd Lulu yn ei honni, beth bynnag. Daeth Neifion a hithau'n ffrindiau mawr, y ddau yn bobl fusnes i'r carn.

Doedd Neifion erioed wedi clywed sôn am jazz o'r blaen am y rheswm syml nad oedd jazz wedi bodoli yn hir iawn. Cafodd y mudiad ei eni yn New Orleans o ganlyniad i sawl ffactor, yn cynnwys awyrgylch rhyngwladol y ddinas a fu dan reolaeth y Ffrancwyr, y Sbaenwyr a'r Eingl-Americanwyr yn eu tro. Roedd bandiau jazz gwych yn chwarae ar lawr gwaelod Mahogany Hall. Ac, wrth iddo ddod i lawr y grisiau ar ôl dod i adnabod merch swynol o'r enw Sadie yn well nag y dylai, ac yntau'n ddyn priod bryd hynny, cafodd Neifion ei swyno mewn ffordd arall gan fand Art, Late Nite Plan. Aeth Neifion ato'n syth ar ôl y perfformiad a chynnig ei wasanaeth fel rheolwr a hyrwyddwr i'r band – roedd o'n gweld eu potensial, eglurodd, ac yn gwirioni ar y gerddoriaeth newydd hon roedden nhw'n ei chwarae.

Ar ôl ychydig flynyddoedd yn New Orleans, cafodd Neifion

ddigon ar greulondeb ac annynoldeb y cyfreithiau Jim Crow oedd yn rhemp yn nhaleithiau'r de. Cafodd ei siomi hefyd wrth iddi ddod yn glir nad oedd rhyw lawer o'r rhyddid na'r cyfiawnder naturiol roedd o wedi bod yn ysu amdano fo i'w gael yn y gogledd chwaith. Gwnaeth ffortiwn arall yn Chicago: un hyd yn oed yn fwy na'r un a wnaeth o yn New Orleans. A da o beth oedd hynny o ystyried holl gostau'r ysgariad a'r taliadau cynnal.

Er ei fod yn honni bod arian yn cael ei ddenu ato, nid arian oedd wrth wraidd ei gariad at gerddoriaeth jazz, er nad oedd o'n gallu gwrthsefyll y demtasiwn i fanteisio ar unrhyw gyfle masnachol a ddeuai i'w ran.

Dewisodd Neifion New Orleans yn y lle cyntaf oherwydd ei henw fel dinas gosmopolitaidd oedd yn debygol o fod yn oddefgar o Almaenwyr nad oedden nhw'n siarad llawer o Saesneg, ac o bobl Iddewig, ond ni allai fod wedi dewis adeg fwy cynhyrfus i symud i'r fan lle ganwyd jazz. Doedd o ddim yn ddyn cerddorol, ond addysgodd ei hun am y math newydd hwn o gerddoriaeth, gan ddatblygu angerdd tuag ato. Er gwaetha'r ffaith ei fod yn gweithio o fore gwyn tan nos yn ei fusnesau niferus ac yn trefnu gigs i Late Nite Plan yn Chicago, roedd Neifion wedi llwyddo, rywsut, i ddod o hyd i fand arall yn fuan ar ôl iddo gyrraedd y ddinas ogleddol ar lannau Llyn Michigan yn nhalaith Illinois. Band gwyn oedd hwn: y Sons of Saturn. Ymhen dim daeth holl gerddorion ei ddau fand yn gyfeillion oedd yn mwynhau cwmni'i gilydd ac yn jamio gyda'i gilydd hefyd... yn breifat, wrth reswm. Yn gyhoeddus, fyddai hynny ddim wedi bod yn dderbyniol o gwbl. Hyd yn oed yn y gogledd, y disgwyliad cyffredinol oedd y dylai pobl Ddu fod yn 'ymwybodol o'u safle'. Doedd Neifion, wrth gwrs, ddim yn cytuno. Yn ei brofiad o, roedd y cerddorion jazz Du roedd o wedi dod ar eu traws yn llawer mwy crefftus a thalentog na'r rhai gwyn, gydag ambell eithriad.

Er nad oedd cyfreithiau Jim Crow wedi'u pasio yn nhaleithiau'r gogledd, darganfu Neifion yn reit sydyn nad oedd y gymdeithas wen yn Chicago damaid yn fwy parod i dderbyn band hil gymysg ar lwyfan cyhoeddus na'r un gyfatebol yn New Orleans. Felly, roedd yn rhaid i Late Nite Plan a'r Sons of Saturn gigio ar wahân, sefyllfa oedd yn gwneud iddo deimlo'n rhwystredig iawn.

Drwy gydol ei gyfnod yn yr Unol Daleithiau, roedd Neifion wedi bod yn cadw llygad ar y sefyllfa yn yr Almaen, yn ogystal â chadw mewn cysylltiad ag ambell gyfaill yn Berlin. Roedd Max, ffrind bore oes iddo, wedi dod yn asiant tir llwyddiannus yn y cyfamser, ac allai Neifion ddim gwrthsefyll y demtasiwn i fuddsoddi mewn tir yn ei famwlad, yn enwedig yn ystod y Chwyddiant Mawr pan oedd prisiau'n chwerthinllyd o isel. Yn 1923, gyda chymorth Max, prynodd lain o dir ar y Königsallee yn Grunewald, ardal lawn plastai ger coedwig ym mhen mwyaf gorllewinol y Kurfürstendamm, a chael adeiladu fila Eidalaidd foethus yno, yn barod at ei ddychweliad. Prynodd adeilad crand yn Charlottenburg yn ogystal, un a oedd wedi mynd â'i ben iddo, a'i adnewyddu a'i addasu'n glwb jazz ar yr islawr, siop recordiau ar y llawr gwaelod a nifer o fflatiau moethus ac ystafell ymarfer ar y lloriau uchaf.

Un bore o wanwyn yn 1927, a phethau yn Berlin yn edrych yn addawol bellach, roedd Neifion wedi penderfynu mai dyma'r amser i gefnu ar ei wlad fabwysiadol ac ymgartrefu yn ei blasty newydd sbon ar gyrion Berlin, yr un roedd Max wedi anfon sawl llun ohono iddo.

Fel roedd Neifion wedi'i ragweld, y dasg anoddaf oedd dewis y cerddorion yr oedd o am iddyn nhw ddod i'r Almaen efo fo.

Ers blynyddoedd maith, breuddwyd fawr Neifion oedd rheoli un band cymysg ei hil wedi'i greu o'r goreuon o'i ddau fand. Art fel trwmpedwr ac arweinydd y band newydd oedd y dewis cyntaf a'r un mwyaf amlwg, ond doedd Wes, ei glarinetydd o frawd, ddim yn fodlon gadael yr Unol Daleithiau. O'r Sons of Saturn, y band gwyn, cynigiodd swyddi i Brad, y basydd o Efrog Newydd a oedd wedi cael ei addysg yn Llundain, ac i Angus, y gitarydd a'r chwaraewr banjo o Glasgow oedd wedi gadael yr Alban ac ymfudo i Chicago er mwyn cael chwarae jazz go iawn. O Late Nite Plan, y band Du, dewisodd Elias y drymiwr, Lincoln y trombonydd, Ambrose y sacsoffonydd, Angelique y gantores, a Maurice, yr athrylith o bianydd.

O, Maurice druan. Petai o wedi gadael y pianydd yn ei ddinas enedigol a dewis pianydd eilradd yn ei le, byddai ei gyfaill yn dal yn fyw. Ond yn ogystal â bod yn ffrindiau mawr i Neifion, roedd y cerddorion i gyd yn oreuon yn eu maes, a fyddai dim modd dod o hyd i neb tebyg iddyn nhw yn Ewrop. Dyna pam roedd Neifion wedi mynnu talu am bopeth a chynnig cyflogau afresymol o uchel i bawb er mwyn eu darbwyllo i godi pac, ac i fentro i'r fath raddau.

Art oedd wedi rhoi'r llysenw 'Neifion' i Willi Grünbaum, ar ôl duw'r Eidalwyr, duw'r Môr, gan ei fod yn caru popeth Eidalaidd ac wedi ymgymryd â mordaith anturus a thywys ei deulu dros y moroedd tymhestlog i ddiogelwch mewn gwlad arall. Yn ogystal, roedd ganddo farf fawr fel y lluniau o'r duw mytholegol, a gellid dadlau fod gan y Neifion hwn hefyd ei dridant ei hun: adrannau pres, chwythbrennau a rhythm ei fand, ei ased mwyaf gwerthfawr. Yr enw naturiol, felly, i'r clwb jazz ar islawr yr adeilad newydd yn Charlottenburg, Westend, Berlin, oedd Palas Neifion. Roedd hynny wedi'i benderfynu cyn iddyn nhw gyrraedd yr Almaen, hyd yn oed: Tŷ Neifion fuasai enw'r adeilad, a Phalas Neifion y clwb jazz yn ei seler.

Teithiodd y criw i'r Almaen heb glarinetydd felly, wedi i Wes, brawd Art, wrthod ymfudo, ond yn fuan (ac yn lwcus) iawn daeth Neifion ar draws Yulia, merch un o gyn-gwsmeriaid siop faco Martin, tad Neifion: merch arbennig o dalentog a ffraeth oedd wedi dechrau chwarae jazz mewn bandiau o fewn y gymuned Rwsiaidd yn Berlin, a llwyddo'n syfrdanol o effeithiol i efelychu goreuon yr Unol Daleithiau.

Ar y llaw arall, gwaetha'r modd, roedd Angelique wedi casáu'r Almaen â chas perffaith yn syth, gan ddychwelyd i Chicago ymhen yr wythnos. Roedd y dasg o ddod o hyd i gantores i gymryd ei lle wedi bod yn eithriadol o anodd, nes i Emmi ddod i achub y dydd. O'r diwedd, a hithau'n cael ei thraed dani, roedd Neifion wedi bod yn llawn cyffro ynglŷn â dyfodol ei fand. Roedd y dyfodol wedi edrych yn ddisglair... tan drychineb y noson gynt. Pan saethwyd Maurice, torrwyd calon y band yn deilchion.

Ac yntau wedi'i daro oddi ar ei echel yn llwyr, doedd Neifion ddim yn edrych ymlaen at orfod wynebu'i gerddorion. Beth fyddai eu hymateb? Yn enwedig Art. Fuasen nhw'n penderfynu mynd adref, neu fuasai modd eu hargyhoeddi i aros a rhoi cynnig arall arni?

Edrychodd allan o ffenest y cerbyd a gweld bod Gustav ar fin troi i'r dde oddi ar y Kurfürstendamm. Diolch byth fod ei yrrwr wedi rhoi cadwyni eira ar deiars y car, rhag iddyn nhw fod yn hwyr. Allai Art ddim goddef amhrydlondeb.

Wrth i Dŷ Neifion ddod i'r golwg yn y Bleibtreustraße, gwelodd Neifion fod dau heddwas yn dal i warchod y fynedfa. Disgynnodd o'r car a mentro i gyfeiriad yr heddweision fel cath ar farmor dros y rhew caled, llithrig. Roedd y grisiau ar y dde i lawr i'r clwb wedi'u selio gan yr heddlu.

'Bore da,' meddai. 'Fi ydy perchennog yr adeilad 'ma.' Ysgydwodd ei allweddi i'r adeilad er mwyn pwysleisio'r pwynt. 'Mi ges i fy holi gan eich cyd-weithwyr neithiwr.'

'Digon posib,' atebodd yr heddwas hŷn yn sarrug, yn amlwg yn fferru yn yr oerfel llethol, 'ond does neb yn cael mynd i'r islawr gan fod y lle yn safle trosedd.'

'Mi wn i. Mae gen i gyfarfod ar y pumed llawr.'

'Iawn.'

Ar y pumed llawr, roedd Art yn edrych yn anesmwyth allan o ffenest yr ystafell ymarfer ar y stryd islaw. 'Mae Gustav yn parcio'r Neif-mobile,' meddai. 'Rhaid ei fod o ar ei ffordd i fyny yn y lifft.'

Roedd Emmi'n dawel. A hithau'n aelod o'r band ers dim ond saith mis, roedd hi'n ymwybodol ei bod yn dal ar y cyrion i ryw raddau, gan nad oedd hi'n adnabod Maurice mor dda â'r lleill. Yn ogystal, teimlai ryw euogrwydd rhyfedd fod y fath beth wedi digwydd yn ei dinas hi.

Agorwyd y drws a daeth Neifion i mewn.

'Wel?' gofynnodd Art. 'Oedd yr heddlu'n fodlon siarad efo chdi?'

'Oedden.'

'Ac? Oedd o'n filwr go iawn... y saethwr?'

'Oedd.'

'Ro'n i'n gwybod!' ebychodd Art. 'Mi ddwedaist ti y buasen ni'n saff fan hyn! Mi ddwedaist ti na fuasai neb am wneud drwg i ni yn Berlin!'

Ciledrychodd Emmi a Yulia ar ei gilydd yn lletchwith.

'Mi fedrai'r fwled 'na fod wedi taro unrhyw un ohonon ni!' meddai Art wrth amneidio ar Lincoln, Ambrose ac Elias oedd yn sefyll efo fo wrth y ffenest.

'Nid felly roedd hi, Art,' atebodd Neifion yn bwyllog. 'At Maurice yr anelwyd y fwled.'

Roedd golwg o annirnadaeth ar wyneb Art.

'Ato fo'n benodol,' pwysleisiodd Neifion. 'Cyn-gariad Michael ydy'r saethwr.'

'Be? Michael... cariad newydd Maurice?'

'Yn union. Jörg Hegewisch ydy ei enw o. Barman yn y Kakadu, ond yn aelod rhan-amser o uned o'r fyddin anghyfreithlon hefyd. Mae o yn y ddalfa ym Moabit. Mae o wedi gwneud cyffes lawn.'

'Ond pam?'

'Cenfigen, yn ôl yr heddlu. Doedd o ddim yn medru derbyn bod Michael wedi gorffen efo fo.'

'Dim ond am fis roedd o a Michael efo'i gilydd,' myfyriodd Art yn ddagreuol, 'ond dwi erioed wedi gweld y fath drawsffurfiad. Roedd Maurice fel person newydd... mor hapus.'

'Michael hefyd, mae'n debyg,' meddai Neifion. 'Mi oedd y... dwi ddim isio deud ei enw fo eto... mi oedd y saethwr yn medru gweld nad oedd modd iddo ennill Michael yn ôl. Felly, os nad oedd o'n medru bod efo Michael, doedd o ddim am i neb arall ei gael o chwaith.'

Roedd Art a'r lleill yn fud gan syndod.

'Felly, fel rwyt ti'n gweld,' ychwanegodd Neifion, 'mi allai hyn fod wedi digwydd yn unrhyw le, unrhyw bryd.'

Ciledrychodd Yulia ac Emmi y naill ar y llall unwaith yn rhagor. Dyfalodd Emmi fod y newydd hwn yn rhyddhad i Yulia hefyd – er mai Rwsiad oedd hi yn enedigol, roedd Yulia wedi cael ei haddysg i gyd yn Berlin.

'Mi welais i ddyn Du yn cael ei ladd gan filwr gwyn ar y stryd yn New Orleans unwaith pan o'n i'n blentyn... heb unrhyw reswm,' meddai Art yn dawel. 'Mi o'n i wedi cymryd...'

Wnaeth Neifion ddim ymateb.

'Pryd fydd y corff yn cael ei ryddhau?' gofynnodd Lincoln, y trombonydd.

'Ddim am sbel, yn sicr,' atebodd Neifion. 'Mi fydd archwiliad post-mortem yn cael ei gynnal pnawn 'ma.'

Arhosodd yr ystafell yn dawel, nes i Art gyfarch Neifion.

'Felly, Neif, be wnawn ni rŵan?'

'Yr hyn fuasai Maurice wedi bod isio i ni ei wneud,' atebodd Neifion. 'Petai o yma efo ni rŵan, wyt ti'n meddwl y byddai o am i ni godi pac a rhoi'r gorau iddi?'

'Na,' cyfaddefodd Art.

'Na, yn union. Felly, mi gariwn ni ymlaen i geisio gwireddu'r freuddwyd... ei freuddwyd o. Hogi'n crefft, a pherffeithio ein harddull unigryw ni o chwarae.'

'Ond pwy all gymryd lle Maurice?' gofynnodd Yulia. 'Roedd o'n unigryw.'

'Oedd, yn hollol,' ategodd Art.

'Wel,' meddai Neifion, 'mae gen i rywun mewn golwg.'

'Pwy?'

'Ti'n cofio i mi fynd draw i Lundain yr hydref diwetha i weld Ray?'

'O na!' ebychodd Art. 'Nid y llanc 'na, gobeithio! Yr un roeddet ti'n ei ganmol i'r cymylau... hwnnw sy'n ddirprwy i Reggie yn Chicago Red?'

'Ia.'

'Efo pob dyledus barch, Neif, dwyt ti ddim yn gerddor. Mae o'n ddirprwy i Reggie am reswm... a dydy Reggie ddim yn ddigon da chwaith. Faint ydy'i oed o?'

'Deunaw.'

'Deunaw? A ti'n meddwl bod ganddo fo obaith mul o lenwi sgidiau Maurice?'

'Dwi'n gwybod be glywais i. Ac mi ges i sgwrs efo fo wedyn hefyd. Mae o'n gall iawn, ac mae 'na rywbeth arbennig amdano fo. A phaid ag anghofio, Art, dim ond un ar bymtheg oeddet ti pan wnes i dy gyfarfod di am y tro cyntaf... ac roeddet ti'n arwain Late Nite Plan bryd hynny.'

'Iawn. Pa mor hir mae o wedi bod yn chwarae jazz? Ac ai jazz poeth *go iawn* mae o'n ei chwarae, neu'r stwff dawns siwgraidd 'na mae holl fandiau gwyn Lloegr yn ei chwarae?'

'Dim ond blwyddyn neu ddwy, rhaid i mi gyfaddef, ond mae ganddo fo lwyth o brofiad ac mae o'n chwarae'n ofnadwy o boeth. Mae o mor ymroddedig hefyd. Uffern, mae o'n ymarfer am ddeg awr bob dydd! Ac mae o wedi chwarae efo rhai o'r goreuon yn Llundain a chael dysgu oddi wrthyn nhw... Harry Carney, Danny Polo, Sylvester Ahola... ac mae Ray yn deud ei fod o wedi gwneud argraff fawr arnyn nhw i gyd hefyd.'

'Sylvester?' gofynnodd Art. 'Diddorol.'

'Mae'n haeddu clyweliad o leiaf,' meddai Neifion.

'Iawn, ond dwi ddim yn addo dim,' atebodd Art. 'Os na fyddwn ni i gyd yn gytûn, fydd o ddim yn cael chwarae efo ni.'

'Wrth gwrs. Mi ro i ganiad i Ray.'

Roedd Emmi hefyd yn amheus. Byddai'n rhaid i'r llanc fod yn bianydd arbennig i ennill ei phleidlais hi, meddyliodd, gan iddi gael ei difetha'n llwyr gan athrylith unigryw Maurice White.

Pennod 8

Oriau mân bore Mawrth, 29 Ionawr 1929

20 Kirkstall Avenue, Tottenham, Llundain

Roedd Ifan Williams yn eistedd wrth ei ddesg fechan ac ar fin dechrau ysgrifennu llythyr at ei hanner brawd yng ngolau pŵl ei lamp oel ddrewllyd, gan nad oedd y tŷ wedi'i gysylltu â'r prif gyflenwad trydan. Er gwaethaf ei flinder ar ôl noson hir arall o waith yn Soho, roedd yn rhaid iddo rannu'i newyddion yn syth. Gallai glywed ei landlord, George, yn rhochian fel mochyn yn ei ystafell wely drws nesaf. Dyn a ŵyr sut y llwyddai Marie, ei wraig druan, i gysgu. Ceisiodd ysgrifennu heb wneud i goesau simsan y ddesg wichian – gwyddai o brofiad na fyddai hwyliau da ar George yn y bore petai'r sŵn yn deffro Marjorie, Dennis a Jack, plant y teulu.

Ifan Williams
20 Kirkstall Avenue
Tottenham
Llundain

Mr I Llwyd
Y Caban Bach
Tai Oakeley
Talywaenydd
Blaenau Ffestiniog

Ionawr 29ain, 1929

Annwyl Ieuan,

Diolch o galon am dy lythyr diwethaf, ac ymddiheuriadau am yr oedi mawr cyn ateb. Rwy'n falch o glywed bod dy goes di'n dechrau gwella ar ôl y ddamwain yn y chwarel.

Rwyf innau'n dda iawn, er bod George, fy landlord, wedi bygwth fy nhroi allan o'i dŷ am fod yn swnllyd pan ddof adref o'r clwb. Ond efallai na fydd angen i mi boeni am hynny am hir eto. Dyna pam dwi'n ysgrifennu atat ti yn oriau mân y bore – fedra i ddim meddwl am gysgu ar ôl derbyn cynnig mor anghredadwy!

Pan gyrhaeddais y clwb neithiwr galwodd Ray fi i'w swyddfa. Wyt ti'n cofio'r Almaenwr cyfoethog hwnnw y ces i sgwrs efo fo y noson yr oeddet ti yn y clwb? Wel, roedd o isio siarad efo fi ar y ffôn. Willi Grünbaum ydy'i enw fo, ond mae pawb yn ei alw'n Neifion am ryw reswm. Ta waeth, dweud wnaeth o fod y band jazz mae o'n ei reoli yn Berlin angen pianydd newydd. Dydw i ddim yn siŵr beth ddigwyddodd i'r un oedd ganddyn nhw, ond mae'n debyg ei fod o wedi gadael y band am byth. Beth bynnag, mae Neifion wedi fy ngwahodd i fynd i'r Almaen i gael clyweliad cyn gynted â phosib! Gredi di? Rywsut, ro'n i'n gwybod bod gwneud cais am basbort yn syniad da!

Dwi'n nerfus iawn ynglŷn â mynd dramor am y tro cyntaf, yn enwedig ar fy mhen fy hun, a doedd Ray ddim yn hapus, yn amlwg, ond mae o wedi rhoi caniatâd i mi fynd ymhen yr wythnos. Neifion sy'n talu am bob dim – yr awyren, y trenau a gwesty moethus. Ew, mi fydd yn antur!

Gyda llaw, mae'n ddrwg gen i na wnes i gystadlu ar

yr englyn yn Steddfod y Caban. Dwi wedi bod mor brysur. Os ga i'r swydd 'ma yn Berlin, dwi'n addo sgwennu atat ti'n amlach o lawer. Mi rof wybod i ti a fyddaf wedi cael y swydd neu beidio.

Diolch i ti am fod yn frawd i mi... wel, yn hanner brawd. Dwi wir yn gwerthfawrogi dy gefnogaeth.

    Cofion gorau,
    Ifan

Pennod 9

Brynhawn Llun, 11 Chwefror 1929

Gwesty Adlon, Berlin-Mitte, Ymerodraeth yr Almaen

Bron i bythefnos yn ddiweddarach eisteddai Ifan ar ymyl ei wely pedwar postyn, yn edrych drwy ffenest ei ystafell foethus ar lawr uchaf Gwesty Adlon. Roedd popeth mor wahanol yma. Camodd at y ffenest wrth weld rhywbeth rhyfedd yn yr awyr lwydaidd... rhywbeth tebyg i giwcymber enfawr. Wrth gwrs! Cofiodd ddarllen mewn papur newydd am awyrlong y Graf Zeppelin – mae'n rhaid mai dyna oedd hi. Tybed oedd hi'n hedfan i'r Unol Daleithiau?

Edrychodd i lawr. Doedd affliw o neb ar rodfa Unter den Linden islaw i'w gweld hi, ond doedd hynny fawr o syndod o ystyried yr eira a oedd wedi bod yn disgyn am oriau'n ddi-baid. Wrth i'r awyrlong ddiflannu i'r pellter, teimlai Ifan fel petai wedi breuddwydio'r cyfan.

Biti am y niwl, ystyriodd – roedd o'n siŵr fod golygfa wych i'w gweld o'r ystafell ar ddiwrnod clir. Sut gebyst oedd Herr Grünbaum yn gallu fforddio gwesty fel hwn, heb sôn am docyn awyren? Rhaid ei fod o'n ddyn cyfoethog iawn. Edrychodd Ifan ar neoglasuriaeth fawreddog Porth Brandenburg, ar goedwig aeafol Gardd yr Anifeiliaid y tu ôl iddo, ac ar ran uchaf Cofgolofn y Fuddugoliaeth roedd modd cael cipolwg arni uwchben brigau'r coed. Roedd Berlin yn ddinas eithriadol. Oedodd dros bensaernïaeth gain adeiladau'r Pariser Platz a chromen urddasol y Reichstag. Roedd Herr Grünbaum wedi sôn am y tirnodau hyn i gyd, a llawer mwy, wrth iddyn nhw deithio yma o'r maes awyr yn ei gar anferth, hynod, ychydig oriau ynghynt.

Er iddo fod yn byw yn Llundain ers dwy flynedd bellach, rhywsut, roedd Berlin eisoes yn rhagori. Hefyd, teimlai Ifan yn gartrefol yng nghwmni Neifion – er nad oedd o'n gerddor ei hun, gwyddai fod pob cerddor yn caru'i offeryn, a bod cael ei amddifadu ohono, hyd yn oed am ddiwrnod, yn hunllef. Oherwydd hyn, a chan ei fod yn adnabod perchnogion y gwesty, roedd y dyn mawr wedi trefnu i Ifan ddiddanu gwesteion yr Adlon y noson honno ar y piano crand yn y bar ar y llawr isaf. Byddai'n gyfle gwych i ymarfer ac i roi hwb i'w hunanhyder ar noswyl ei glyweliad mawr drannoeth... clyweliad mwyaf ei fywyd hyd yma.

Aeth i orwedd ar orchudd melyn y gwely wrth deimlo ton o flinder yn llifo drosto. Mae'n siŵr mai'r daith hir oedd yn gyfrifol. Wedi'r cwbl, doedd o, mwy na'r mwyafrif o'r boblogaeth, erioed wedi hedfan mewn awyren o'r blaen, o ystyried y gost aruthrol.

Roedd popeth mor newydd i Ifan, ac mor ddieithr. Roedd fel petai wedi glanio ar blaned arall, yn hytrach na gwlad arall yn Ewrop.

Syllodd ar ganopi glas tywyll y gwely. Wrth i'w lygaid gau, dechreuodd ei feddwl grwydro'n ôl i Lundain, wedyn i'w noson olaf yn y Blaenau: noson arall o eira... noson ei ben-blwydd yn un ar bymtheg oed.

Bob dydd yn Llundain, yn y misoedd cynnar hynny ar ôl iddo redeg i ffwrdd o Stiniog, roedd o wedi disgwyl i ryw heddwas ddod i'w arestio am yr hyn a wnaeth o. Tawelodd ei feddwl fymryn ar ôl i Ieuan gadarnhau fod Dafydd wedi dychwelyd i'w waith yn y chwarel tua phythefnos ar ôl i Ifan adael, gyda llai o ddannedd nag o'r blaen. Roedd cleisiau a chlwyfau Dafydd wedi mendio, ond byddai'r creithiau ar enaid Ifan yn para'n hirach o lawer.

Pennod 10

Brynhawn Mawrth, 12 Chwefror 1929

Islawr Tŷ Neifion, Bleibtreustraße, Charlottenburg, Berlin

Y prynhawn wedyn, roedd Ifan yn eistedd ar gadair freichiau yn swyddfa foethus ond oer Herr Grünbaum.

'Wyt ti'n barod?' gofynnodd Neifion.

'Ydw,' atebodd Ifan wrth geisio cuddio'i nerfau, er nad oedd o'n teimlo'n barod o gwbl mewn gwirionedd. Doedd o erioed wedi profi'r fath oerfel yn ei fywyd. Wnaeth o ddim sylwi ar hynny ddoe, ac yntau wedi treulio'r prynhawn yn ei ystafell glyd yng Ngwesty Adlon ac yng nghar cynnes Herr Grünbaum. Roedd yn drybeilig o oer weithiau pan arferai gerdded i lawr Llwyn-y-Gell i'r chwarel ar foreau iasoer o aeaf, neu pan fyddai'n seiclo adref i Tottenham o Soho yn oriau mân y bore, ond roedd yr oerfel hwn yn gwbl wahanol. Ugain gradd Celsius o dan y rhewbwynt, yn ôl Gustav, y *chauffeur*. Ar ben hynny, roedd gwres canolog Tŷ Neifion wedi torri, a dyna pam roedd Ifan yn gwisgo dau bâr o fenig.

'Iawn, mi awn ni i fyny,' meddai Herr Grünbaum. 'Cofia, mae pob un ohonyn nhw'n halen y ddaear, ond fel ti'n gwybod bellach, tydi amgylchiadau'r clyweliad hwn ddim yn ddelfrydol. Mi gollon ni Maurice mewn ffordd mor greulon, ac mi fydd yn cymryd cryn amser i bawb ddod dros hynny.'

'Wrth gwrs. Mi oedd yn ddrwg iawn gen i glywed.'

'Ond mi wyt ti'n gyfarwydd â bod o dan bwysau, ar ôl gorfod

dygymod â'r *cutting contests* enwog yn Llundain. Dwi'n siŵr y bydd hyn yn haws o lawer! Mae gen i ffydd ynddat ti.'

'Diolch i chi, Herr Grünbaum.'

'Galwa fi'n Neifion, plis.'

Cerddodd y ddau at y lifft ac agorodd Neifion y giatiau haearn trymion, un ar ôl y llall, a'u cau wedyn ar eu holau.

Rhifodd Ifan y lloriau wrth iddyn nhw godi – roedd y lifft yn cymryd oes. Erbyn iddyn nhw gyrraedd y pumed llawr roedd ei galon yn curo'n wyllt. Gwyddai na fuasai'n debygol o gael y fath gyfle eto'n fuan, os o gwbl. Cerddodd ar ôl Neifion i lawr y coridor, gan deimlo ton o wres braf yn taro'i wyneb wrth i Neifion agor drws yr ystafell ymarfer.

Am weddill ei oes, byddai Ifan yn edrych yn ôl ar y foment nesaf fel yr un a rannodd ei fywyd yn ddwy ran: y cyfnod cyn iddo weld wyneb Emmi Schmidt am y tro cyntaf, a'r gweddill. Wnaeth o ddim sylwi ar neb arall yn yr ystafell. Anghofiodd am yr oerfel. Anghofiodd am y pwysau ac am bwysigrwydd y clyweliad. Anghofiodd am bopeth. Sylwodd yn syth ar ei llygaid gleision, fel petaent yn syllu i grombil ei fodolaeth, a'i gwallt coch trawiadol oedd wedi'i steilio'n ffasiynol o fyr. Roedd yn rhaid iddo atgoffa'i hun i anadlu.

Cafodd ei rwygo o'i lesmair gan lais dyn cyfeillgar yr olwg â mwstas a chroen lliw coffi, oedd yn estyn ei law tuag ato. 'Ifan, dwi'n cymryd. Art ydw i, arweinydd y band.'

Ar ôl ychydig, nodiodd Ifan ei ben yn araf.

Synhwyrodd Emmi ei lygaid arni, a dechreuodd deimlo'n anghyfforddus.

'Mae'n boeth fan hyn,' meddai'r llanc yn lletchwith.

'Mae'n siŵr dy fod di bron â fferru, Ifan,' meddai Art. 'Be am i ni gael sgwrs fach cyn dechrau, er mwyn i ti gael cynhesu ac ymlacio chydig... dod i nabod pawb? Gyda llaw, mi fuasai'n well i ti dynnu dy fenig rŵan er mwyn i dy ddwylo gyfarwyddo â thymheredd yr ystafell.'

Ufuddhaodd Ifan. 'Syniad da. Diolch.'

Synnodd Emmi pa mor garedig a pharod ei gymwynas oedd Art. Doedd o ddim wedi estyn yr un cwrteisi iddi hi pan gafodd hi'i chlyweld.

'Ta waeth, gad i mi dy gyflwyno di i bawb, Ifan. Dyma Lincoln ar y trombôn, Ambrose ar y sacsoffon alto, a'r sacsoffon tenor... Elias ar y drymiau, Brad ar y bas dwbl, Angus yn fan hyn ar y gitâr a'r banjo... Yulia ar y clarinét ac, wrth gwrs,' meddai Art gan wenu'n hynaws, 'dyma Emmi, ein cantores.'

Wrth i'r Cymro gael ei gyflwyno i bob aelod o'r band, un ar ôl y llall, ysgydwodd eu dwylo'n ufudd. Sylwodd Emmi na wnaeth o edrych i fyw ei llygaid wrth iddo ysgwyd ei llaw hi, ond roedd ei afael yn gadarn a dymunol. Sylwodd hefyd pa mor drwchus oedd ei wallt du.

'Ty'd, eistedda i lawr efo ni,' meddai Art.

Aeth pawb i eistedd ar y soffas a'r cadeiriau cyfforddus yng nghornel yr ystafell helaeth.

'Felly, Ifan,' meddai Art, gan bwyso ymlaen yn ei gadair freichiau. 'Mi ddwedodd Neif dy fod di wedi bod yn chwarae efo cryn dipyn o'n cydwladwyr ni yn Llundain, gan gynnwys Sylvester... Sylvester Ahola?'

'Do, pan oedd o'n drwmpedwr yn y New Savoy Orpheans.'

'Oeddet ti'n chwarae yn y band hwnnw?'

'Na, dim ond mewn un sesiwn recordio. Mi oedd yn rhaid iddo sleifio'i drwmped allan o'r Savoy mewn bag melfed er mwyn cyrraedd y stiwdio... a recordio dan ffugenw, wrth gwrs.'

Chwarddodd Art yn uchel. 'Ia, dwi wedi clywed bod y rheolwyr yno'n hoff o'u *exclusivity clauses*!'

'Yn bendant,' meddai Ifan efo gwên.

Roedd y llanc yn dechrau teimlo'n fwy cyfforddus – yng nghwmni Art, beth bynnag – sylwodd Emmi. Ond am acen ryfedd oedd ganddo! Roedd hi wedi cyfarfod sawl Sais, a threulio digon o amser gyda Saeson nes iddi 'laru ar fod yn eu cwmni nhw, ond doedd hi erioed wedi clywed acen Saesneg fel hon. Roedd hi'n eitha hoff ohoni, gan ei bod yn swnio'n debycach i Almaeneg na'r acenion Saesneg roedd hi'n gyfarwydd â nhw.

'Pwy arall oedd yn chwarae yn y sesiwn honno?' holodd Art.

'Ray ac Al – Starita – ymysg eraill.'

'Waw. A ti oedd wrth y piano trwy gydol y sesiwn?'

'Ia.'

'*Jeez*! Wel... chwarae teg i ti. Maen nhw'n ffysi iawn ynglŷn â phwy maen nhw'n eu dewis i chwarae ar eu recordiau. Ond dweda wrtha i, be ti'n feddwl o'r sin yn Llundain?'

'Mae'n dibynnu. Os ydw i'n cael chwarae efo'r Americanwyr neu'r Eidalwyr, dwi wrth fy modd. Ond mae rhai o'r Saeson yn medru bod fymryn yn... rhwystredig.'

Chwarddodd Art eto, ac ymunodd pawb arall, hyd yn oed Emmi, er iddi hi geisio'i fygu.

'Dyna ddiplomatig!' meddai Art.

'Wel, ia,' cytunodd Ifan. 'Does gan y rhan fwya ohonyn nhw ddim syniad, a deud y gwir. Tydyn nhw ddim yn dallt jazz o gwbl. Maen nhw'n eitha trwsgwl... o, wn i ddim. Does ganddyn nhw ddim *swing*. Mae Saeson sy'n ceisio chwarae jazz fel... wel, fel Saeson yn y bôn. Mae Saeson yn mynd i wlad arall ac yn dal i ddisgwyl cael defnyddio'u hiaith eu hunain, efo ambell air o'r iaith leol bob hyn a hyn. Maen nhw'n disgwyl cael eu derbyn heb orfod dangos parch na cheisio gwneud unrhyw ymdrech go iawn.'

Chwarddodd Art unwaith eto. 'Dwi'n dallt yn llwyr! Ti ddim yn licio'r Saeson, felly?'

'Wel...'

'Paid â phoeni, dwi ddim yn eu licio nhw chwaith!' meddai un o'r cerddorion eraill – un o'r rhai gwyn. Ai Angus oedd ei enw fo? Roedd ganddo acen Albanaidd gref, fel yr ambell un o Glasgow roedd Ifan wedi'u cyfarfod yn Llundain.

'Dwi'n gwybod chydig am hanes y Cymry,' aeth Art yn ei

flaen, 'yr ormes roedd yn rhaid i chi ei dioddef dan law eich cymdogion. Dwi'n meddwl y byddwn ni'n tynnu 'mlaen yn dda iawn. Reit, ti'n barod i chwarae rhywbeth i ni... neu efo ni?'

'Ydw.'

'Be am "Wolverine Blues" i ddechrau?' awgrymodd Neifion.

Gwenodd Art. 'Pam lai? I ni gael clywed dy waith di fel unawdydd a chyfeilydd.'

Mae'n rhaid bod Art wedi cymryd at Ifan, ystyriodd Emmi, yn gadael iddo chwarae rhywbeth roedd o, yn amlwg, wedi'i ymarfer ymlaen llaw.

'Felly,' meddai Art, 'mae angen Elias a Brad... a Yulia, wrth gwrs. Mi fydd y gweddill ohonon ni'n gynulleidfa i chi.'

Cododd Ifan gyda llawer mwy o hyder nag o'r blaen a cherdded ar draws yr ystafell at y piano.

'Ble wyt ti'n byw yn Llundain felly?' gofynnodd Brad iddo.

'Tottenham. Dwi'n lletya efo teulu yno.'

'Dy deulu di?'

'Na, 'sgin i ddim perthnasau yn Lloegr. Gweld hysbyseb am y stafell mewn ffenest siop wnes i.'

'Rwyt ti ger stadiwm Spurs yn White Hart Lane felly?'

'Ydw, yn agos iawn. Mae'n bosib clywed y dorf! Sut oeddet ti'n gwybod hynny?'

'Es i i'r ysgol yn Llundain am chydig flynyddoedd,' eglurodd Brad. 'Blynyddoedd gwaethaf fy mywyd!'

'Ond Americanwr wyt ti, ia?'

'Ie, un o Efrog Newydd ydw i. Ond roedd gan fy rhieni awydd mab mwy gwaraidd, mae'n debyg.'

'Mi aeth rhywbeth o'i le felly, yn do!' meddai Elias, wrth eistedd i lawr y tu ôl i'w ddrymiau.

Chwarddodd pawb, gan gynnwys Brad ei hun.

'Ti sy'n dechra, Ifan,' meddai Brad, 'ac mi wnawn ni ymuno ar ôl yr *arpeggi* toredig, iawn?'

'Iawn,' atebodd Ifan.

Syllodd Emmi arno wrth iddo setlo'i hun wrth y piano crand. Roedd Neifion yn gallu fforddio'r gorau o bopeth – roedd dau Steinway ym Mhalas Neifion: un yn yr ystafell ymarfer a'r llall yn y clwb ar yr islawr.

Caeodd Ifan ei lygaid i ganolbwyntio, ac ymdaflu i'r darn yn bwerus. Teimlodd Emmi wefr yr ergydion wrth iddo ddechrau morthwylio'r llinellau bas gyda'i law chwith, y nodau y buasai trombôn yn eu canu fel arfer. Sylwodd fod ei throed dde'n symud i amseriad y curiadau – roedd gan y llanc *swing* na ellid mo'i wrthsefyll, a sŵn cystal â cherddorfa o ganlyniad i'r ymadwaith cyfareddol rhwng trawsacennu taer ei law dde a rhythm ei law chwith. Taflai ambell guriad gwag i mewn hefyd i ddwysáu effaith y cawodydd o nodau. Ar ôl tua dau funud roedd o wedi codi tempo'i chwarae, a gallai Emmi weld bod y llawenydd a lifai drwy ei gorff wedi erlid ei holl ofnau ymaith. Roedd o fel dyn cwbl wahanol i'r un a gerddodd i mewn i'r ystafell ymarfer.

O'r diwedd, daeth yr *arpeggi* toredig roedd Emmi wedi bod yn eu disgwyl, ac ar ôl ennyd o seibiant ymunodd yr offerynnau eraill. Gallai Emmi weld eu bod nhw i gyd wedi'u llorio gan y rhagarweiniad annisgwyl. Doedd 'run ohonyn nhw wedi clywed y ffasiwn beth o'r blaen... ar wahân i Neifion, wrth gwrs, oedd yn gwenu'n hunanfodlon, yn union fel roedd o wedi'i wneud ar ddiwedd ei chlyweliad hi.

Neidiodd y drymiau, y bas dwbl a'r clarinét ar y trên ar yr un pryd. Gwibiai clarinét Yulia fel pilipala ymhlith nodau'r piano, ac enciliai Ifan pan oedd angen er mwyn gwneud lle iddi. Llywiodd y pianydd ifanc yr acen rythmig o'r cryf i'r gwan ac yn ôl, gan wneud lle i ddrymiau Elias a bas dwbl Brad yrru'r darn ymlaen tuag at ei anterth wrth i'r tempo godi ymhellach. Yn ddisymwth, glaniodd y pedwar ar y nodyn olaf ar yr un pryd.

Cyn i atgof y nodyn olaf gael ei foddi gan fonllefau o gymeradwyaeth, gwyddai Emmi yn iawn nad oedd pwynt rhoi'r mater i bleidlais.

Pennod 11

Yn hwyr, brynhawn Mawrth, 12 Chwefror 1929

Romanisches Café, Kurfürstendamm, Charlottenburg, Berlin

'Also... die Herrschaften,' meddai'r gweinydd, 'einmal Nusskuchen, einmal Schwarzwälderkirschtorte und zwei Kaffee. Bitte schön! Sonst noch einen Wunsch?'
'Nein, danke. Das wäre alles,' atebodd Yulia.
'Alles klar, gnädige Frau!'
'Be ddeudodd o?' gofynnodd Ifan o dan ei wynt ar ôl i'r gweinydd symud ymlaen at y bwrdd nesaf.
'Dim ond dweud mai teisen gnau, teisen y Goedwig Ddu a dau goffi roedd o'n eu rhoi i ni.'
'Teisen y Goedwig Ddu? Ai dyna enw hon?'
'Ia – mae hi bach yn rhy felys i mi!'
'Mi fydd yn rhaid i mi ddysgu Almaeneg cyn gynted â phosib,' meddai Ifan.
'Bydd!'
'A diolch i ti, gyda llaw... am y deisen a'r coffi,' meddai Ifan.
'Dim o gwbl, mae'n bleser. Croeso i Berlin!'
Gwenodd Ifan. 'Mae hwn yn gaffi crand, tydi? Dwi erioed wedi gweld y fath ddewis o gacennau o'r blaen.' Rhoddodd lond llwyaid o'r gacen, oedd yn llawn hufen, siocled a cheirios, yn ei geg. 'Mmm, ac mae'n flasus iawn hefyd!'
'Guten Appetit... mwynha!' meddai Yulia gyda gwên.

Edrychodd Ifan o gwmpas y caffi er mwyn amsugno'i ogoniant. Roedd y nenfwd yn uchel a bron pob un o'r byrddau crwn, niferus yn llawn pobl fohemaidd yr olwg. Edrychai'r caffi yn llawer mwy nag yr oedd o mewn gwirionedd oherwydd effaith dwyllodrus y drych enfawr ar un wal, yn ogystal â'r holl ffenestri a oedd fel drychau yn erbyn y tywyllwch y tu allan.

'Ydy, mae o'n reit grand, am wn i,' atebodd Yulia. 'Mae'n boblogaidd iawn efo artistiaid, cerddorion, beirdd... pobl greadigol. Mi glywi di ambell ddadl wleidyddol ddifyr iawn yma hefyd. Dwi wrth fy modd efo'r lle.'

'Felly, hon ydy dy ardal di? Wyt ti'n byw yn Charlottenburg? Mi wn i nad wyt ti'n byw yn Nhŷ Neifion efo'r cerddorion eraill.'

'Ydw, dwi'n byw efo fy nghariad, Dietmar – yma yn Charlottenburg, ia. Yma dwi wedi byw drwy gydol fy amser yn yr Almaen.'

'Dwyt ti ddim yn Almaenes felly?'

'Be?' ebychodd Yulia. 'Na, Rwsiad ydw i. Mae 'na gymuned fawr o Rwsiaid yma yn Charlottenburg. Does dim modd byw yn Rwsia bellach, ddim efo'r holl Folsiefics 'na. Maen nhw'n wallgo!'

'Bolsiefics?'

'Ti wedi clywed sôn am Lenin a'r Chwyldro yn Rwsia?'

'Do, wrth gwrs.'

'Wel, fo wnaeth arwain y Bolsiefics – carfan asgell chwith eithafol y Marcswyr. Nhw wnaeth ddymchwel cyfundrefn y Tsar ac ailrannu'r tir rhwng y werin bobl... gan gynnwys ein tŷ ni!'

'O.'

'Felly, mi oedd yn rhaid i ni greu rhyw fath o Rwsia fach yma. 'Dan ni wedi llwyddo i raddau helaeth hefyd. Mae ganddon ni siopau, bariau, bwytai, clybiau, golchdai, hyd yn oed, yma. Does dim angen siarad Almaeneg o ddydd i ddydd, dim ond Rwsieg. Dyna pam mae'r ardal wedi'i bedyddio yn "Charlottengrad"!'

'Charlottengrad?' holodd Ifan yn syn.

'Ar ôl y Chwyldro, gadawodd dwy filiwn o Rwsiaid eu mamwlad. Dwy filiwn! Daeth bron i hanner miliwn ohonyn nhw yma, i'r ardal benodol hon o Berlin o gwmpas y Ku'damm. Ac mae llawer iawn ohonon ni – wel, ohonyn nhw – yn bobl gyfoethog. Y math o bobl sy'n dueddol o gymryd drosodd, ti'n deall? Pobl sy'n arfer cael eu ffordd eu hunain.'

'Do'n i ddim yn gwybod dim o hyn.'

'Pam ddylset ti? Gyda llaw,' aeth Yulia yn ei blaen yn ddidaro, 'allwn i ddim peidio â sylwi dy fod di'n ffansïo Emmi yn rhacs.'

Bu bron i Ifan dagu ar ei gacen. Cochodd at ei glustiau.

'Wel, doeddet ti ddim yn gynnil iawn am y peth,' chwarddodd Yulia. 'Roedd dy wyneb di'n dweud y cwbl!'

'O.'

'Cymera air o gyngor gen i, Ifan bach. Ti'n ddigon del, ond 'sgen ti ddim siawns efo hi. Mae hi'n gwrthod pawb – dynion a merched – a dim ond llanc deunaw oed wyt ti. Wyth mlynedd yn iau na fi! Anghofia amdani, rhag i bethau fynd yn lletchwith yn y band.'

'Ym... ia, iawn,' atebodd Ifan yn dawel.

'Ar nodyn gwahanol, dwi'n deall nad oes raid i ti ddychwelyd i Lundain.'

'Nac oes, mae'n debyg. Mae Herr Grünbaum... ym, Neifion... mae o wedi trefnu i rywun fynd i nôl fy mhethau o Lundain yn y dyddiau nesa, ac i dalu gweddill fy rhent i'r landlord.'

'Wel, dyna Neif i ti.'

'Mae "Neifion" yn llysenw rhyfedd, tydi?'

'Ydy o? Mae'n siŵr dy fod di'n gwybod am ei hanes o?'

'Dim ond chydig. Dwi'n gwybod am ei ddau fand yn Chicago, a'i fod o wedi dewis y cerddorion gorau o'r ddau i ddod efo fo i Berlin. Ond doeddet *ti* ddim yn Chicago, nac oeddat?'

'Na.'

'Sut wnest ti ymuno â'r band felly?'

'Wel, mi fu Mam farw ym Moscow pan o'n i'n bump oed. Wedyn cafodd Dad gynnig swydd ym Mhrifysgol Humboldt yn Berlin. Athro ieithoedd ydy... oedd o.'

'Ai dyna pam bod dy Saesneg di mor dda?'

'Siŵr o fod. Mi ges i fy magu yn siarad Rwsieg, Almaeneg a Saesneg, a mynd i'r ysgol yma yn Berlin tan o'n i'n un ar ddeg. Ar ôl dechrau'r Rhyfel Mawr mi ddychwelon ni i Moscow, ond mi ddaethon ni'n ôl i Berlin dair blynedd yn ddiweddarach, adeg y Chwyldro. Trwy'r holl amser hwnnw mi o'n i'n canu'r clarinét ac yn aelod o sawl cerddorfa o 1918 ymlaen.' Cymerodd Yulia gegaid o goffi cyn parhau. 'Mi oedd pethau mor llwm bryd hynny, wrth i'r Almaen golli'r rhyfel a phrofi'i chwyldro'i hun, ac mi aeth pethau o ddrwg i waeth yn fuan wedyn. Ond doedd popeth ddim yn gwbl ddu, chwaith.'

'Sut hynny?'

'Yn gyntaf, daeth y gwaharddiad ar fewnforio cynnyrch o dramor i ben, gan gynnwys recordiau o'r Unol Daleithiau. Ac yn ail, dechreuodd y radio. Prynodd Dad radio i mi, a dyna pryd y clywais i jazz am y tro cyntaf.'

'Wyt ti'n cofio'r darn cyntaf i ti ei glywed?' gofynnodd Ifan.

'O, ydw: "Tiger Rag".'

'Y fersiwn gwreiddiol o 1917?'

'Wrth gwrs. Mae'r recordiad o ansawdd isel iawn erbyn hyn, o'i gymharu â'r recordiadau diweddaraf fel "The Mooche" gan Duke Ellington.'

'Dwi'n hoff iawn o hwnna!'

'A finna. Mi oedd "Tiger Rag" yn agoriad llygad i mi ar y pryd – wyddwn i ddim cyn hynny fod modd canu'r clarinét yn y fath ffordd. O hynny ymlaen, mi gollais i bob diddordeb mewn chwarae cerddoriaeth glasurol, er bod yn rhaid i mi ddal i wneud hynny, wrth gwrs, er mwyn cadw'r blaidd o'r drws. Ro'n i'n gwario pob *pfennig* sbar ar recordiau jazz wedi'u mewnforio o'r Unol Daleithiau, ac yn astudio pob nodyn er mwyn deall beth oedd yn mynd ymlaen yn gerddorol. Cyn hir mi ges i gyfle i ddod yn aelod o fand jazz lleol, oedd yn help mawr o ran gwella a datblygu.'

'Yma yn Berlin? Ai Americanwyr oedden nhw?'

'Naci, Rwsiaid. Fel y dwedais i, mae popeth ar gael yn Charlottengrad!'

Chwarddodd Ifan. 'Sut ddoist ti ar draws Neifion felly?'

'Tad Neif, Martin, oedd y ddolen. Mi oedd ganddo fo siop faco ger y brifysgol, ac roedd Dad yn arfer mynd iddi ar ei ffordd i'w waith. Mi ddaethon nhw'n gyfeillion drwy gael sgwrs bob bore. Y tro olaf iddyn nhw siarad, fis Ebrill 1914 fel dwi'n deall, datgelodd Martin ei fod ar fin ymfudo, a hynny i'r Unol Daleithiau. Chlywodd Dad ddim gair gan Martin ar ôl hynny. Fawr o syndod. Ta waeth, ar ôl i ni ddod yn ôl i Berlin yn 1917, cafodd Dad ei swydd yn ôl. Roedd popeth yn iawn am ddegawd wedyn – wel, ar wahân i'r chwyddiant aruthrol a'r holl lymder – ond yn gwbl annisgwyl, gwpl o flynyddoedd yn ôl, cafodd Dad ei ddiswyddo. Roedd 'na ryw gynllwyn ar droed gan garfan o ddarlithwyr asgell dde oedd yn meddwl bod Dad wedi bod yn "rhy gyfeillgar" efo myfyrwyr Iddewig. O ganlyniad, mi gysylltodd Neif, mab Martin, â Dad.'

'O?'

'Roedd o newydd ddychwelyd i'r Almaen, a digwyddodd weld erthygl mewn papur newydd am anffafriaeth hiliol yn erbyn pobl Iddewig lle cafodd diswyddiad Dad ei grybwyll. Cysylltu wnaeth Neif i gynnig swydd iddo fo, yn dysgu Almaeneg i holl gerddorion ei fand. Mi fydd o'n dy ddysgu di hefyd!'

'Gwych!'

'Ar yr un pryd, cynigiodd Neif glyweliad i minnau gan fod y clarinetydd roedd o isio, sef brawd Art, wedi gwrthod dod efo nhw i Ewrop. Ffawd, yntê?'

'Yn hollol!' atebodd Ifan yn daer. 'Yr Asphalt Hustlers oedd enw'r band bryd hynny?'

'Na,' chwarddodd Yulia, 'ond mae honno'n stori dda hefyd. Enter the Trident oedd yr enw gwreiddiol. Beth bynnag, mi ges i swydd clarinetydd y band... ac mi ges i fwy na hynny yn y fargen! Ym Mhalas Neifion wnes i gyfarfod Dietmar, fy nghariad, tua blwyddyn yn ôl, y tro cyntaf un iddo ddod i mewn i'r clwb. Newyddiadurwr ydy o – golygydd *Die Rote Faust*, sef *Y Dwrn Coch*, un o'r papurau newydd Comiwnyddol. Mi oedd 'na newyddiadurwr arall ar fy ôl i hefyd ar y pryd, dyn o'r enw Paul Bauer, oedd wedi bod yn dod i'n gigs ni'n gyson ers misoedd. Ro'n i'n gwybod ei fod o'n fy ffansïo fi, ond doedd o ddim fy nheip i o gwbl. Ar ben hynny roedd y boi'n Natsi! Mae o'n gweithio i *Der Angriff*, sef *Yr Ymosodiad*, papur newydd y Blaid Natsïaidd. Doedd o erioed wedi sgwennu gair am y clwb na'r band na cherddoriaeth jazz o'r blaen, ond, yn syth ar ôl iddo fy ngweld i a Dietmar yn cusanu yn y clwb, dyma fo'n sgwennu erthygl gwbl ffiaidd am "gerddoriaeth ddiwreiddiau" y band gan alw Neif yn "dwyllwr yr asffalt"... oherwydd nad oes modd i wreiddiau dyfu trwy asffalt, am wn i. Wel, mi chwarddodd Neif dros y lle pan ddarllenodd o'r erthygl, a phenderfynu ei fod am ailenwi'r band yn Asphalt Hustlers.'

'Iesgob!' ebychodd Ifan. 'Mi wnaeth y boi Paul 'na sgwennu erthygl yn condemnio jazz dim ond am dy fod di wedi'i wrthod o?'

'Wel, do. Gwallgof, yntê? Ond mae 'na wrthdaro mewnol yng nghalonnau nifer o Almaenwyr ynglŷn â jazz.'

'Gwrthdaro mewnol?'

'Mae gan hyd yn oed y Natsïaid eu pleserau euog,' meddai Yulia gyda gwên ddireidus. 'Maen nhw'n hoff o ddihangfa nawr ac yn y man, fel pawb arall, a dyna ydy jazz i lawer o bobl. Mae'n ddihangfa o erchyllterau'r rhyfel, o chwalfa'r economi a cholli gwerthoedd y gymdeithas, ac yn y blaen. Mae jazz yn mynd yn groes i'r gwerthoedd traddodiadol Prwsiaidd o hunanddisgyblaeth a threfn. Ond, yn eironig ddigon, fel y gwyddost ti, mae angen hunanddisgyblaeth a threfn i'w chwarae o.'

'Argol...'

'Ond dyna hen ddigon amdana i,' meddai Yulia, 'be amdanat ti? Sut ar y ddaear wyt ti'n canu'r piano mor dda, a titha ond yn ddeunaw oed? A sut ddoist ti i sylw Neif?'

'Rhedeg i ffwrdd o 'nghartre wnes i, chydig dros ddwy flynedd yn ôl. Ges i fy magu mewn tref ddiwydiannol yn ardal y llechi yng ngogledd Cymru...'

'Pam wnest ti redeg i ffwrdd?'

Oedodd Ifan. 'Mi fysa'n well gen i beidio â sôn am hynny. Rywbryd eto, ella.'

'O. Iawn. Be ddigwyddodd ar ôl i ti redeg i ffwrdd?'

'Mi es i i lawr i Lundain. Wyt ti erioed wedi clywed sôn am y Kit-Kat Club yn Haymarket?'

'Wrth gwrs, mae o'n enwog!'

'Mi ges i swydd yno, yn gweithio yn y gegin.'

'Yn y *gegin*?'

'Dyna sut ges i fy nhroed i mewn.'

'A'r piano?' meddai Yulia'n goeglyd.

'Mi o'n i'n arfer canu'r piano yn yr ysgol Sul bob wythnos. Mi o'n i'n cyfeilio mewn eisteddfodau lleol hefyd.'

'Eiste– beth?'

'Eisteddfodau. Mae eisteddfod yn ŵyl neu gyfarfod – gwledd o gystadlu yn y bôn – sy'n cynnwys llenyddiaeth a cherddoriaeth. Mae pobl yn cystadlu am wobrau ariannol.'

'Fel *cutting contests* ym myd jazz?'

'O bosib,' atebodd Ifan gyda gwên.

'Ond dwi'n siŵr fod pobl yn cystadlu am barch hefyd, yn ogystal ag arian.'

'Heb os. Parch ydy popeth yn y Gymru Gymraeg. Mae o'n fwy na iaith – mae o'n ddiwylliant ar wahân.'

'Doedd gen i ddim syniad. Mi oeddet ti'n hen gyfarwydd â chyfeilio i gantorion felly. Sut roedd cyfeilio i Emmi yn y clyweliad yn cymharu?'

'Dwi wedi cyfeilio i sawl canwr mewn bandiau jazz o'r blaen, ond mae gan Emmi dipyn o offeryn. Mae ei llais hi'n ffwrnais o dân... ond mae o'n medru mudlosgi hefyd. Mae'n medru mynd â chdi i fydoedd eraill...'

'Hei, paid ag anghofio be ddwedais i wrthat ti amdani,' rhybuddiodd Yulia'n smala.

'Wna i ddim.'

'Yn ôl at y piano,' aeth Yulia yn ei blaen, 'sut ddysgaist ti?'

'Doedd ganddon ni ddim piano yn y tŷ pan o'n i'n blentyn, ond roedd 'na ddyn yn byw drws nesaf oedd yn gerddor ardderchog. Roedd o'n rhoi gwersi i mi ac yn gadael i mi ymarfer ar ei biano bob nos, fi a fy ... fi a'i fab, sydd chydig flynyddoedd yn hŷn na fi. Cerddoriaeth glasurol ac emynau ro'n i'n eu chwarae gan amlaf, ond ro'n i'n clywed bandiau dawnsio ar y radio – nid jazz go iawn, wrth gwrs, ond roedd o'n ddigon i danio diddordeb yndda i i ddysgu mwy. O'r cychwyn cyntaf mi o'n i'n medru chwarae o 'nghlust, ac mi o'n i'n arfer dynwared yr hyn ro'n i'n ei glywed ar y radio, a chreu trefniannau o ganeuon ar gyfer y piano. Erbyn i mi adael y Blaenau... Blaenau Ffestiniog ydy enw llawn fy nhref enedigol i... mi oedd gen i *repertoire* o ganeuon dawnsio. Un noson, pan o'n i'n gweithio shifft hwyr yng nghegin y Kit-Kat Club, mi arhosais i bawb fynd adra a sleifio i fyny i'r clwb i ganu'r piano ar y llwyfan. Fy nhrefniant fy hun o "Valencia" gan Paul Whiteman wnes i ei ddewis, ac am deimlad braf oedd cael canu offeryn o safon mor dda ar lwyfan go iawn!'

Dechreuodd Yulia fwmian alaw'r gytgan.

Chwarddodd Ifan. 'Yn union, honna – ac mae gen ti lais canu gwych hefyd! Ta waeth, do'n i ddim yn bwriadu chwarae am fwy na phum munud gan fod y gofalwr ar ei ffordd i gloi'r adeilad, ond roedd hynny'n ddigon i ddiwallu'r angen gan 'mod i'n hiraethu cymaint am allu canu'r piano. Ond, yn ddiarwybod i mi, roedd cyd-berchennog y clwb, Harry Foster, yn gwrando arna i yn y cysgodion. Mi ymddangosodd o ar y llwyfan y tu ôl i mi – bu bron i mi gael trawiad! Ro'n i'n disgwyl cael fy niswyddo yn y fan a'r lle, ond yn hytrach, dyma fo'n gofyn i mi ddal i chwarae, gan ei fod o'n gweld potensial ynddai. Dyna oedd y trobwynt – ar ôl y noson honno mi wnaeth o adael i mi ymarfer yn y clwb yn ystod y dydd, pan nad o'n i'n gweithio yn y gegin, a gadael i mi wrando ar ei gasgliad personol o recordiau jazz ar y gramoffon yn ei swyddfa. Mi oedd o isio clywed fy marn i am bob record – be oedd yn dda, be oedd yn wael a pham. Mi oedd yn sioc i mi ddallt nad oedd o'n ddyn cerddorol iawn, a fynta'n berchennog clwb jazz! Dri mis yn ddiweddarach mi ges i fy nyrchafu yn ddirprwy bianydd preswyl y clwb.'

'Efo'r Kit-Kat Club Band enwog?' gofynnodd Yulia.

'Yn union. Felly, doedd dim angen i mi weithio yn y gegin ar ôl hynny, diolch byth. Roedd un cerddor yn y band oedd yn wirioneddol dda, Americanwr o'r enw Sidney Clarke...'

'Y Sidney Clarke? Y clarinetydd?'

'Ia. Mi wnaeth o 'nghymryd i o dan ei adain. Roedd o'n fodlon gwneud amser i ymarfer efo fi a rhoi cyngor i mi am bob math o bethau. Bob nos, ar ôl i ni orffen chwarae yn y Kit-Kat Club, roedd o'n fy ngwahodd i fynd efo fo i sesiynau byrfyfyr ar-ôl-amser-cau mewn clybiau bach ledled Llundain: 43, Bag O'Nails, Chicago Red. Mi ddysgais i gymaint yn y sesiynau hynny – roedd yr holl Americanwyr sy'n chwarae yn y gwestai mawr yng nghanol y ddinas yn dueddol o fynd i'r clybiau bach ar ôl gorffen gweithio i herio'i gilydd mewn *cutting contests* –'

'– fel eisteddfodau!' torrodd Yulia ar ei draws.

'Yn union!' chwarddodd Ifan. 'Mae gen ti gof da. Mi oedd y cerddorion yn mwynhau ymlacio, yfed a chymdeithasu efo'i gilydd hefyd. Dwi erioed wedi bod yn yr Unol Daleithiau, ond ro'n i'n teimlo fel taswn i yno efo nhw, wrth iddyn nhw hel atgofion am eu mamwlad. Mi ges i gyfleoedd anhygoel i chwarae ar ambell recordiad stiwdio hefyd.'

'Fel yr un roeddet ti'n sôn amdano fo'n gynharach yn y clyweliad, efo Sylvester Ahola?'

'Ia. Beth bynnag, un noson tua blwyddyn yn ôl, yn y Kit-Kat Club, daeth asiant Jack Hylton ata i...'

'Na! Y Jack Hylton?'

'Ia! Roedd y fath alw am wasanaethau Jack bryd hynny fel bod yn rhaid iddo ffurfio sawl band oedd yn medru perfformio dan ei enw o mewn sawl lleoliad ar yr un pryd. Felly, mi adewais i'r Kit-Kat Club ac ymuno ag un o'r bandiau hynny... ond mi ges i lond bol ar y *repertoire* diflas yn reit fuan. Paid â 'nghamddeall i, ro'n i'n ddiolchgar iawn am bob cyfle, ac mi oedd hi'n hwyl teithio o gwmpas a chwarae gigs mewn gwestai a chlybiau gwahanol. Ond y broblem oedd 'mod i wedi dod i arfer chwarae jazz poeth go iawn efo'r Americanwyr, ac ar ôl hynny allwn i ddim diodde'r jazz diflas, ffug roedd band Jack yn ei chwarae. Ro'n i'n dal i gymryd rhan mewn *cutting contests* ar-ôl-amser-cau mewn sawl clwb bach, ac un noson yn Chicago Red, mi gynigiodd y perchennog –'

'Cyfaill Neif?'

'Ia, Ray. Mi gynigiodd o swydd i mi fel dirprwy bianydd preswyl. Un noson, roedd Neifion yn digwydd bod yn Chicago Red pan o'n i'n chwarae... wel, ti'n gwybod y gweddill bellach.'

'Waw! Am stori!'

'Ddim cystal â stori dy fand di.'

'Ein band *ni*!' cywirodd Yulia. 'Ti'n rhan o'r stori honno rŵan, cofia!'

'Gobeithio wir.' Oedodd Ifan am ennyd, i ystyried ei eiriau. 'Mae 'na rwbath dwi isio'i ofyn i ti...'

'Mae gen i gariad!' meddai Yulia'n chwareus.

'Na... fy rhagflaenydd i. Be ddigwyddodd? Mi ddwedodd

Neifion y bydd o'n cael ei gladdu'r wythnos nesa, a'i fod o wedi cael ei saethu'n farw ar lwyfan y clwb. Ddylwn i fod yn poeni?'

Difrifolodd wyneb Yulia, a bellach edrychai'r un mor welw â'i gwallt golau.

'O, Maurice,' atebodd hi'n brudd. 'Na, does dim angen i ti boeni. Syrthio mewn cariad â'r person anghywir wnaeth Maurice. Roedd gan ei gariad newydd gyn-bartner cenfigennus, oedd yn sâl yn ei ben...' Ysgydwodd Yulia ei phen cyn parhau. 'Trychineb oedd be ddigwyddodd i Maurice, ond does dim rhaid i ti boeni.'

'Oedd o'n bianydd da?'

'Heb ei ail, ond paid â phoeni. Petai Art ddim wedi meddwl dy fod di'n ddigon da i lenwi ei sgidiau, fuaset ti ddim yma. Rwyt ti'n gerddor cwbl wahanol iddo fo, felly does dim cystadleuaeth.'

'Mae 'na bob tro gystadleuaeth,' atebodd Ifan.

Pennod 12

Nos Sadwrn, 23 Chwefror 1929

Palas Neifion, Bleibtreustraße, Charlottenburg, Berlin

Roedd Art Wendell yn mwynhau bod yn arweinydd ar fand yr Asphalt Hustlers. Fo oedd yn cael y gair olaf bob tro, ac wrth i'r band baratoi i fynd ar y llwyfan ym Mhalas Neifion am y tro cyntaf ers i Ifan ymuno â nhw wythnos a hanner ynghynt, roedd pawb yn gwrando'n astud wrth iddo gynhesu'i wddf a'i drwmped. Chwaraeai raddfeydd a drodd yn gyflym yn alawon byrfyfyr a atgoffai Ifan o drydar adar bach wrth i'r llif diddiwedd o nodau blymio, saethu ac esgyn yn acrobatig er mawr lawenydd i'r gynulleidfa fach y tu ôl i'r llwyfan.

'Wyt ti'n medru gwneud iddo fo swnio fel sacsoffon hefyd?' holodd Ambrose yn gellweirus yn ystod seibiant bach.

Chwarddodd pawb, gan gynnwys Art, a dyma fo'n gwneud yn union hynny.

'Ia!' ebychodd Ambrose. 'Dyna chdi!'

Parhaodd Art i ganu'i drwmped fel petai'n sacsoffon alto, ac wrth i rythm pendant ddatblygu dechreuodd y dynion eraill, un ar ôl y llall, guro'u dwylo ar ail a phedwerydd curiad pob mesur i dempo'r gytgan.

Yn sydyn, llifodd ffrwd o gyffro i mewn i'r ystafell werdd wrth i Neifion ddod trwy'r drws a arweiniai at y llwyfan.

'*Showtime* ymhen dau funud, bawb,' meddai'n gynhyrfus, 'ac mae'r clwb dan ei sang heno!'

'Pawb am glywed ein pianydd newydd ni, mae'n siŵr,' atebodd Art gan wenu ar Ifan yn rhadlon.

Gwenodd Ifan yn ôl. Heb os nac oni bai, dyma'r foment roedd o wedi bod yn awchu amdani ers iddo adael Blaenau Ffestiniog, ac roedd o'n benderfynol o'i mwynhau i'r eithaf. Ei gig gyntaf yn bianydd parhaol mewn band o'r radd flaenaf. Am y tro cyntaf yn ei fywyd, teimlai fel petai'n perthyn i deulu lle roedd croeso go iawn iddo. Sylweddolodd, yn groes i bob disgwyl, fod ei nerfau i gyd wedi diflannu'n llwyr. Dim ond cynnwrf a deimlai bellach.

'Ble mae'r merched?' holodd Neifion ag ychydig o bryder yn ei lais.

'O, paid â phoeni,' meddai Brad yn galonogol. 'Tydyn nhw byth yn hwyr, nac'dyn?'

Ar y gair, agorodd drws ystafell newid y merched a daeth Yulia ac Emmi drwyddo, yn barod i fynd ar y llwyfan. Edmygodd Ifan ffrog batrymog, lliw siampên Yulia oedd â thaseli hirion wrth ei godre, y band gemog o'r un lliw am ei phen, y plu duon yn ei gwallt golau a'i chlustdlysau arian mawr. Ond gwisg Emmi aeth â'i wynt: ffrog goctel werdd â gwddf isel a haen allanol o sidan main du, patrymog, a estynnai dros ei breichiau noeth bron hyd at bennau ei menig sidan duon. Wrth i Emmi sythu'r plu gwyrdd yn ei gwallt coch, ni allai Ifan beidio â sylwi hefyd ar y ddwy res o berlau gwynion oedd o gwmpas ei gwddf, yn diflannu i lawr i'r agen rhwng ei bronnau. Trodd i ffwrdd yn gyflym rhag ofn i unrhyw un feddwl ei fod o'n llygadrythu arni'n amhriodol.

Ond wnaeth 'run o'r dynion eraill sylwi. Roedd ffocws pob aelod o'r band ar y dasg o'u blaenau.

Heb oedi pellach, arweiniodd Art ei fand allan ar y llwyfan wrth i'r gynulleidfa ddechrau chwibanu a chymeradwyo'n wyllt. Cafodd Ifan ei lorio gan egni'r dorf wrth iddo gerdded draw at ei gariad newydd – y Steinway oedd hyd yn oed yn fwy gogoneddus na'r un yn yr ystafell ymarfer. Wrth edrych i fyny, disgynnodd ei lygaid ar y geiriau *Neptuns Palast* oedd mewn neon gwyrddlas ar y wal yng nghefn y llwyfan.

Eisteddodd ar stôl y piano, a sylwi ar arwydd mawr oedd yn cael ei ddal i fyny gan griw o drawswisgwyr: arno roedd y geiriau 'Maurice, yn ein calonnau am byth, hir oes i Ifan!'. Roedd Ifan yn syfrdan am ychydig eiliadau hyd nes i Art glirio'i wddf a dechrau annerch y gynulleidfa ddisgwylgar.

'Fel y gwelwch chi, 'dan ni'n ôl...'

Cododd ton o gymeradwyaeth, ond tagodd Art hi'n syth drwy godi'i law.

'Na, all neb roi taw arnon ni, ac mae'n perfformiad ni heno er cof am bianydd a dyn arbennig dros ben, fydd yn aros yn ein plith ni am byth. Mr Maurice White.'

Storm arall o gymeradwyaeth ddigymell.

'Bu aelod o'n teulu farw yn gwneud yr hyn roedd o'n ei garu, ac mi fuasai o wedi dymuno i'r sioe fynd yn ei blaen,' meddai Art, 'ond hefyd – a dwi'n gweld bod rhai ohonoch chi wedi paratoi croeso ar ei gyfer o'n barod...'

Ar hynny, chwibanodd ambell un o'r trawswisgwyr oedd yn dal yr arwydd.

'Ffrindiau,' aeth Art yn ei flaen, 'mi hoffwn i groesawu i'r llwyfan bianydd y buasai Maurice wedi gwirioni ar ei ffordd unigryw o chwarae, pianydd ifanc a dawnus iawn o Gymru. Rhowch groeso mawr, os gwelwch yn dda, i Mr Ifan... Williams!'

Wrth i'r gymeradwyaeth a'r chwibanu ffrwydro, trodd Brad i roi winc galonogol i Ifan fel petai'n dweud, 'Ti'n medru gwneud hyn, boi. Dyma dy briod le di.'

Saethodd hwrdd o adrenalin drwy gorff Ifan, ac roedd o'n gwybod yn iawn beth i'w wneud nesaf, gan mai fo oedd i fod i ddechrau cân gyntaf y noson, 'A Monday Date', ar ei ben ei hun fel unawd piano.

Heb air pellach felly, a chyn i'r gymeradwyaeth bylu,

ymdaflodd i fersiwn *trumpet-style* o ragarweiniad cân ei arwr, Earl Hines. Yn fuan, roedd pob aelod o'r band a'r gynulleidfa'n tapio'u traed ac yn curo'u dwylo wrth i Ifan ryddhau ton ar ôl ton o alawon trawsacennog, emosiynol a olchai drwy'r clwb i gyd. Bellach, roedd Ifan yn ei fyd bach ei hun, a chafodd ei synnu pan ddechreuodd Emmi ganu:

> *Cofia di ein hoed nos Lun*
> *addewaist ddydd Mawrth d'wetha.*
> *Ffeindiais i le clyd i ni,*
> *tyrd ata i, bydd mor dda.*

Ymunodd gweddill y band â nhw mewn rhythm tyn a ysgogodd lanw arall o gymeradwyaeth.

Roedd calon Ifan Williams yn canu. Roedd o wedi cyrraedd adref o'r diwedd.

Pennod 13

Nos Fawrth, 30 Ebrill 1929

Sinema Babylon, Bülowplatz, Scheunenviertel, Berlin

Ychydig dros ddau fis yn ddiweddarach, dechreuodd y gerddorfa chwarae unwaith eto wrth i'r llenni trymion gau o flaen y sgrin enfawr.

Trodd Ifan at Brad. 'Fysat ti wedi talu 30,000 fflorin i weld Fräulein Else yn noeth?'

Chwarddodd Brad. 'Wn i ddim, 'machgen annwyl i. Mi fuasai'n dibynnu ar y gyfradd gyfnewid! Ond wyt ti'n sôn am Fräulein Else, y cymeriad, neu Elisabeth Bergner, yr actores?'

'Y cymeriad wrth gwrs!'

Gwenodd Brad. 'Yr actores fydd yn mynd â sylw'r Natsïaid, mae'n debyg... a fyddan nhw ddim yn hapus.'

'Pam?'

'Oherwydd mai dynes Iddewig ydy Elisabeth Bergner,' meddai Brad wrth iddo godi o'i sedd.

Doedd dim modd i Ifan ateb, gan i bawb yn eu rhes nhw ym mlaen y sinema ddechrau cael eu llusgo yn rhan o gorff neidr hir tuag at yr eil i gyfeiliant nodau dramatig olaf y gerddorfa. Ar ôl cyrraedd pen pella'r rhes o seddi gleision, llithrodd y neidr i fyny'r eil tuag at allanfa'r neuadd fawr a llifo i lawr y grisiau i'r cyntedd helaeth, melyn.

Gallai Ifan weld Yulia, Dietmar, Neifion a'r rhan fwyaf o aelodau eraill y band yn sefyll tua chefn y cyntedd. Cododd

Yulia ei llaw arno, a gwasgodd Ifan ei hun trwy'r dorf er mwyn cyrraedd ei gyfeillion. Am deimlad braf oedd perthyn! Roedd Ifan yn teimlo mor gartrefol yn Berlin bellach – dim ond dysgu sut i siarad Almaeneg yn iawn roedd o angen ei wneud rŵan.

'Wnest ti fwynhau?' gofynnodd Yulia iddo. 'Oeddet ti'n medru deall popeth?'

'O'n. Wel, y rhan fwya, gobeithio. Ond dyna'r peth braf am ffilmiau mud, am wn i – fyswn i ddim wedi medru dallt llun siarad yn Almaeneg. Ddim eto, beth bynnag.'

'Mae Dad yn deud dy fod di'n dod yn dy flaen yn dda yn y gwersi.'

'Chwarae teg iddo, ond dim ond ers deufis dwi wedi bod yn dysgu!'

'Iawn. Felly, be ddigwyddodd yn y ffilm?' gofynnodd Yulia. Chwarddodd Ifan. 'Wyt ti'n rhoi prawf Almaeneg i mi?'

'Pam lai?' atebodd Yulia'n ddireidus.

Y foment honno, ymunodd Emmi â'r grŵp ac, yn ddisymwth, dechreuodd Ifan deimlo'n boenus o hunanymwybodol.

'Reit,' meddai'n betrus. 'Mae merch freintiedig o'r enw Else yn mynd ar wyliau... i St. Moritz, dwi'n meddwl.'

'Cywir... wedyn?'

'Wedyn, mae hi'n derbyn llythyr oddi wrth ei mam, sy'n deud bod ei thad mewn twll ariannol. Mae o wedi betio ar y farchnad stoc efo arian ei gleientiaid. Mae o'n gyfreithiwr... ydw i'n iawn?'

'Wyt.'

'Wedyn,' aeth Ifan yn ei flaen, 'mae tad Else yn colli'r holl arian ar y farchnad stoc. Ond mae gan fam Else syniad. Yn digwydd bod, mae 'na hen ddyn cyfoethog hefyd ar wyliau yn St. Moritz, ac mae mam Else, mewn llythyr at ei merch, yn dweud wrth Else am ofyn i'r dyn am fenthyciad er mwyn achub croen ei thad. Mae'r dyn yn cytuno i roi benthyg 30,000 o fflorinau iddi, ar un amod: bod Else yn barod i dynnu ei dillad o'i flaen o. Mae Else mewn cyfyng-gyngor. Mae hi isio helpu'i thad, ond dydy hi ddim yn fodlon bradychu ei hegwyddorion trwy buteinio'i hun. Felly, mae hi'n yfed rhyw wenwyn, ac wrth iddi hi ddechrau tynnu ei dillad yn ystafell yr hen ddyn, mae hi'n disgyn yn farw wrth ei draed.'

'Da iawn!' meddai Yulia'n gymeradwyol.

Yn falch ohono'i hun, trodd Ifan at Emmi, ond rhewodd ei wên pan sylwodd fod dagrau'n cronni yn llygaid y gantores. Trodd Emmi oddi wrtho.

'Felly, be ydy moeswers y stori?' gofynnodd Dietmar, cariad Yulia a golygydd papur newydd Comiwnyddol *Y Dwrn Coch*, gyda gwên.

'Paid â betio efo arian pobl eraill?' atebodd Ifan.

'Paid â betio o gwbl!' atebodd Dietmar. 'Tro dy gefn ar gyfalafiaeth! Gwreiddyn pob drwg ydy ariangarwch!'

'Ond mae modd gwneud daioni mawr efo arian hefyd,' ebychodd Neifion ar ei draws.

'Wel,' cydnabyddodd Dietmar yn gymodlon wrth gofio pwy oedd wedi talu am ei docyn i'r sinema, 'tydi pob cyfalafwr ddim mor garedig â chdi, Neif!'

'Sut mae'r trefniadau ar gyfer fory'n dod yn eu blaenau?' gofynnodd Art i Dietmar.

'Be sy'n digwydd fory?' holodd Ambrose.

'Gŵyl Fai!' atebodd Dietmar yn anghrediniol. 'Ac yn dda iawn, Art, diolch. Mi fydd miloedd ohonon ni'n gorymdeithio ar y strydoedd.'

'Er gwaethaf ymestyn y gwaharddiad?'

'Pa waharddiad?' holodd Lincoln.

'O diar,' meddai Art. 'Mi fuasai'n well i ti egluro i'r rhai sy ddim wedi bod yn darllen y papurau newydd yn ddiweddar, Dietmar!'

Gwenodd Dietmar. 'Rydych chi'n gwybod pa mor bwysig ydy Gŵyl Fai i ni'r Comiwnyddion, yn tydych?'

'Rhywbeth gwleidyddol?' awgrymodd Ambrose.

'Ia,' meddai Dietmar. 'Ar y cyntaf o Fai bob blwyddyn, 'dan ni'n coffáu hanes y mudiad sosialaidd – sosialaeth go iawn, cofiwch, nid sosialiaeth ffug y llywodraeth sy'n fwy o ffasgiaeth gymdeithasol. 'Dan ni'n dathlu'n buddugoliaethau ac yn galaru dros ein gorchfygiadau. Ond eleni, mae Zörgiebel –'

'Pwy ydy Zörgiebel?' holodd Lincoln. 'Mae'n swnio fel math o bla!'

Chwarddodd sawl aelod o'r band.

'Pennaeth Heddlu Berlin,' atebodd Dietmar, 'ac mae o'n aelod o'r SPD hefyd, wrth gwrs: Plaid y Democratiaid Cymdeithasol. Mae o wedi gwahardd unrhyw fath o ymgynnull cyhoeddus, a hynny ar ddiwrnod pwysica'r flwyddyn i ni. Wel, chaiff 'run ffasgydd cymdeithasol ein gorfodi ni i aros adref yn hytrach nag amddiffyn ein hawliau. Dwi newydd sgwennu erthygl ar y pwnc yn y *Rote Faust*.'

'Ond, a bod yn deg,' meddai Art, 'osgoi tywallt gwaed ydy bwriad Zörgiebel, yntê? Wedi'r cwbl, mae'r sefyllfa'n mynd yn fwy a mwy treisgar rhwng y Natsïaid a dy gynghrair di... be ydy'i henw hi eto? Cynghrair Ffrynt Goch yr Ymladdwyr?'

'Da iawn! Y Rotfrontkämpferbund, ia,' meddai Dietmar. 'Ond dwi'n gobeithio nad wyt ti'n awgrymu ein bod ni yr un mor ddrwg â'r Natsïaid,' ebychodd Dietmar. 'Gorymdeithio'n heddychlon, dyna'r cwbl 'dan ni am ei wneud.'

'Wrth gwrs,' atebodd Art.

'Ta waeth, dyma ddechrau cynlluniau unbeniaeth ffasgaidd y fwrgeisiaeth a'r sosialiaeth gymdeithasol – sef y ffasgiaeth gymdeithasol – dwi'n deud wrthoch chi!'

"Ond mae'n deud yn *Der Angriff*...' dechreuodd Neifion.

'*Der Angriff*?' ebychodd Dietmar gan dorri ar ei draws. 'Pam gebyst wyt ti'n darllen y lol ffiaidd 'na, a tithau'n ddyn Iddewig?'

'Oherwydd fy mod i'n ddyn Iddewig!' atebodd Neifion.

'Rhaid i mi fod yn ymwybodol o'r hyn mae'r gelyn yn ei feddwl ac yn ei gynllunio, er mwyn achub y blaen arno.'

'Digon teg,' meddai Art. 'Mi o'n i'n arfer gwneud rhywbeth tebyg efo'r Ku Klux Klan.'

'Fel ddwedais i,' aeth Neifion yn ei flaen, 'mae'n dweud yn *Yr Ymosodiad* fod y Natsïaid wrth eu boddau fod Plaid y Democratiaid Cymdeithasol a Phlaid Gomiwnyddol yr Almaen yn brwydro ymhlith ei gilydd. Maen nhw'n ei ystyried yn wynt ffafriol i'r Blaid Natsïaidd. Nhw, y Natsïaid, fydd yn y dorf fory wrth i chi a'r heddlu ymladd. Mi ddylsech chi gymodi â'r heddlu, a chanolbwyntio ar y Natsïaid!'

'Haws deud na gwneud, mae gen i ofn,' meddai Dietmar.

'Oes 'na rywun arall wedi syrffedu ar y sgwrs 'ma?' gofynnodd Angus yn smala, a chwarddodd pawb.

'Iawn,' meddai Neifion yn siriol, 'awn ni rownd y gornel i gael diod neu ddwy i orffen y noson mewn steil?'

'Dyna'r peth call cyntaf dwi wedi'i glywed heno!' atebodd Angus.

Wrth i'w chwerthin bylu roedd cylchfilwyr Sturm 12 yn martsio'n benderfynol heibio i'r Volksbühne, Llwyfan y Werin, ar ochr arall y Bülowplatz. Yn swyddogol, roedd y grŵp dan reolaeth Capten-SA Lutz Schneider, ond roedd pawb yn gwybod mai Milwr-SA Fritz Kramrisch oedd yr arweinydd go iawn. Cyn-filwr yn y Rhyfel Mawr oedd Fritz, llabwst ciaidd a'i wyneb wedi'i anffurfio'n gas gan anaf wrth frwydro. Câi fodd i fyw wrth fartsio gyda'i gyd-filwyr yn eu lifrai a'u capiau caci, gan wisgo'i rwymyn braich coch â'r swastica arno yn falch. Roedd o'n mwynhau'r arswyd llwyr ar wynebau'r cerddwyr eraill wrth i'r fyddin fach filain feddiannu'r palmentydd, ac wrth i'r cyhoedd sgrialu i bob cyfeiriad fel llygod mawr o flaen haid o gathod. Doedd neb am edrych i fyw llygaid 'run o'r cylchfilwyr rhag ofn i'r grŵp newid cyfeiriad ac anelu amdanyn nhw. Petai

Fritz yn gweld rhywun yn cael cip ar ei wyneb, byddai'n mwynhau gweld eu hymateb – roedd twll sylweddol lle bu ei drwyn, yn ogystal â chwydd enfawr, poenus yr olwg o dan groen ei dalcen mewn siâp morthwyl a chryman. Roedd wyneb Fritz yn siarad yn blaen: doedd ganddo ddim i'w golli mewn ffrwgwd. Diolch iddo fo, yn bennaf, roedd trais a chreulondeb yn pelydru mewn tonnau o Sturm 12.

Gwyddai Fritz nad oedd Lutz yn hapus y buasen nhw'n cyrraedd Sinema Babylon yn hwyr. Roedden nhw i fod i gyrraedd fel roedd y drysau'n agor, ac fel roedd y Comiwnyddion a'r Iddewon yn llifo allan fel chwain. Y rhain oedd baw isa'r domen, ac roedd yn rhaid i Sturm 12 gael gwared â nhw. Ond roedd Fritz wedi gorfod dysgu gwers i ryw Iddew ar y ffordd, gwneud iddo ddeall nad oedd ganddo hawl i wisgo'i het fach wirion yn yr Almaen, na'r taselau gwynion chwerthinllyd, na'r cudynnau modrwyog o wallt oedd yn codi cymaint o gyfog ar Fritz. Ta waeth, doedd o ddim yn berchen ar yr un o'r pethau hynny mwyach. Wrth i Fritz guro'i bastwn yn rhythmig i mewn i gledr ei law chwith, roedd ychydig o waed yr Iddew brwnt yn cael ei drosglwyddo ar ei groen. Gwenodd y milwr wrth gofio fod gan y gwehilyn ychydig llai o ddannedd erbyn hyn, yn ogystal â slaes gas yn ei wefus isaf. Roedd ei drwyn wedi gwneud sŵn reit afiach wrth i Fritz ei dorri, a chafodd fwynhad mawr wrth rwygo'i wallt a chicio sawl asen yn ddarnau. Un o'i hoff ddyletswyddau – na, pleserau – oedd pastynu Iddewon a Chomiwnyddion. Pan gollodd Fritz ei drwyn ei hun ar ddiwrnod ola'r Rhyfel Mawr, roedd milwyr gogoneddus yr Almaen wedi bod ar drothwy buddugoliaeth hanesyddol... nes i'r bradwyr anweledig dynnu'r tir o dan eu traed. Dyna'r unig esboniad: byddai byddin yr Almaen wedi ennill y rhyfel fel arall, doedd dim amheuaeth. Roedd pob cweir a roddai i Gomiwnydd neu Iddew mor gathartig o'r herwydd, yn gosb haeddiannol am drosedd. Roedden nhw i gyd yn euog, hyd yn oed y rhai nad oedden nhw wedi bod yn ddigon hen i ymladd yn y Rhyfel Mawr... hyd yn oed y rhai nad oedden nhw wedi'u geni bryd hynny. Cyfiawnder naturiol oedd o. Pan fyddai'r Drydedd Reich yn dechrau go iawn gallai Fritz eu saethu i gyd yn farw, ond roedd yn rhaid i'w bastwn wneud y tro am rŵan. Roedd amynedd yn rhinwedd bwysig.

Trodd carfan Sturm 12 i'r dde i mewn i'r Weydingerstraße, a chyflymu. Roedd Fritz yn casáu holl oleuadau neon gorliwgar y ddinas. Nid dyma'r math o wlad roedd o eisiau byw ynddi. Ond ar y llaw arall, roedd y Nadolig wedi dod yn gynnar! Dyma fonws annisgwyl: diadell hyfryd o Negroaid a thramorwyr oedd yn rhy brysur yn chwerthin a sgwrsio i fod yn ymwybodol o bresenoldeb Sturm 12. Allai Fritz ddim aros i dynnu'r wên ynfyd oddi ar eu hwynebau.

'Drycha!' meddai wrth Paul Bauer, oedd yn martsio wrth ei ymyl yn rhes flaen y garfan. 'Neumann... a'i gariad, yr hwren o Rwsiad benfelen. A'r Iddew afiach, tew 'na hefyd!'

'Twyllwr yr asffalt?'

'Dyna ti. Mae gen ti asgwrn i'w grafu efo Neumann, yn does?'

'Hm!' ebychodd Paul a tharo cledr ei law chwith â'i bastwn mor galed fel y daeth dagrau i'w lygaid.

Ond wedyn, cafodd Fritz gipolwg ar rywun arall: y slwten o ferch roedd Lutz yn ei haddoli, yr un dal â'r gwallt coch byr. Ai Emmi oedd ei henw hi? Byddai'n rhaid i Fritz wneud yn siŵr na fyddai hi'n cael ei niweidio. Pam fod Lutz wedi gwirioni cymaint arni, a hithau yn amlwg ddim yn ei siwtio? Efallai, petai Lutz yn gwybod faint roedd Fritz yn ei garu o...

'NEUMANN!!!' gwaeddodd Fritz nerth ei ben.

Sgrechiodd Yulia.

Allai Emmi ddim gweld wyneb Dietmar, ond roedd o'n sefyll yn gwbl ddisymud. Fferrodd ei gwaed pan welodd Lutz ymysg y cylchfilwyr. Roedd hi wedi bod yn ymwybodol fod heidiau ciaidd y Sturmabteilung yn crwydro strydoedd Berlin yn chwilio am bobl nad oedden nhw'n cydymffurfio â delfrydau'r Natsïaid. Roedd hi hefyd yn ymwybodol o'r ffaith fod ei chyfaill bore oes yn Gapten yn yr asgell barafilwrol honno. Ond profiad gwahanol iawn oedd cael y gwirionedd noeth hwn yn ei hwynebu. Yr eiliad honno sylwodd Lutz arni, a syllodd y ddau ar ei gilydd, y naill a'r llall, mewn anghrediniaeth. Gwyddai Emmi y buasai Lutz yn galw'i gylchfilwyr yn ôl petai hi'n galw arno i wneud hynny, ond roedd hi wedi'i pharlysu. Sylweddolodd hefyd nad oedd hi'n awyddus i aelodau eraill y band wybod ei bod hi'n adnabod un o'r Natsïaid mor dda.

Bellach roedd y cylchfilwyr, a Lutz yn eu plith, wedi dod i stop ychydig fodfeddi'n unig o flaen y criw, ac yn eu llygadu'n fygythiol. Manteisiodd y llu o gerddwyr eraill ar y cyfle i ruthro heibio a dianc i'r nos.

Sylwodd Emmi fod Ifan, oedd ar flaen y grŵp wrth ochr Dietmar a Yulia, wedi troi'i ben i edrych i fyw ei llygaid hi. Edrychodd yn ôl arno'n ddifynegiant.

Am sawl eiliad roedd fel petai amser yn sefyll yn stond, ond yn sydyn, brasgamodd Ifan ymlaen i herio'r llabwst â'r wyneb erchyll oedd yn arwain y garfan. Allai Emmi ddim symud modfedd.

'Os ydych chi isio targedu'r bobl yma, mi fydd yn rhaid i chi ddelio efo fi gynta,' meddai Ifan yn herfeiddiol.

Chwarddodd y colbiwr dychrynllyd. 'Ti isio marw, Sais?' gofynnodd yn iasol mewn Saesneg gwael wrth chwifio pastwn du gydag arlliw o goch arno o flaen trwyn Ifan.

'Dwi ddim yn Sais. Cymro ydw i.'

'Wel, Gymro, mae gen ti bum eiliad i symud allan o'r ffordd.'

'Na,' atebodd Ifan yn gadarn. 'Gwna fel fynni di.'

Ymddangosai am eiliad fel petai Fritz mewn cyfyng-gyngor. Yna, yn sydyn, taflodd ei bastwn i'w law chwith a dyrnu Ifan yn giaidd yn ei wyneb efo'i law dde. Clywodd pawb glec fel petai rhywbeth yn torri.

Syrthiodd Ifan ar y palmant, a chamodd Fritz ymlaen a'i gicio ddwywaith yn ei fol â'i esgid drom. Ni symudodd neb i helpu Ifan, a ddywedodd neb 'run gair. I Emmi, roedd yr olygfa fel ffilm yn cael ei chwarae'n rhy araf wrth i bastwn y llabwst godi. Gwyddai Emmi y buasai'r pastwn hwnnw'n dechrau taro Ifan mewn dim o dro – Ifan druan oedd yn gorwedd â'i wyneb ar y palmant. Ceisiodd baratoi ei hun ar gyfer yr ergydion fyddai'n siŵr o hollti ei benglog.

Ond nid dyna ddigwyddodd.

Yn hytrach, gwelodd Emmi hanner bricsen yn hedfan trwy'r awyr a tharo'r milwr yn ei ben. Syrthiodd yntau i'r llawr fel sachaid o datws. Eiliad yn ddiweddarach ymddangosodd haid enfawr, swnllyd o bobl yn cario pastynau a chyllyll a cherrig, mewn lifrai o liw gwahanol, a dechrau ymosod ar y Natsïaid wrth floeddio sloganau anweddus. Rhaid bod o leiaf deg ar hugain ohonyn nhw – aelodau o Gynghrair Ffrynt Goch yr Ymladdwyr. O ystyried mantais y cylchfilwyr Comiwnyddol o ran niferoedd ac offer, roedd yn amlwg nad oedd modd i'r Natsïaid gystadlu. Clywodd Emmi orchymyn Lutz i'w gylchfilwyr dynnu'n ôl, a chododd y dyn erchyll oedd wedi dyrnu Ifan ar ei draed, a gwaed yn llifo o glwyf cas yn ei arlais. Dechreuodd y Comiwnyddion hel y Natsïaid ymaith i lawr y Weydingerstraße.

Rhuthrodd Emmi at Ifan, oedd yn dal i orwedd ar y palmant, a chyrcydu o'i flaen.

'Be ddiawl oeddet ti'n wneud!' ebychodd hi. 'Mi allai o fod wedi dy ladd di!'

'Ddrwg gen i, ond...' meddai Ifan yn dawel.

'Shhh. Ti angen mynd i'r ysbyty. Does dim angen i ti wneud rwbath mor dwp â hynna i wneud argraff arna i, iawn?'

Pennod 14

Nos Iau, 2 Mai 1929

Ogof Neifion, plasty Willi Grünbaum, Gwladfa'r Plastai, Königsallee, Grunewald

'Rŵan,' cyhoeddodd Neifion, oedd yn eistedd wrth ben y bwrdd cinio hir yn ei ystafell wledda Eidalaidd foethus, 'mi hoffwn i gyflwyno i chi...'

Oedodd er mwyn caniatáu i'r cerddorion floeddio a churo ar y bwrdd.

'Mi hoffwn i gyflwyno i chi i gyd... ar ei ymweliad cyntaf ag Ogof Neifion... gŵr gwadd y noson...'

Mwy o floeddio a churo ar y bwrdd.

'... arwr y Weydingerstraße...'

Hyd yn oed mwy o stŵr.

'... achubwr ein crwyn ni i gyd... Mr... Ifaaan Williaaaams!'

Trodd y bloeddio a'r curo'n gymeradwyaeth frwd wrth i fwtler Neifion, yr hengall Severin, arwain Ifan yn ddefodol o'r atriwm agored i mewn i'r ystafell a heibio i'r gwesteion eraill at yr unig sedd wag wrth y bwrdd, oedd y drws nesaf i Neifion ei hun.

Amsugnodd Ifan holl odidogrwydd yr ystafell wrth iddo gael ei arwain gan Severin: y nenfwd uchel, y pileri crand a'r siandelïers mawr, chwaethus oedd yn crogi uwchben y bwrdd pren caboledig, du. Roedd dau ganhwyllbren siâp coeden ar y bwrdd, ac roedd y cadeiriau du oedd â chlustogau glaswyrdd arnynt yn cydweddu'n berffaith â'r bwrdd. Ar y waliau roedd y papur melyn golau, drud yr olwg, yn adlewyrchu'r llawr marmor patrymog oedd â lliwiau melyn golau a glaswyrdd ynddo.

Ar orchymyn Neifion roedd pawb yn eu dillad crandiaf, ac roedd yr holl ffws yn gwneud Ifan fymryn yn anghyfforddus. Doedd o ddim wedi bod eisiau'r holl ffwdan, a phoenai y gallai Emmi feddwl fod y cyfan yn mynd i'w ben.

Emmi oedd y person cyntaf iddo'i gweld wrth ddod i mewn i'r ystafell, yn eistedd ar ben y bwrdd, wrth ymyl Lincoln, Angus ac Art. Ar ochr arall y bwrdd roedd Elias, Brad, Ambrose, Dietmar a Yulia, oedd yn eistedd gyferbyn â fo. Edrychai'r ddwy ferch yn drawiadol yn eu ffrogiau coctel, a'r holl ddynion hyd yn oed yn smartiach nag arfer yn eu siacedi ciniawa duon.

Gwenodd Yulia yn gefnogol ar Ifan wrth iddo eistedd i lawr gyda chymorth seremonïaidd Severin.

'Mi hoffwn i gynnig llwncdestun felly,' aeth Neifion yn ei flaen, 'i Ifan!'

'I Ifan!' ategodd pawb wrth godi'u gwydrau ac edrych arno. Cochodd Ifan hyd at ei glustiau.

'Felly,' holodd Art wrth i bawb ddechrau setlo, 'sut uffern wyt ti, frawd? Dim ond heno gest ti dy ryddhau o'r ysbyty, yntê?'

'Ia, ond doedd wir ddim angen i mi aros yno cyhyd.'

'Wrth gwrs bod angen!' torrodd Neifion ar ei draws.

'Mae'r llygad du 'na'n dal i edrych yn gas, rhaid deud!' meddai Brad.

'Mae'n iawn,' atebodd Ifan yn wylaidd, 'dydy o'n ddim byd.'

'Dim byd?' ebychodd Neifion. 'Mi ddwedodd y llawfeddyg i ti fod yn lwcus na chollaist ti dy lygad!'

'Wir?' holodd Angus.

'Cafodd twll ei lygad ei dorri,' esboniodd Willi. 'Dim ond crac trwch blewyn, felly doedd dim angen llawdriniaeth yn y pen draw... ond cofia, Ifan, paid â chwythu dy drwyn am fis!'

'Pam hynny?' holodd Yulia.

'I sicrhau na fydd unrhyw haint yn lledaenu i dwll ei lygad,' atebodd Neifion yn dadol.

Buasai wedi bod yn dda gan Ifan petai pawb wedi stopio ffwdanu. Wrth iddo gymryd llwnc o'i siampên, ciledrychodd i lawr y bwrdd ar Emmi, ond roedd hi'n sgwrsio'n dawel gyda Lincoln, heb dalu unrhyw sylw i'r hyn oedd yn mynd ymlaen ym mhen arall y bwrdd.

'O,' ychwanegodd Neifion, 'ac mae tair o'i asennau wedi'u torri. Does dim triniaeth i'r rheiny chwaith, ar wahân i rew i leddfu'r boen. Ond cofia, Ifan, mae'n rhaid i ti barhau i anadlu'n ddwfn er mwyn osgoi llid ar yr ysgyfaint. Ar wahân i hynny oll, mae 'na newyddion da: mae dwylo amhrisiadwy'r bachgen yn ddianaf, ac mi fydd o cyn iached â chneuen o fewn mis!'

Dechreuodd y criw gymeradwyo a bloeddio eto.

Roedd Ifan yn casáu cael ei alw'n fachgen. Doedd o ddim wedi teimlo fel hogyn ers dros flwyddyn. Ond ceisiodd atgoffa'i hun pa mor eithriadol o lwcus oedd o i gael bod yn bianydd mewn cystal band â'r Asphalt Hustlers, heb sôn am fand oedd â chantores fel Emmi.

'Ond,' aeth Neifion yn ei flaen, 'dyna'r unig newydd da heddiw, gwaetha'r modd... ar wahân i'r ffaith na chafodd Dietmar ei anafu na'i arestio.'

'Aeth yr orymdaith Gŵyl Fai yn iawn ddoe?' gofynnodd Ifan i Dietmar.

'Chlywaist ti ddim?'

'Naddo. Ddrwg gen i, ches i ddim gweld papur newydd yn yr ysbyty oherwydd fy llygad.'

'Wrth gwrs,' meddai Dietmar. 'Mi oedd hi'n drychinebus, yn anffodus, a chafodd gwaed y gweithwyr ei dywallt.'

'Na!' ebychodd Ifan.

Nodiodd Dietmar. 'Cafodd sawl person ei ladd gan yr heddlu, y *Schweinehunde*! Ond – hyd yn oed yn waeth – nid dim ond y gorymdeithwyr a ddioddefodd. Mi gafodd llawer o'r cyhoedd eu saethu, pobl nad oedden nhw ag unrhyw ran o gwbl yn yr orymdaith.'

'Yn farw?' gofynnodd Ifan.

'Ia, rhai ohonyn nhw. Mi wnaeth yr heddlu ymosod ar griw o bobl oedd yn gwneud dim byd ond aros am dram. Alli di gredu?'

'Ond pam?'

'Mae'n ymddangos fod yr heddlu wedi dehongli hynny fel math of "ymgynnull cyhoeddus", rhywbeth sydd wedi'i wahardd, diolch i'r bastard Zörgiebel 'na.'

'Mae hynna'n chwerthinllyd!' ebychodd Ifan.

'Ond mae 'na un peth dwi ddim yn ei ddeall,' meddai Art. 'Dwi wedi darllen bod llawer llai o Gomiwnyddion wedi gorymdeithio na'r disgwyl, gan nad oedd ddoe'n ŵyl gyhoeddus ym Mhrwsia, yn wahanol i'r taleithiau eraill.'

'Wel, ia, mae hynny'n wir,' cyfaddefodd Dietmar, 'ond mi wnaeth yr heddlu ymosod yn syth serch hynny, efo pastynau a chanonau dŵr. A bwledi, fel y soniais i gynna. Cafodd un dyn ei ladd wrth yfed paned o goffi yn ffenest lolfa ei fflat! O ganlyniad, heddiw, 'dan ni wedi galw ar holl weithwyr Berlin i streicio.'

'Faint ohonyn nhw sydd wedi ateb yr alwad?' holodd Art.

'Rhwng 20,000 a 25,000, fuaswn i'n deud. Mae'r heddlu wedi dechrau arestio pobl yn barod, heb reswm. Milwyr y Kaiser ydyn nhw o hyd, gangiau parafilwrol. Dydy eu hagwedd na'u hymddygiad ddim wedi newid, yn y bôn, ers y ganrif ddiwethaf. Y peth olaf glywais i heno oedd eu bod wedi gosod cyrffyw mewn rhai ardaloedd.'

'Ond,' meddai Neifion wrth dorri ar ei draws, 'fel y dwedais i y noson o'r blaen, mi ddylsech chi fod yn poeni am y *Natsïaid*, nid yr heddlu... y *Natsïaid*! Nhw ydy'r drwg yn y caws! Ond dyna ddigon am bethau felly heno. O hyn ymlaen, does neb i drafod gwleidyddiaeth, iawn?'

'Iawn,' atebodd Dietmar, 'ti ydy'r bòs, Neif.'

'Dyma ni'n gytûn felly,' meddai Neifion yn siriol, 'ond rŵan, at rywbeth pwysicach o lawer. Jazz!'

'O'r *diwedd*!' ebychodd Ambrose wrth godi'i wydr siampên. 'Tipyn bach o synnwyr!'

'Wrth gwrs,' cytunodd Neifion yn hwyliog, 'a dyma'n cyfle ni i groesawu Ifan i'r cylch mewnol!'

'Diolch byth,' meddai Art, 'mae'n hen bryd. Mae Ifan wedi hen ennill ei blwyf.'

'Be ti'n feddwl, y cylch mewnol?' holodd Ifan yn syn.

'Wel,' atebodd Art, 'mae gan y band gynlluniau hirdymor nad wyt ti'n ymwybodol ohonyn nhw. Dwi'n cael dweud y cyfan wrthat ti rŵan, mae'n debyg.'

Roedd y datguddiad yn dipyn o ergyd i hunanhyder Ifan. Roedd o wedi teimlo fel rhan annatod o'r band ers wythnosau, ond ni allai beidio â meddwl bellach iddo gael ei gau allan o drafodaethau roedd pawb arall yn rhan ohonyn nhw.

'Mae 'na ochr i'r band nad wyt ti wedi'i gweld eto,' meddai Art, 'ond mi wnei di, o heno ymlaen. Ti'n un ohonon ni rŵan... yn swyddogol.'

Gan na ddywedodd Ifan yr un gair mewn ymateb, penderfynodd Art fwrw ymlaen â'i esboniad.

'Mi wyddost ti mai jazz poeth ydy'r ddelfryd i holl fandiau jazz y byd, y peth maen nhw i gyd yn anelu ato. Wel, y rhai sy'n ceisio chwarae jazz go iawn, hynny ydy.'

Nodiodd Ifan ei ben.

'Wel, 'dan *ni* wedi bod wrthi'n datblygu arddull newydd o jazz... arddull cŵl.'

'Cŵl?' gofynnodd Ifan mewn penbleth. 'Fel... oer?'

'Na,' atebodd Art gan wenu, 'mae'n golygu "o dan reolaeth", ond yn rhydd.'

'Dwi'm yn dallt. Sut mae modd i rwbath fod o dan reolaeth ond yn rhydd ar yr un pryd?'

'Wel, Ifan, mae'n anodd esbonio pan mae boneddigesau'n bresennol.'

'O, Art,' meddai Yulia wrth rolio'i llygaid, 'mae Emmi a finna wedi gorfod gwrando ar yr araith hon sawl gwaith o'r blaen. Felly, tân dani, os gweli di'n dda!'

'Iawn,' meddai Art. 'Felly, Ifan, os wyt ti'n caru efo merch, dwyt ti ddim isio –'

'Wyddost ti be,' ebychodd Yulia gan dorri ar ei draws, 'paid â rhywioli hyn. Does wir ddim angen. A phaid â gwrthrycholi merched chwaith. Be am yr hyn mae'r ferch isio?'

'Ti'n iawn, Yulia, ddrwg gen i,' meddai Art yn eitha gwylaidd. 'Anghofia am garu efo merch, Ifan. Reit... os wyt ti'n cael pryd o fwyd mewn bwyty drud, ti ddim isio llowcio'r bwyd, nac wyt? Ti isio i'r profiad bara... sawru pob tamaid. Dydy hi ddim yn ras, a does dim gwobr am orffen gyntaf.'

'Na,' ychwanegodd Lincoln, 'dod yn ail ydy'r nod!'

Dechreuodd yr holl ddynion, ar wahân i Dietmar, Neifion ac Ifan, ruo chwerthin.

'Oes raid i chi fod mor blentynnaidd?' gofynnodd Yulia.

'Dwi'n meddwl 'mod i'n dallt y cysyniad yn iawn,' meddai Ifan, wrth geisio cuddio'r ffaith ei fod o'n dechrau blino ar agwedd nawddoglyd rhai o'i gyd-aelodau yn y band. 'Ond be ydych chi'n bwriadu'i wneud efo'r jazz cŵl 'ma... a pham bod angen yr holl gyfrinachedd?'

'Wel,' atebodd Art, 'ti'n gwybod pa mor baranoid mae cerddorion jazz fod rhywun am ddwyn eu syniadau, dwyt? Wyt ti wedi clywed yr hen straeon am Freddie Keppard yn ôl yn New Orleans?'

'Y ffaith ei fod o'n arfer taenu hances dros ei law wrth ganu'r cornet yn gyhoeddus rhag i'r gynulleidfa weld ei fyseddu arloesol?'

'Yn union. Mae ganddon ni rywbeth arloesol yma hefyd, fel y ffordd y crëwyd jazz yn New Orleans yn y lle cyntaf. Yn fanno roedd 'na grochan mawr berw o'r blŵs, emynau'r cyngaethweision, cerddoriaeth werin, ymdeithganau, cerddoriaeth glasurol Ewropeaidd, rhythmau o Orllewin Affrica. Crochan berw o'r holl bobl hefyd: Americanwyr Affricanaidd, cyngaethweision, Gwyddelod, Ffrancod, Sbaenwyr, Eidalwyr, Almaenwyr, pobl Iddewig, Swisiaid... Saeson, hyd yn oed! Y cyfuniad unigryw o'r lle, yr adeg a'r bobl – a'r holl ddylanwadau oedd ganddyn nhw – wnaeth jazz yn bosib. Ac mae 'na rywbeth tebyg yn digwydd yma. Mae ganddon ni Americanwyr Affricanaidd, Americanwr gwyn, Almaenes, Albanwr, Rwsiad... ac wrth gwrs, rŵan mae ganddon ni Gymro hefyd! Dyma ni mewn dinas ddeinamig, chwyldroadol ar adeg gyffrous. Mae pethau'n digwydd yma, pethau newydd, unigryw. Ti'n medru'i synhwyro fo, ei deimlo, ei flasu. 'Dan ni'n rhydd i greu... diolch i'n cymwynaswr ni,' meddai Art wrth droi at Neifion. 'Neif sydd wedi gwneud hyn i gyd yn bosib, trwy deithio i'r Unol Daleithiau a hiraethu am ei ddinas ei hun, a dod â ni'n ôl efo fo. Hiraeth Neifion sy'n gyfrifol am hyn i gyd! Y syniad ydy ein bod yn dal i chwarae'r caneuon arferol yn gyhoeddus, a gadael i'n harddull gyfrinachol ni ddatblygu ac esblygu yn y cysgodion ar yr un pryd... dros flynyddoedd, os bydd rhaid. Yn y pen draw, pan fydd popeth yn barod, mi wnawn ni syfrdanu'r byd efo'n math newydd ni o jazz. Arddull fydd o flaen ei hoes. Arddull na fydd wedi'i halogi gan ddylanwadau masnachol na chyfyngiadau hiliol. Arddull sy'n ganlyniad i daflu'r gorau o bob diwylliant i mewn i'r pair. Arddull na allai gael ei chreu yn yr Unol Daleithiau, nac unrhyw le arall yn y byd heblaw yma yn Berlin. Arddull na chaiff neb ei dwyn cyn i ni ei pherffeithio a'i rhyddhau ar record. Fydd y byd byth yr un fath wedyn!'

Dechreuodd pawb gymeradwyo i ddechrau, wedyn bloeddio a churo ar y bwrdd i ddangos eu cefnogaeth.

'Mae hynna'n swnio'n wych,' meddai Ifan, 'ond pryd ga i ddechrau chwarae'r jazz newydd 'ma efo chi?'

'Fory, os wyt ti'n teimlo'n ddigon cryf,' meddai Art gyda gwên. 'Mae ganddon ni gymaint i'w rannu efo chdi!'

'Hefyd,' ychwanegodd Neifion, 'mae angen cyfansoddiadau newydd arnon ni, a dwi'n awyddus i bawb gyfrannu. Mae pob un ohonoch chi yma heno yn gyfansoddwr, ar wahân i Dietmar a finnau.'

Chwarddodd pawb.

'Felly, Ifan,' aeth Neifion yn ei flaen, 'dwi am i ti ac Emmi gyfarfod yn wythnosol o hyn ymlaen, ar eich pennau'ch hunain, os gwelwch yn dda. Mae'r llais a'r piano yn ganolog i'r weledigaeth. Arbrofwch... dewch i adnabod eich gilydd yn well yn gerddorol. Ar ôl i chi wneud hynny, dwi'n disgwyl clywed cyfansoddiadau newydd i'r band, yn ein harddull newydd ni!'

Allai Ifan ddim credu'i glustiau. Sylwodd fod Yulia yn gwenu arno, ond roedd yr un hen rybudd yn y wên.

'Bob nos Lun am wyth, Emmi ac Ifan: dyma'ch dêt wythnosol newydd chi.'

Wrth i Ifan edrych i lawr ar y bwrdd o'i flaen, gwelodd Emmi, drwy gongl ei lygad, yn codi'i haeliau. Cafodd y teimlad nad oedd hi mor hapus â fo ynglŷn â chynllun Neifion.

Ond y gwir oedd fod gan Emmi deimladau cymysg am y peth, a hynny am resymau nad oedd hi'n eu deall ei hun.

Pennod 15

Nos Lun, 6 Mai 1929

Fflat Emmi Schmidt, Gelbes Haus III – 21, Mommsenstraße 5, Charlottenburg, Berlin

Bedwar diwrnod yn ddiweddarach, wrth i Emmi edrych allan o ffenest ei lolfa, codwyd ei chalon gan yr olygfa ysblennydd: yr awyr las, y stryd daclus, goblog a choed ar ei hyd, yr adeiladau cain gyferbyn. Allai hi ddim bod wedi breuddwydio, flwyddyn yn ôl pan oedd hi'n dal i fyw yn slymiau Hallesches Tor, y buasai modd iddi fforddio fflat mor chwaethus â hon, a hynny mewn ardal mor gefnog.

Ar ôl y tywydd sych ond mwyn dros y penwythnos bu'n ddiwrnod chwilboeth, a gallai Emmi weld o ddillad hafaidd y bobl ar y palmant islaw nad oedd y tymheredd wedi disgyn llawer, a hithau'n hanner awr wedi saith.

Dewisodd wisg ar gyfer ei sesiwn ymarfer cyntaf gydag Ifan – ffrog *flapper* â streipiau gwyn a melyn arni, hyd at ei phengliniau, a het glosh wellt. Del, ond ddim yn brofoclyd. Doedd hi ddim am iddo feddwl... meddwl beth, yn union? Doedd o erioed wedi ceisio celu'r ffaith ei fod o'n cael ei ddenu ati. Roedd gwisgo mor hawdd i ddynion. Erbyn meddwl, roedd popeth yn hawdd iddyn nhw.

O ystyried mai dim ond taith bum munud ar droed o'i fflat oedd i Dŷ Neifion, doedd dim brys. Penderfynodd wrando ar *Futuristic Rhythm* cyn cychwyn, record newydd Frankie

Trumbauer a Bix Beiderbecke, ond cyn iddi gael cyfle i'w rhoi ar ei gramoffon HMV, canodd y ffôn. Trodd Emmi oddi wrth y ffenest a chodi'r derbynnydd.

'Schmidt.'

'Emmi, Yulia sy 'ma. Oes gen ti bum munud?'

'Wel, oes... ond dim mwy neu mi fydda i'n hwyr ar gyfer fy sesiwn ymarfer efo Ifan.'

'O, wrth gwrs. Ro'n i wedi anghofio. Y peth ydy... Igor. Mae o wedi gofyn i mi ymddiheuro i ti ar ei ran o.'

Igor, meddyliodd Emmi. Roedd hi wedi bod yn ceisio anghofio am y noson gynt trwy gydol y dydd, ond yn ofer. Camgymeriad mawr fu derbyn gwahoddiad Yulia i fynd allan ar ryw fath o ddêt dwbl efo hi, Dietmar ac un arall, eto fyth, o'i ffrindiau. Roedd y bwyd a'r gwmnïaeth ym mwyty Neva Grill yn yr Ansbacher Straße wedi bod yn ddigon dymunol, oedd, ond...

'Mmm,' atebodd Emmi o'r diwedd.

'Be ti'n feddwl, mmm?'

'Be ddwedodd Igor yn union?'

'Iddo gamddeall yr arwyddion.'

'Wel, do! Mi wnaeth o geisio fy myseddu i ar y stryd!'

'Wir? Ond... mi wnest ti ei gusanu o, yn do?'

'Wel, do, ond dim ond sws nos da.'

'Sws nos da? Roedd hi'n swnio fel chydig mwy na hynny i mi.'

Wnaeth Emmi ddim ateb.

'Cusanu go iawn, dyna ddwedodd o,' aeth Yulia yn ei blaen, 'cusanu gwyllt, nwydus.'

'Wel, mae gan ferched ddewis, does, pa mor bell 'dan ni am fynd...'

'Oes, wrth gwrs, ond dydy hi ddim yn deg eu camarwain nhw, chwaith.'

'Pwy?'

'Dynion.'

'Ha! Pwy sy'n siarad rŵan? Yulia y ffeminydd, neu Yulia, ffrind ffyddlon Igor?'

'Y ddwy.'

'Wel, dwi ddim isio'i weld o eto, a dyna ni. Iawn?'

'Iawn.'

'Ond diolch am feddwl amdana i, Yulia. Dwi'n gwerthfawrogi, wir i ti.'

'Croeso. Dim ond meddwl am dy les di ydw i. Dwi isio i chdi fod yn hapus.'

'Mi wn i hynny, ond dwi *yn* hapus, dwi'n addo.'

'Ti'n siŵr?'

'Ydw... ond gwranda. Rhaid i mi fynd rŵan.'

'Ia, wrth gwrs. Ifan. Dywcda helô wrtho fo ar fy rhan i!'

'Mi wna i.'

Wrth i Emmi aros am y lifft i lawr i waelod yr adeilad, roedd yn rhaid iddi hi gyfaddef ei bod hi'n edrych ymlaen at gael canu gydag Ifan am gwpl o oriau. Byddai'n braf cael anghofio am lanast y noson gynt. Roedd y Cymro yn bianydd mor wych, ac roedd ganddo galon dda ac ymarweddiad hyfryd yn ogystal.

Byddai bod yng nghwmni Ifan am sbel yn gwneud byd o les iddi.

Pennod 16

Nos Lun, 6 Mai 1929

Ystafell ymarfer, pumed llawr Tŷ Neifion, Bleibtreustraße, Charlottenburg, Berlin

'Oes raid i ti rythu arna i fel'na trwy'r amser?' holodd Emmi hanner awr yn ddiweddarach wrth iddi roi'r gorau i ganu fersiwn o 'Stardust' yn ddirybudd. 'Ti'n gwneud i mi deimlo'n anghyfforddus.'

Stopiodd Ifan ganu'r piano, a saethodd panig drwy ei galon. Hyd at yr eiliad honno doedd o ddim wedi bod yn ymwybodol ei fod yn syllu ar wyneb hardd Emmi, ar ei breichiau noeth, ar liwiau gwyn a melyn ei ffrog streipiog, ar y rhesi o berlau am ei gwddf, nac ar yr het wellt a fframiai ei gwallt coch, byr yn berffaith.

'Ddr... ddrwg gen i,' atebodd gan gecian, 'roedd fy meddwl yn bell i ffwrdd.'

'Be goblyn sy'n bod arnat ti? Dwyt ti ddim yn cael trafferth canolbwyntio ar y llwyfan fel arfer, nagwyt?'

'Nac'dw, mi wn i, ond... ond mae hyn yn wahanol rywsut... dim ond chdi a fi.'

'Wn i ddim pam. 'Dan ni yma i weithio, cofia. Mae ganddon ni ddyletswydd i Neif – fo sydd isio i ni gyfansoddi caneuon newydd ar y cyd, yntê?'

'Ia, ond mae o isio i ni ddod i nabod ein gilydd yn well hefyd... wel, dyna ddeudodd o.'

'Ydy, yn gerddorol.'

Edrychai Ifan fel petai Emmi wedi torri'i grib.

'Drycha,' meddai, yn feddalach, 'ti'n llanc digon dymunol, ac yn bianydd gwych, chwarae teg i ti... a dwi'n mwynhau canu efo chdi. Ond dyna i gyd. Wyt ti wir yn meddwl y bydd 'na rywbeth arall yn datblygu rhyngddon ni?'

'Nac'dw, ond...'

'Mae 'na filiynau o ferched yn y ddinas 'ma, a dwi'n siŵr y buasai llwyth ohonyn nhw'n ddigon hapus i fod yn gariad i ti, ond anghofia amdana i, os gweli di'n dda. Ti'n llawer rhy ifanc i mi, yn un peth.'

'Iawn,' atebodd Ifan yn wylaidd, gan geisio cuddio'r siom yn ei lais. Oedd tair blynedd wir yn wahaniaeth mor fawr?

'Rŵan, be am i ni ailddechrau, ac esgus na ddigwyddodd y sgwrs 'ma?' meddai Emmi.

'Syniad da.'

Yn ddiarwybod i Ifan roedd Emmi'n teimlo'n euog ofnadwy am fod mor gas efo fo, yn enwedig ag yntau'n dal i ddioddef gyda'r anafiadau gafodd o dan ddwylo'r llabwst o Natsi y tu allan i Sinema Babylon yr wythnos gynt. Ond gwyddai, serch hynny, mai ei gadw hyd braich oedd yr unig opsiwn. Yn gwbl annisgwyl roedd ei chwantau nwydus yn mynd yn drech na hi, a hithau'n fwy ymwybodol nag erioed o rwystredigaeth ei dewis i ymatal rhag cael perthynas gorfforol â neb. Cofiodd sut y bu iddi wthio Igor i ffwrdd neithiwr yn yr eiliad olaf cyn i'w fysedd lithro i mewn i'r bwlch rhwng ei chroen a lastig ei dillad isaf – diweddglo gweithred nad oedd hi wedi ei gwrthsefyll mewn unrhyw ffordd cyn y foment honno. Roedd hi wedi gadael iddo godi godre ei ffrog ysgafn, a mwynhau teimlo'i law yn crwydro'n araf bach ar hyd bochau ei thin. Roedd hi wedi parhau i'w gusanu: cusanau blysiog, rhywiol, a hithau'n anadlu yr un mor drwm â fo. Doedd fawr o syndod bod y creadur yn ddryslyd wedyn, erbyn meddwl. Roedd Emmi wedi bod mor siŵr y buasai hi'n ildio i demtasiwn y tro hwn, o'r diwedd. Ond, am ryw reswm, allai hi ddim.

Ond rŵan, dyma demtasiwn arall oedd yn gryfach o lawer nag un neithiwr, hyd yn oed; un a oedd yn ei tharo oddi ar ei hechel. Roedd Ifan wedi bod yn ei dinoethi gyda'i lygaid ers iddi hi gyrraedd yr ystafell ymarfer chwarter awr ynghynt, a byddai mor hawdd mynd ato y tu ôl i'r piano. Roedd o'n ddel, doedd dim amheuaeth am hynny, ond doedd Emmi erioed wedi cael teimladau fel hyn tuag ato o'r blaen. Beth oedd wedi newid? Teimlai fel petai'n disgyn mewn cariad, ond roedd Emmi'n ddigon call i wybod mai chwant pur oedd wrth wraidd y cyfan. Efallai fod Igor wedi deffro rhywbeth ynddi... neu ei atgyfodi. Ond allai hi ddim ildio. Byddai'r teimlad yn siŵr o basio, a chadw pellter rhyngddi hi ac Ifan oedd yr unig ddewis.

Ac eto, curai ei chalon yn wyllt wrth iddi edrych ar amlinell ysgwyddau llydan Ifan o dan ei grys lliw gwin coch. Roedd o wedi ailddechrau chwarae erbyn hyn, rhagarweiniad disglair arall i mewn i 'Stardust', a phob nodyn cain yn gyrru gwefr arall trwy ei gwythiennau. Syllodd Emmi ar ei wyneb, oedd yn dlws er gwaetha'i lygad du, ar ei wallt tywyll, trwchus, ar ei wefusau llawn, synhwyrus wrth iddi'i ddychmygu o'n ddwfn ynddi hi... ar un o'r cadeiriau pren, efallai, ar ochr arall yr ystafell ymarfer. Gallai deimlo'r ias o foddhad a'r llawnder gogoneddus y byddai hi'n ei brofi wrth ollwng ei hun arno'n ofalus. Gallai glywed gwichian y gadair oddi tani wrth iddi ei farchogaeth yn araf ond yn dyner.

Chwalwyd y ddelwedd yn ei phen gan lun arall, llun annioddefol.

'Dyna ddigon! Stopia!' gwaeddodd.

Dychrynwyd Ifan gan y ffrwydrad annisgwyl o emosiwn. Edrychodd i fyny a gweld bod bochau Emmi'n goch. Beth oedd o wedi'i wneud i'w chythruddo hi gymaint?

'Be?' meddai Ifan yn syn. 'Be sy'n bod?'

'Ti... ti'n ei wneud o eto!'

'Be?'

'Fedra i ddim dioddef mwy o hyn. Ddrwg gen i, ond rhaid i mi fynd!'

Rhuthrodd Emmi allan o'r ystafell ymarfer fel corwynt, a chau'r drws yn glep ar ei hôl.

Pennod 17

Nos Wener, 31 Mai 1929

Bar Roberts, Kurfürstendamm, Berlin

'Yr un peth eto?' holodd Yulia.
    'Pam lai,' atebodd Emmi.
    'Excuse me?' meddai Yulia wrth daro'n ysgafn ar y cownter gyda'i mat diod a chodi'i llaw er mwyn denu sylw eu gweinyddes y tu ôl i'r bar.
    'Yeah?' atebodd y weinyddes gydag acen Americanaidd gref. Roedd hi, fel yr holl weinyddesau eraill, yn gwisgo iwnifform las golau gyda choler a het wen. 'What can I getcha?'
    Sgleiniai'r silffoedd o boteli ecsotig y tu ôl iddi.
    'Two more Bee's Knees, please,' gofynnodd Yulia.
    'Sorry, two what?'
    Roedd y dwndwr a ddeuai o'r byrddau y tu ôl iddyn nhw mor uchel fel bod angen i Yulia ailadrodd ei harcheb.
    'Oh, right, gotcha,' meddai'r weinyddes, 'comin' right up.'
    Roedd y ddwy ferch yn mwynhau gwylio'r weinyddes wrth iddi gymysgu'r jin, y sudd lemwn a'r mêl yn gelfydd yn ei chymysgwr coctel sgleiniog, cyn iddi dywallt y diodydd Americanaidd i mewn i wydrau oer, smart a'u cyflwyno'n ddramatig dros y cownter.
    'There ya go.'
    'Great, thanks.'
    'On the tab again?'

'Yes, please,' atebodd Yulia cyn cymryd llymaid o'i choctel a throi at Emmi. 'Felly, sut mae'r ymarferion yn mynd?'

Edrychodd Emmi arni'n ddryslyd.

'Y rhai efo Ifan ar nosweithiau Llun?'

'O, rheiny. Does ganddon ni ddim caneuon newydd eto, ond... wel, maen nhw'n mynd yn eitha da, am wn i, erbyn hyn.'

'Erbyn hyn?'

'Wel, roedd pethau chydig yn lletchwith ar y dechrau.'

'Ym mha ffordd?'

Wnaeth Emmi ddim ateb.

'Achos ei fod o'n dy ffansïo di'n rhacs, ti'n feddwl?' chwarddodd Yulia. 'Mi ddwedais i wrtho fo ar ddiwrnod ei glyweliad nad oedd ganddo siawns o fod efo chdi.'

'Be? Pam ddwedaist ti hynny wrtho fo?'

'Am ei bod hi mor amlwg ei fod o'n dy ffansïo di.'

'O.'

'Mi ddwedais i wrtho fo hefyd nad ydy perthynas o fewn y band yn syniad da.'

'Sy'n wir.'

'Ond tra ydyn ni'n trafod hyn, mae un peth yn ddirgelwch i mi. Pam nad wyt ti byth yn cael perthynas efo neb?'

'Be ti'n feddwl?'

'Wel, dwyt ti byth yn brin o gynigion, nagwyt? Mae dynion yn taflu'u hunain atat ti trwy'r amser. Igor, yn un.'

'Sut mae Igor?'

'Yn drist, ac yn breuddwydio amdanat ti.'

'Mae'n ddrwg gen i glywed hynny. Aros am y dyn iawn ydw i. Ond,' meddai Emmi wrth geisio newid y pwnc, 'ti wedi dod o hyd i'r un iawn yn barod, yn do? Sut mae Dietmar?'

'O, mae o'n iawn. Yn brysur efo'r *Dwrn Coch*, fel arfer. Rhaid iddo fo gadw'n brysur, medda fo, ar ôl yr yn a ddigwyddodd adeg Gŵyl Fai.'

'Wrth gwrs. Mae hynny'n fy atgoffa i – gofiaist ti ddod â'r

rhifyn 'na efo chdi, yr un efo erthygl olygyddol Dietmar ynddo fo am Goebbels?'

'Do! Mae'n siŵr ei fod o yn y bag 'ma'n rhywle. Aros eiliad...'

Ymestynnodd Yulia i lawr o'i stôl uchel wrth y cownter a chwilota yn ei bag llaw.

'Dyma ti,' meddai o'r diwedd wrth roi copi rhacsiog o rifyn mis Ebrill 1929 o'r *Rote Faust* i'w ffrind.

'Gwych, diolch,' meddai Emmi gan fwrw golwg sydyn dros y dudalen flaen. Roedd llythrennau cochion bras teitl y papur mor heriol a thrawiadol.

'Ond i fynd yn ôl at yr hyn ro'n i'n sôn amdano gynna,' meddai Yulia.

Ochneidiodd Emmi wrth sylweddoli nad oedd hi wedi llwyddo i newid y pwnc.

'Dwyt ti ddim yn teimlo chydig yn rhwystredig weithiau, heb fywyd carwriaethol?'

'Weithiau, ydw, ond mae bywyd heb ddynion yn haws o lawer.'

'Nes i ti ffeindio'r un iawn,' meddai Yulia.

'Ella wir. A tydw i ddim wedi cael y profiadau mwyaf positif efo dynion, gad i mi 'i ddeud o fel'na.'

Pennod 18

Nos Fercher, 12 Mehefin 1929

Ystafell ymarfer, pumed llawr, Tŷ Neifion, Bleibtreustraße, Charlottenburg, Berlin

Bron i bythefnos ar ôl i'r merched gwrdd ym Mar Roberts, caeodd Palas Neifion ar gyfer ychydig o waith cynnal a chadw. Bachodd aelodau'r band ar y cyfle i adael y ddinas: llogodd Neifion awyren er mwyn hedfan i New Orleans i weld ei blant, ac aeth Brad i rasio o gwmpas Cylchffordd AVUS i fodloni ei chwant am adrenalin a cheisio gwneud argraff ar ei gariad diweddaraf. Roedd Yulia a Dietmar wedi mynd i ymweld â'i rieni o yn Gelsenkirchen, a'r holl gerddorion eraill yn cael gwyliau haeddiannol gyda'i gilydd a'u cariadon ar Ynys Rügen ym Môr y Baltig... ac eithrio Art, oedd yn casáu tywod. Dewisodd o dreulio'i wyliau yn gwylio bandiau jazz yn Paris.

Ifan ac Emmi oedd yr unig ddau i aros yn Berlin. Roedden nhw wedi bod yn cyfarfod yn rheolaidd ar nosweithiau Llun, ond yr wythnos hon, roed Emmi wedi gofyn am ohiriad tan y nos Fercher. Defnyddiodd Ifan y ddau ddiwrnod ychwanegol i ymarfer – roedd o am wneud yn siŵr fod ei chwarae yn berffaith. Doedd o ddim yn deall pam y bu i'r gantores adael eu hymarfer cyntaf mor ddisymwth, nac ychwaith yn siŵr a oedd agwedd Emmi tuag ato wedi meddalu ers hynny. Llithrodd cân Louis Armstrong, 'A Monday Date', ar draws ei feddwl. Roedd un peth yn glir – yr amser roedd o'n ei dreulio gyda hi bob nos Lun oedd uchafbwynt ei wythnos.

'Felly,' meddai Emmi wrth dynnu'i het werdd a'i rhoi ar y piano, 'wnest ti lwyddo i gyfansoddi rhywfaint o'r faled mae Neif wedi bod yn swnian amdani?'

'Do,' atebodd Ifan, 'rhai geiriau, a dilyniant harmonig i gydfynd efo nhw.'

'Gwych. Ga i weld y geiriau?'

'Cei, wrth gwrs.'

Rhoddodd ddarn o bapur i Emmi. Ac yntau'n un trefnus, roedd Ifan wedi ysgrifennu copi arall o'r geiriau allan ar ei chyfer, yn daclus. Syllodd ar Emmi wrth iddi ddarllen y geiriau'n ofalus, oedd yn brofiad rhyfedd a phryderus. A fyddai hi'n dyfalu mai amdani hi y gwnaeth o eu cyfansoddi?

'Neis,' meddai Emmi o'r diwedd.

Neis? meddyliodd Ifan. Oedd hynny'n beth da?

'Ond mae'n swnio ychydig fel emyn,' aeth Emmi yn ei blaen, 'yn fy mhen i, beth bynnag.'

'Wel ia,' atebodd Ifan, 'emyn ydy hi, mewn ffordd... emyn jazz. Mae emynau'n rhan fawr o fy nghefndir i – yn ôl yng Nghymru ro'n i'n mynd i'r capel deirgwaith bob dydd Sul...'

'Teirgwaith mewn un diwrnod?'

'Ia, ond dwi ddim yn arbennig o grefyddol. Rhan o fywyd o ddydd i ddydd oedd o... rhan o'n diwylliant ni.'

'Mae 'na ddelweddau crefyddol cryf yn y gân,' meddai Emmi. 'Oes gen ti alaw, a chordiau?'

'Oes. Mi fedra i ganu'r gân i chdi, os leci di.'

'Wyddwn i ddim dy fod di'n medru canu.'

'Mae pob Cymro'n medru canu!' atebodd Ifan gyda gwên.

'Wel, ffwrdd â chdi, 'ta!'

Setlodd Ifan o flaen y piano a dechrau canu'r nodau'n dyner ac yn fedrus. Cyn iddo orffen chwarae'r rhagarweiniad, oedd yn llawn cordiau jazz hiraethus, esmwyth, roedd Emmi yn gwybod y buasai'r gân yn un arbennig.

Canodd Ifan y geiriau wrth gyfeilio iddo'i hun:

Ers i mi dy nabod di
Llenwir pob awr â thywydd teg
Tywynna'r haul a llunnir cerddi
Â phob gair ddaw o nef dy geg

Ers i mi dy nabod di
Mae'r nos yn wledd sy'n blasu'n well
Mae gan dy lygaid fodd i adeni'r
Sêr ym mhob ffurfafen bell

Ers i mi dy nabod di
Mi wn na ddaw'r hin ddrwg yn ôl
Ein dyfodol sydd i'w gyfansoddi
A llun ohonom, gôl yng nghôl

Ers i mi dy nabod di
Gwaredaist bob un dydd o loes
Creaist frig lle caf gyhoeddi:
'Rhof fy llw i ti am oes'

Safodd Emmi wrth y piano am ychydig eiliadau heb ddweud yr un gair ar ôl i atsain y cord olaf bylu.

'Mae hi'n hyfryd,' meddai hi o'r diwedd, 'ond mae hi angen cytgan.'

'Ti'n iawn... oes gen ti syniad?' gofynnodd Ifan.

'Oes, dwi'n meddwl. Ga i fenthyg dy bensil di?'

'Wrth gwrs.'

Cymerodd Emmi'r pensil, aeth at y bwrdd coffi a threulio dau funud yn sgriblo geiriau ar y darn o bapur roedd Ifan wedi'i roi iddi hi. Wedyn, rhwygodd stribyn o waelod y papur a chopïo'r un geiriau arno. Dychwelodd at Ifan.

'Ga i eistedd wrth y piano am funud?'

'Wrth gwrs,' meddai Ifan eto, ac ildio'i stôl iddi.

'Be ydy'r cyweirnod? A leiaf?' gofynnodd Emmi ar ôl eistedd.

'Yn union,' atebodd Ifan.

'Dyma gopi o eiriau'r gytgan i ti,' meddai Emmi wrth roi'r stribyn o bapur i Ifan. Dechreuodd hi chwarae dilyniant harmonig a fuasai, heb amheuaeth, yn llifo'n dwt o gord olaf y pennill. Canodd ei geiriau wrth i Ifan eu dilyn ar y papur yn ei law:

Paid â phoeni:
Clywaf i dy galon,
llawn daioni,
cariad triw a llon.
Ti sy piau'r ddawn i adeni,
deol pob un loes o'r fron.

Roedd Ifan yn fud. Roedd Emmi yn fwy na chymwys fel pianydd, a'r cyfan o'i chof a'i chlust, a'i llais hyd yn oed yn well nag arfer er nad oedd hi wedi'i gynhesu. A'r cyfansoddiad – fuasai Ifan byth wedi ystyried cynnwys dilyniant tebyg, ac eto roedd o'n berffaith; y cordiau mor syml, eto mor addas ac mor effeithiol. Gallai weld bod potensial enfawr mewn cydweithio ag Emmi i gyfansoddi. Ystyriodd ei geiriau... tybed ai adlewyrchu ymdeimlad ei benillion o oedd hi, neu oedd modd dehongli'i geiriau hi ar lefel bersonol? Chwiliodd am eiriau addas i ymateb.

'Wn i ddim be i'w ddeud.'

'Wel,' meddai Emmi, 'wyt ti'n ei hoffi hi?'

'O, ydw.'

'Deuawd ydy hi, dwi'n meddwl.'

'Deuawd? Ond pwy fydd yn canu'r gân efo chdi?'

'Ti, wrth gwrs!'
'Ond –'
'Pwy ydy'r ferch, gyda llaw?'
'Sori?'
'Y ferch ti'n sôn amdani.'
'O... dwyt ti ddim yn ei nabod hi.'
'Nac ydw?'
'Ddim cystal â ti'n feddwl.'
Ac yna tawelwch.
'Be am i ni weithio chydig mwy arni?' cynigiodd Emmi.
'Sut?'
'Wel, mi fedret ti ganu'r pennill cyntaf, a finnau'r ail bennill. Wedyn, canu'r gytgan efo'n gilydd. Fedri di ganu'r harmoni tra dwi'n canu'r brif alaw?'

'Dim problem,' atebodd Ifan fel petai mewn breuddwyd.

'Reit,' meddai Emmi wrth godi ac ildio'i lle ar stôl y piano i Ifan, 'wyt ti'n cofio'r cordiau wnes i eu chwarae yn y gytgan gynna?'

'Ydw, dwi'n meddwl.'

'Ac mae'r geiriau gen ti, felly dechreua pan wyt ti'n barod. Mi wna innau ymuno wedyn.'

Ufuddhaodd Ifan, a chwarae a chanu'r pennill cyntaf unwaith eto:

Ers i mi dy nabod di
Llenwir pob awr â thywydd teg
Tywynna'r haul a llunnir cerddi
Â phob gair ddaw o nef dy geg

Teimlodd Ifan ias o gynnwrf wrth i Emmi, oedd yn ei wynebu o'r ochr arall i'r piano crand, ganu'r ail bennill:

Ers i mi dy nabod di
Mae'r nos yn wledd sy'n blasu'n well
Mae gan dy lygaid fodd i adeni'r
Sêr ym mhob ffurfafen bell

Roedd Ifan yn canolbwyntio cymaint ar Emmi yn canu'i eiriau yn ôl iddo, bu bron iddo anghofio'i ran ei hun. Ond cofiodd, ac ymuno ag Emmi yn y gytgan:

Paid â phoeni:
Clywaf i dy galon,
llawn daioni,
cariad triw a llon.
Ti sy piau'r ddawn i adeni,
deol pob un loes o'r fron.

Treuliodd y ddau y tri chwarter awr nesaf yn mynd trwy'r gân dro ar ôl tro. Bob tro roedd y perfformiad yn gwella, wrth i Ifan gael syniadau newydd a mireinio.

'Wel, dyna ni, dwi'n meddwl,' meddai Emmi o'r diwedd, 'dyma ein cyfansoddiad cyntaf ni ar y cyd. Biti na fuasen ni'n medru gwneud recordiad ohono heddiw, i ddal yr egni ffres.'

'Ia, mi fysa hynny'n beth da... am wn i,' atebodd Ifan.

'Ti ddim yn swnio fel petaet ti'n cytuno,' sylwodd Emmi.

'Wel, does dim modd dal yr hud sy'n rhan annatod o gerddoriaeth, nac oes? Uwchseiniau pob nodyn, yr awyrgylch unigryw yn yr ystafell, y teimlad. Mae o fel torri blodyn hardd – does dim modd ei feddiannu heb ei ladd. Mae recordiadau'n wych, ond allan nhw byth gymryd lle perfformiad byw.'

'Waw,' meddai Emmi'n dawel. 'Dwi ddim yn meddwl 'mod i erioed wedi cyfarfod rhywun cweit fel ti.'

Roedd Ifan ar fin gofyn a oedd hynny'n beth da, pan siaradodd Emmi unwaith eto.

'Ond mae'n ddrwg gen i,' meddai hi, 'rhaid i mi fynd...'
Teimlodd Ifan frath o siom.

'Ond ro'n i'n meddwl...' ychwanegodd hithau, 'mae'n ben-blwydd arna i fory.'

'Llongyfarchiadau!'

'Mae'n rhaid i mi dreulio chydig o amser efo fy nheulu yn gynnar gyda'r nos – Mam, fy mrawd a'i deulu bach – rhyw fath o barti pen-blwydd teuluol. Ond fuasai gen ti awydd cael tamaid hwyr i'w fwyta efo fi wedyn?'

'Ym... bysa,' atebodd, yn syfrdan.

'Dim pwysau, cofia. Os oes gen ti drefniadau eraill...'

'Na, na, dwi'n rhydd. Lle a phryd?'

'Be am ddeg o'r gloch, y tu allan i Eglwys Goffa Kaiser Wilhelm? Wyt ti'n gwybod am y lle?'

'Ydw, dwi'n gwybod lle mae hi. Ond lle wyt ti isio bwyta?'

'Ti sy piau'r dewis hwnnw!' atebodd Emmi gyda gwên. 'Mi fydd o'n syrpréis i mi.'

'Ym... ydy hwn yn ddêt?' Y munud y daeth ei eiriau allan roedd Ifan yn dyheu am i'r llawr ei lyncu. Pam ofynnodd o'r fath beth?

Chwerthin wnaeth Emmi. 'Gawn ni weld!' atebodd, a'i llygaid yn pefrio'n ddireidus.

Pennod 19

Nos Iau, 13 Mehefin 1929

Kurfürstendamm, Charlottenburg, Berlin

Am bron i bum munud i ddeg o'r gloch y noson wedyn, yn ôl ei oriawr, cerddai Ifan tuag at Eglwys Goffa Kaiser Wilhelm, lle mae'r Kurfürstendamm yn cysylltu â'r Tauentzienstraße. Roedd hi'n dal yn gynnes, felly doedd o ddim wedi rhoi siaced dros ei grys glas tywyll. Roedd o'n eitha siŵr na fuasai Emmi yn dod – y buasai wedi ailystyried ei gwahoddiad byrbwyll. Ond, ar y llaw arall, roedd y gobaith y byddai'n troi i fyny yn gyffrous tu hwnt, ac yn ddigon i godi braw arno.

Roedd Ifan yn dal i synfyfyrio wrth gamu i lawr oddi ar y palmant y tu allan i glwb nos Hölle, a bu bron iddo gael ei daro gan gar oedd yn gyrru heibio.

'*Du Vollidiot!*' gwaeddodd y modurwr yn flin, cyn gwibio ymaith i lawr y ffordd.

Baglodd Ifan yn ôl dros ymyl y palmant a glanio'n ddiseremoni ar ei ben-ôl. Daeth chwibanu a bonllefau o gyfeiriad y bobl a eisteddai y tu allan i far ar gornel y Kurfürstendamm, a gwridodd. Ond nid y boen a'r cywilydd oedd ei bryder mwyaf. Beth petai Emmi wedi cyrraedd yn gynnar a'i weld yn syrthio? Os felly, fyddai ganddo ddim siawns o gwbl o'i swyno. Yn araf, edrychodd i fyny a chraffu ar risiau'r eglwys ar ochr arall y ffordd. Doedd hi ddim yno, diolch byth. Efallai fod 'na Dduw, wedi'r cwbl!

Ond yn raddol, cafodd Ifan y teimlad fod rhywun yn ei wylio. Felly, yn araf iawn, mi drodd rownd. Dyna lle roedd hi, yn sefyll ar y palmant, yn edrych yn hudolus o dlws mewn ffrog hafaidd o sidan pinc golau hyd at ei phengliniau a het i fatsio. Roedd llaw Emmi dros ei cheg, ond gallai Ifan weld y direidi a ddawnsiai yn ei llygaid. Dechreuodd chwerthin, ac er ei fod yn teimlo'n dipyn o ffŵl, allai Ifan ddim peidio â chwerthin efo hi.

Estynnodd Emmi ei llaw i lawr iddo.

'Ty'd,' meddai, 'mae'n amlwg y bydd raid i mi edrych ar dy ôl di heno! Ble 'dan ni'n mynd?' holodd wrth ei helpu i godi.

'Dwi wedi bwcio bwrdd yn y Moka Efti am hanner awr wedi deg. Gobeithio bod hynny'n iawn.'

'Y clwb newydd yn y Friedrichstraße?'

Nodiodd Ifan ci ben.

'O, am syniad da,' meddai Emmi wrth gydio yn ei fraich. 'Dwi ddim wedi bod yno eto... ac os ddaliwn ni dacsi, fydd dim angen i ni groesi unrhyw lonydd i'w gyrraedd chwaith!'

Gwenodd Ifan, ond roedd ei dafod yn rhwym. Roedd Art yn arfer dweud bod sgwrsio da fel jazz da – does dim modd ei orfodi, ac mae'n rhaid ymlacio a chaniatáu iddo lifo. Ceisiodd Ifan wneud hynny. Dywedai Art yr un peth am garu hefyd, ond roedd yn rhaid i Ifan gymryd ei air am hynny. Trawodd gipolwg ar gorff lluniaidd Emmi wrth iddyn nhw gerdded ochr yn ochr i lawr y Kurfürstendamm. Roedd meddwl am y posibilrwydd o gael caru efo hi'n ddigon i ddwyn ei anadl.

'Pen-blwydd hapus, gyda llaw,' meddai o'r diwedd, a chicio'i hun wrth i Emmi ddiolch iddo fo gyda'i hoerni arferol a thynnu'i braich yn ôl. Roedd o wedi llwyddo i chwalu'r hud rywsut. Ond sut?

'Felly,' gofynnodd mewn ymgais i ailgydio yn yr hwyl a fu rhyngddynt, 'sut mae'n teimlo i fod yn un ar hugain?'

'Yn hen,' oedd ei hateb cryno.

'A'r parti pen-blwydd? Sut aeth hwnnw?'

'O, iawn, am wn i,' atebodd gyda mymryn mwy o gynhesrwydd. 'Mae Mam yn mynnu gwneud môr a mynydd o bopeth bob tro. Ac mi ddaeth Florian, fy mrawd, draw efo'i wraig a'i fabi bach, yn ddrwg ei dymer fel arfer, i ddifetha'r hwyl. A bod yn onest, roedd hi'n braf cael esgus i ddianc!'

'O, esgus ydw i felly?' gofynnodd Ifan yn ffug-siomedig.

'Na,' meddai Emmi, yn cydio yn ei fraich unwaith eto, 'do'n i ddim yn ei olygu fel'na.'

A hithau'n nos Iau, roedd torfeydd o bobl ar y Kurfürstendamm wrth i weithwyr olaf y dydd gymysgu â'r cynharaf o bobl y nos, a chlywid myrdd o ieithoedd gwahanol yn chwyrlïo yn yr awyr. Roedd cyplau trwsiadus yn swmera fraich ym mraich heibio i ffenestri'r siopau crand, a gyrrai ceir moethus i fyny ac i lawr y bwlefard, oll o dan lewyrch meddal lampau'r stryd.

'Mi ddylen ni ddechrau meddwl am ddal tacsi,' meddai Emmi.

'Ti'n iawn.'

Gwnaeth Emmi arwydd ar y tacsi nesaf i aros. Wrth i'r modur stopio cafodd Ifan sioc o weld mai merch yn ei thridegau cynnar oedd yn gyrru'r tacsi, mewn gwisg ledr ddilychwin a chap rhyfedd gyda streipiau llydan du a gwyn arno a edrychai ychydig fel cap nofio.

'Dyma'r tro cyntaf erioed i mi weld gyrrwr tacsi sy'n ferch,' meddai Ifan wrth Emmi yn dawel wrth eistedd yn y cefn, ond ddim yn ddigon tawel. Gofynnodd y ferch i Emmi, yn nhafodiaith gref Berlin, beth roedd o wedi'i ddweud, ac atebodd hithau. Chwarddodd y gyrrwr, a pharhaodd y sgwrs rhwng y ddwy yn eu mamiaith.

'Gobeithio nad ydy o'n fochyn siofinistaidd.'

'Na, mae o'n eitha annwyl a dweud y gwir.'

'Sais ydy o?'

'Na, Cymro.'

'Dydy o ddim yn siarad Almaeneg felly?'

'Chydig bach, ond paid â phoeni – all o ddim deall gair o'n tafodiaith ni!'

'Dy gariad di ydy o?'

'Nage, ond dyna mae o isio.'

'Ha! Wel, mae hynny'n ddigon amlwg! Wyt ti am fod efo fo?'

'Ydw, ond mae o'n rhy ddall i weld hynny.'

'Mae dynion i gyd yn dwp!'

'Nid pob un. Mae enaid hwn yn cyffwrdd fy nghalon i... a'i ddewrder, a'i egwyddorion.'

'A dwyt ti ddim wedi sylwi ar y ffaith ei fod o'n ddel ofnadwy...'

'Wrth gwrs 'mod i.'

'Mae'n ddigon blasus i'w fwyta heb lwy, faswn i'n deud!'

'Am be oedd y ddwy ohonoch chi'n siarad?' gofynnodd Ifan ar ôl iddyn nhw ddisgyn o'r tacsi. Mynnodd Emmi dalu am y daith ei hun er gwaethaf ei brotestiadau.

'O, dim llawer. Dim ond pasio'r amser.'

Doedd Ifan erioed wedi bod yn y Moka Efti o'r blaen. Edrychai fel palas – lle delfrydol i wneud argraff ar ferch, meddyliodd.

Cerddodd y ddau drwy'r fynedfa fawreddog a theithio yn y lifft i fyny i'r llawr cyntaf, cyn cael eu harwain i mewn i ystafell oedd yn edrych fel neuadd Eifftaidd. Er ei bod mor hwyr, roedd y lle dan ei sang. Ar y llwyfan ym mhen pellaf yr ystafell roedd band jazz yn chwarae fersiwn gweddol boeth o'r gân 'Dinah', o dan goed palmwydd na allai Ifan benderfynu oedden nhw'n rhai iawn ai peidio.

'O, dwi'n nabod y band,' meddai Emmi.

'Pwy ydyn nhw?'

'Y Weintraub Syncopators – maen nhw'n eitha enwog yn yr Almaen.'

'Mae'r enw'n canu cloch, ond dydy eu fersiwn nhw o

"Dinah" ddim hanner cystal â fersiwn Louis Armstrong.'

'Pwy allai gymharu â fo?'

'Pwynt teg!'

Er gwaetha'r holl stŵr, roedd modd cael sgwrs yn ddigon didrafferth. Wrth i Emmi ddarllen y fwydlen, syllodd Ifan ar ei breichiau noeth. Ysai am gael estyn ar draws y bwrdd a chyffwrdd â'i chroen, oedd mor olau a pherffaith.

Torrwyd ar draws ei fyfyrdod gan weinydd a chanddo benwisg Eifftaidd.

'Also, was darf es sein? Was darf ich den Herrschaften bringen?' gofynnodd y gweinydd i Ifan, cyn troi at Emmi. 'Ihnen, und der wunderschönen jungen Dame?'

Roedd Ifan wedi bod yn gweithio'n galed iawn ar ei Almaeneg, yn bennaf er mwyn creu argraff ar Emmi, a gwyddai fod y gweinydd newydd ofyn beth roedd o a'r 'ddynes ifanc swynol' eisiau i'w fwyta, ond doedd o ddim yn ddigon hyderus eto i fentro ateb. Synhwyrodd Emmi hynny, a gofynnodd i'r gweinydd beth roedd o'n ei argymell. Roedd Ifan wrth ei fodd ei fod wedi deall hynny.

'Das Kuschari ist ausgezeichnet.'

'Und was ist das?'

'Ein herrliches, ägyptisches Gericht mit Reis, Linsen und Makkaroni.'

Edrychodd Ifan ar Emmi.

'Mae o'n argymell saig Eifftaidd, flasus o'r enw Kuschari efo reis, ffacbys a macaroni,' eglurodd hithau.

'Swnio'n berffaith,' atebodd Ifan, ac archebodd Emmi blataid bob un iddyn nhw, yn ogystal â photel o Spätlese hefyd: y gwin gwyn roedd Neifion yn arfer ei archebu.

'Sut mae'r gwersi Almaeneg yn mynd?' holodd Emmi. 'Mi wnest ti ddeall dipyn yn fanna, yn do?'

'Do, dwi'n meddwl. Dwi'n astudio'n galed, ond mae'n cymryd amser.'

'Ydy Almaeneg yn wahanol iawn i'r Gymraeg?'

'Ydy, mewn sawl ffordd, ond mae 'na ryw debygrwydd rhyfedd hefyd.'

'Be ydy *music* yn Gymraeg?'

'Cerddoriaeth.'

'Ce–... o, mae hwnna'n hollol wahanol i'r Saesneg a'r Almaeneg! Be am *orchestra*?'

'Cerddorfa.'

'Fedra i ddim gwneud yr un sŵn â chdi yn y canol. Mae'r Gymraeg yn rhy anodd i mi, dwi'n amau.'

'Paid â deud hynny!'

'Gest ti dy addysg trwy gyfrwng y Gymraeg?'

'Naddo. Yn Saesneg... mae gan y Saeson hanes hir o geisio difa'r Gymraeg, ond yr hyn y maen nhw'n methu â'i ddallt ydy bod gormes o'r fath yn gwneud i ni deimlo hyd yn oed yn *fwy* brwd dros gadw'n hunaniaeth a'n hiaith ein hunain.'

Torrodd y gweinydd ar draws eu sgwrs wrth blygu i dywallt gwin i wydrau'r ddau, cyn symud ymlaen at y bwrdd nesaf.

Cymerodd Emmi gegaid o'r gwin, a gwenu. 'Ond i ddod yn ôl at yr hyn roeddet ti'n sôn amdano fo, y Saesneg oeddet ti'n ei siarad pan nad oeddet ti yn yr ysgol?'

'Na, Cymraeg o'n i'n ei siarad ym mhobman arall. Adra, yn yr ysgol Sul, yn y chwarel...'

'Y chwarel? Paid â deud dy fod di'n arfer gweithio mewn chwarel... efo dy fysedd hyfryd di?'

Gwridodd Ifan. 'O'n. Ond ro'n i'n casáu'r gwaith.'

'Ai dyna pam wnest ti redeg i ffwrdd? Ddrwg gen i... ddwedodd Yulia wrtha i.'

'Na, dim mewn gwirionedd. Ond mi fysa'n well gen i beidio â sôn am hynny.'

'Hoffwn i gael gwybod, yn fras, o leia. Mae'n bwysig i mi wybod, achos...'

Sylweddolodd Ifan nad oedd modd iddo osgoi'r pwnc heb

ddifetha popeth gydag Emmi, ond doedd o ddim yn bwriadu dweud y gwir i gyd.

'Wel,' meddai, 'mi oedd 'na ffrae erchyll ar noson fy mhenblwydd yn un ar bymtheg...'

'Deunaw wyt ti rŵan, ia?'

'Ia. Pedair ar bymtheg fis Hydref.'

'Ti'n ymddwyn fel rhywun llawer hŷn.'

'Digon posib. Mi oedd yn rhaid i mi aeddfedu'n gyflym ar ôl y noson honno. Ond y gwir ydy, does dim llawer i'w ddeud am y peth. Ro'n i wedi cael llond bol ar weithio yn y chwarel, ac mi oedd Mam wedi marw flynyddoedd ynghynt. Doedd fy nhad ddim yn fy nhrin i'n dda iawn, a'r noson honno... wel, mi ddaeth popeth i fwcwl.'

'Be ddigwyddodd?'

'Daeth fy nhad adra o'r dafarn yn feddw a dechrau gweiddi arna i... deud y bysa'n well ganddo fo taswn i'n gadael ei dŷ o, a hynny am byth.'

'Mae hynna'n ofnadwy!'

'Wel, mi aeth pethau'n gorfforol wedyn. Doedd dim ffordd yn ôl, ac mi wnes i adael y noson honno efo help fy mrawd... fy hanner brawd, Ieuan, sy chwe blynedd yn hŷn na fi.'

'Hanner brawd?'

'Roedd hynny'n rhan o'r broblem. Mi ddaeth yn amlwg yn ystod y ffrae mai tad Ieuan oedd fy nhad go iawn i. Roedd o'n byw y drws nesa i ni cyn iddo farw, ac mi gafodd o affêr efo fy mam.'

'Waw!'

'Ta waeth, ro'n i wedi bod yn breuddwydio am redeg i ffwrdd i Lundain er mwyn ceisio gwneud bywoliaeth yno fel pianydd... ac mi gymrais i'r cyfle.'

'Mae'n ddrwg gen i glywed am dy fam, Ifan, ond dwi mor falch o glywed nad oes mwy i'w ddeud am...'

Edrychodd Ifan arni'n ddisgwylgar.

'Na,' aeth Emmi yn ei blaen, 'dim ots. Ond gan dy fod di'n cyfaddef pethau, mi ddylwn i ddweud mai ti ydy un o'm hoff bianyddion yn y byd. Ti'n f'atgoffa i o Earl Hines a Bix Beiderbecke.'

Roedd Ifan yn fud, a chochodd hyd at ei glustiau.

'O, diolch...' meddai'n lletchwith. 'Ti'n gwybod yn iawn faint dwi'n edmygu dy lais di... hei, dwi wedi anghofio rwbath pwysig!'

Ymbalfalodd Ifan ym mhoced gefn ei drowsus, a chyflwyno trawfforch arian ar ffurf cleff yr alto i Emmi.

'Pen-blwydd hapus.'

'O, mae hi'n hyfryd! Ddylset ti ddim bod wedi... ond diolch i ti,' meddai Emmi wrth syllu ar ei hanrheg yn werthfawrogol. 'Biti na alla i ei phrofi hi rŵan, ond mae sŵn y band yn rhy uchel.' Rhoddodd y drawfforch yn ei bag llaw'n ofalus.

Bellach, roedd y Weintraub Syncopators yn perfformio fersiwn digon rhamantus o 'Stardust', y gân roedden nhw wedi ceisio'i byrfyfyrio yn ystod eu hymarfer cyntaf, seithug. Roedd Ifan yn amau fod dagrau'n cronni yn llygaid Emmi.

'Yn yr ysgol wnest ti ddysgu canu?' gofynnodd.

Chwarddodd Emmi. 'Rargian, na! Es i i ysgol eithaf *vornehm*... be ydy'r gair? Crand, am wn i. Mi oedd fy nhad yn berchen ar ffatri arfau, felly roedd gan fy nheulu arian... bryd hynny... ac mi oedd o am i mi gael y gorau o bopeth. Ond mi gafodd Dad ei lofruddio'n fuan ar ôl diwedd y Rhyfel Mawr.' Oedodd Emmi i lyncu ei phoer. 'A chafodd Mam ei threisio o fy mlaen i. Ro'n i'n ddeg oed.'

Ceisiodd Ifan ddweud rhywbeth i'w chysuro, ond doedd ganddo ddim geiriau i ymateb i'r fath ddatganiad. Aeth Emmi yn ei blaen.

'Mi gollon ni bopeth. Roedd ein bywydau ni'n galed iawn ar ôl marwolaeth Dad, a dyna pam rydw i'n canu, mewn gwirionedd... hynny a Bessie.'

'Bessie Smith?'

'Ei recordiau,' eglurodd Emmi gan wenu. 'Mi ddysgais i gymaint ganddi hi drwy astudio ei thechneg a'i hanes.'

Ymddangosodd y gweinydd, a gosod dau blât ar y bwrdd o'u blaenau ag osgo theatrig, cyn diflannu.

'Felly, wyt ti a Yulia yn agos iawn?' gofynnodd Ifan wrth i Emmi brofi'r bwyd a gwneud sŵn cymeradwyol.

'Yn ddigon agos,' atebodd hi ar ôl iddi orffen cnoi, 'ond dwi'n berson eitha preifat yn y bôn. Dwi ddim am rannu llawer.'

Gwenodd wrth feddwl am y sgwrs roedd hi newydd ei chael gyda gyrrwr y tacsi, ond doedd honno ddim yn cyfri, gan nad oedd Emmi yn debygol o'i gweld hi byth eto.

'Dwinna'n reit debyg,' meddai Ifan.

Bu tawelwch am sbel wrth iddyn nhw fwynhau eu bwyd. Roedd gan Emmi ffordd gain iawn o fwyta, ystyriodd Ifan. Roedd popeth amdani'n gelfydd ac yn osgeiddig, a chan fod y Spätlese wedi llacio'i dafod, mentrodd wneud sylw i'r perwyl hwnnw.

'Fel y dwedais i gynna, roedd fy ysgol gyntaf yn un eitha crand. Roedden nhw'n arfer dyfarnu gwobr bob blwyddyn i'r ferch gyda'r ymarweddiad gorau, hyd yn oed.'

'Wnest ti ennill erioed?'

'Ambell waith.'

Doedd Ifan ddim wedi sylweddoli iddo wneud hynny, ond roedd o wedi estyn ei law ar draws lliain y bwrdd nes ei bod bellach yn gorwedd yn agos iawn at law Emmi. Am ychydig eiliadau, syllodd ar ei law ei hun fel petai'n perthyn i rywun arall. Sut allai o ei symud hi'n ôl i'w ochr o o'r bwrdd heb i Emmi sylwi? Yn llechwraidd, neu mewn un symudiad pendant?

Cyn iddo allu penderfynu, roedd Emmi wedi rhoi'i llaw hi ar ei phen yn ysgafn. Roedd fel petai cerrynt trydanol wedi pasio rhwng eu dwylo.

Does dim modd esbonio rhai pethau, ac mae pethau eraill nad oes angen eu hesbonio. Ym mhresenoldeb swynol Emmi, roedd yr aer yn felysach, y gerddoriaeth yn fwy persain, a'r bwyd a'r gwin yn fwy blasus.

'Ble ti'n meddwl y byddi di ymhen deng mlynedd?' gofynnodd Ifan ar ôl saib hir ond cyfforddus yn eu sgwrs.

'Nid y lle sy'n bwysig i mi,' atebodd Emmi, 'ond y bobl. Er, mae'n anodd i mi ddychmygu gadael Berlin. Mae 'na ormod o bobl bwysig yma, pobl y buasai'n anodd i mi eu gadael nhw.'

'Megis?'

'Mam, y band,' atebodd, gan oedi, '... a chdi.'

I ddechrau roedd Ifan yn meddwl ei fod o wedi camglywed, ond roedd y geiriau'n atseinio yn ei ben.

A'u platiau'n lân bellach, caeodd Emmi ei llygaid, crymu'i chefn a chodi'i breichiau uwch ei phen wrth ymestyn yn ddiog. Roedd y ddelwedd yn anfwriadol erotig, a chipiwyd gwynt Ifan. Teimlodd ias o gynnwrf. Gan fod llygaid Emmi ar gau, manteisiodd ar y cyfle i syllu arni. Trwy gydol y noson roedd o wedi bod yn ceisio'i orau i beidio â gwneud hynny, rhag iddo gael ei gyhuddo o wrthrycholi ei chorff godidog, ond doedd dim modd iddo ymatal bellach. Syllodd ychydig yn rhy hir, ac agorodd Emmi ei llygaid a'i ddal yn edrych arni. Gwridodd Ifan, ond gwenodd Emmi'n ôl arno fel petai hi'n rhoi ei chaniatâd.

Estynnodd Ifan ei law ar draws y bwrdd unwaith eto, a'r tro hwn, cydiodd Emmi ynddi'n syth gan redeg ei bawd ar hyd ei fynegfys yn dyner. Bellach roedd y ddau yn edrych ar ei gilydd wrth i'w bysedd blethu ynghyd ar y lliain gwyn. Yn ddewrach erbyn hyn, estynnodd Ifan ei law arall i anwesu croen gwyn ei braich yn ysgafn â blaenau ei fysedd. Caeodd Emmi ei llygaid.

Allai amseru'r gweinydd ddim bod yn waeth.

'Möchte die Dame die Dessertkarte sehen?' gofynnodd i Emmi wrth ymddangos y tu ôl i Ifan.

Tynnodd Emmi ei llaw yn ôl. 'Nein, danke,' atebodd heb edrych ar Ifan. 'Nur die Rechnung, bitte... doch war sehr lecker, danke.'

Roedd Ifan wedi deall i Emmi wrthod y cynnig o bwdin, a gofyn am y bil.

Ar ôl iddyn nhw dalu'r bil – hanner a hanner, fel roedd Emmi wedi mynnu er gwaethaf protestiadau Ifan – aeth y ddau allan o'r bwyty crand. Safodd y ddau ar y palmant, yn lletchwith braidd, ymhlith torf o bobl. Roedd hi'n tynnu at hanner nos erbyn hyn, ond doedd hi ddim yn dywyll yng ngoleuadau llachar y Friedrichstraße. Doedd gan Ifan ddim syniad beth i'w wneud nesaf, a beth ddylai o ei wneud. Roedd y cam nesaf yn nwylo Emmi.

'Hoffet ti *Schlaftrunk*?'

Roedd Emmi newydd ofyn iddo oedd ganddo awydd mynd am ddiod cyn noswylio.

'Hoffwn... *sehr gern*,' atebodd, gan ddefnyddio ychydig o'i Almaeneg.

Sylwodd Emmi ar dacsi oedd yn pasio a gwneud arwydd arno i aros. Wnaeth 'run o'r ddau yngan gair yn y tacsi ar y daith yn ôl i Charlottenburg... ar lafar, o leiaf.

Yn chwyrlïo o amgylch pen Ifan roedd y ffaith nad oedd o erioed wedi cusanu merch, hyd yn oed. Roedd o wedi cysegru pob munud rhydd i weithio ac ymarfer y piano yn Llundain, a doedd o erioed wedi cael cariad yn y Blaenau. A ddylai o geisio'i chusanu hi? Os felly, pryd? A sut? Teimlai fel hogyn bach ar ei ddiwrnod cyntaf yn yr ysgol.

Petai Ifan wedi gallu clywed meddyliau Emmi, byddai wedi sylweddoli nad oedd angen iddo boeni. Roedd Emmi yn gwybod yn iawn y byddai'n rhaid iddi hi arwain y ffordd. Roedd hi'n gwybod ers noson eu hymarfer cyntaf y buasai hi'n cysgu gydag Ifan ryw ddydd, a dywedai ei chalon wrthi fod yr amser yn iawn. Roedd hi wedi troi ei chefn ar y posibilrwydd o gariad ers cyhyd, ond nawr, doedd hi ddim am aros funud yn hwy. Meddyliodd am y dillad isaf arbennig roedd hi wedi'u prynu ddoe, rhag ofn, a'r cynfasau glân roedd hi wedi'u rhoi ar y gwely y bore hwnnw.

Ar ôl chwarter awr o daith trwy strydoedd tywyll Berlin, stopiodd y tacsi y tu allan i adeilad fflatiau Emmi. Ifan dalodd am y daith y tro hwn. Heb air, aeth Emmi at ddrws ffrynt yr adeilad.

O'r diwedd, torrodd y distawrwydd.

'Mae fy fflat i ar y llawr uchaf,' eglurodd, 'ond mae'r lifft wedi torri, felly gobeithio fod gen ti ddigon o egni.'

Oedd.

Erbyn iddyn nhw gyrraedd y pumed llawr, a drws ffrynt ei fflat, roedd y ddau'n brin eu hanadl.

Yn anarferol o letchwith, ymbalfalodd Emmi am yr allwedd yn ei bag llaw. Hanner munud yn ddiweddarach, roedden nhw yn y fflat. Caeodd Emmi y drws y tu ôl iddyn nhw, a throi yn syth at Ifan. Cymerodd ei wyneb rhwng ei dwylo, edrych i fyw ei lygaid a'i gusanu.

Pennod 20

Toc ar ôl 2 o'r gloch, fore Mercher, 19 Mehefin 1929

Ystafell wisgo'r merched, Palas Neifion, Bleibtreustraße, Charlottenburg, Berlin

'Mi aeth hynna'n dda, dwi'n meddwl,' meddai Emmi. 'Am gig! Mae'n debyg bod y gwyliau wedi gwneud lles i ni i gyd.'

'Do,' atebodd Yulia. 'Ac eto, est ti ddim i unman yr wythnos ddiwetha, naddo? Nac Ifan chwaith...'

'Be ti'n feddwl?' gofynnodd Emmi'n amddiffynnol.

'Wel, efallai na all yr holl ddynion weld, ond oeddet ti wir yn meddwl y medret ti guddio'r peth rhagdda i?'

'Cuddio be?'

'Ti wedi cysgu efo Ifan, dwyt?'

Trodd Emmi ei phen ac esgus nad oedd wedi clywed cwestiwn ei ffrind.

'Emmi?'

Parhaodd y distawrwydd.

'Mae peidio ag ateb yn ateb ynddo'i hun, ti'n gwybod hynny, yn dwyt?' aeth Yulia yn ei blaen. 'Dwi wedi sylwi ar y ffordd rwyt ti'n edrych arno fo... ac mae'r ffordd mae o'n cyfeilio i dy lais di yn wahanol bellach – a'r ffordd mae dy lais di'n ymateb i'w nodau o. Ac yn fwy na dim, erbyn meddwl, mae'r ddau ohonoch chi'n *edrych* yn wahanol, fel tasech chi wedi cymryd yr un cyffur! Pam wyt ti'n gwadu?'

'Iawn... dwi wedi cysgu efo fo. Prin ein bod ni wedi

gadael fy ngwely ers nos Iau. Ti'n hapus rŵan?'

'Paid â bod fel'na.'

'Fy musnes i ydy o. Ydy o'n amharu arnat ti, neu unrhyw un arall?'

'Mae'n ddrwg gen i, Emmi, ond ydy, mae o. 'Dan ni i gyd yn chwarae yn yr un band... a dwi ddim isio i ti dorri'i galon o, na chwalu popeth i'r band chwaith. Yn enwedig ar ôl i ni golli Maurice. Ti'n gwybod bod Ifan yn dy garu di, dwyt?'

'Ydw.'

'Felly, pam wyt ti'n chwarae efo'i deimladau o?'

'Dwi *ddim* yn chwarae efo'i deimladau o!' mynnodd Emmi.

'Be ti'n ddeud, felly: ydy'r ddau ohonoch chi mewn perthynas... perthynas go iawn?'

'Dwi'n meddwl cin bod ni... ond paid â dweud wrth neb.'

'Iawn, wna i ddim... am rŵan. Wyt ti'n ei garu o?'

'Mae'n ddyddiau cynnar, ond digon posib.'

'Argol, Emmi, ti'n ddirgelwch i mi! Hyd yma dwyt ti ddim wedi gadael i 'run dyn ddod yn agos atat ti, a rŵan *Ifan*, o bawb...'

'Be ti'n feddwl, "o bawb"?'

'Wel, mae o'n ddel ofnadwy, chwarae teg, ond llanc ydy o o hyd, a...'

'Mae o'n ddyn, coelia di fi.'

'O. Mi gymera i dy air di!' meddai Yulia gan chwerthin.

Gwenodd Emmi yn swil. 'A dweud y gwir, mae 'na rywbeth amdano fo wedi cyffwrdd fy nghalon i o'r dechrau un.'

Pennod 21

Fore Gwener, 21 Mehefin 1929

Fflat Emmi Schmidt, Gelbes Haus III – 21, Mommsenstraße 5, Charlottenburg, Berlin

'Bore da, diogyn,' meddai Emmi wrth gerdded i mewn i'w hystafell wely. Gadawodd i'w llygaid wledda ar ei brydferthwch noeth, ac yntau'n gorwedd ar ei gefn.

'Bore da.'

Wrth iddi gerdded tuag at y gwely, a llygaid Ifan yn ei dilyn bob cam, tynnodd Emmi ei gŵn nos ysgafn a gadael iddo ddisgyn ar lawr. Roedd hi wedi bod yn rhy boeth o lawer y noson gynt i gysgu o dan gynfas, felly roedd honno ar lawr hefyd.

Dringodd Emmi ar ben ei chariad a phwyso drosto.

'Pwy oedd ar y ffôn?' gofynnodd Ifan.

'Dim ond Oswald, un o fy ffrindiau,' atebodd Emmi wrth ddechrau cosi ei wddf â chusanau bach, ysgafn.

'Be oedd o isio?'

'Fy ngwahodd i barti Heuldro'r Haf ar y traeth heno,' atebodd Emmi rhwng cusanau, 'ar y traeth yn Llyn Wann.'

'Wyt ti am fynd?'

'Wyt ti?' holodd Emmi, oedd bellach wedi symud i lawr i lyfu un o'i dethi.

'Pam lai? Does ganddon ni ddim gig heno, ac Elias yn sâl...'

'Wel, dyna ni, 'ta,' meddai Emmi cyn iddi symud at y deth

arall. Yn araf, cododd ar un benelin ac estyn ei llaw i lawr y gwely, wrth edrych i fyw ei lygaid. 'O,' meddai gyda gwên, 'mae 'na rywun fan hyn sydd â dim diddordeb o gwbl yn ein sgwrs ni...'

Pennod 22

Toc ar ôl 11 o'r gloch, nos Wener, 21 Mehefin 1929

Safle ymdrochi Strandbad Wannsee, Llyn Wann, ger Berlin

'Ydy hi'n bwriadu dod heno?' holodd Lutz.
'Pwy? Emmi?' atebodd Oswald.
'Ia.'
'Ydy. Mi ffoniodd hi pnawn 'ma i gadarnhau.'
'Ond dydy hi ddim wedi cyrraedd eto?'
'Naddo. Rhaid i bawb ddod trwy'r twll 'ma yn y ffens a thalu – mi fuaswn i wedi'i gweld hi.'
'Ardderchog,' meddai Lutz. 'Gyda llaw, pam fod angen i bawb dalu am y fraint o ddod yma?'
'Ni sydd wedi trefnu'r parti, a gwahodd pawb. Ni sydd wedi dod o hyd i'r lle gorau i dorri i mewn. Ni sydd wedi darparu'r gerddoriaeth, y diodydd, y tân, y goleuadau a phopeth arall. Mae'n fargen.'
'Faint?'
'Un Marc yr un.'
Rhoddodd Lutz bapur 10 Reichsmark i Oswald.
'Mi ddylai hynna fod yn ddigon i dalu dros fy holl ddynion i... o, dyma nhw rŵan! Ond paid â deud wrth Emmi dy fod di wedi 'ngweld i, iawn?'
'Iawn. Ond oedd wir angen i ti a dy holl... ddynion... wisgo'r lifrai erchyll 'na? Parti ydy hwn, cofia.'
'Paid â phoeni amdanon ni. 'Dan ni'n mynd yn syth i mewn

i'r goedwig i gynnal defod Heuldro'r Haf. Wnawn ni ddim tarfu ar dy westeion di.'

'Diawch,' meddai Oswald yn anghrediniol, 'wel, pawb at y peth y bo, am wn i.'

Roedd Lutz wrth ei fodd: roedd popeth yn disgyn i'w le'n berffaith, ac Emmi ar ei ffordd! Ar ôl cynnal y ddefod, byddai'n rhydd i roi ei brif gynllun ar waith. Teimlai'n llawer gwell ar ôl cael cyngor amhrisiadwy Herr Doctor Goebbels ynglŷn â'i sefyllfa. Yn ôl y Doctor doeth, dim ond dau beth oedd ei angen: yn gyntaf, gwisgo'i lifrai, gan nad oes modd i unrhyw ferch wrthsefyll dyn mewn gwisg filwrol; ac yn ail, dweud wrth ei annwyl Emmi, o'r diwedd, sut roedd o'n teimlo amdani. Roedd o wedi gorfod cyfaddef i'r Doctor nad oedd o erioed wedi gwneud hynny o'r blaen. Heno, o fewn yr awr nesaf, byddai ei fywyd o, a bywyd Emmi, yn newid am byth. Heno, byddai Lutz yn troi'r ddalen ar bennod newydd. Tybed ddylai o gynnig ei phriodi hi'n syth, er mwyn dangos ei ochr ramantus a'i ymroddiad iddi? Roedd y Doctor yn argyhoeddedig fod Emmi wedi bod yn ysu am Lutz. Felly, ar ôl y ddefod, roedd o am fynd i chwilio amdani. Wedyn... wel, roedd hyd yn oed meddwl am y peth yn rhy gyffrous o lawer! Meddyliodd am ei chorff hudolus. Roedd y llwyfan wedi'i osod am noson i'w chofio!

Hanner awr yn ddiweddarach, gwthiodd Emmi drwy'r twll yn y ffens.

'Abend, Oswald.'

'Abend, Emmi... und wer ist das?'

'Ifan... einer meiner Freunde.'

Roedd Ifan yn deall digon i wybod ei fod wedi cael ei gyflwyno i'r dyn wrth y ffens fel un o gyfeillion Emmi. Er bod hynny wedi brifo'i deimladau, doedd o ddim am herio Emmi ynglŷn â'i disgrifiad o'u perthynas. Roedd ganddi hi ei rhesymau, mae'n siŵr, ac roedd y ddau ohonyn nhw'n gwybod y gwir. Dilynodd hi drwy'r twll. Buasai wedi'i dilyn hi i unrhyw le.

Talodd Emmi dros y ddau ohonyn nhw.

'Gei di brynu diodydd i ni ar y traeth yn nes ymlaen,' eglurodd.

'Ydy hyn yn gyfreithlon?' gofynnodd Ifan wrth iddyn nhw gamu'n ofalus i lawr y llethr i gyfeiriad y traeth.

'Well i ti beidio holi,' atebodd Emmi'n siriol.

'Sut wyt ti'n nabod Oswald?'

'Un o ffrindiau Lutz ydy o mewn gwirionedd.' Cydiodd Emmi ym mraich Ifan.

'A phwy ydy Lutz?'

'O, hen ffrind i'r teulu... mab ffrindiau gorau fy rhieni. Mae'r ddau – Lutz ac Oswald – tua phum mlynedd yn hŷn na fi.'

'Oes 'na dipyn o dy ffrindiau di'n debygol o fod yma heno?'

'Rhai, o bosib, ond does gen i ddim ffrindiau agos, a deud y gwir. Mi oedd gen i un, Heike... ond does dim llawer o Almaeneg rhyngddon ni bellach.'

'Pam hynny?'

'Wel...' atebodd Emmi'n bwyllog, 'mae pethau'n digwydd... mae pobl yn anghydweld weithiau.'

Dewisodd Ifan beidio â phwyso am ateb mwy manwl, gan ei bod yn amlwg nad oedd Emmi'n awyddus i drafod y peth.

Edrychodd Ifan o'i gwmpas wrth gerdded at y tywod. Roedd yn noson ddelfrydol ar gyfer parti traeth gan fod yr awyr yn glir heno a'r lleuad bron yn llawn. Stopiodd y ddau o dan goeden helyg ger glan y llyn, a throi at ei gilydd am gusan hir.

'Mae'n odidog yma,' meddai Ifan, 'a'r llyn yn edrych yn debycach i'r môr efo golau'r lleuad arno...'

'Ydy, ti'n iawn.'

Rhoddodd Emmi ei braich am ganol Ifan, a dechreuodd y ddau gerdded ymlaen at y traeth.

O'u blaenau ar y tywod roedd tua chant o bobl ifanc wedi

ymgasglu rhwng glan y llyn a'r rhodfa dan orchudd, ac roedd rhywun wedi cynnau tân a gosod sawl lamp olew mewn hanner cylch i oleuo'r llecyn. Roedd bwrdd ar y tywod yn llwythog o boteli.

'Be ydy'r adeilad hir 'na,' holodd Ifan, 'yr un wrth ymyl y rhodfa?'

'Ystafelloedd newid ar gyfer yr ymdrochwyr, a siopau,' atebodd Emmi. 'Ti'n gallu prynu hufen iâ ac ati yno.'

'Ti'n dod yma'n aml?'

'Ydw. Mae'n lle poblogaidd iawn, ond dyma'r tro cyntaf i mi ddod yma yn y nos!'

Wrth iddynt nesáu, llifodd sŵn sgwrsio a chwerthin y criw atyn nhw ar yr awel uwchben sŵn miwsig gwan.

'Ai "Riverboat Shuffle" ydy honna?' gofynnodd Ifan.

'Ia, dwi'n meddwl! Fersiwn Bix...'

'Ti'n iawn! Ond sut mae hynny'n bosib?'

'Rhaid bod rhywun wedi dod â gramoffon efo nhw... y math o gramoffon rwyt ti'n medru'i weindio,' atebodd Emmi. 'Dyna fo, drycha – ar y tywod.'

'Ia hefyd!' ebychodd Ifan. 'Dyna ddyfeisgar!'

'Wel, dyna i ti bobl Berlin,' atebodd Emmi gyda gwên. 'Roedd yn rhaid i ni i gyd fod yn ddyfeisgar iawn er mwyn goroesi ar ôl y Rhyfel Mawr, ac yn ystod y Chwyddiant Mawr.'

Doedd Ifan ddim yn siŵr beth i'w ddweud mewn ymateb i hynny, ond tynnwyd ei sylw gan rywbeth yn y pellter.

'Drycha,' meddai wrth iddyn nhw gerdded gyda glan y llyn yn nes at y parti, 'mae 'na dân arall.'

'Lle?'

'Fanna. Yn y coed. Rhaid bod rhywun wedi cynnau tân mewn llannerch neu rwbath.'

'O...' meddai Emmi heb fawr o ddiddordeb. 'Defod Heuldro'r Haf, siŵr o fod.'

'Be?'

'Mae'n dod yn fwyfwy poblogaidd am ryw reswm – pobl sydd wedi'u dadrithio gan yr Eglwys a chrefydd yn chwilio am rywbeth amgenach. O, sut mae egluro hyn?' meddai Emmi wrth weld wyneb dryslyd Ifan. 'Mi gollon ni lawer yn y blynyddoedd ar ôl y Rhyfel, ffydd yn fwy na dim, a gwerthoedd...'

'Mi ddwedodd Yulia rwbath tebyg.'

'Mae llawer o bobl wedi cefnu ar yr Eglwys, ac wrth gwrs, mae 'na fwlch i'w lenwi wedyn. Yn ddiweddar, mae'r *Jugendbewegungen*... be ydy'r gair Saesneg? Mudiadau ieuenctid, am wn i... maen nhw wedi bod yn mynd yn ôl at draddodiadau hen lwythau Almaenaidd o'r cynod cyn-Rufeinig. Mae 'na sôn bod y Natsïaid yn hoff o'r un math o lol hefyd – maen nhw'n casáu rhinweddau Cristnogol fel maddeuant a thrugaredd. Felly paganiaeth ydy o yn y bôn... addoli pŵer yr haul a'r lleuad.'

'Iesgob! Be maen nhw'n wneud felly?'

'Yn ôl erthygl ddarllenais i mewn papur newydd yn ddiweddar, maen nhw'n cynnau tanau ac yn gwisgo urddwisgoedd a mentyll arbennig.'

'Ha!' meddai Ifan gan chwerthin. 'Mae hynna'n swnio fel Gorsedd y Beirdd!'

'Be?'

'Rhan o'n heisteddfodau, ein cyfarfodydd cystadlu diwylliannol traddodiadol ni, yng Nghymru. Mae'r Orsedd yn seiliedig ar draddodiadau Celtaidd hynafol, ac maen nhw'n gwisgo gynau arbennig hefyd i gynnal seremonïau i wobrwyo beirdd am eu gwaith.'

'Mae hynna'n swnio'n llawer mwy diwylliedig na'r lol sy'n digwydd fan hyn. Twyllwyr ydy'r rhan fwya sy'n ymwneud â defod yr Heuldro yma, a'r cyfan yn mynd law yn llaw efo dirywiad mewn cymdeithas...'

'Emmi!'

Torrwyd ar ei thraws gan griw o bobl grand a smart yr olwg oedd yn tyrru o'i hamgylch a'i chofleidio, un ar ôl y llall.

Cafodd ei chyfarch yn frwd gan ferch siapus yn gwisgo fawr ddim amdani a dyn athletaidd yr olwg mewn siorts streipiog. Siaradai'r ddau mor sydyn fel nad oedd gan Ifan siawns o'u deall. Daeth dyn arall atynt: roedd hwn yn gwisgo colur llygaid, minlliw a ffrog, a thaflodd gipolwg i lawr ei drwyn ar Ifan.

'Der ist vielleicht ein Süßer!'

Trodd Emmi at Ifan, a sibrwd yn ei glust, 'Be am i ti ofyn i mi am ddawns – rŵan – er mwyn i ni gael dianc?'

'O... iawn,' sibrydodd Ifan yn ôl, a chydio yn ei llaw. 'Ty'd, Emmi!' meddai gyda gwên, a'i harwain i gyfeiriad y tân lle roedd cyplau eraill yn dawnsio.

Ymddiheurodd Emmi wrth ei chyfeillion gan chwerthin, a dweud rhywbeth na allai Ifan ei ddeall wrthyn nhw dros ei hysgwydd, mewn llais ysgafn. Daeth côr o gymeradwyaeth, chwerthin a chwibanu awgrymog o gyfeiriad y criw.

'Be oedd hynna?' holodd Ifan wrth iddyn nhw gyrraedd ochr arall y tân, ger y coed, a dechrau dawnsio'n araf ym mreichiau ei gilydd.

'Do'n i ddim isio bod yn eu cwmni nhw,' atebodd Emmi o'r diwedd. 'Dim ond dy gwmni di dwi isio heno.'

Llanwyd calon Ifan â llawenydd a chariad. Gwyddai nad oedd o erioed wedi bod yn hapusach yn ei fywyd. Oedd modd bod yn hapusach? Go brin.

'A hefyd,' holodd Ifan, 'be ofynnodd y dyn 'na... yr un oedd yn gwisgo ffrog?'

Chwarddodd Emmi. 'O, Bernd! Gofyn pwy wyt ti wnaeth o.'

'A be ddwedaist ti?'

'Mai fy nghariad newydd i wyt ti.'

Roedd o wedi bod yn anghywir gynnau, meddyliodd Ifan – *roedd* modd bod yn hapusach!

'Hefyd,' aeth Emmi yn ei blaen, 'mi ddwedodd dy fod di'n ddel.'

'O. Ac wyt ti'n cytuno?'

'Wel,' meddai Emmi wrth bwyso'n ôl ychydig gyda'i breichiau'n dal am ei wddf. Edrychodd i fyw ei lygaid. 'Petawn i ddim, fuaswn i ddim yn gwneud hyn, na fuaswn?' Pwysodd ymlaen a'i gusanu.

Fyddai Ifan byth yn anghofio'r foment honno, a 'Singin' the Blues', ei hoff record gan Bix Beiderbecke, yn chwarae yn y cefndir. Wnâi'r gân byth eto swnio cystal ag y gwnaeth y noson honno.

Cusanodd y ddau'n dyner ac yn hir wrth ddawnsio'n araf.

'Dwi'n dy garu di, Emmi,' meddai'n dawel wedyn.

'Dwi'n gwybod, Ifan... ond nid achos dy fod di newydd ddeud y geiriau. Be am sefydlu rheol? Chawn ni ddim deud pethau fel hyn wrth ein gilydd o hyn ymlaen. Drycha i fy llygaid i.'

Ufuddhaodd Ifan.

'Be wyt ti'n ei weld?'

'Dwi'n gweld fflamau'r tân yn dawnsio, a bydoedd eraill dwi isio ymfudo iddyn nhw efo chdi...'

'O ddifri!' meddai hi'n ffug-flin gan chwerthin. 'Ond... os wyt ti'n edrych yn ddigon craff, mi weli di... ac mi deimli di... fy nheimladau i.'

Ufuddhaodd Ifan unwaith eto.

'Dwi newydd edrych yn dy lygaid di hefyd,' ychwanegodd Emmi, 'a dwi'n medru gweld ein bod ni'n dau yn teimlo'r un fath.' Cusanodd Ifan unwaith eto, yn fwy taer y tro hwn nes roedd anadl y ddau'n drwm.

Emmi dynnodd yn ôl gyntaf. 'Mae dy gusanu di'n beth peryglus i'w wneud yn yr awyr agored, Ifan.'

Chwarddodd yntau. 'Pam hynny?'

'Achos ei fod o'n gwneud i mi fod isio...'

'Isio be?' holodd gan wenu'n ddireidus.

Edrychodd Emmi arno'n gynllwyngar, a sibrwd yn ei glust.

'Wyt ti'n meddwl y gallen ni ddod o hyd i lecyn bach cudd yn y goedwig 'na?'

Chwarter awr yn ddiweddarach, safai Capten-SA Lutz Schneider mewn llannerch yn y goedwig o flaen tân yng nghanol cylch o ddynion, i gyd yn gwisgo lifrai caci'r Sturmabteilung wrth i'r ddefod hirhoedlog ddod i ben.

Lutz a'r tân oedd yr echel yn symbol yr Haul Du.

'Rŵan, Gyd-filwyr,' datganodd yn ddifrifol, 'mi gawn ni ganu "Auf, Hitlerleute, Schließt die Reihen" efo'n gilydd.'

Dechreuodd y deg dyn ganu fel un:

Ymgodwch, ddynion Hitler, caewch y rhengoedd
Rhyfel yr hiliau yw'n cred a'n nod
Ein gwaed ni sydd ar y faner, a'n bloedd
Dyna argoel gain yr oes sy'n dod
Ac ar ei chefndir coch a gwyn
Yn ddisglair pelydra'n swastica ddu
Nawr, yn ein cân fe glywir terfyn
Yn y wawr sy'n torri o'n blaen
Sosialaeth Genedlaethol
Fydd dyfodol yr Almaen

Yna, distawodd y criw wrth iddyn nhw wrando ar atseiniau eu nodau nerthol olaf yn diasbedain o gwmpas y llannerch.

Ond doedd y distawrwydd a ddilynodd ddim yn berffaith. Yn ogystal â sŵn ysgafn y dathlwyr a'r gerddoriaeth ar y traeth yn y pellter, roedd rhywbeth arall i'w glywed yn ddwfn yn y coed.

'Be oedd y sŵn 'na?' gofynnodd Paul Bauer.

'Llwynog, dwi'n meddwl,' atebodd Fritz.

'Na,' atebodd Paul, 'sŵn merch... efallai ei bod hi angen help!' cellweiriodd.

'A' i i weld,' meddai Lutz gyda chymaint o awdurdod ag y gallai.

'Gad hi!' atebodd Fritz yn ei dro. 'Nid ein problem ni ydy hi... pwy bynnag ydy'r slwten.'

Ond roedd Lutz yn benderfynol o fynd, a hynny ar ei ben ei hun. Roedd rhywbeth yn ei dynnu at y sŵn.

'Arhoswch fan hyn,' gorchmynnodd. 'Fel rydych chi'n gwybod, mae'r traddodiad yn mynnu fod y cylch i gael ei gynnal am o leia chwarter awr ar ôl diwedd y ddefod. Felly arhoswch, ac mi fydda i'n ôl ymhen dim.'

Brasgamodd Lutz ar draws y llannerch i gyfeiriad y sŵn, oedd yn dod yn nes gyda phob cam. Erbyn hyn, roedd o'n gwbl sicr nad llwynog oedd yno. O'r diwedd, cafodd gipolwg ar darddiad y synau, a chuddiodd y tu ôl i goeden lydan bymtheg troedfedd i ffwrdd i gael golwg well.

Roedd dyn a merch yn caru yn erbyn coeden, a'u cefnau ato. Roedd hanner isaf corff y ferch wedi'i ddinoethi ar wahân i'w hesgidiau, a'i ffrog hafaidd wedi'i chodi uwchben ei chanol, tra oedd trowsus a thrôns y dyn am ei fferau. Roedd hi'n pwyso ymlaen gyda'i dwylo ar y boncyff i'w chynnal ei hun, a'i dillad isaf yn un llaw, wrth i'r dyn sefyll y tu ôl iddi a'i ddwylo ar ei meingefn. Yn amlwg, doedd y ddau ddim yn ymwybodol o'i bresenoldeb llechwraidd.

Llifai cenfigen bur trwy gorff Lutz wrth iddo orfod llyncu'r wledd weledol a bod yn gynulleidfa i'r cyngerdd o synau. Dychmygai'i hun yn mwynhau'r fath brofiad gydag Emmi ryw ddydd, er na fyddai hi, mae'n debyg, yn ystyried gwneud peth mor gomon â charu yn yr awyr agored. Ond gwyddai ei fod yn twyllo'i hun – fuasai ganddo fo ddim gobaith mul, oherwydd ei broblem fach, o gyflawni'r gamp roedd y dyn o'i flaen wrthi'n ei chyflawni.

Roedd Lutz wedi'i barlysu'n llwyr. Yng ngolau'r lleuad, gallai weld y cyhyrau yn nhin noeth y dyn yn tynhau ac yn llacio, yn tynhau ac yn llacio, wrth iddo wthio'n rhythmig. Llanwyd clustiau Lutz gan ochneidio'r dyn a griddfanau llesmeiriol y ferch. Gallai weld bod gan y dyn wallt du, trwchus, ond roedd wyneb y ferch wedi'i guddio o'i olwg. Llithrodd i lechu y tu ôl i'r goeden nesaf.

Chwalwyd ei fyd cyfan pan welodd wallt coch, byr y ferch ac ochr gyfarwydd ei hwyneb gwridog, oedd wedi'i ystumio gan bleser. Syllodd arni'n syfrdan. Allai o byth, byth anghofio'r ddelwedd erchyll... ond eto, doedd Emmi erioed wedi edrych mor brydferth. Teimlodd Lutz gyllell drwy'i galon wrth sylweddoli mai'r Cymro ifanc, hwnnw y gwnaeth Fritz ei daro, roedd Emmi wrthi'n rhoi'i hun iddo mor awyddus.

Erbyn iddyn nhw orffen yn swnllyd, ac erbyn i'r iasau olaf adael cyrff Emmi ac Ifan, roedd calon Lutz Schneider wedi troi'n ddu. Yn y foment honno, wrth iddo sleifio ymaith i gael ei lyncu gan y nos, seliwyd tynged y tri.

Pennod 23

Yn gynnar, nos Wener, 28 Mehefin 1929

Swyddfa Doctor Joseph Goebbels, Pencadlys y Blaid Natsïaidd, Potsdamer Straße 189, Schöneberg, Berlin

'Mae'n ddiwrnod prudd heddiw, Capten.'
'Ydy, Herr Doctor Gauleiter,' atebodd Lutz yn ufudd.
'Deng mlynedd ers arwyddo cytundeb troseddol Versailles. Deng mlynedd ers y gyllell yn y cefn. Mae natur gwbl drychinebus y peth yn glir, hyd yn oed i ffŵl mor hen a musgrell â Hindenburg! Fel y dywedodd o yn y Reichstag pnawn 'ma, mae'r cytundeb yn achos galar, ac mae o wedi bod yn faich llethol ar bob haen o'r gymdeithas yn yr Almaen ers hynny. Ond glywaist ti be ddigwyddodd wedyn?'
'Naddo, mae gen i ofn, Herr Doctor.'
'Roedd dadl am y ddeddf chwerthinllyd 'na, y "Ddeddf er mwyn Amddiffyn y Weriniaeth" fondigrybwyll!'
'Dylid enwi honno'n "ddeddf er mwyn rhoi taw ar wrthwynebwyr y weriniaeth a phleidiau gwleidyddol peryglus",' meddai Lutz wrth geisio efelychu'i bennaeth.
Chwarddodd Goebbels. 'Yn union, Lutz! Da iawn ti! Ac wrth gwrs, dim ond oherwydd llofruddiaeth fach, anffodus yr Iddew brwnt 'na, Rathenau, y cafodd y ddeddf ei phasio yn y lle cyntaf. Yn eironig ddigon, y ddeddf honno gafodd ei defnyddio er mwyn gwahardd gorymdeithiau'r gwehilion o Gomiwnyddion ar Ŵyl Fai. Yr Ŵyl Fai – nage, Gwaedfai – oedd yn un o'n

buddugoliaethau mwyaf ni erioed! Doedd dim angen i ni godi bys, hyd yn oed! Ha! Mae'r Comis i gyd mor hurt â mulod ar y ffordd i'r lladd-dy!'

'Ydyn, Herr Doctor, yn bendant. Ond i fynd yn ôl at y ddadl ynghylch y ddeddf... be ddywedoch chi, os ga i fod mor hyf â gofyn?'

'Cei, Capten,' atebodd Goebbels gan gilwenu. 'Mi ddywedais i wrth ein holl wrthwynebwyr yn y Reichstag... "Foneddigion a boneddigesau, unwaith y bydd ganddon ni fwyafrif llwyr yn y Reich, ni fydd angen unrhyw Ddeddf er mwyn Amddiffyn y Weriniaeth mwyach. Mi wnawn ni'ch crogi chi i gyd!"' Chwarddodd Goebbels yn afreolus. 'Mi ddylset ti fod wedi gweld eu hwynebau nhw!'

'Be ddywedon nhw?' holodd Lutz.

'Mi oedd y Cochion yn glafoerio yn eu tymer, wrth gwrs. Ataliwyd y Reichstag yng nghanol golygfeydd anhrefnus tu hwnt. Mi oedd hi'n draed moch! Perffaith!'

'Dwi'n falch o glywed hynny, Herr Doctor.'

'Felly, be wnawn ni i nodi'r pen-blwydd ofnadwy 'ma, a chymryd mantais ohono?'

''Dan ni wedi llwyddo i ymdreiddio i fudiad o fyfyrwyr ym Mhrifysgol Humboldt, a'u hargyhoeddi nhw i orymdeithio ddydd Sul yn erbyn "Celwydd Dyledion Rhyfel yr Almaen".'

'Ardderchog!' ebychodd Goebbels. 'Ac eto, dwi'n synhwyro bod rhywbeth o'i le. Be sy'n bod, Capten?'

'Dim byd, Herr Doctor Gauleiter.'

'Ydw i'n edrych yn dwp?'

'Duw a'n cadwo, nac ydych, Herr Doctor!'

'Pam wyt ti'n rhaffu celwyddau wrtha i, 'ta?'

'Wel...'

'O...' meddai Goebbels yn araf, 'Fräulein Schmidt. Ydw i'n iawn?'

'Ydych, Herr Doctor.'

'Dydy hi ddim wedi derbyn dy gynnig i'w phriodi felly?'
Tawelwch.

'Lutz, Lutz, Lutz... bydd yn ofalus am yr hyn rwyt ti'n ei ddymuno. Mae cael dy rwydo gan ferch yn beth peryglus. Gêm ydy bywyd, cofia. Mi ddylai merched fod fel cardiau mewn pac... mi ddylet ti fod mewn sefyllfa i'w shifflo nhw. Yn fy achos i, er enghraifft, mi fedrwn i dreulio nos Lun efo Xenia, nos Fawrth efo Anka, os ydw i'n digwydd bod yn Weimar, nos Fercher efo Anneliese a nos Iau efo Jutta. Ond paid â 'nghamddeall i – dwi ddim yn cysgu efo nhw.'

'O,' meddai Lutz, a oedd wedi camddeall yn llwyr. 'Ga i ofyn felly...?'

'Unrhyw beth, Capten.'

'Os nad ydych chi'n cysgu efo nhw, be ydych chi'n ei wneud efo nhw?'

'Canu serenâd iddyn nhw, wrth gwrs, ar y piano! Ond mae'n hollbwysig i ti ymatal rhag rhoi iddyn nhw yr hyn maen nhw isio go iawn.'

'Be ydy hwnnw, Herr Doctor?'

'Rhyw, Capten, rhyw! Maen nhw'n ei ddefnyddio er mwyn dy faglu di. Dwi wedi'i weld o mor aml. Nhw sy'n rheoli dyn wedyn, a does dim ffordd yn ôl, creda fi. Mi wnân nhw bwdu, crio, sgwennu llythyrau ymbilgar – unrhyw beth i dy berswadio di i gael rhyw efo nhw – ond dydy lol felly ddim yn gweithio yn fy achos i.'

'O, dwi'n deall,' meddai Lutz, 'ond Herr Doctor, dim ond un ferch sydd i mi...'

'Mae hynny'n anffodus, Capten. Felly, be ddigwyddodd?'

'Dwi wedi darganfod bod gan Fräulein Schmidt gariad.'

'A phwy ydy o?'

'Cymro ifanc, Herr Doctor.'

'Celt?' ebychodd Goebbels. 'Mae'n ymddangos fod Fräulein Schmidt yn gaeth i wehilion go iawn... Negroaid, Iddewon, Comiwnyddion, a bellach Celtiaid hefyd!'

'Ydy Celtiaid yn frwnt hefyd, Herr Doctor Gauleiter?'
'Wrth gwrs eu bod nhw!'
'Ond dydy'r Saeson ddim?'
'Nac ydyn... er nad ydyn nhw mor bur â ni, yr Almaenwyr, afraid dweud.'
'Ond mae'r Saeson yn ganlyniad i groesfridio rhwng y Sacsoniaid, y Normaniaid a'r Celtiaid, yn tydyn?'
'Yn union, a dylanwad y Celtiaid, yn bennaf, sy'n eu gwneud yn wahanol i Almaenwyr. Mae'r elfen Geltaidd fel canser y dylid ei dorri allan...'
'Ond be os ydy gwaed y Celtiaid wedi rhoi rhywbeth cadarnhaol i'r Saeson... rhywbeth sydd wedi'u gwella fel hil? Dwi wedi bod yn meddwl am y Celtiaid a'r Sacsoniaid fel dwy ochr o'r un geiniog... cyfuniad o rymoedd y goleuni a'r tywyllwch, diwylliant a philistiaeth. Mae gan y Sacsoniaid gadernid a hunanreolaeth, ond mae gan y Celtiaid gyffro, emosiwn, ysgogiad... a chwant.'
'Chwant... dwi'n deall be ti'n ceisio'i ddweud, Capten. Er enghraifft, allwn ni ddim rhoi'r bai ar yr Iddewon am bopeth, mewn gwirionedd, ond yr hyn sy'n cyfri yn y pen draw ydy bod pobl syml angen gorchmynion syml. Mae'r rhan fwyaf o'r boblogaeth yn dwp, cofia. Felly paid ag ailadrodd damcaniaethau fel'na, Lutz – ar ôl i wawr y Drydedd Reich dorri, mi fydd siarad o'r fath yn debygol o gwtogi hyd dy oes di'n sylweddol. Biti dy fod di wedi astudio ewgeneg. Mae'r Führer angen dynion cryf sy'n gweithredu gorchmynion yn ddigwestiwn, yn hytrach na rhai clyfar sy'n meddwl gormod. Er enghraifft, yn yr achos hwn, mae angen datrysiad syml, ymarferol.'
'Be sydd ganddoch chi mewn golwg, Herr Doctor Gauleiter?'
'Byddai'n syniad i ti wneud ambell ymholiad cudd ynglŷn â'r Celt.'
'Wel, dwi wedi darganfod ei fod o'n bianydd...'

'Na, na!' ebychodd Goebbels yn siomedig. 'Nid ffeithiau bach diniwed, dibwys, ond gwybodaeth *ddefnyddiol*. Sgerbydau yn ei gwpwrdd... mae'n siŵr bod 'na rai...'

'Er mwyn ei ddisodli yng nghalon Fräulein Schmidt?'

'Yn union. Ac, os na fydd hynny'n gweithio, wel... ar ôl i ni gymryd drosodd, bydd modd i ti gael gwared arno beth bynnag. Trefnu rhyw ddamwain fach anffodus ar ei gyfer. Paid â digalonni, Capten. Mi fyddi di'n berchen ar y ferch ryw ddydd. Dim ond mater o amser ydy hi. Bydd yn amyneddgar. Ond rŵan, yn ôl â ni at waith, os gweli di'n dda. Faint o'r gloch fydd yr orymdaith yn dechrau ddydd Sul?'

Pennod 24

Brynhawn Sul, 4 Awst 1929

Siegessäule, Tiergarten, Berlin

Tua mis a hanner yn ddiweddarach, roedd Ifan yn cerdded yng ngwres dymunol y prynhawn heibio i Gofgolofn y Fuddugoliaeth a thrwy'r gerddi addurniadol llawn twristiaid. Wrth iddo gyrraedd afon Spree, trodd i'r chwith ar rodfa'r Spreeweg i gyfeiriad yr holl bobl oedd yn ymdrochi yn yr afon. Roedd o leiaf cant a hanner ohonyn nhw: pobl o bob oedran, gan gynnwys ambell deulu, a'u plant yn cael sbri wrth dasgu dŵr yn wynebau'i gilydd. Roedd gan ganran sylweddol ohonyn nhw liw haul trawiadol, a dechreuodd Ifan amau fod pobl yn dod i'r llecyn hwn i gael eu gweld.

Yn ddisymwth, teimlodd awydd i neidio i mewn i'r afon atyn nhw, ond doedd ganddo ddim gwisg nofio na thywel. Hefyd, roedd ganddo dasg i ymgymryd â hi: ysgrifennu llythyr at ei hanner brawd, rhywbeth roedd o wedi bod yn bwriadu'i wneud ers y bore Gwener.

Emmi oedd yn gyfrifol am ei fethiant i ateb pob llythyr oddi wrth Ieuan mewn da bryd... neu, a bod yn fanwl gywir, y ffaith fod Ifan yn treulio pob munud o bob dydd efo hi. Roedd o'n esgeuluso'i ymarfer Almaeneg a'i ymarferion piano, hyd yn oed, er mwyn bod yn ei chwmni. Ond heddiw, ac Emmi yn ymweld â'i mam, roedd Ifan yn benderfynol o fynd ati i ateb llythyr diweddaraf Ieuan, a gwrthododd y cynnig i fynd i ymdrochfa Llyn Wann gyda'r cerddorion eraill.

Eisteddodd ar fainc wag wrth y rhodfa a thynnu papur, ysgrifbin, inc a blotiwr, yn ogystal â hambwrdd bach, o'i fag. Dechreuodd ysgrifennu yn sŵn rhialtwch yr ymdrochwyr o'i flaen.

> Ifan Williams
> Gelbes Haus III – 21
> Mommsenstraße 5
> Charlottenburg
> Berlin
> Ymerodraeth yr Almaen

Mr I Llwyd
Y Caban Bach
Tai Oakeley
Talywaenydd
Blaenau Ffestiniog
Cymru

> 4ydd Awst 1929

Annwyl Ieuan,

Diolch i ti am dy lythyr a gyrhaeddodd fore Gwener. Ymddiheuriadau am yr oedi cyn ateb: rwyf wedi bod yn brysur yn cynllunio dy ymweliad di, ymysg pethau eraill! Rydw i'n dal i fethu â chredu y byddi di'n cyrraedd Berlin dair wythnos i heddiw. Mae'n bechod nad wyt ti'n medru aros yn hirach, rhaid i mi gyfaddef, ond mae'n fendith dy fod di'n dod o gwbl.

Mi gei di aros efo fi, felly fydd dim angen gwesty arnat ti. A dweud y gwir, mae gen i rywbeth i'w gyfaddef i ti. Mi ddylwn fod wedi sôn cyn hyn, ond roedd gen i ofn na fyddai'r berthynas yn para. Y gwir ydy bod gen i gariad

– Emmi, y gantores yn ein band ni. Rydw i wedi sôn amdani o'r blaen, ond dwi'n ei chael yn anodd disgrifio sut dwi'n teimlo amdani. Yr eglurhad gorau ydy fy mod i'n nofio ar gwmwl.

Ta waeth, er bod gen i fflat yn Nhŷ Neifion o hyd, tydw i ddim wedi cysgu yno ers wythnosau, felly mae croeso i ti wneud dy hun yn gartrefol yno. Mae fy nghyfeiriad post newydd uchod: cyfeiriad Emmi.

Ar ôl i dy long ddocio yn Bremerhaven, mae angen i ti gymryd y trên i Orsaf Anhalter yng nghanol Berlin. Mi fydda i'n aros yno amdanat ti er mwyn dod â chdi'n ôl i Dŷ Neifion yng nghar Neifion. Mae o'n gar eitha rhyfedd, dwi'n dy rybuddio di, ac mor fawr! Rwyt ti'n cofio cyfarfod Neif yn Chicago Red yn Llundain, yn dwyt? Nid fi fydd yn gyrru, paid â phoeni! Mae gen i ofn fod gan y band gyngerdd ym Mhalas Neifion y noson honno, felly fydd gen i ddim llawer o amser i'w dreulio efo chdi, ond mi gei di eistedd wrth fwrdd Neif ar gyfer y sioe: bwrdd gorau'r clwb, wrth gwrs.

Ar ôl y gig, mi awn ni i gyd i Barberina, palas dawnsio ddim yn bell o Balas Neifion, fydd yn gyfle gwych i ti ddod i adnabod y cerddorion eraill, gan gynnwys Emmi. Mae'r clwb mor steilus a chyffordus, ac ar agor tan yr oriau mân. Gan fod y lle mor gosmopolitaidd, mi fyddi di'n debygol o glywed pob iaith dan haul... ac wrth gwrs, mi fyddwn ni'n siarad Cymraeg yno. Does gen ti ddim syniad faint dwi wedi bod yn awchu am gael siarad Cymraeg eto!

Dwi wrthi'n gweithio ar amserlen fach i ti, ond dydy hi ddim yn orffenedig eto. Mae 'na lwyth o bethau i'w gwneud a'u gweld yn y ddinas – mi gawn ni drafod y manylion ar ôl i ti gyrraedd. Ond un noson, mi hoffwn i ac Emmi fynd â chdi allan am bryd o fwyd: dim ond y tri ohonon ni, er mwyn i ti gael dod i'w hadnabod hi go iawn.

Mi fydd hi'n dy holi'n dwll amdana i, mae'n debyg, felly bydda'n garedig efo d'atebion! Mi gei di ddewis y bwyty – mae hen ddigon o ddewis yma yn Berlin. Hoff fwyty Emmi ydy Ristorante Aida, lle Eidalaidd yn y Kurfürstenstraße. Dwi'n ffafrio'r Zigeunerkeller, sef Seler y Sipsiwn – bwyty Hwngaraidd lle mae'r *goulash* a'r gerddoriaeth yn agos iawn i'r hyn gei di yn y wlad honno, yn ôl Yulia, ein clarinetydd o Rwsia. Ond os wyt ti am gael bwyd Almaenaidd, mi awn ni i Traube yn Haus Germania yn yr Hardenbergstraße. Mae'n fwyty anarferol tu hwnt, a gardd yn ei ganol. Creda neu beidio, mae parotiaid yn hedfan o gwmpas yno!

Ar dy noson olaf di yma, sef y nos Fercher, mae Neif wedi dweud ei fod am dalu am i bawb fynd i glwb Bonbonniere ar y Kurfürstendamm. Rydan ni'n ffrindiau efo'r band preswyl yno, sy'n chwarae cymysgedd rhyfedd ond difyr iawn o jazz Americanaidd a chaneuon o'r Rheindir a Fienna.

Os wyt ti am ymarfer y piano tra wyt ti yma mi gei wneud hynny tra dwi'n ymarfer – mae piano ychwanegol yma ar dy gyfer di.

Rydw i'n falch iawn o gael dweud fy mod i mewn sefyllfa, o'r diwedd, i ad-dalu'r benthyciad ges i gen ti. Mae Neif yn talu'n dda iawn, chwarae teg iddo fo. Diolch o waelod calon i ti am dy ffydd yndda i, ac am dy amynedd. Oni bai am dy haelioni di, fuasai'r bywyd nefolaidd dwi'n ei fyw rŵan ddim wedi bod yn bosib.

Ta waeth, mi wela i di ar y 25ain. Yn y cyfamser, taith ddiogel i ti.

Cofion cynnes (yn llawn cyffro),
Ifan

Rhoddodd Ifan ei ysgrifbin i lawr a darllen y llythyr cyn ei blygu a'i roi mewn amlen. Trodd ei sylw at yr ymdrochwyr unwaith eto, cyn cau ei lygaid i fwynhau'r heulwen braf. Roedd yn fodlon ei fyd, ystyriodd, ac wedi dod yn gyfforddus yn ei groen ei hun.

Petai o wedi troi rownd, ni fuasai Ifan wedi teimlo mor gyfforddus. Roedd dyn tal, athletaidd â gwallt golau yng ngwisg gaci'r Sturmabteilung yn sefyll ychydig gamau y tu ôl i'r fainc roedd Ifan yn eistedd arni, yn gwylio pob symudiad.

Cael gwared ar hwn oedd ei flaenoriaeth, meddyliodd Lutz Schneider wrth syllu ar gefn pen Ifan, ond sut, a phryd? Roedd nifer o ffyrdd o ladd y Cymro anghyfleus, ac roedd o wrthi'n mynd trwy bob un ohonyn nhw yn ei ben.

Pennod 25

Nos Sul, 25 Awst 1929

Y tu allan i balas dawnsio Barberina, Hardenbergstraße, Charlottenburg, Berlin

Roedd hi bron yn hanner nos, a theimlai Ieuan Llwyd gymysgedd o ofn a chyffro wrth agosáu at y palas dawnsio, oedd yn disgleirio o'i flaen. Roedd y byd hwn mor ddieithr iddo, ac mor wahanol i unrhyw beth roedd o wedi'i brofi erioed o'r blaen, hyd yn oed yn ystod ei ymweliadau ag Ifan yn Llundain. Ni allai gredu bod y fath leoliad ar agor o gwbl ar nos Sul, heb sôn am ar awr mor annuwiol. Fuasai neb yn y Blaenau yn gallu dychmygu'r peth.

'Dyma ni,' meddai Ifan yn gynhyrfus. 'Be ti'n feddwl?'

'Wel, am olygfa wych!' atebodd Ieuan.

Roedd yn rhaid iddo gyfaddef fod gwedd allanol yr adeilad yn drawiadol iawn. Llewyrchai'r geiriau 'Barberina', 'Tanz', 'Kabarett' a 'Tanzorchester' mewn neon gwyn.

'Mae "Tanzorchester" yn golygu cerddorfa ddawns,' eglurodd Ifan, fel petai'n gallu darllen meddwl ei hanner brawd.

Rhwng prif fynedfa'r adeilad a'r pileri addurnedig wrth ymyl y palmant roedd gardd â phistyll goleuedig yn ei chanol – saethai dŵr yn uchel ohono i awyr y nos. Wrth i Ieuan agor ei geg i fynegi ei ryfeddod, teimlodd fraich merch yn cydio yn ei fraich yntau. Yn ddisymwth roedd Emmi, cantores y band a chariad newydd Ifan, wedi'i gwthio'i hun rhwng y ddau ohonyn nhw, ac roedd y tri bellach yn cerdded fraich ym mraich.

'O'r diwedd,' meddai Emmi yn gynnes, 'dyma gyfle i mi gael gair sydyn efo chdi, Ieuan. Dwi mor falch dy fod di wedi dod draw yma!'

'Cyn mynd gam ymhellach, mae'n rhaid i mi ddeud dy fod di'n gantores arbennig. A'r band... wel, dwi erioed wedi clywed dim byd tebyg.'

'Ti'n garedig iawn,' meddai Emmi, gan wasgu ei fraich hyd yn oed yn dynnach a chlosio'n nes ato am ychydig eiliadau.

Saethodd gwefr annisgwyl drwy wythiennau Ieuan wrth i bersawr Emmi lenwi'i ffroenau.

'Rhaid i ni'i siapio hi, bawb,' galwodd Neifion o'r tu ôl iddyn nhw. 'Mae'r perfformiad hwyr yn dechrau ymhen ugain munud, felly, tân dani, os gwelwch yn dda!'

Brysiodd Ieuan a holl aelodau'r band ar ôl eu rheolwr drwy'r brif fynedfa ac i mewn i'r adeilad crand.

'Oes angen tocynnau arnon ni?' holodd Ieuan yn dawel wrth iddyn nhw ddringo'r grisiau.

'Na,' atebodd Emmi, 'mae gan Neif ei focs preifat ei hun.'

'Iesgob! Mae'n siŵr nad ydy hynny'n rhad.'

'Debyg ddim, ond dyna Neif i chdi. Dim ond y gorau, bob tro!'

Cafodd Ieuan ei syfrdanu nid yn unig gan faint y bocs – roedd digon o le ynddo i bymtheg o bobl – ond hefyd gan ehangder a gogoniant y palas dawnsio ei hun, oedd â siandelïers lu'n crogi o'r nenfwd uchel. Roedd rhes hir o focsys preifat eraill o amgylch y neuadd ar yr un lefel â nhw, yn ogystal â rhes arall oddi tanyn nhw, i gyd â balconïau addurnedig ac yn llawn pobl grand iawn yr olwg. Gallai Ieuan deimlo'r cyffro yn yr aer wrth i bawb ddisgwyl i'r dawnswyr ddechrau eu perfformiad i gyfeiliant cerddorfa jazz.

O amgylch y llawr dawnsio gwag oddi tanynt eisteddai hyd yn oed mwy o bobl wrth fyrddau crynion.

'Ga i holi,' meddai Emmi, oedd yn eistedd rhwng Ieuan ac Ifan yn rhes flaen y bocs preifat, 'sut fath o ddyn oedd eich tad chi'ch dau?'

'Roedd o'n gerddorol iawn,' atebodd Ieuan, 'yn bianydd gwych ac yn medru troi ei law at bob arddull, hyd yn oed cerdd dant.'

'Be ydy hynny?'

'O, mae'n anodd iawn esbonio am ei fod o'n unigryw i Gymru, hyd y gwn i. Y ffordd orau o egluro ydy ei fod o'n debyg iawn i jazz yn ei hanfod. Yn fras, mae telynor yn canu un alaw, a chanwr yn ymuno efo'i alaw ei hun, ond yn rhyfeddol, mae'r ddau yn cyd-fynd yn berffaith.'

'Mae'n swnio'n gymhleth!'

Chafodd Ieuan ddim cyfle i egluro mwy gan i Neifion gamu o'u blaenau gyda'i gamera.

'Gwasgwch at eich gilydd os gwelwch yn dda, bawb. Mae angen cofnod o hyn! Croeso i'n teulu bach ni, Ieuan!'

'Ia, croeso mawr!' ategodd sawl un o'r tu ôl i Ieuan.

'Be am i ti roi sws i Ifan ar ei foch?' gofynnodd Neifion.

'Mi fuasai'n well gen i beidio,' chwarddodd Angus.

'Na, y lembo,' atebodd Neifion gyda gwên, 'efo Emmi ro'n i'n siarad!'

Chwarddodd pawb, a gosododd Ieuan, Emmi ac Ifan eu hunain yng nghanol y llun.

Wrth edrych i mewn i lens y camera, doedd 'run o'r tri yn ymwybodol y byddai'r llun hwnnw'n goroesi'r amser cythryblus a oedd o'u blaenau. Fyddai'r un peth, ysywaeth, ddim yn wir am y bobl oedd ynddo.

Pennod 26

Fore Iau, 29 Awst 1929

Gorsaf Anhalter, Berlin

Bedwar diwrnod yn ddiweddarach, chwibanodd y gard yn syfrdanol o uchel mewn ymgais i gael ei glywed uwchben twrw'r orsaf brysur. Edrychodd Ieuan Llwyd drwy ffenest lychlyd ei gerbyd, wrth i'r trên lafurio i fagu cyflymder, ar y stêm yn llifo trwy'r awyr y tu allan.

Gwyddai y buasai'r ddelwedd hon wedi'i selio ar ei gof am byth: y ddelwedd o'i hanner brawd ac Emmi'n sefyll ar y platfform, yn gwenu'n braf ac yn codi'u dwylo arno mewn ffarwél.

Ond roedd y ddelwedd fel blewyn yn ei lygad: rhywbeth annioddefol nad oedd modd ei ddisodli, a rhywbeth i'w atgoffa o'r ffaith fod ei ymweliad â Berlin wedi dibrisio'i fywyd ei hun yn ôl yn y Blaenau. Roedd Ieuan bellach yn boenus o ymwybodol, yn fwy nag erioed o'r blaen, ei fod yn byw yng nghysgod Ifan. Nid am y tro cyntaf, teimlodd frath eiddigedd wrth feddwl am ei frawd bach.

Roedd Ifan chwe blynedd yn iau nag o, ond roedd yn wirion o hapus yn cyd-fyw â merch hudolus oedd yn amlwg yn fwy na pharod i ddiwallu pob chwant rhywiol, tra oedd Ieuan yn gorfod bodloni ar leddfu ei anghenion ei hun gan fod Mair, nad oedd o hyd yn oed yn ei ffansïo mewn gwirionedd, yn gwrthod cysgu efo fo cyn priodi. Edrychai Ifan yn olygus yn ei ddillad trwsiadus, drud, tra oedd Ieuan, mor dlawd â llygoden eglwys, yn byw a bod yn ei ddillad gwaith blêr, rhad. Cawsai Ifan ei glodfori gan gynulleidfa selog wrth ganu piano Steinway ar lwyfan palas jazz mewn dinas fawreddog, ond roedd yn rhaid i Ieuan ganu piano bychan, oedd allan o diwn, yn ei lolfa'i hun heb unrhyw un yn gwrando arno. Roedd Ifan yn byw fel gŵr bonheddig ymhlith pobl gyfareddol oedd yn amlwg yn ei werthfawrogi a'i garu, a Ieuan yn cynilo a chelcio wrth weithio ochr yn ochr â llofrudd ei dad mewn chwarel galed, beryglus. Gan Ifan roedd y dyfodol llewyrchus, a'r byd i gyd o'i flaen, a gwyddai Ieuan nad oedd dim i edrych ymlaen ato ond gwaith caled, diddiolch, di-baid.

Oedd, roedd Ieuan wedi dechrau chwennych popeth a oedd yn eiddo i Ifan, gan gynnwys Emmi. A diolch i'w dwpdra'i hun, roedd ei deimladau tuag ati'n debygol o dyfu hefyd. Aeth Emmi â fo i'r naill ochr y diwrnod cynt er mwyn gofyn a fuasai Ieuan yn fodlon llythyru â hi'n gyfrinachol er mwyn dysgu Cymraeg iddi hi, fel syrpréis i Ifan. Dylai fod wedi gwneud rhyw esgus a gwrthod ei chais, ond wrth gwrs, wnaeth o ddim. Yn hytrach, cytunodd i yrru ei lythyrau i fflat mam Emmi er mwyn sicrhau na fuasai Ifan yn darganfod bod ei gariad yn ceisio dysgu ei famiaith.

Cronnodd dagrau o rwystredigaeth yn llygaid Ieuan wrth iddo sylweddoli na fyddai Emmi byth, mwy na thebyg, yn gadael Ifan er mwyn symud i Dalywaenydd ato fo. Gwyddai'n iawn ei fod yn twyllo'i hun â'i obaith, ond allai o wneud dim byd ynghylch y peth.

Gwyddai Ieuan iddo agor Blwch Pandora drwy osod ei olygon ar Emmi. Ddylai o ddim bod wedi dod i Berlin.

Pennod 27

Fore Sul, 29 Medi 1929

Fflat Emmi Schmidt ac Ifan Williams, Gelbes Haus III – 21, Mommsenstraße 5, Charlottenburg, Berlin

Eisteddai Emmi wrth y bwrdd yn yr ystafell fwyta, yn ailddarllen ei llythyr at Ieuan. Rhoddodd dwtsh o'i phersawr, Demi-Jour Houbigant, ar y dudalen felen ac ysgrifennu'r enw a'r cyfeiriad ar yr amlen o'r un lliw. Roedd hi wedi bod yn llawn cyffro wrth gasglu llythyr cyntaf Ieuan ati o fflat ei mam y prynhawn Mercher blaenorol... fel petai'r ddau ohonyn nhw'n cael affêr, ystyriodd. Ond allai hynny ddim bod ymhellach o'r gwir, a hithau wedi mopio'i phen ag Ifan.

Roedd Emmi yn gwybod yn iawn bod ei chariad yn fwy na pharod i ddysgu'i famiaith iddi, ond wnaeth hi ddim derbyn ei gynnig gan ei bod yn ofni edrych yn dwp o'i flaen. Roedd yn well ganddi wneud ei chamgymeriadau efo Ieuan, a dod yn gyfarwydd â holl reolau gramadegol y Gymraeg, cyn iddi gyfaddef wrth Ifan ei bod yn deall peth o'r iaith oedd mor arbennig iddo.

Edrychodd i lawr ar ei hysgrifen las, daclus cyn rhoi'r llythyr yn yr amlen.

> Mr I Llwyd
> Y Caban Bach
> Tai Oakeley

Talywaenydd
Blaenau Ffestiniog
Cymru

Annwyl Ieuan,

Roedd hi mor hyfryd dy gyfarfod fis diwethaf a chael treulio ychydig bach o amser yn dy gwmni. Diolch i ti am dy lythyr cynhwysfawr, ac am gytuno i'm helpu i gael fy nhraed danaf yn y Gymraeg. Rhaid cyfaddef, mae'n ymddangos ei bod hi'n iaith hyd yn oed yn fwy cymhleth nag yr oeddwn i wedi'i ofni!

Fel y gweli di yn yr ymarferion amgaeedig, mae'r treigladau yn ddryslyd i mi, ond paid â chwerthin gormod ar fy ymdrechion tila, os gweli di'n dda!

Ryw ddydd, byddai'n braf cael ysgrifennu llythyr fel hwn atat ti yn Gymraeg, ond yn y cyfamser, rydw i'n edrych ymlaen yn arw at weld sawl marc allan o ddeg rwyt ti'n eu rhoi i mi.

Cofion cynnes,
Emmi

Pennod 28

Pum munud wedi deg, fore Sadwrn, 26 Hydref 1929

Palas Neifion, Bleibtreustraße, Charlottenburg, Berlin

'O'r diwedd, Brad!' meddai Neifion yn biwis. 'Deg o'r gloch ar ei ben ddwedais i!'

'Ddrwg gen i,' atebodd Brad wrth i'r wên ar ei wyneb rewi a diflannu'n llwyr.

Caeodd Brad y drws y tu ôl iddo ac eistedd i lawr wrth ymyl Ifan ac Emmi ar yr unig gadair wag yn swyddfa helaeth Neifion.

'Felly,' aeth Neifion yn ei flaen, 'mi gawn ni ddechrau. Gobeithio nad oes angen i mi egluro i chi pa mor ddifrifol ydy'r sefyllfa sydd ohoni?'

'Ond fydd hi ddim yn effeithio gymaint arnon *ni*... na fydd?' gofynnodd Elias ar ei draws.

'Rargian, Elias, dwi'n gwybod bod gen ti alergedd i bapurau newydd, ond ro'n i'n meddwl y buaset *ti*, hyd yn oed, wedi clywed sôn am gwymp yr holl farchnadoedd stoc yr wythnos hon, dros y byd i gyd. Fuaswn i ddim wedi colli gwasanaeth gweddïau a bendithion y Saboth yn y synagog fore Sadwrn petai'r sefyllfa ddim yn un gwbl argyfyngus – mi ddylet ti fod wedi sylweddoli hynny, o leia.'

'Ddrwg gen i, Neif,' atebodd Elias yn ei dro, 'ond mi o'n i wedi cymryd y buaset ti'n dianc yn ddianaf, dyna i gyd... a tithau mor gall yn ariannol. Mewn tir rwyt ti wedi buddsoddi yn bennaf, yntê, yn hytrach na chyfranddaliadau?'

'*Schön wär's,*' meddai Neifion yn ddigalon, 'mi hoffwn petai hynny'n wir. Ond wyt, mi wyt ti'n iawn i ryw raddau – oni bai am yr holl dir mi fuaswn i mewn helynt go iawn. Yn wir, byddai'r byd ar ben arna i, bron â bod. Ond, yn anffodus, do, dwi wedi prynu dipyn go lew o gyfranddaliadau, ac wedi benthyg arian mawr i wneud hynny. Dwyt ti ddim isio gwybod faint o arian... ond mae'r sefyllfa'n ddifrifol. Yn ddifrifol iawn. Mi fydd angen i mi werthu pob darn o dir sydd gen i er mwyn ad-dalu'r holl fenthyciadau, nawr bod fy nghyfranddaliadau'n ddi-werth. Wel, hynny ydy, pob darn o dir naill ai yn yr Unol Daleithiau neu fan hyn yn yr Almaen. A dyna pam ro'n i angen siarad efo chi i gyd ar frys. Rhaid i mi weithredu'n syth, ond mae angen pleidlais yn gyntaf.'

'Pleidlais?' gofynnodd Art yn syn. 'Ynglŷn â be?'

'Mae 'na benderfyniad i'w wneud... ar y cyd,' atebodd Neifion. 'A ydyn ni'n mynd i aros fan hyn, neu ddychwelyd i'r Unol Daleithiau?'

'Dychwelyd?' gofynnodd Emmi mewn anghrediniaeth. 'Dwi erioed wedi *bod* yn yr Unol Daleithiau... nac Ifan, na Yulia chwaith!'

'Pam yn y byd wyt ti'n *ystyried* dychwelyd, hyd yn oed?' gofynnodd Art i Neifion. 'Be am bopeth ddwedaist ti am ein cynlluniau ni? Am ddianc o'r Gwahardd? Am osgoi hiliaeth? Am greu a pherffeithio'n harddull jazz unigryw ni? Wyt ti wedi anghofio na fyddai modd i ni chwarae yn yr un *band* â'n gilydd dros yr Iwerydd?'

'Naddo.'

'Wel, pam wyt ti'n ystyried hynny, 'ta?'

'Achos 'mod i am fod yn deg efo chi i gyd.'

'Ddrwg gen i, Neif,' meddai Art, 'ond dwi'm yn deall. Be sy'n gwneud i ti feddwl y bydd pethau'n llai difrifol yn yr Unol Daleithiau? Dyna lle dechreuodd yr argyfwng – ar Wall Street!'

'Drycha,' atebodd Neifion, 'petai pawb yn pleidleisio dros

aros yn Berlin, mi fuaswn i wrth fy modd, ond mae'n rhaid i mi gyflwyno'r opsiynau i chi.'

'Iawn,' meddai Art, 'awn ni ati i bleidleisio, 'ta, heb ragor o lol. Ond dwi'n eitha siŵr be fydd y canlyniad.'

'Na. Mae 'na bethau eraill dwi am eu trafod gyntaf,' eglurodd Neifion.

'Pa fath o bethau?' holodd Yulia.

'Wel, bydd popeth yn newid petaen ni'n aros. Mi fydd arian yn dynn. Mae'r parti ar ben arnon ni, i bob pwrpas.'

'Iesgob, Neif!' atebodd Yulia gyda mwy na thinc o rwystredigaeth yn ei llais. 'Paid ag anghofio bod rhai ohonon ni wedi byw trwy'r Chwyddiant Mawr fan hyn wrth i ti fyw yn fras yn America. *Das Leben ist kein Wunschkonzert...* mae angen wynebu saethau ac ergydion ffawd pan maen nhw'n dod...'

'Oes,' cytunodd Neifion, 'ond mae 'na rywbeth arall.'

Cododd Neifion gopi o bapur newydd oddi ar ei ddesg. Cymerodd Yulia y papur oddi arno a syllu ar y dudalen flaen â ffieidd-dod ar ei hwyneb.

'Y *Völkischer Beobachter*?!' gofynnodd, fel petai'r geiriau'n garthion roedd yn rhaid iddi hi'u poeri allan. 'Pam wyt ti'n darllen y budreddi Natsïaidd yma?'

'Er mwyn achub y blaen ar y *Scheißkerle...* y bastards. Dwi wedi esbonio hyn droeon! Tro i dudalen 16, os wnei di.'

Ufuddhaodd Yulia a dechrau cyfieithu'r erthygl dan sylw er mwyn y rhai nad oedden nhw'n gallu deall Almaeneg yn ddigon da.

'Twyllwr yr Asffalt yn buteinfeistr i'r Brodyr Sklarek,' meddai Yulia wrth gyfieithu teitl yr erthygl.

Gwingodd Emmi. Edrychodd Ifan arni'n llawn pryder ond wnaeth Emmi ddim codi'i golygon oddi ar y llawr.

'Wel, caria 'mlaen!' cymhellodd Art.

'Mi wna i aralleirio, dwi'n meddwl,' meddai Yulia. 'Dwi ddim am roi eu geiriau budron nhw yn fy ngheg. Wnes i erioed feddwl y byddai Paul Bauer, hyd yn oed, yn medru iselhau ei hun i hyn... y cythraul!'

'Ai hwnnw oedd y newyddiadurwr o Natsi oedd yn dy ffansïo di?' holodd Ifan.

'Ia. Baw isa'r domen,' atebodd Yulia. 'Yn y bôn, mae o'n honni yma bod Neif wedi – mae'n anodd dweud hyn – ei fod o wedi caniatáu i Balas Neifion gael ei gamddefnyddio ar gyfer llwgrfasnachu cyffuriau... a phuteindra... yn gyfnewid am arian mawr, a'i fod o a'r Brodyr Sklarek yn gweithredu efo'i gilydd ar ran yr Iddewon Rhyngwladol. Mae'r peth yn lol llwyr! Ac mae'n deud hefyd... o na, mae hyn yn *gwbl* anfaddeuol... mae'n deud bod merched Almaenaidd Aryaidd yn cael eu halogi'n systematig gan Neg–' Oedodd Yulia, ac roedd y ffieidd-dod ar ei hwyneb yn amlwg, '... gan bobl Ddu.'

Roedd yr ystafell yn dawel, ar wahân i ebychiad o sioc gan bob un o'r cerddorion.

'Pwy ydy'r Brodyr Sklarek?' holodd Elias.

'Pobl Iddewig sydd wedi twyllo Bwrdeistref Berlin o ddeng miliwn Marc,' eglurodd Ambrose.

''Dyn nhw ddim yn bobl Iddewig go iawn,' meddai Neifion yn amddiffynnol. 'Gwehilion ydyn nhw... Rwsiaid...'

'Wie bitte?' gofynnodd Yulia yn llym.

'Ddrwg gen i, Yulia,' meddai Neifion mewn embaras. 'Do'n i ddim yn ei olygu o fel'na. Dydy hi ddim o unrhyw bwys o ble maen nhw'n dod. Y pwynt ydy eu bod nhw'n ddynion anllad, annysgedig, a does dim parch iddyn nhw ymysg y gymuned Iddewig yn Berlin. Yn wir, maen nhw wedi cael eu dieithrio o'n cymuned ni'n llwyr, yn enwedig ar ôl iddyn nhw sathru ar bawb yn ystod y Chwyddiant er mwyn gwneud arian mawr mewn ffordd gwbl ddidrugaredd. 'Dyn nhw ddim yn ystyried eu hunain yn bobl Iddewig chwaith. Does ganddyn nhw ddim chwaeth... nac egwyddorion. Mi fuasen nhw'n gwerthu'u neiniau am Farc neu ddau. Ond fuasech chi ddim yn *credu* eu cysylltiadau nhw... mae'r rheiny'n anhygoel. Mae ganddyn nhw ffrindiau ym mhobman – yr Arglwydd Faer, hyd yn oed. Fawr o syndod, o ystyried y ffordd y maen nhw'n taflu'u harian o gwmpas. Maen nhw wedi gwario miliynau ar stablau rasio... a phartïon ym myd y boneddigion. Maen nhw wedi cynffonna ar gymaint o bobl ddylanwadol hefyd, trwy gyfrannu'n hael i bron bob plaid wleidyddol dan haul.'

'Sut dwyllon nhw'r fwrdeistref?' holodd Elias.

'Mae ganddyn nhw fusnes dillad,' atebodd Neifion, 'a chytundeb arbennig efo'r fwrdeistref i ddilladu'r holl weithwyr swyddogol. Ond mae'n debyg nad oedden nhw'n medru gwrthsefyll y demtasiwn i wneud hyd yn oed mwy o arian trwy gyflwyno llwyth o anfonebau ffug ar gyfer dillad nad oedden nhw wedi'u cyflenwi. Ac os nad oedd hynny'n ddigon, mae'n ymddangos eu bod nhw wedi ceisio llwgrwobrwyo'r byd a'r betws mewn ymgais i guddio'r holl beth wedyn.'

'Ond mae'r boi Bauer 'ma wedi bod yn sgwennu erthyglau fel hon ers tro, yn tydi?' gofynnodd Lincoln. 'Yn y gorffennol mi wyt ti wedi gwneud hwyl am ei ben, heb ei gymryd o ddifri. Doedd dim ots gen ti bryd hynny, nac oedd?'

'Nac oedd, ond mae hyn yn wahanol.'

'Pam?'

'Oherwydd bod cwch y Brodyr Sklarek ar fin suddo... ac mae'n amlwg bod y Natsïaid yn benderfynol o 'nghlymu i wrth yr hwylbren. Mae hyn yn ddifrifol bellach. Cyhoeddwyd ymchwiliad seneddol ychydig ddyddiau'n ôl...'

'... a bydd hwnnw'n cadarnhau nad oes unrhyw fai arnat ti,' meddai Art, gan gwblhau brawddeg Neifion ar ei ran.

'Dydy'r gwir ddim yn poeni'r Natsïaid.'

'Ond pa ddylanwad sydd ganddyn nhw mewn gwirionedd?' gofynnodd Art. 'Mae'r boi Hitler 'na'n chwerthinllyd... yn ffŵl!'

'Mae o'n chwerthinllyd, ydy, ond mi ddylid ei gymryd o ddifri, serch hynny. Mae 'na nifer fawr o bobl ddigon twp yn y wlad yma,' meddai Neifion, 'sy'n credu pob gair sy'n dod o'i geg hyll... gan gynnwys yr honiadau di-sail fod y Brodyr Sklarek wedi bod yn rhedeg tai gamblo wedi'u rigio er mwyn ysbeilio Almaenwyr o'u cynilion. Y gwir ydy bod fy ngherdyn i wedi'i farcio go iawn erbyn hyn. Ydych chi wir am gael eich pardduo yn fy sgil?'

''Dan ni wedi dy ddilyn di dros yr Iwerydd, Neif,' atebodd Art ar ran y lleill, 'ac mae pob breuddwyd addewaist ti wedi'i gwireddu hyd yma. Mae Berlin wedi bod yn Ardd Eden i ni. Wyt ti wir yn credu ein bod ni'n mynd i gefnu arnat ti rŵan? Mi fyddwn ni'n aros efo ti, doed a ddêl.'

'Diolch, Art,' meddai Neifion, yn amlwg wedi'i gyffwrdd hyd at ddagrau, 'ond dy farn di ydy hynny.'

'Iawn 'ta,' atebodd Art wrth droi at bawb yn yr ystafell. 'Pwy sydd o blaid codi pac a hwylio'n ôl dros yr Iwerydd? Wel, dewch 'mlaen, peidiwch â bod yn swil. Gadewch i mi weld eich dwylo chi!'

Ni chododd neb ei law.

'Wel, dyna ni,' aeth Art yn ei flaen. 'Dyna'r bleidlais drosodd. Well i ti ddechrau gwerthu popeth yn yr Unol Daleithiau, Neif. 'Dan ni'n aros fan hyn, mae'n ymddangos.'

RHAN 2

TAIR BLYNEDD YN DDIWEDDARACH

Pennod 29

Oriau mân fore Llun, 8 Awst 1932

Ysbyty Athrofaol Charité, Charitéplatz, Berlin

'DIETMAR!!!' sgrechiodd Yulia nerth ei phen.
 'Ti'n meddwl y dylwn i fynd i mewn?' gofynnodd Dietmar i Emmi'n betrusgar. Roedd yn amlwg bod Yulia'n diodde'n enbyd yn yr ystafell esgor.
 Eisteddai Dietmar rhwng Emmi ac Ifan yng nghoridor hir, diffaith ail lawr yr ysbyty, ac roedd arogleuon cryf y diheintydd yn dechrau gwneud iddo deimlo'n sâl.
 'Fuaswn i ddim yn mentro, yn dy sefyllfa di,' atebodd Emmi.
 'Ond mi fuasai Yulia yn fy lladd i taswn i'n ei hanwybyddu ac eistedd ar fy nhin yn gwneud dim, yn hytrach na'i helpu hi.'
 'Digon posib, Dietmar. Ond, yn bersonol, mi fuasai'n well gen i hynny na mynd yn agos at y fydwraig arswydus 'na. Mae hi'n codi ofn arna i!'
 Chwarddodd Dietmar gan wneud stumiau. 'Wel, ydy, mae hi.'
 'DIETMAR!' sgrechiodd Yulia unwaith eto. 'Ty'd yma... RŴAN!'
 Y tro yma, at Ifan y trodd Dietmar am gyngor.
 'Na, gyfaill,' atebodd Ifan ei gwestiwn mud, 'mi fyswn i'n gwrando ar Emmi, yn bendant. Mi ddwedodd y fydwraig nad wyt ti'n cael mynd i mewn tan ar ôl i'r babi ddŵad, yn do?'
 'Ym... do.'
 'Wel, dyna ni, 'ta.'

Roedd y pedwar ar ganol bwyta yn y Neva Grill pan dorrodd dyfroedd Yulia, a mynnodd Emmi ac Ifan fynd efo'r darpar rieni i'r ysbyty yn y tacsi. Roedd hi'n dda o beth nad oedd yr uned eni yn rhy brysur, a bod digon o staff ar gael i roi sylw i Yulia, gan ei bod yn glaf reit bengaled.

'Ceisia ymlacio,' awgrymodd Emmi'n dyner, 'a meddylia am rywbeth arall. Y peth gorau fedri di ei wneud ydy bod yma pan ddaw'r babi. Mi fydd yn foment amhrisiadwy – ond mi fydd raid i ti beidio â chynhyrfu gormod yn y cyfamser.'

Roedd Emmi'n iawn, fel arfer, ond roedd cymaint i feddwl amdano... ac i boeni amdano, ystyriodd Dietmar. Oedd dod â phlentyn i fyd mor orffwyll yn syniad da? Ond roedd hi'n llawer rhy hwyr i ailfeddwl, a'r babi ar ei ffordd.

Ar y llaw arall, roedd hi'n amhosib peidio â phoeni am y dyfodol. Roedd popeth mor ansicr, a pheryglon i'w gweld ym mhobman.

Buasai'n afrealistig disgwyl i neb, heblaw ei gyd-Gomiwnyddion, gydnabod bod pob eiddo'n lladrad, ond petai pobl ond yn sylweddoli nad cyfalafiaeth oedd yr ateb i bob problem, buasai hynny'n gam i'r cyfeiriad cywir.

Cwymp Wall Street oedd wedi esgor ar y cyfan. Ond beth arall oedd i'w ddisgwyl, ar ôl i gymaint gael ei adeiladu ar dywod? Roedd Dietmar wedi rhybuddio Neifion rhag prynu'r holl gyfranddaliadau yna, ond wnaeth o ddim gwrando.

Benthyciadau'r banciau Americanaidd oedd wedi cynnal diwydiant yr Almaen ers 1924, a thynnwyd y tir o dan draed pawb bum mlynedd yn ddiweddarach pan fynnodd y banciau hynny eu holl arian yn ôl ar yr un pryd yn sgil y Cwymp. O ganlyniad, dechreuodd y dominos ddisgyn. Ymhen dim bu diswyddiadau torfol oherwydd nad oedd gan y cyflogwyr ddigon o arian i gynnal yr un lefel o gynhyrchu, nac i dalu'u holl weithwyr. Yn sgil hynny, roedd gan bobl lai o arian i'w wario a llai o hyder i wario'r ychydig arian oedd ganddyn nhw.

O ganlyniad i hynny, yn wahanol i'r hyn ddigwyddodd adeg y Chwyddiant Mawr, roedd prisiau wedi disgyn wrth i'r galw am bopeth wanhau. Collodd cyflogwyr fwy byth o arian, a diswyddwyd mwy byth o weithwyr. Ac yn y blaen, ac yn y blaen.

Roedd Palas Neifion a'r Asphalt Hustlers wedi dioddef hefyd wrth i'w cynulleidfa ddechrau prinhau, er gwaethaf un gostyngiad ar ôl y llall yn y pris mynediad i'r clwb.

Bellach, roedd chwarter y boblogaeth heb waith a heb incwm, ac mewn tlodi eithriadol. Rhoddodd hynny bwysau ariannol anhygoel ar y llywodraeth, gan greu cylch dieflig go iawn.

Doedd fawr o syndod felly fod pobl wedi colli ffydd yng Ngweriniaeth Weimar. Roedd pawb yn chwilio am atebion syml i wella'u byd, ac roedd y Natsïaid yn fwy na hapus i'w cynnig nhw – er, wrth gwrs, nad oedd eu hatebion nhw'n ddim mwy na straeon tylwyth teg i wneud i bobl deimlo'n well, a'u hannog i gasáu. Heb reswm, trodd pobl ar eu cydwladwyr: pobl Iddewig, Comiwnyddion, pobl nad oedden nhw ar fai am y problemau economaidd mewn unrhyw ffordd, ond a oedd yn dargedau hawdd.

Afraid dweud, dim ond grym roedd y Natsïaid yn ei chwennych, ac roedden nhw wedi ennill mwy o seddi nag unrhyw blaid arall yn yr etholiad a gynhaliwyd wythnos ynghynt. Yn sgil canlyniad yr etholiad, cynigiwyd swyddogaeth Is-ganghellor i Hitler, o bawb, mewn clymblaid â von Papen a von Schleicher. Oedd, roedd y seicopath wedi gwrthod y cynnig, ond roedd Dietmar yn eitha siŵr mai'r unig reswm am hynny oedd nad oedd o am gael ei gysylltu â llywodraeth fethedig. Roedd ganddo rywbeth amgenach ar y gweill, doedd dim amheuaeth am hynny.

Roedd tri Changhellor wedi ceisio llywodraethu ac wedi methu ers Gŵyl Fai 1929, y diwrnod tyngedfennol a elwid bellach yn Gwaedfai: Marx, Müller a Brüning. Yn wir, roedd methiant Brüning wedi bod mor gyflawn fel bod yr Arlywydd Hindenburg wedi defnyddio Erthygl 48 y Cyfansoddiad i basio deddfau trwy orchymyn, hyd yn oed... pwy a ŵyr i ble fyddai hynny'n arwain. Bellach, wrth gwrs, roedd von Papen, y pedwerydd Canghellor, wrthi'n methu hefyd.

Gallai Dietmar olrhain ei broblemau ei hun yn ôl i'r Ŵyl Fai honno: y diwrnod a arweiniodd at waharddiad y *Rotfrontkämpferbund*, neu'r RFB, Cynghrair Ffrynt Goch yr Ymladdwyr, oedd â 130,000 o aelodau bryd hynny. Oedd, roedd Ifan wedi bod yn ddewr iawn y noson honno o flaen Sinema Babylon, ond y gwir oedd y buasai pethau wedi troi'n hyll iawn oni bai i'r gell honno o'r RFB, y gynghrair Gomiwnyddol oedd yn cyfateb i'r SA, ymddangos o nunlle a hel y Natsïaid ffiaidd ymaith.

Roedden nhw wedi bod yn driw i'w harwyddair y noson honno: 'Amddiffyn y cyfaill, bwrw ymosodiad y gelyn yn ei ôl'.

Do, cafodd y Gynghrair Arfog yn erbyn Ffasgiaeth ei sefydlu wedyn yn lle'r gynghrair waharddedig, ond roedd honno'n gyfrinachol, a doedd dim wedi bod yr un fath ers hynny.

'DIETMAR!'

'Be?' Cafodd Dietmar ei ddychryn o'i fyfyrdod.

'Gwranda!' meddai Emmi yn daer. 'Y crio...'

'Be? Ti'n meddwl...?'

Cyn i Emmi gael cyfle i ateb, agorwyd drws yr ystafell esgor a chamodd y fydwraig allan.

'Herr Neumann?' meddai'n llym.

'Ia?'

'Mi gewch chi ddod i mewn rŵan. Mae ganddoch chi ferch fach hyfryd.'

Pennod 30

Nos Sadwrn, 5 Tachwedd 1932

Palas Neifion, Bleibtreustraße, Charlottenburg, Berlin

Bron i dri mis yn ddiweddarach, roedd Emmi Schmidt yn llawn cyffro wrth iddi aros i'r cerddorion ymddangos ar lwyfan Palas Neifion. Roedd popeth wedi'i osod ar y llwyfan yn barod am y perfformiad unwaith-mewn-oes hwn: drymiau Elias, piano Steinway crand Ifan, bas dwbl Brad a gitâr Angus, a meicroffon ar stand. Ond nid Emmi oedd yn canu heno.

Doedd Emmi byth yn arfer eistedd wrth fwrdd Neifion ymysg y gynulleidfa yn ystod gigs, ond roedd heno'n eithriad. Roedd hi ar fin gweld ei harwr yn y cnawd; ar fin gwylio a chlywed y chwedlonol Louis Armstrong ei hun yn bwrw'i hud ochr yn ochr â'i chariad a'i chyfeillion pennaf. Roedd hi'n ymylu ar fod yn eiddigeddus fod Ifan wedi cael treulio'r prynhawn cyfan yng nghwmni Mr Armstrong wrth i'r band ymarfer efo fo ar gyfer heno. Doedd fawr o syndod i Ifan ddatgan fod Armstrong yn gerddor arallfydol o athrylithgar – ond gwrthododd ddatgelu pa ganeuon fyddai'n cael eu cynnwys yn y set, gan fynnu ei fod wedi addo cadw'r cyfan yn gyfrinach.

Roedd yn rhaid i Emmi gydnabod bod hwn yn achlysur arbennig am reswm arall hefyd, o ystyried pwy oedd yn eistedd wrth ei hymyl: Ieuan, hanner brawd Ifan. Er nad oedd Ifan a hithau'n briod, ystyriai Emmi fod Ieuan yn frawd-yngnghyfraith iddi hi, yn enwedig gan eu bod wedi dreulio tair blynedd yn llythyru'n gyfrinachol. Doedd hi byth wedi cyfaddef wrth Ifan ei bod wedi bod yn dysgu Cymraeg, fodd bynnag, gan nad oedd hi'n ddigon hyderus i ynganu'r holl eiriau roedd hi wedi'u dysgu. Ond roedd hi, yn sicr, wedi dod i adnabod Ieuan yn dda, a theimlai'n gwbl gyfforddus yn ei gwmni.

Roedd hwn wedi bod yn ddiwrnod i'w gofio, yn un i'w drysori o ystyried y sefyllfa wleidyddol brudd oedd yn cau amdanyn nhw. Yr unig drueni oedd nad oedd modd i Dietmar fod yno – roedd o gartref yn gofalu am Ludmilla, y ferch fach dlos a anwyd i Yulia ac yntau dri mis ynghynt.

Roedd aelodau'r band wedi bod yn darllen am daith Satchmo o gwmpas Lloegr y mis blaenorol, ac wedi hanner gobeithio y buasai Neifion yn cynnig eu hedfan nhw i gyd i Loegr er mwyn iddyn nhw allu manteisio ar y cyfle euraidd i wylio'u harwr... ond na. Wedyn, erbyn iddyn nhw sylweddoli bod Armstrong yn mynd ymlaen i chwarae gigs yn Paris, Brwsel a Den Haag ar ôl diwedd y daith honno, roedd yr holl docynnau wedi mynd. Doedd neb wedi breuddwydio y gallai Neifion ddarbwyllo Armstrong i wasgu gig ychwanegol i mewn rhwng y rhai yn Paris a Brwsel – gig efo nhw yn Berlin – cyn dychwelyd i'r Unol Daleithiau. Fel petai hynny ddim yn ddigon, wrth i Emmi ac Ifan geisio prosesu'r newyddion cyffrous fod Armstrong yn cyrraedd Berlin erbyn amser cinio, canodd cloch drws eu fflat. Pwy oedd yn sefyll o flaen eu drws ffrynt, â chês dillad yn ei law, ond Ieuan! Cymerodd y ddau eu tro i'w gofleidio, a thros baned o goffi eglurodd Ieuan fod Neifion wedi ei ffonio ddeuddydd ynghynt i ddweud beth oedd ar droed, a chynnig talu am hediad iddo er mwyn iddo allu mynychu'r gig a threulio amser gyda'i hanner brawd. Doedd yr haelioni hwn ddim yn anghyffredin – Neifion oedd wedi talu am ffôn yng nghartref Ieuan er mwyn i'r brodyr allu cadw mewn gwell cysylltiad.

Trodd Emmi at Ieuan, a gwasgu'i law wrth edrych i fyw ei lygaid.

'All bywyd ddim bod yn well na hyn, na all?' meddai, gan amneidio â'i phen at y llwyfan gwag.

Na, meddyliodd Ieuan wrth wenu'n ôl arni.

Ac yntau wedi syrthio mewn cariad dros ei ben a'i glustiau ag Emmi o ganlyniad i'r holl lythyru, roedd cael bod mor agos ati, cael cyffwrdd â'i chroen, bron yn annioddefol iddo. Roedd ei phersawr a'i phresenoldeb yn feddwol, yn enwedig ar ôl iddo ddod yn gaeth i anadlu'r persawr hwnnw bob tro yr agorai un o'i llythyrau. Yr amlenni melyn golau, a'i enw wedi'i ysgrifennu'n daclus ar bob un mewn inc glas golau, oedd yr unig bethau a ddeuai â llawenydd iddo bellach. Ers misoedd, Emmi oedd y peth cyntaf i neidio i'w feddwl wrth ddeffro yn y bore, a'r peth olaf a dreiddiai i'w isymwybod wrth iddo fynd i gysgu.

Wrth i lygaid Ieuan wledda ar Emmi, dychmygodd sut deimlad fyddai gadael i'w law grwydro'n araf i fyny ei braich noeth a thynnu strapiau ei ffrog goctel laswyrdd, er mwyn dinoethi...

'Be sy'n bod?' holodd Emmi â thinc o bryder yn ei llais. 'Mae dy law di'n crynu.'

'O, dim byd,' atebodd Ieuan gan wrido. 'Dim ond... cyffrous ydw i. Ddoe ro'n i'n gweithio yn y chwarel ym Mlaenau Ffestiniog, ac unrhyw funud rŵan, mae fy arwr yn mynd i gamu ar y llwyfan 'na!'

'O, dwi'n gwybod!' cytunodd Emmi. 'Prin 'mod i'n medru anadlu!'

Gwyddai Ieuan sut roedd hi'n teimlo.

O'r diwedd, tynnodd Emmi ei llaw i ffwrdd, ac yn syth, teimlai Ieuan ei law yn oer ac yn wag. Ceisiodd dynnu'i sylw oddi ar y boen yn ei galon drwy edrych o gwmpas y clwb nad oedd o wedi bod ynddo ers dros dair blynedd. Roedd y lle dan ei sang, a'r gynulleidfa'n ddigon o sioe ynddi'i hun. Yn ogystal â'r bobl fwy traddodiadol a eisteddai wrth y byrddau mewn siwtiau a ffrogiau drud yr olwg, roedd o leiaf hanner y gynulleidfa, oedd yn cynnwys cariadon gweddill y band, yn sefyll ar y llawr dawnsio mawr o flaen y llwyfan, wedi'u gwisgo'n rhyfeddol o anffurfiol. Roedd dynion mewn siacedi lledr a chapiau duon, rhai ohonynt yn noeth o'u gwasg i fyny ar wahân i dlysau yn eu tethi. Gwingodd Ieuan wrth ystyried y broses o'u rhoi nhw yno. Yn ogystal, roedd nifer o ddynion yn gwisgo dillad merched, gyda cholur anghynnil iawn ar eu hwynebau, a merched yn gwisgo siwtiau dynol iawn eu steil. Doedd Ieuan ddim wedi dod ar draws unrhyw beth tebyg o'r blaen.

Roedd yr awyrgylch yn drydanol o ddisgwylgar, ac arogl mwg sigaréts a rhywbeth arall, anghyfarwydd, yn cosi'i ffroenau. Cofiodd Ieuan fod Ifan wedi dweud wrtho am boblogrwydd rhyw gyffur o'r enw hashish – mae'n debyg mai dyna oedd yr arogl dieithr.

Doedd Palas Neifion ddim wedi colli mymryn o'i ogoniant, ystyriodd Ieuan, er y newid yn awyrgylch strydoedd y ddinas ers ei ymweliad blaenorol yn haf dibryder 1929. Edrychodd i fyny ar y nenfwd, a'r darlun enfawr o'r duw Neifion yn ei gerbyd rhyfel a dynnid gan ddolffiniaid, yn chwifio'i dridant. Wrth ei ochr yn y cerbyd roedd ei wraig, Amphitrite, a nofiai sawl anghenfil môr gwarchodol o'u cwmpas. Roedd y band a oedd ar fin dod i'r llwyfan, fel y creaduriaid i gyd, yn deulu – teulu nad oedd Ieuan yn aelod ohono, yn wahanol i'w hanner brawd. Doedd gan Ifan ddim syniad bod y bywyd roedd o'n ei fyw, y gymdeithas roedd o'n rhan ohoni, yn destun cymaint o eiddigedd gan ei hanner brawd. Doedd gan Ieuan ddim gobaith yn y byd o gael bod yn ei sgidiau.

O'r diwedd, daeth y cerddorion allan o ddrws yr ystafell wisgo, un ar ôl y llall, i ryddhau'r holl densiwn a oedd wedi cyniwair yn y clwb mewn ffrwydrad o gymeradwyaeth a chwibanu. Wrth gerdded ar draws y llwyfan, chwyrlïai Elias ei ffyn drymio, a gwenodd Ifan a chodi llaw ar y gynulleidfa. Roedd Brad ac Angus yn dal i smocio sigarét, a chydiai'r lleill yn eu hofferynnau: Ambrose a'i sacsoffon alto, Yulia a'i chlarinét, Lincoln a'i drombôn ac Art a'i drwmped. Wedyn y dyn ei hun: Satchmo, a oedd yn dal trwmped gloyw mewn un llaw a hances boced wen, lân yn y llall. Ar wahân i ffrog goctel binc Yulia, roedd pob un ohonyn nhw'n gwisgo siaced giniawa ddu, crys gwyn a thei bo du.

'Noswaith dda, foneddigion a boneddigesau,' cyhoeddodd Satchmo, a oedd bellach yn sefyll ym mlaen y llwyfan, wrth sychu mymryn o chwys oddi ar ei dalcen gyda'i hances boced a chwifio'i drwmped yn ôl ac ymlaen.

Roedd ymateb y gynulleidfa i'r geiriau hynny'n fyddarol, fel petai pawb wedi bod yn aros am y foment honno ers blynyddoedd.

'Fy enw i,' aeth yn ei flaen, 'yw Mr Armstrong...'

Bloedd arall.

'... a'r gân gyntaf 'dan ni'n mynd i'w chwarae ar eich cyfer chi heno ydy un o'r hen ffefrynnau... "Dinah".'

'O, dwi'n caru'r gân hon gymaint!' ebychodd Emmi dan ei gwynt wrth gyffwrdd â braich Ieuan.

Trodd Armstrong at Art, a nodiodd Art ei ben gan wenu'n rhadlon ar ei arwr.

'"Dinah"!' ailadroddodd Armstrong wrth foesymgrymu i gyfeiriad y gynulleidfa, wedyn at Art. 'Maestro, pan wyt ti'n barod!'

Dechreuodd Art gyfrif, 'Un, dau, tri,' yn uchel, a dechreuodd bawb chwarae. Yn syth, cludwyd y gynulleidfa i ffwrdd ar don o swing nad oedd modd ei gwrthsefyll. Roedd yr Asphalt Hustlers ar dân! Ar ôl i'r band chwarae'r rhagarweiniad offerynnol sionc yn eithriadol o gyflym, dechreuodd Armstrong ganu, gan ysgwyd ei ben o ochr i ochr wrth i rythm y gân feddiannu ei gorff.

Oooooooo... Dinah,
Does neb mor gain 'na
Yn nhalaith Carolina,
Na, na, does neb,
Does neb fel hi!

Wrth iddo fynd yn ei flaen, yn hytrach nag ynganu gweddill geiriau'r gân, dechreuodd sgatio. Roedd ieithwedd ei ffordd unigryw, arloesol o ganu uwchlaw pob iaith, ac yn cyffwrdd enaid Ieuan. Syllodd y Cymro ar wyneb yr athrylith – er bod angerdd ym mhob ystum, ni phylodd ei wên lydan. Roedd hi'n amhosib peidio â disgyn mewn cariad efo fo.

Wrth i ran leisiol y gân ddirwyn i ben, dechreuodd Satchmo ganu.

Ooooooooooooo... Dinah!
Dinah!
Ooo Dinah...
Dinah, Dinah, Dinah, Dinah...

Wedyn, sgatiodd raeadr o nodau cyflym cyn iddo droi at Art a moesymgrymu er mwyn dynodi ei bod yn bryd i arweinydd y band chwarae'r unawd cyntaf.

Gwlychodd Art ei wefusau a mynd ati'n syth ar y curiad nesaf. Daliodd Emmi ei gwynt. Doedd hi erioed wedi'i glywed o'n chwarae'i drwmped cystal, ac roedd hynny'n ddweud mawr. Yn amlwg, roedd o wedi'i ysbrydoli.

Yn fuan, daeth tro Yulia i chwarae ei hunawd, wedyn Ambrose, Lincoln, Ifan, ac, yn olaf, Brad, cyn i Louis Armstrong chwarae ei unawd swynol ei hun, yn ymddangos fel petai ar ben ei ddigon.

Ar ddiwedd y gân, roedd calon Emmi bron â byrstio. Ar fympwy, trodd at Ieuan a thaflu ei breichiau am ei wddf.

'Dwi mor falch dy fod di yma, Ieuan,' sibrydodd yn ei glust ar ôl plannu cusan ar ei foch. 'Ti fel brawd i mi.'

Er y cyffro o deimlo'i breichiau am ei wddf, a chynnwrf ei phersawr yn ei ffroenau, roedd y gair 'brawd' fel cyllell yng nghalon Ieuan.

Hedfanodd y ddwy awr nesaf, ac wrth i'r cerddorion adael y llwyfan i don o gymeradwyaeth a chwibanu afreolus, teimlai Emmi fel petai'n cael ei deffro o berlesmair. Pwysodd Neifion ar draws y bwrdd tuag ati.

'Dewch! Awn ni drwy fy swyddfa i'r ystafell wisgo... mae'n bryd i'r ddau ohonoch chi gyfarfod Satchmo!'

Ychydig funudau'n ddiweddarach roedd y tri ohonynt yn cerdded drwy ddrws y brif ystafell wisgo yng nghwmni Gustav, a oedd yn ffotograffydd brwd yn ogystal â bod yn yrrwr i Neifion.

'Emmi! Ieuan!' bloeddiodd Ifan uwchben cleber bywiog yr ystafell. 'Dewch i gyfarfod Mr Armstrong!'

'Louis!' ffug-ddwrdiodd Armstrong gan wenu.

'Ym... Louis,' meddai Ifan ar ôl llyncu'i boer, gan ynganu'r 's' yn galed fel y gwnaeth yr athrylith, 'dyma Emmi, fy nghariad a chantores y band, a dyma fy mrawd, Ieuan!'

'Hanner brawd,' cywirodd Ieuan.

Disgynnodd wyneb Ifan ychydig.

'A, mi ddylset ti fod wedi dod i ganu un gân efo fi!' meddai Armstrong wrth Emmi.

'O, na,' atebodd Emmi'n betrus, 'fedrwn i ddim. 'Dach chi'n arwr i mi, Mr Armstrong! Mi o'n i wrth fy modd yn y gynulleidfa.'

'Wel, mae hynny'n bechod mawr,' meddai Armstrong. 'Ond be am i ni jamio fory cyn i mi orfod dal fy nhrên i Wlad Belg? Efo Ifan a... be ydy dy enw di eto?' gofynnodd Satchmo i Ieuan.

'Ieuan.'

'Wrth gwrs. Rwyt tithau'n bianydd hefyd, yn dwyt?'

'Ydw, ond...'

'Dyna ni, 'ta!' meddai Armstrong yn siriol. 'Dwi'n edrych ymlaen! Rŵan, be am i ni gael tynnu llun o bawb, er mwyn cofnodi heno?'

'Syniad gwych!' ebychodd Neifion. 'Gustav! Lle wyt ti am i ni sefyll?'

'Mae fanna'n iawn,' atebodd Gustav, 'ond rhaid i bawb ddod yn nes at ei gilydd.'

Curodd Neifion ei ddwylo er mwyn denu sylw'r holl gerddorion a thawelu'r parablu. 'Pawb i glosio ar gyfer llun, os gwelwch yn dda!'

'Mae angen Mr Armstrong yn y canol, wrth gwrs,' meddai Gustav.

'Be am i'r ddau Gymro sefyll un bob ochr i mi?' cynigiodd Satchmo, gan roi'i freichiau o gwmpas ysgwyddau Ifan ac Ieuan.

'Symudwch yn nes at ei gilydd os gwelwch yn dda,' gorchmynnodd Gustav yn gwrtais. 'Emmi wrth ymyl Ifan, ia... a Brad, dim ond hanner dy wyneb di dwi'n medru'i weld.'

'Mae hynny'n fwy na digon!' galwodd Lincoln.

'Ha ha!' meddai Brad yn ffug-sorllyd. 'Ydy hynna'n well, Gustav?'

'Ydy. Rŵan... gwenwch, bawb!'

Ar ôl y fflach a'r glic o gamera beichus Gustav, trodd Emmi at Ifan a'i gusanu'n angerddol.

'Mi oeddet ti...' cusan arall, '... yn wych!' Edrychodd i fyw ei lygaid ac ychwanegu'n bryfoclyd dan ei gwynt yn ei mamiaith, 'Ac mi fydd gen i anrheg fach i chdi pan ddown ni adra...'

Gyrrodd pob cusan a phob cyffyrddiad gyfres o saethau trwy galon Ieuan.

Fel petai'n gallu darllen meddwl ei frawd, rhyddhaodd Ifan ei hun o goflaid Emmi a throi at Ieuan.

'Ti'n iawn?' holodd yn Gymraeg.

'Mae hi'n rhy dda i ti,' oedd unig ateb Ieuan.
'Be? Pwy?'
'Emmi. Efo fi ddylai hi fod, nid chdi.'

Roedd y geiriau dinistriol wedi llithro allan o geg Ieuan cyn iddo sylweddoli beth roedd o ar fin ei ddweud, a doedd dim modd iddo dynnu'r geiriau'n ôl. Roedd y niwed eisoes wedi'i wneud, a fyddai pethau byth yr un fath rhyngddyn nhw eto.

Pennod 31

Oriau mân y bore, fore Sadwrn, 31 Rhagfyr 1932

Fflat Emmi Schmidt ac Ifan Williams, Gelbes Haus III – 21, Mommsenstraße 5, Charlottenburg, Berlin

'Paid â meiddio deud wrtha i be dwi'n cael gwario fy arian arno!' ebychodd Emmi.

Roedd Ifan yn casáu ffraeo yn Almaeneg. Er bod iaith eu perthynas wedi troi'n Almaeneg ddwy flynedd ynghynt, ac er iddo deimlo'n weddol gyffordus yn yr iaith bellach, roedd o'n ymwybodol bob tro o fod dan anfantais fawr mewn unrhyw anghydfod gydag Emmi, a hithau'n defnyddio'i mamiaith.

'Dwi ddim yn trio deud wrthat ti,' atebodd yntau. 'Dim ond awgrymu o'n i bod angen gwario'n harian ni mewn ffordd... chydig yn ddoethach.'

'O, ia, mi o'n i wedi *anghofio* am dy ddoethineb di!'

Sylweddolodd Ifan yn rhy hwyr ei fod o wedi disgyn i'r un hen fagl eto.

'Paid â bod fel'na.'

'Paid â bod fel be?'

'Ti'n gwybod.'

'Mi ddwedais i nad oedd hi'n ddoeth ymddiried mewn banciau! Mi ddwedais i y dylsen ni wneud rhywbeth da efo'n harian... ei fwynhau, er enghraifft! Ond na, mi oeddet ti'n benderfynol, yn doeddet? Ti bob amser yn gwybod yn well, er nad oes gen ti glem fel arfer. *Cynilo*'n harian oedd raid, meddet ti... ei roi i'w *gadw* yn y banc. Cadw? Lol llwyr! Pwy sydd wedi'i gadw? Ni, neu'r banc?'

'Doedd dim modd rhagweld hynny.'

'Wrth gwrs bod modd! Wnest ti ddim dysgu dim ar ôl i ti glywed sôn am y Chwyddiant? Nac ar ôl Cwymp Wall Street? Wn i ddim pam wnes i wrando arnat ti! Rhaid 'mod i wedi bod yn wallgo. Mi oedd y ddau ohonon ni wedi gweithio mor galed. Mi oedd ganddon ni chydig o arian a allai fod wedi'n helpu ni i ddod drwy'r storm. Ond na, mi oeddet ti'n benderfynol o'i daflu i gyd i ffwrdd!'

'Ond Emmi!'

'Paid â fy "ond Emmi" fi!' gwaeddodd hi'n flin. 'Ti mor ddiniwed. Ti'n fy ngyrru i'n orffwyll weithiau! Wna i byth anghofio'r cywilydd o orfod aros y tu allan i'r banc y llynedd, yng nghanol yr holl bobl eraill oedd wedi bod yr un mor ynfyd â ni...'

Nid hyn eto, meddyliodd Ifan.

'Y cywilydd o ruthro am y drysau...' parhaodd Emmi, '... yn ofer, a gorfod syllu'n gwbl ddiymadferth wrth iddyn nhw dynnu'r bariau haearn i lawr a'n hatal ni rhag mynd at ein harian... ein harian *ni*! Waeth i ti fod wedi fflysio'r holl bres i lawr y toiled ddim!'

Gallai Ifan weld y dagrau o rwystredigaeth yn cronni yn llygaid ei gariad bellach, ond roedd o'n gwybod o brofiad mai tewi oedd y peth gorau i'w wneud mewn sefyllfa o'r fath.

Torrwyd ar draws y distawrwydd byrhoedlog gan gloch y drws yn canu'n daer, drosodd a throsodd.

Edrychodd Ifan ar ei oriawr: chwarter wedi dau y bore. Roedden nhw wedi hen arfer dod adref yn hwyr ar ôl gigs – mi fyddai hi hyd yn oed yn hwyrach arnyn nhw yn y dyddiau da, yn haf crasboeth, hudolus 1929. Ond roedd popeth o'u hamgylch wedi newid yn y cyfamser. Wel, bron popeth, ystyriodd: roedd Neifion yn dal i fethu mynychu eu gigs nos Wener gan ei fod yn cadw'r Saboth yn ddeddfol.

'Chydig yn hwyr i ymwelwyr,' meddai Ifan.

'Un o'r cymdogion wedi dod i gwyno am y gweiddi, siŵr o fod. Wel, mi gaiff fynd i grafu, pwy bynnag ydy o. A' i,' atebodd Emmi'n flin, gan frasgamu i gyfeiriad y cyntedd. 'Mi gaiff pwy bynnag sy 'na lond ceg...'

'Well i ti beidio, cariad,' awgrymodd Ifan wrth ei dilyn at y drws. ''Dan ni ddim isio difetha pethau efo'r cymdogion.'

Anwybyddodd Emmi ei rybudd ac agor y drws ffrynt yn heriol.

Arswydodd Ifan pan welodd ddyn tal mewn lifrai a chap caci'r Sturmabteilung, a rhwymyn coch y swastica am ei fraich, yn sefyll yn y drws. Beth yn y byd oedd y Natsi hwn yn ei wneud yno, yng nghanol y nos?

'Lutz?' ebychodd Emmi'n syfrdan.

Roedd Ifan mewn dryswch llwyr, er bod yr enw yn canu cloch.

'Be ar y ddaear wyt ti'n wisgo, Emmi?' gofynnodd y dyn. 'Ti'n edrych fel putain.'

''Dan ni newydd ddod adref ar ôl gig,' eglurodd Emmi'n wylaidd. 'Dyma'r ffrog ro'n i'n ei gwisgo ar y llwyfan.'

'Dwi wedi siarad efo ti o'r blaen am wisgo ffrogiau sy'n dangos popeth,' meddai'r Natsi.

'Hei!' gwaeddodd Ifan yn ddig. 'Pwy ffwc wyt ti'n feddwl wyt ti? Dwyt ti ddim yn cael siarad efo 'nghariad i fel'na!'

'A,' atebodd Lutz, 'y pianydd o Gymro sy'n daer dros farw. Ac mae o wedi dysgu Almaeneg hefyd... wel, i ryw raddau. Pwy feddyliai?'

'Am be ti'n sôn?'

'Ti ddim yn cofio'n cyfarfod diwethaf ni, nagwyt, Ifan? Y tu allan i'r sinema 'na?'

'Be?'

'Mae hynny amser maith yn ôl erbyn hyn, rhaid cyfaddef,' atebodd Lutz Schneider wrth droi at Emmi. 'Ddwedaist ti ddim wrtho fo mai fi oedd capten y garfan, y noson honno? Naddo, wrth gwrs... fuaset ti ddim yn cyfaddef dy fod yn nabod Natsi, na fuaset?'

Syllai Emmi ar y llawr.

'Gwranda, cwd,' ebychodd Ifan wrth Lutz, ''sdim ots gen i pwy wyt ti, ond does neb yn cael galw 'nghariad i'n butain!'

'Wir? Be wyt ti'n mynd i'w wneud am y peth? Beth bynnag, dyna ydy hi.'

'Ai hwn ydy'r Lutz sy'n hen ffrind i dy deulu di?' holodd Ifan wrth droi at Emmi. 'Am ffrind!'

Anwybyddodd Emmi o. 'Ty'd i mewn,' meddai hi wrth Lutz. ''Sdim rhaid i ni gael y sgwrs 'ma ar ben y grisiau, a deffro pawb.'

'Dwi'n eitha hapus i aros lle ydw i,' atebodd Lutz, 'ac i bawb glywed popeth sydd gen i i'w ddweud. 'Sgen i ddim awydd gweld eich nyth cariad cyfoglyd chi, diolch yn fawr.'

'Hei!' ebychodd Ifan unwaith eto, ond amneidiodd Emmi arno i dewi.

'Pam nad wyt ti wedi ateb 'run o fy llythyrau i?' gofynnodd Emmi i Lutz.

'Llythyrau?' holodd Ifan yn anghrediniol.

'O, gyfaill bach,' meddai Lutz wrth Ifan, 'mae'n debyg bod 'na ambell beth am dy *gariad* nad wyt ti'n ei wybod, mae gen i ofn.'

'Os gweli di'n dda, Lutz,' ymbiliodd Emmi. 'Be ydw i erioed wedi'i wneud i ti... i haeddu hyn?'

'Ti wedi torri fy nghalon i – sawl gwaith – efo dy buteinio, ac efo'r fath wehilion,' meddai Lutz wrth daflu golwg ddilornus i gyfeiriad Ifan.

'Dwi'm yn dallt,' meddai Emmi'n ddagreuol. 'Pam wyt ti yma ar ôl tair blynedd o'm hanwybyddu i'n llwyr... heb unrhyw esboniad, ac yng nghanol y nos? Sut lwyddaist ti i ddod i mewn i'r adeilad beth bynnag? Mae'r prif ddrws ar gau yn y nos.'

'O, mae hynny'n hawdd, Emmi. Dwi'n byw yma, ers ryw fis.'

'Lle?'

'Yn fflat 17... yr un sy'n union oddi tanoch chi.'

Roedd hi'n amlwg i Ifan fod Emmi wedi cael sioc. Roedd ei hwyneb fel y galchen.

'Ond sut –?'

Chafodd Emmi ddim gorffen ei chwestiwn.

'Sut ydw i'n medru fforddio'r rhent?' cynigiodd Lutz wrth gilwenu. 'Heb unrhyw Negro-Iddew i'm hariannu ag arian budr o'i fasnach gyffuriau a'i buteinio? Wel... unwaith eto, mae'n eitha syml. Mae un o noddwyr hael y Blaid yn berchen ar y fflat, ac mae o wedi caniatáu i mi fyw ynddi mor hir â dwi'n dymuno. Felly, mi fyddwn ni'n tri'n gymdogion am gyfnod *hir* i ddod, mae'n debyg.'

'Duw a'n helpo,' meddai Emmi'n dawel.

'I'r gwrthwyneb. Does dim arwydd o Dduw yn eich fflat chi,' meddai Lutz, 'na smic oddi wrtho fo.'

'Lutz...' erfyniodd Emmi.

'Na, Emmi, ddrwg gen i. Dwi yma i wneud cwyn am ymddygiad anwaraidd y ddau ohonoch chi. Ond, wrth gwrs, mi fedrwn i ystyried peidio â gwneud y gŵyn yn swyddogol i ofalwr yr adeilad, yr ardderchog Herr Seifert, petaech chi'n ymatal rhag...'

'Rhag be?' gofynnodd Emmi yn llais crynedig merch fach sy'n cael ei chosbi am fod yn blentyn drwg.

'Wel, mae'n ddigon drwg eich bod chi'n dod adref mor hwyr yn y nos a dechrau ffraeo... fel gynnau fach. Mi oedd yn ddadl ddigon difyr, gyda llaw.'

Roedd Emmi ac Ifan yn fud gan syndod ac arswyd bellach.

'Ond na,' aeth Lutz yn ei flaen. 'Be sy'n annerbyniol i berson mor barchus a Duwiol â fi, ac i Herr Seifert, mae'n siŵr... gyda llaw, oeddech chi'n gwybod ei fod o wedi ymaelodi â'r Blaid bellach? Dyn call... ia, y peth mwyaf annioddefol ydy'ch puteinio di-baid chi...'

'Puteinio?' gofynnodd Emmi mewn dychryn.

'Tydych chi ddim yn briod, nac ydych?' holodd Lutz.

'Wel, na, ond...'

'Mae gweddill y tenantiaid yn haeddu cymdogion gwell na chi.'

'Ond be 'dan ni wedi'i wneud?' holodd Emmi â dagrau yn ei llygaid.

'Cythraul o dwrw anghymdeithasol. Sawl gwaith bob wythnos, wrth i mi orwedd yn fy ngwely: sŵn pen eich gwely chi'n clepian yn erbyn y wal... gwichian y fatres... a tithau'n griddfan fel putain, Emmi. Mae'n amhosib cysgu. Dwi'n clywed popeth. Felly, y tro nesa y byddwch chi'n teimlo'r awydd i borthi'ch chwant, cofiwch 'mod i oddi tanoch chi... yn gwrando ar bob smic.'

'Sut fedri di?' meddai Emmi yn oeraidd trwy'i dagrau mud wrth ailddarganfod ychydig o'i hunanfeddiant. 'Ti'n sâl yn dy ben, Lutz! Ti wedi bod yn ysbïo arnon ni? Fedri di ddim gweld pa mor ofnadwy ydy hynny? Be yn y byd sy'n *bod* arnat ti? 'Dan ni'n gwpl ifanc normal – yn wahanol i ti, mae'n ymddangos!'

'Dwi'n sâl, ydw i? Ddim yn normal?' gofynnodd Lutz yn fygythiol. 'Wyt ti wedi sôn wrth dy gariad fan hyn am dy orffennol "normal" di?'

Bu tawelwch.

'Naddo? Wel, tydi hynny fawr o syndod. Mi ddylwn i fod wedi gadael i ti roi genedigaeth i'r bastard... dy fastard di a'r Sais 'na! Ond pa Sais, dyna'r cwestiwn, yntê?'

Edrychodd Ifan ar Emmi – roedd hi fel petai wedi'i tharo'n fud.

'O,' ychwnegodd Lutz wrth droi at Ifan, 'mae'n siŵr nad wyt ti'n rhy hoff o Saeson chwaith, a tithau'n Gymro? Mi oedd dy Emmi annwyl di'n arfer puteinio'i hun i haid ohonyn nhw. O diar. Wnaeth hi ddim dweud hynny wrthat ti, naddo? Wel... nos da i chi'ch dau. Mae'n siŵr y bydd ganddoch chi hen ddigon i'w drafod tan y bore bach. Dwi'n edrych ymlaen at noson dda o gwsg!'

Trodd Lutz yn ôl i gyfeiriad y grisiau gan adael Emmi ac Ifan yn gegrwth yn nrws ffrynt eu fflat.

'Ty'd,' meddai Ifan yn dyner wrth gau'r drws y tu ôl iddyn nhw. 'Paid â phoeni. Dim ots gen i be wnest ti cyn i ni gyfarfod.'

Wrth iddo roi'i freichiau am ei gwddf, dechreuodd Emmi wylo ar ei ysgwydd.

'Dwi ddim yn dy haeddu di!' ebychodd rhwng ei dagrau.

'Wrth gwrs dy fod di.'

'Ti'n mynd i fy ngadael i!'

'Paid â bod yn hurt. Ty'd yn ôl i'r lolfa. Mi wna i ddiod i ni'n dau – mi fydd hynny'n siŵr o wneud byd o les i'r ddau ohonon ni. Jin? *Bourbon*?'

'*Bourbon*, os gweli di'n dda. Un mawr.'

Gafaelodd Ifan yn Emmi, oedd yn simsan ar ei thraed, a'i thywys i'w hoff gadair yn y lolfa. Wedyn, aeth at y seidbord mahogani i lenwi dau wydr â dogn helaeth o'r *bourbon*.

'Mi oedd ganddo fo obsesiwn efo fi o'r dechrau,' meddai Emmi'n dawel ar ôl sipian ychydig o'i diod. 'Mi o'n i'n medru synhwyro hynny, hyd yn oed pan o'n i'n ferch fach.'

'Be oedd rhwng y ddau ohonoch chi, ta? Ddwedaist ti mai ffrind i'r teulu oedd o,' holodd Ifan yn dyner.

'Ia, ond mae'r sefyllfa chydig yn fwy cymhleth na hynny. Mi oedd fy nhad yn ddyn eithriadol o lwcus.'

'Dy dad?'

'Ia. Ond dwi ddim yn siŵr ai "lwcus" ydy'r gair iawn, mewn gwirionedd, o ystyried be ddigwyddodd iddo fo yn y pen draw. Mi oedd o wedi bod yn gweithio mewn ffatri arfau ers iddo adael yr ysgol, fel gweithiwr cyffredin. Doedd perchennog y ffatri, dyn o'r enw Jennerich, ddim yn medru goddef ei ddau fab – roedd o'n arfer eu galw nhw'n adar corff. Roedd fy nhad yn ddyn diwyd a ffyddlon, ond doedd ganddo ddim dychymyg na llawer o uchelgais chwaith. Erbyn meddwl, mae'n siŵr mai dyna pam fod Herr Jennerich wedi'i ystyried yn bâr saff o ddwylo. Neu efallai mai dim ond er mwyn sbeitio'i feibion y gwnaeth o hynny. Pwy a ŵyr?'

'Be wnaeth o felly?'

'Newid ei ewyllys a rhoi perchnogaeth am oes i Dad o'r ffatri a'i blasty moethus.'

'Be ydy perchnogaeth am oes?'

'Mae'n golygu nad oedd Dad yn berchen ar yr eiddo go iawn, ond ei fod yn cael ei ddefnyddio fel petai o'n berchen arno hyd at ei farwolaeth.'

'O.'

'Dychmyga'r peth – roedd o'n weithiwr cyffredin un diwrnod ac yn berchennog ar y cyfan y diwrnod wedyn. Wel, dyna oedd pawb yn ei gymryd... wyddai neb am yr elfen "am oes".'

'Bu farw'r dyn felly?'

'Do, yn fuan wedyn. Doedd Dad ddim yn boblogaidd efo neb, a dweud y lleiaf. Ond doedd o erioed wedi bod yn un cymdeithasol.'

'Pam?'

'O, wn i ddim. Roedd ei galon yn y lle iawn, ond roedd o'n berson eitha lletchwith. Methu mynegi'i hun yn effeithiol, a doedd neb yn medru cynhesu ato fo.'

'Dwi'n cymryd ei fod o hyd yn oed yn llai poblogaidd wedyn.'

'Yn union. Mi fu'n rhaid iddo ddelio â chryn dipyn o elyniaeth gan ei gyd-weithwyr, ymysg eraill, oedd yn gwbl ddealladwy. Roedd ei ffawd anhygoel o dda yn dân ar eu crwyn. Ond y meibion oedd y drwg yn y caws go iawn. Mi aethon nhw â Dad i'r llys a herio'r ewyllys, gan honni bod Dad wedi dylanwadu'n ormodol ar eu tad. Lol llwyr oedd hynny – roedd o ofn ei gysgod ei hun!'

'Ond sut lwyddodd o i redeg ffatri arfau, os nad oedd o'n arweinydd naturiol? Mae'n siŵr bod y busnes hwnnw'n un eitha caled.'

'Oedd, ti'n iawn, ond cafodd damaid arall o lwc. Cyfreithiwr yr hen berchennog oedd Peter Schneider... tad Lutz.'

'Wela i,' meddai Ifan.

'Mi oedd Peter yn gwybod popeth am y busnes gan ei fod wedi gweithredu ar ran Herr Jennerich ers degawdau. Felly, ar ôl i'r hen ddyn farw, darparodd Peter yr un gwasanaeth cyfreithiol i Dad, a chyngor masnachol hefyd. Diolch i hynny, roedd yn drosglwyddiad di-dor, hyd y gwn i. Ac mi oedd y ddau'n gwneud tîm da, mae'n debyg, er eu bod nhw mor wahanol â mêl a menyn: Peter yn foesgar ac yn garismataidd, a Dad yn... wel, yn ôl Mam, roedd Peter yn ei edmygu o. Ta waeth, mi ddaethon nhw'n ffrindiau da, ac roedd Peter a'i deulu yn arfer dod i'r plasty am ginio Sul bob wythnos. Mae'n anodd credu rŵan, ond roedd gan Mam forwyn i'w helpu hi efo'r coginio bryd hynny, ac i edrych ar ôl Florian a finnau. Mi o'n i'n ifanc iawn ar y pryd – oddeutu tair oed – a Florian yn fabi. Dwi ddim yn cofio rhyw lawer o'r cyfnod hwnnw felly, ond mi barhaodd y traddodiad am flynyddoedd: y ddau deulu'n eistedd wrth y bwrdd enfawr yn yr ystafell fyw, a ninnau'r plant yn cael chwarae efo'n gilydd ar ôl bwyd, pan oedd Mam ac Inge'n sgwrsio ar ôl cinio, a Dad a Peter yn smygu sigârs a thrafod busnes y ffatri. Mi oedd gan Peter ac Inge ddau fab: Lutz ac Otto.'

'Chwarae efo'ch gilydd?' holodd Ifan. 'Ond roedd Lutz yn llawer hŷn na chdi, oedd? Mae'n edrych fel petai yng nghanol ei dridegau, o leia.'

'Na, dau ddeg naw ydy o... bum mlynedd yn hŷn na fi.'

'Felly dy warchod di a Florian oedd Lutz mewn gwirionedd?'

'Ia, am wn i. Yn sicr, dwi'n cofio 'mod i'n arfer ei addoli o.'

'Ro'n i'n arfer teimlo felly am Ieuan.'

'Wel, tydi hynny fawr o syndod,' meddai Emmi. 'Mae Ieuan yn hyfryd, ac mor deyrngar i ti... mi alli di ddibynnu arno fo gant y cant.'

Suddodd calon Ifan wrth glywed y geiriau hynny, gan y gwyddai y buasai'n amhosib dweud y gwir wrth Emmi am yr elyniaeth a oedd yn bodoli rhwng y ddau hanner brawd ers i Ieuan ymweld â Berlin yn annisgwyl y mis blaenorol... a'r ffaith mai Emmi oedd asgwrn y gynnen. Hyd at y foment dyngedfennol honno, roedd Ifan wedi cymryd y byddai'n cofio'r diwrnod hwnnw fel un o'r goreuon yn ei fywyd: y diwrnod y daeth Satchmo, y byd-enwog Louis Armstrong, i Berlin er mwyn chwarae gig gyda'r Asphalt Hustlers ym Mhalas Neifion. Ond yn hytrach, sgubwyd yr holl bethau gwych am y diwrnod i ffwrdd gan frawddeg yn unig o enau ei hanner brawd. O leiaf roedd Ieuan ac yntau wedi cytuno cyn iddyn nhw ffarwelio – o bosib am y tro olaf – i beidio â sôn wrth Emmi am y ffaith nad oedd Cymraeg rhyngddynt bellach, na pham.

'A deud y gwir,' aeth Emmi yn ei blaen, heb sylwi ar chwithdod sydyn ei chariad, 'roedd Lutz yn fachgen rhadlon a hael ei gymwynas bryd hynny, yn un deallus a oedd yn parchu gwerthoedd a barn pobl eraill. Mae'n anodd credu hynny rŵan.'

'Be ddigwyddodd i'w newid o gymaint?'

'Nifer o bethau... ond mi ddo i at hynny mewn munud. Ta waeth, roedd y ffatri'n goroesi'n ariannol dan stiwardiaeth Dad, ond doedd y busnes ddim yn tyfu. Newidiodd hynny pan ddaeth y Rhyfel Mawr – bryd hynny dechreuodd yr elw lifo i mewn, am resymau amlwg. Roedd Dad a Peter yn parhau i gydweithio'n effeithiol yn eu partneriaeth anarferol, nes i Peter gael ei anfon i Ffrynt y Gorllewin yn gynnar yn 1918. Dechreuodd popeth syrthio'n ddarnau yn eitha buan wedyn. Dim ond naw oed o'n i, ac roedd hi'n amlwg i mi, hyd yn oed, fod rhywbeth mawr o'i le. Roedd Dad yn ei chael hi'n anodd ymdopi heb gyngor cyson

Peter, ac yn gwneud un camgymeriad ar ôl y llall. Ond wna i fyth anghofio'r bore y daeth Inge i'r plasty. Bu bron i mi fethu ei nabod hi. Roedd y ddynes drwsiadus, hunanfeddiannol wedi diflannu dros nos, ac yn ei lle roedd creadures ddagreuol, ddiymadferth. Mi oedd hi newydd dderbyn telegram o faes y gad. Wedi hynny aeth pethau o ddrwg i waeth. O fewn pythefnos, roedd Inge wedi derbyn llythyr oddi wrth bartneriaid Peter yn ei gwmni cyfreithiol.'

'Llythyr o gydymdeimlad?'

'Go brin! Na, roedden nhw'n hen ddiawliaid llechwraidd. Yn amlwg, roedden nhw wedi bod yn chwilio am ffyrdd o dwyllo Inge o'r hyn roedd ganddi hi hawl iddo o dan y Cytundeb Partneriaeth, ac wedi dod o hyd i ryw gymal yn dweud y dylai Peter fod wedi rhoi rhybudd ysgrifenedig i'w bartneriaid cyn iddo fo adael y cwmni er mwyn brwydro ar Ffrynt y Gorllewin. Ta waeth, digon ydy deud bod cyfranddaliad Peter wedi mynd yn fforffed – yn ôl ei bartneriaid o, beth bynnag – ac i wneud pethau'n waeth, mi hawlion nhw lwyth o'r arian roedd Peter wedi'i godi o'r cwmni yn ôl, yn unol â'r Cytundeb Partneriaeth. Dim ond yn llawer diweddarach y gwnaeth Mam ddarganfod hyn oll, gan fod Inge yn rhy falch o lawer i sôn am y peth. Felly, doedd Mam ddim yn sylweddoli ar y pryd bod angen help ar Inge a'r bechgyn... ond mae'n annhebygol y buasai Mam wedi bod mewn sefyllfa i wneud llawer beth bynnag.'

'Pam hynny?'

'Achos roedd Dad wedi buddsoddi'r rhan fwya o'i gynilion mewn aur, yn dilyn cyngor gan Peter, felly allen nhw ddim cael gafael ar yr arian. Roedd y llywodraeth wedi cyhoeddi nad oedd modd dychwelyd unrhyw aur i neb tan ar ôl y rhyfel. Wyt ti'n dechrau deall rŵan pam nad o'n i'n awyddus i roi'n cynilion ni i'r banc?' holodd Emmi gyda gwên boenus.

'Pam na wnest ti erioed ddweud hyn wrtha i?'

'Mi weli di mewn munud neu ddau. Yn anffodus, roedd

Peter wedi dilyn ei gyngor ei hun a buddsoddi mewn aur. Dechreuodd Lutz ddatblygu drwgdeimlad tuag at Mam oherwydd na wnaeth hi gynnig help ariannol i Inge, ei fam, a dydy o erioed wedi maddau iddi hi am hynny. Yn ôl Lutz, oni bai am hynny, mi fuasai popeth wedi bod yn iawn.'

'Ond dwyt ti ddim yn cytuno?'

'Dim o gwbl. Mi oedd y drwg wedi hen ddechrau suro'r caws.'

'Be ddigwyddodd wedyn?'

'Daeth y rhyfel i ben, ond roedd terfysg yn Berlin – rhyfel cartref, bron â bod. Dechreuodd gangiau grwydro'r strydoedd: cyn-filwyr oedd newydd ddod yn ôl o flaen y gad ar ôl y gorchfygiad, wedi'u dadrithio ac yn chwerw. Doedden nhw ddim yn medru stopio ymladd. A dweud y gwir, doedd y rhai ifanc erioed wedi adnabod unrhyw fywyd ond un llawn ymladd a lladd gan eu bod wedi mynd yn syth i ryfel o'r ysgol. Ta waeth, chwilio am bobl oedd wedi elwa ar y rhyfel oedden nhw... pobl fel ni. Mi dorron nhw i mewn i'r plasty un dydd Sul a'i ysbeilio'n llwyr. Cafodd Dad ei saethu'n farw yn y lolfa, a Mam ei threisio... ond dwi'n meddwl 'mod i wedi sôn wrthat ti am hynny o'r blaen.'

'Do,' meddai Ifan. 'Mae'n ddrwg iawn gen i.'

'Gwaetha'r modd,' aeth Emmi yn ei blaen, 'mi aeth pethau o ddrwg i waeth bron yn syth. Ac, fel y dwedais i gynnau, am ei oes yn unig oedd y rhoddion ewyllysiol i Dad...'

'O, na!' ebychodd Ifan wrth sylweddoli goblygiadau'r datganiad. 'Wnaeth meibion Herr...?'

'Jennerich.'

'Ia, Herr Jennerich. Wnaeth ei feibion eich gyrru chi allan o'r plasty a chymryd y ffatri'n ôl?'

'Do, felly'n union oedd hi. Wrth gwrs, wnaeth Dad erioed egluro i Mam nad oedd ganddo berchnogaeth lwyr o'n cartref ni na'r busnes, felly doedd ganddi hi ddim syniad be oedd ar fin digwydd. Mi gafodd hi gymaint o ergydion ar unwaith, un ar ôl y llall, ac mi gaeodd hi i lawr i bob pwrpas.'

'Fedra i ddychmygu. Oeddech chi'n ddigartref felly, yn syth?'

'Oedden. Bu'n rhaid i ni adael y plasty yn Dahlem...'

'Iesgob!' meddai Ifan gan dorri ar ei thraws. 'Dahlem? Do'n i ddim wedi sylweddoli. Mae fanno'n lle crand.'

'Ydy, a dyna pam roedd yr hyn a ddaeth nesa hyd yn oed yn fwy annioddefol.'

'Ble aethoch chi wedyn? Gawsoch chi dŷ yn reit handi?'

'Tŷ?' chwarddodd Emmi yn aflawen. 'Hofel oedd hi... yn Hallesches Tor.'

'Hallesches Tor! Am dwll!'

''Sgen ti ddim syniad – roedd yr ardal yn waeth o lawer bryd hynny. Mi fu'n rhaid i mi adael fy ysgol breifat hefyd, a mynychu ysgol leol galed iawn, yn ddeg oed. Roedd o'n fedydd tân, creda di fi.'

'Oedd y plant eraill yn gas efo chdi?'

'Roedd y merched wrth eu boddau'n rhoi fy mhen i lawr y toiled a'i fflysio.'

'O!'

'Collodd Inge ei thŷ'n fuan wedyn hefyd, achos na allai hi dalu'r morgais. Roedd Lutz yn rhoi'r bai ar Mam am hynny, wrth gwrs. Felly, mi ddaethon nhw i fyw efo ni: Inge, Lutz ac Otto, chwech ohonon ni mewn un ystafell aflan a thamp... ac roedd hi mor drybeilig o oer. Dyna arweiniodd at y drychineb nesaf – bu farw Otto o niwmonia. Dwi'n cofio teimlo'n genfigennus braidd, oherwydd ro'n i isio marw hefyd. Ers hynny, dwi wedi bod yn gwbl sicr nad oes nefoedd uwch ein pennau ni nac uffern oddi tanon ni. Mae'r ddau le eisoes yn bodoli ar y ddaear. Unwaith eto, wrth gwrs, roedd Lutz yn chwilio am rywun i'w feio am farwolaeth ei frawd.'

'Dy fam?' gofynnodd Ifan.

Nodiodd Emmi ei phen. 'Bryd hynny wnes i ddechrau

sylweddoli ei fod o angen rhywun i'w feio am bopeth.'

'Be ddigwyddodd efo'r aur?'

'Cafodd Mam ac Inge bapurau oddi wrth y llywodraeth yn ei le. Roedden nhw'n honni bod y papurau gyfwerth â'r aur... ha! Mi lwyddon ni i gadw deupen llinyn ynghyd am sbel, ond roedd y Chwyddiant yn dechrau brathu. Ro'n i'n un ar ddeg erbyn hynny, a Florian, fy mrawd, yn wyth, ond roedd Lutz yn ddigon hen i gael swydd mewn siop lysiau oedd yn cael ei rhedeg gan deulu Iddewig. Dyna wnaeth ein hachub ni, a dyna pryd y dechreuais i ei garu o, mewn ffordd o siarad... fel brawd, neu gefnder.'

'Wir?'

'Roedd o fel gwaredwr i ni. Oni bai amdano fo, mi fuasen ni i gyd wedi marw o newyn, yn bendant. Mi fyddai o'n cael ei dalu yn rhannol mewn llysiau oedd wedi pasio'u gorau, oedd yn fendith ar ôl i arian golli'i werth. Ro'n i'n dibynnu arno fo yn ymarferol ac yn emosiynol, ac yn ei edmygu gan iddo ysgwyddo cymaint ar ein rhan ni heb gŵyn. Ond mi ddaeth yn amlwg yn raddol ei fod yn dal dig. Roedd o'n meddwl bod perchnogion y siop yn ei drin o fel baw ac yn ei fychanu o, ac yn talu rhy ychydig iddo fo achos nad oedd o o dras Iddewig. 'Sgen i'm syniad a oedd hynny'n wir ai peidio, ond dyna sut y dechreuodd ei gasineb o tuag at y gymuned Iddewig. Fis Hydref 1923, a finnau'n bymtheg oed, mi ddigwyddodd dau beth yn syth ar ôl ei gilydd, a hynny wnaeth droi'r drol. Ar ôl salwch byr, mi fu farw Inge o niwmonia.'

'Fel Otto?'

'Yn union. Ac wedyn – y diwrnod wedyn os ydw i'n cofio'n iawn – mi gollodd Lutz ei swydd yn y siop lysiau.'

'Pam hynny?'

'Cafodd ei gyhuddo o ddwyn.'

'Gan berchnogion y siop?'

'Ia.'

'Iesgob!' ebychodd Ifan. 'Wnaeth hynny fawr o les i'w agwedd o tuag at bobl Iddewig!'

'Yn union.'

'Be wnaeth o wedyn?'

'Mi adawodd o Berlin yn syth, fwy neu lai, ar ôl angladd ei fam. Dim ond bedd tlotyn gafodd hi. I Munich aeth o, i hyfforddi efo'r Sturmabteilung.'

'Wnaeth o dy adael di, dy frawd a dy fam ar eich pennau'ch hunain heb unrhyw fodd o'ch cynnal eich hunain?'

'Do. Mae'n siŵr y galli di ddyfalu be ddigwyddodd nesa.'

'Does dim rhaid i ti ddeud...'

'Oes. Dwi am i ti gael gwybod. Mae'n hen bryd.'

Yfodd Emmi weddill y *bourbon* mewn un llwnc. 'Ga i un arall o'r rhain gynta?'

'Wrth gwrs,' atebodd Ifan. 'Un mawr?'

'Os gweli di'n dda.'

Aeth Ifan â gwydr Emmi at y seidbord a'i ail-lenwi.

'Diolch i ti,' meddai Emmi, a'i gusanu ar ei foch wrth iddo roi'i gwydr yn ôl iddi.

'Felly, be ddigwyddodd?' holodd Ifan wrth eistedd yn ôl ar y soffa.

'Wyt ti'n fy nghofio i'n sôn am Heike?'

'Mae'r enw'n canu cloch. Ai Heike oedd y ffrind wnest ti sôn amdani pan oedden ni yn y parti 'na ar draeth Llyn Wann? Ddwedaist ti nad oeddech chi'n agos erbyn hyn...'

'Mae gen ti gof da! Mi oedd Heike a finna yn yr un dosbarth yn yr ysgol pan oedden ni'n bymtheg oed. Hi oedd un o'r merched mwyaf poblogaidd yn yr ysgol, ac ar ôl i ni ddod yn ffrindiau, mi stopiodd y bwlio dros nos. Roedd hi fel rhyw fath o angel gwarcheidiol i mi – halen y ddaear – ond yn eitha caled. Doedd neb yn meiddio dadlau efo hi. Ar y pryd, roedd pethau'n mynd o ddrwg i waeth gartre heb arian a llysiau Lutz, a iechyd Mam yn gwaethygu. Roedd Florian yn arfer llefain trwy gydol y nos am ei fod o'n llwgu, ac mi dorrodd hynny fy nghalon i. Sylweddolais mai dim ond fi allai ein codi ni o'r twll roedden ni ynddo fo. Mi o'n i'n gwybod bod Heike yn gwerthu'i chorff am arian a bwyd... roedd y Chwyddiant bron ar ei anterth, a gan nad oedd fawr o werth i arian erbyn hynny roedd hi'n cael ei thalu mewn bwyd. Felly, mi ofynnais iddi hi gawn i sefyll efo hi... ar y stryd. Mae gen i gymaint o gywilydd o hynny o hyd...' Dechreuodd Emmi wylo.

'Ty'd,' meddai Ifan, 'ty'd i eistedd wrth fy ymyl i ar y soffa.'

Ufuddhaodd Emmi, a chaniatáu iddo roi'i fraich am ei hysgwyddau.

'Mi o'n i'n hynod o lwcus mewn gwirionedd,' meddai ar ôl ychydig. 'Mi o'n i wedi bod yn poeni'n enbyd am orfod mynd efo rhyw hen ddynion ffiaidd, drewllyd, ond roedd y dyn cyntaf stopiodd ei gar wrth fy ymyl yn eitha taclus. Un o gleientiaid rheolaidd Heike oedd o, dyn o'r enw Jan. Chwarae teg iddi, mi ofynnodd iddo fynd i nôl un o'i gyfeillion ar fy nghyfer i, gan 'mod i'n newydd i'r... i'r gêm.'

'Ddaeth o yn ei ôl?'

'Do, bum munud yn ddiweddarach, efo...'

'Efo Sais.'

'Ia. William oedd ei enw o. Glân. Dillad trwsiadus. Bron yn olygus, hyd yn oed. Ond doedd hynny ddim yn gwneud y peth yn iawn. Plentyn o'n i, dim ond pymtheg oed. Trais oedd o, mewn gwirionedd... mi ges i fy nhreisio gan ddyn ddwywaith f'oed.' Dechreuodd y dagrau lifo o'r newydd.

'Sshh,' meddai Ifan wrth ei chofleidio'n dyner. ''Sdim rhaid i chdi ddeud mwy.'

Rhyddhaodd Emmi'i hun o'i goflaid. 'Oes,' meddai'n gadarn. 'Mae'n rhaid. Mi oedd gan Heike drefniant rhyfedd efo'i rhieni... erchyll a dweud y gwir. Roedd hi'n dod â'i chleientiaid yn ôl i'r hofel roedden nhw'n byw ynddi, gan esgus fod pob un yn athro oedd wedi dod i roi cymorth ychwanegol iddi mewn

Mathemateg neu Almaeneg neu ryw bwnc arall. Roedd gan ei theulu hi stafell sbâr efo gwely ynddi – mi oedd yn rhaid i mi wylio Heike a Jan yn cael rhyw ar y gwely... wedyn, fy nhro i oedd hi, efo William. Dwi erioed wedi teimlo mor fudr. Roedd yn rhaid i mi chwydu pan gyrhaeddais i adref. Ond roedd gen i broblem arall bryd hynny hefyd – sut oeddwn i'n mynd i egluro i Mam sut ro'n i wedi cael y llwyth o gig a llysiau ddes i adref efo fi? Mi rois i esboniad chwerthinllyd iddi 'mod i wedi cael gwaith dros dro ar stondin bysgod yn y farchnad. Dyna'r peth cyntaf i groesi fy meddwl, am ryw reswm. Cig a thatws o stondin bysgod! Mi fues i'n dwp. Wnaeth Mam ddim holi mwy, ac mi ddaeth "gwerthu pysgod" yn rhyw fath o god rhyngddon ni wedyn, pan oedd hi'n holi ble ro'n i'n mynd neu ble ro'n i wedi bod. Hyd heddiw, dydy Mam erioed wedi cydnabod mai gwerthu 'nghorff oeddwn i, er bod ganddi syniad reit dda, dwi'n siŵr. Ta waeth, y prynhawn wedyn, ar ôl yr ysgol, mi oedd 'na gar mawr du'n aros am Heike a finna wrth giatiau'r ysgol. Car William, ac roedd pedwar cyfaill efo fo, yn Saeson i gyd. Jeremy, Marcus, Richard a Bertram oedd eu henwau nhw, i gyd yn ifanc ac yn gyfoethog. Baw isa'r domen. Mi oedd ganddyn nhw agwedd gwbl ffiaidd, fel petai ganddyn nhw hawl i bopeth roedden nhw'n ei weld, ac wedi bod yn yr un dosbarth yn Eton. Wyt ti wedi clywed sôn am yr ysgol honno?'

'Wrth gwrs 'mod i,' atebodd Ifan, ac roedd y ffordd y gwnaeth o ystumio'i wyneb yn dweud cyfrolau.

'Wel, do'n i ddim, bryd hynny, ac mi wnaethon nhw hwyl am fy mhen.'

'Bastards! Ddes i ar draws ambell un tebyg iawn yn Llundain, pan o'n i'n chwarae yn y Savoy. Roedden nhw'n ymddwyn fel tasan nhw'n berchen ar y byd.'

'Ta waeth,' aeth Emmi yn ei blaen, 'mi aethon nhw â ni i ryw ddawns amser te yn rhywle crand ar y Ku'damm, ac i swper wedyn ym mwyty'r Kaiserhof.'

'Y gwesty enfawr 'na yn y Wilhelmstraße?'

'Ia. Mi wnes i fwyta gymaint y noson honno, dwi'n cofio, ac roedd y bwyd yn anhygoel. Pan wyt ti'n llwgu go iawn, dyna'r unig beth rwyt ti'n medru meddwl amdano fo. Doedd dim sicrwydd adref fyddai 'na fwyd o un diwrnod i'r llall.'

'Dwi'n cofio teimlo felly unwaith, yn ystod fy nyddiau cynnar yn Llundain, er nad oedd hi cynddrwg â hynny i mi, o bell ffordd.'

'Roedd y cythreuliaid yn awyddus i'n pesgi ni beth bynnag, mae'n debyg. "More to get hold of", dyna be ddywedon nhw. Ac mi oedden nhw'n medru fforddio popeth – dyna oedd y peth mwyaf ffiaidd am y sefyllfa. Dim ond oherwydd y Chwyddiant roedd y Saeson wedi dod i Berlin yn y lle cyntaf. Twristiaid Chwyddiant. Roedden nhw'n arfer cellwair bod yr holl beth yn "jolly jape", gan fod y raddfa gyfnewid yn bedwar triliwn Marc i un Ddoler bryd hynny. Mi oedd yr hyn roedden nhw'n ei wneud yn gwbl anfoesol.'

Nodiodd Ifan ei ben mewn cydymdeimlad.

'Ar ddiwedd y pryd bwyd hwnnw, dyma William yn cyflwyno cynnig i Heike a finna, ar ran y dynion i gyd.'

'Be oedd y cynnig?'

'Roedden nhw wedi llogi hanner llawr o'r gwesty am flwyddyn gyfan, ac wedi addasu dwy ystafell ar y llawr hwnnw, heb ganiatâd perchnogion y gwesty, yn fath o buteindy. Gwelyau arbennig, drychau ym mhobman gan gynnwys ar y nenfwd, gwisgoedd comon mewn cwpwrdd dillad ar ein cyfer ni. Roedd Heike wedi derbyn eu cynnig nhw ar ran y ddwy ohonon ni cyn i mi gael cyfle i'w ystyried. Ond doedd gen i ddim dewis mewn gwirionedd, ac mi oedd Heike yn gwybod hynny. Cytuno a chael cyflog wythnosol, a chael byw... neu wrthod a marw o newyn. Roedd yn rhaid i mi feddwl am Mam a Florian.'

'Ond be oedd y cynnig?'

'Gweithio fel staff yn y clwb iechyd – dyna roedden nhw'n

galw'r puteindy yn y gwesty. Ni oedd yr unig "staff". Plant oedden ni!' meddai Emmi'n chwerw. 'Bob pnawn ar ôl yr ysgol, roedd y gyrrwr yn ein casglu ni wrth y giatiau a mynd â ni i'r gwesty. Roedd yn rhaid i ni aros yno tan ddeg o'r gloch bob nos er mwyn... gwasanaethu pwy bynnag o'r pump oedd yn digwydd bod o gwmpas. Roedden nhw wedi mynd â ni i fwyty'r Kaiserhof y noson honno yn fwriadol – mi oedd yn rhaid i ni fynd efo nhw i fyny'r grisiau'n syth ar ôl y pwdin er mwyn iddyn nhw gael "profi'r nwyddau" yn y fan a'r lle, a chael gwerth eu harian. Mi wnaethon nhw dynnu tocynnau o'n blaenau ni, gan chwerthin a dweud pethau ofnadwy, i bennu pwy fuasai'n cael ein ffwcio ni gyntaf.'

'Bastards!' ebychodd Ifan eto.

'Paid,' meddai Emmi. 'Does dim modd newid y gorffennol. Mi ddigwyddodd o, a dyna ni.'

'Dwi'm yn dallt sut mae rhai dynion yn medru trin merched fel'na.'

'Roedden nhw'n hynod o waraidd ar yr wyneb, cofia,' meddai Emmi yn goeglyd, 'yn darllen barddoniaeth i ni cyn mynd i'r afael â ni. Shelley, Keats, Milton... fel petai hynny'n gwneud y cyfan yn iawn!'

Ysgydwodd Ifan ei ben yn anghrediniol. 'Am ba hyd ddigwyddodd hyn?'

'Chwe mis, mwy neu lai.'

'Sut ddaeth y peth i ben?'

'Mi wnes i sylweddoli 'mod i'n feichiog.'

'O.'

'Wel, roedd 'na gyfuniad o bethau mewn gwirionedd. Roedd y Chwyddiant bron ar ben. Doedd y cythreuliaid ddim mor gefnog bellach, ac mi oedden nhw'n ceisio talu llai i ni. Petaet ti'n nabod Heike, mi fuaset ti'n gwybod nad oedd hi'n mynd i dderbyn hynny,' meddai Emmi gan wenu. 'Ro'n i wedi cynilo dipyn o arian – oedd yn cynyddu yn ei werth o'r diwedd – ac yn ysu am gael dianc rhag cael fy ffwcio gan y diawliaid bob dydd. Ond doedd Heike ddim am i'r trefniant, na'r arian, ddod i ben. Doedd hi ddim isio mynd yn ôl i orfod sefyll ar y stryd, ac mi roddodd hi bwysau aruthrol arna i i gario 'mlaen. Ond wedyn...'

'... wnest ti sylweddoli dy fod yn feichiog?' cynigiodd Ifan.

'Do. Ac mi gollon nhw ddiddordeb, yn enwedig ar ôl ffraeo ynghylch pa un ohonyn nhw oedd yn gyfrifol am y beichiogrwydd. Mi wnaethon nhw adael yr Almaen yn fuan wedyn a dychwelyd i Loegr.'

'Hei,' meddai Ifan, 'wyt ti'n deud eu bod nhw wedi dy adael di yn y cachu roedden nhw wedi'i greu, heb dy helpu di mewn unrhyw ffordd?'

'Yn union. Mi gollais i Heike hefyd, pan wnaeth hi fy nghyhuddo o feichiogi'n fwriadol.'

'Wir?'

'Ro'n i mewn twll. Roedd fy mol yn dechrau chwyddo, ond mi anwybyddodd Mam hynny'n llwyr. Ro'n i'n teimlo mor anobeithiol, ac roedd fy arian wedi hen fynd, gan nad oedd Mam yn gweithio. Ond, diolch byth, daeth Lutz adref o Munich. Mi ddychrynodd pan welodd 'mod i'n feichiog, a phenderfynais ddweud yr holl hanes wrtho. Roedd yn gymaint o ryddhad cael bwrw 'mol wrth rywun o'r diwedd, ond rhoddodd Lutz y bai ar Mam, wrth gwrs.'

'Wel, mi oedd ganddo fo bwynt am unwaith... yn fy marn i,' meddai Ifan.

'Ond paid â bod yn gas efo hi pan weli di hi nos fory.'

'Iawn, mi dria i beidio dangos fy nheimladau.'

'A bod yn onest, nid dim ond ar Mam roedd o'n rhoi'r bai – yn ei farn o, roedd y Pwyliaid, y Saeson, pobl Iddewig a'r Comiwnyddion i gyd ar fai. Ro'n i saith mis i lawr y lôn erbyn hynny, ond chwarae teg iddo fo, mi gynilodd yn wyllt er mwyn talu am erthyliad i mi.'

'Roedd hynny'n hael.'

'Oedd, ond dydy o erioed wedi colli cyfle i f'atgoffa i o'i haelioni, byth ers hynny. Fydda i byth yn rhydd o 'nyled iddo, mae hynny'n amlwg.' Yn ddirybudd, dechreuodd Emmi feichio crio unwaith eto. 'Roedd o'n fwtsiwr!'

'Ty'd yma,' meddai Ifan yn gysurlon.

Ildiodd Emmi. 'Mi dyngais lw i mi fy hun ar ôl hynny,' sibrydodd, 'na fuaswn i byth – *byth* – yn mynd efo dyn arall am weddill fy oes. Ond wedyn, mi wnes i dy gyfarfod di.'

'Dwi mor falch dy fod di.'

'A finna. Ond petaet ti isio 'ngadael i, Ifan, ar ôl clywed hyn i gyd, mi fuaswn i'n deall,' meddai'n dawel.

'Dy adael di? Byth! Dwi'n dy garu di. Fedra i ddim dychmygu bywyd hebddat ti,' mynnodd Ifan. 'Does dim angen deud mwy.'

'Cyn i ti benderfynu, mae angen i ti ystyried ei bod hi'n debygol na alla i gael plant... ar ôl yr erthyliad.'

'Mi fyswn i'n fodlon byw fel mynach, hyd yn oed, ar yr amod 'mod i'n cael byw efo chdi.'

'Celwyddgi!' meddai Emmi gan wenu.

Gwenodd Ifan yn ôl.

'Hei,' sibrydodd yn ei glust yn gynllwyngar, 'ti isio deffro Natsi efo fi?'

Pennod 32

Brynhawn Mercher, 4 Ionawr 1933

Sgwâr y Farchnad, Detmold, Dwyrain Westffalia,
Ymerodraeth yr Almaen

Roedd hi'n bwrw glaw mân wrth i Lutz Schneider frasgamu ar draws Sgwâr y Farchnad i gyfeiriad Neuadd y Dref: adeilad clasurol, coch gyda balconi crand a cholofnau gwynion uwchben y fynedfa.

Dyma'r tro cyntaf i Lutz ymweld â Detmold ac, a dweud y gwir, y tro cyntaf iddo orfod mentro mor bell i orllewin ei wlad ei hun. Doedd ganddo ddim awydd bod mewn tref mor ddiflas yng nghanol nunlle, ond roedd o yma ar gais Dr Goebbels, felly doedd gwrthod ddim wedi bod yn opsiwn.

Yn anad dim, roedd o mewn hwyliau drwg ar ôl methu cysgu yn ddiweddar o achos ei gymdogion swnllyd. Ond roedd ei lifrai du newydd sbon yn rhoi gwedd fwy positif ar bethau: ers dechrau'r flwyddyn newydd, doedd o ddim yn Gapten yn y Sturmabteilung mwyach, ond yn Uwch-gapten yn y Schutzstaffel, yr SS. Doedd dim taten o ots ganddo am y glaw mân, gan fod pig ei gap du, oedd yn llawer mwy trawiadol na chap caci'r SA roedd o wedi arfer ei wisgo, yn atal y dŵr rhag diferu i'w lygaid. Roedd Lutz wedi gweld a theimlo'r ofn yn wyneb pob person roedd o wedi taro ar eu traws ers iddo adael yr orsaf drenau, wrth iddyn nhw weld ei iwnifform ddu, ac roedd hynny'n ei blesio.

Brasgamodd i mewn i brif fynedfa'r adeilad, gan anwybyddu'r ddau ddyn SA oedd yn ei gwarchod. Ciliodd y ddau yn reddfol wrth iddynt hwythau sylwi ar lifrai du, arswydus Lutz a sylweddoli nad oedd o am stopio. Heb arafu am eiliad, cerddodd yn gefnsyth ar draws y cyntedd gan deimlo cynnwrf y pŵer meddwol, newydd roedd o'n meddu arno. Unwaith eto, ildiwyd iddo gan y dynion SA oedd yn sefyll wrth y drws nesaf. Wrth iddo gerdded i mewn i Siambr y Cyngor, synhwyrodd ei godiad cyntaf ers misoedd. Roedd pŵer yn fwy effeithiol nag unrhyw feddyg na chyffur, mae'n amlwg.

O'i flaen, roedd rhesi o ddynion yn eistedd mewn cadeiriau. Doedd 'run ferch yn eu plith. Ym mhen y Siambr gallai Lutz weld a chlywed Herr Doctor Gauleiter Goebbels, oedd ar ei dracd ac yn areithio yn ei ffordd ddihafal ei hun yn ei lifrai caci, a rhwymyn coch y swastica yn amlwg ar ei fraich. Roedd yn eitha amlwg bod y gynulleidfa hon o dwpsod cefn gwlad wedi'i chyfareddu gan athrylith y doctor doeth.

'Foneddigion,' cyhoeddodd Goebbels o'r tu ôl i'r ddarllenfa, 'mae pobl yr Almaen wedi'u caethiwo. Rydyn ni wedi'n darostwng yn fwy nag unrhyw wladfa Negroaidd yn y Congo, ac yn mynnu mwy o le i ddiwallu anghenion ein poblogaeth gynyddol. Tir y bydd gwenith yn tyfu arno fo, gwenith fydd yn porthi ein plant. Tra oedden ni'n breuddwydio a chysgu, yn rhedeg ar ôl ysbrydion, dygwyd ein heiddo a'n harian. Y Chwyddiant: dyna'r enw maen nhw wedi'i roi i hyn oll, wrth honni ei fod yn ddigwyddiad cwbl naturiol. Ond nid felly oedd hi. Mewn gwirionedd, cafodd yr arian ei drosglwyddo – na, ei gipio ymaith – a'i roi ym mhocedi cyfoethogion y wlad hon. Twyll oedd hynny, twyll cas a digywilydd. Felly, mi fynnwn ni'r arian hwnnw'n ôl: yr arian a ddygwyd oddi wrthon ni. Ydy'r llywodraeth yn gwasanaethu'n buddiannau ni neu fuddiannau ein poenydwyr cyfalafol? Chi fydd yn cael penderfynu pwy rydych chi'n ymddiried ynddyn nhw, ond rydyn ni'n mynnu llywodraeth wedi'i harwain gan ddynion go iawn. Dynion sy'n ysu am greu gwladwriaeth Almaenig go iawn. Mae gan bawb yr hawl i ddweud eu dweud yn yr Almaen ar hyn o bryd: yr Iddew, y Ffrancwr, y Sais, Cynghrair y Cenhedloedd, y byd cyfan. Pawb ond yr Almaenwr. Mae ganddon ni hawl i fynnu mai dim ond y rhai sydd wedi'u clymu, doed a ddelo, wrth dynged y Vaterland sy'n cael dweud eu dweud yn yr Almaen. Felly, mi fynnwn ni ddinistriad y gyfundrefn o ecsbloetiaeth. Mi ddaw gwladwriaeth gweithwyr yr Almaen! Yr Almaen i'r Almaenwyr!'

Yn ddisymwth, ffrwydrodd cymeradwyaeth yn Siambr y Cyngor.

'Nawr, foneddigion,' aeth Goebbels yn ei flaen, 'nawr mae'r gloch wedi cnulio. Nawr mae'r adeg wedi dod. A chi, *dim ond chi*, sydd â'r cyfle i greu hanes, fan hyn yn ardal Lippe ar y pymthegfed o'r mis hwn, drwy anfon neges glir at weddill y wlad fod pobl yr Almaen wedi cael *llond bol...* fod pobl yr Almaen am roi terfyn ar drychineb trefn Cytundeb Versailles a hebrwng Chwyldro Sosialaeth Genedlaethol i mewn! Un bobl, un Reich ac un dyfodol Almaenig, gogoneddus!'

Yng nghanol môr o guro dwylo brwd a bloeddio afreolus, gadawodd Goebbels y ddarllenfa a brasgamu i lawr canol Siambr y Cyngor rhwng y rhesi o gadeiriau, tuag at y drws.

'Ah, Capten-SA... ardderchog!' meddai, wrth weld Lutz yn sefyll yn agos at yr allanfa. 'Diolch am ateb y galw mor sydyn. O, ddrwg gen i... Uwch-gapten SS, bellach! Mae dy lifrai newydd yn gweddu i ti i'r dim. Dwi'n ffodus fod Reichsführer Himmler wedi bod yn fodlon dy fenthyca di i mi am chydig ddyddiau. Fel rwyt ti'n gwybod, ti ydy'r unig un dwi'n medru ymddiried ynddo pan aiff hi'n flêr.'

'Diolch, Herr Doctor Goebbels. Dwi yma i'ch gwasanaethu. Ac am araith, os ga i ddweud.'

'Wel, paid â chynhyrfu gormod. Cadw wyneb sy'n bwysig.

Ty'd efo mi, os gweli di'n dda. Mae gen i dipyn i'w ddweud wrthat ti.'

'Wrth gwrs, Herr Doctor.'

Dilynodd Lutz y Doctor drwy ddrws Siambr y Cyngor ac ar draws y cyntedd, hyd nes i Goebbels ddod o hyd i res o seddi gweigion o flaen un o'r myrdd o ffenestri ym mlaen yr adeilad.

'Rŵan,' meddai'r Doctor ar ôl iddyn nhw eistedd i lawr, 'mi gawn ni siarad heb i neb darfu arnon ni.'

'Sut mae'r ymgyrch etholiadol yn mynd?' holodd Lutz. 'A sut mae Frau Goebbels?'

'A, allai amseru'r etholiad ddim bod yn fwy anffodus, a dweud y gwir, i mi'n bersonol. Ddylwn i ddim bod yma mewn gwirionedd, yn nhwll tin byd, a Magda yn y clinig yn Berlin. Ond mae'r etholiad 'ma'n rhy bwysig i'r Blaid.'

'Roedd yn ddrwg gen i glywed am, ym... am y...'

'Am y camesgoriad?' cynigiodd Goebbels. 'Mae'n iawn i ti ddweud y gair. Mae pethau wedi bod yn anodd yn ddiweddar. Collodd Magda y plentyn ar noswyl Nadolig, ac roedd yn ymddangos ei bod yn dod dros y peth, yn gorfforol felly, yn rhyfeddol. Felly, es i â Harald, mab Magda, i lawr i Obersalzberg i dreulio chydig ddyddiau efo'r Führer ar ôl y Nadolig. Ddaeth Helga ddim, yn amlwg, a hithau ond yn bedwar mis oed. Beth bynnag, mi ges i alwad o'r clinig i ddweud bod Magda ar fin marw, felly rhuthrais yn ôl i Berlin, ond roedd hi wedi dod dros y gwaethaf erbyn i mi gyrraedd, diolch byth.'

'Dwi mor falch o glywed hynny,' meddai Lutz.

'Diolch, Capt–... Uwch-gapten... ond dyna'r broblem. Mae f'angen i fan hyn ac wrth ochr Magda druan, a hynny ar yr un pryd. Mi fydd yn rhaid i mi deithio'n ôl ac ymlaen rhwng Berlin a'r twll 'ma o heddiw hyd at ddiwrnod yr etholiad. Ac ar ben hynny, mae'n rhaid i mi drefnu angladd Walter Wagnitz yn ôl yn Berlin hefyd.'

'O, roedd hynny'n drychineb, Herr Doctor. Dyn yn cael ei

lofruddio ym mlodau'i ddyddiau gan y Comis, a hynny yn oriau mân dydd Calan. Gwarthus!'

'Trychineb? I'r gwrthwyneb, Lutz! Mae'n gyfle perffaith i ni ryddhau propaganda gwych i gyd-fynd â'r etholiad 'ma! Bydd y llanc yn cael angladd fyddai'n ffit i dywysog! Mi fydd 'na gan mil o bobl yno, o leiaf... yr SA, yr SS, Ieuenctid Hitler...'

'A... wrth gwrs.'

'Ta waeth, mae hyn oll yn golygu y bydd angen rhywun arna i yma, i gynnal yr achos. Ti ydy'r unig un y galla i ymddiried ynddo i wneud hynny ar fy rhan.'

'O, mi fydd hynny'n fraint ac yn anrhydedd, Herr Doctor.'

'Bydd, mae'n debyg. Does dim modd gorliwio pa mor bwysig ydy'r etholiad 'ma. Mae'r Blaid ar ei gliniau, yn ariannol. 'Dan ni bron yn fethdalwyr...'

'Oherwydd yr anffawd yn etholiad y Reichstag fis Tachwedd?'

'Ymysg ffactorau eraill. Mi gawson ni bwl o anlwc y llynedd, fel rwyt ti'n gwybod. Ond oedd, roedd cael dim ond 25% o'r pleidleisiau yn yr etholiad diwetha'n ganlyniad echrydus o wael. Mi anfonodd hynny neges gwbl anghywir, heb os – y neges bod modd troi llanw'r Natsïaid. Rydyn ni bellach wedi ymladd cymaint o etholiadau a does 'run ohonyn nhw wedi dod â ni fodfedd yn nes at fod mewn grym. Ac roedden nhw'n ddrud, Lutz, mor ddrud! Dwi ddim yn credu y bydd Hindenburg fyth yn penodi Hitler yn Ganghellor, yn enwedig ar ôl i'r Führer golli'r etholiad arlywyddol yn ei erbyn. Mae von Schleicher yn rhy gryf o lawer bellach hefyd, ac yntau'n Ganghellor. Rhyngddot ti a fi, dwi wedi bod yn ystyried rhoi'r gorau i bopeth.'

'Na!'

'Do, yn groes i f'ewyllys... ond dydy'r frwydr ddim drosodd eto. Mae ganddon ni un cyfle olaf i rolio'r deis.'

'Yr etholiad hwn?'

'Yn union.'

'Ond dim ond 150,000 o bobl sy'n byw yn ardal Lippe, Herr Doctor.'

'Da iawn ti, Lutz. Ti wedi gwneud dy waith cartref. Ond penderfynodd y Führer fis diwetha fod angen defnyddio'r etholiad hwn er mwyn rhoi arwydd – er mwyn rhoi hwb i'n cynlluniau ni ar gyfer cipio grym. Dwi'n dod â'r enwau mawr yma: Göring, Frick, y Tywysog August Wilhelm, y Führer...'

'Y Führer ei hun?'

'Ie!' chwarddodd Gobbels. 'Mi fydd o'n traddodi sawl araith yn ystod yr ymgyrch.'

'Pryd fydd o'n cyrraedd?'

'Fory, ar ôl i mi ddychwelyd i Berlin. Felly mi fydd yn rhaid i ti ei groesawu o ac edrych ar ei ôl o, Lutz. Mae o ar ei ffordd yma erbyn hyn, ond mae ganddo fo gyfarfod pwysig yn Köln heddiw efo von Papen.'

'Von Papen? Pam hynny? Oedd, roedd ei ymgais i gipio grym ym Mhrwsia fis Gorffennaf yn llwyddiannus, chwarae teg iddo, ond dydy o ddim yn Ganghellor mwyach.'

'Nac ydy, ond mae'n dal dig yn erbyn von Schleicher o hyd... ac mae o'n ysu i gael dod yn ôl.'

'Yn Köln mae von Papen yn byw felly?'

'Na, hyd y gwn i, ond mae rhyw fancer wedi trefnu cyfarfod rhwng y ddau yno, fel canolwr.'

'Rhywun sy'n credu yn ein hachos ni?'

'Afraid dweud! Kurt Freiherr von Schröder ydy o, ac mae ganddo fila grand yno. Dyna lle maen nhw'n cyfarfod.'

'Ond dwi'n dal i fethu deall...'

Ni chafodd Lutz orffen ei frawddeg gan i negesydd ifanc nerfus yr olwg, yn gwisgo lifrai caci'r Sturmabteilung, dorri ar ei draws, yn amlwg allan o wynt.

'Esgusodwch fi,' meddai'r negesydd. 'Herr Doctor Gauleiter Goebbels?'

'Pwy sy'n gofyn?'

'Milwr-SA Schulz, syr!'

'Wel, Filwr-SA Schulz, dwyt ti ddim yn darllen yr *Angriff*? Mae fy llun ynddo fo bob tro, ac mi ddylset ti fy nabod i.'

'Wrth gwrs, Herr Doctor, syr... mae'n ddrwg gen i, syr.'

'Beth sydd gen ti ar fy nghyfer i, 'ta?'

'Os gwelwch yn dda, Herr Doctor, syr, mae gen i neges frys... breifat... ar eich cyfer chi... syr.'

'Oddi wrth bwy?' holodd Goebbels.

'Oddi wrth y Führer, Herr Doctor.'

'Wel, pam wyt ti'n oedi, 'ta? Ty'd â hi yma!'

Ufuddhaodd y negesydd, oedd erbyn hyn yn chwysu, a thynnodd Goebbels y neges o'i hamlen frown.

''Sdim rhaid i ti aros, fachgen,' meddai Goebbels wrth y milwr ifanc, gan chwifio'i law'n ddiystyriol fel petai o'n hel trychfilyn diflas ymaith. 'I ffwrdd â chdi!'

Ufuddhaodd y negesydd, a diflannu'n ddiolchgar.

'Rŵan 'ta,' meddai Goebbels.

''Dach chi isio i mi fynd hefyd, Herr Doctor?'

'Paid â bod yn ddwl, Lutz! Chdi fydd fy nghynrychiolydd i dros y dyddiau nesaf – fy llygaid a 'nghlustiau yn Lippe, fel petai. Felly, mae'n hanfodol dy fod yn gwybod pob manylyn o'r hyn sy'n mynd ymlaen. Gad i mi ddarllen hwn.'

Gallai Lutz weld fod y neges yn un eitha hir, ond dechreuodd y Doctor wenu yn fuan ar ôl dechrau darllen. Yn wir, gallai Lutz daeru bod ei wên yn lledaenu gyda phob llinell.

'O, Lutz,' ebychodd Goebbels heb dynnu'i lygaid oddi ar y papur, 'mae hyn yn gwbl anghredadwy... yn newid popeth! Mae'n ddigon posib mai hwn fydd yr etholiad olaf erioed ar dir yr Almaen!'

'Beth, Herr Doctor?' holodd Lutz yn syn.

'Mae'r cyfarfod ar ben!'

'Yr un yn Köln?'

'Wrth gwrs! Pa gyfarfod arall fuaswn i'n sôn amdano?'

'Ddrwg gen i, Herr Doctor. Be ddigwyddodd?'

'Cytunwyd y bydd Hitler yn Ganghellor!'

'Ond... oes angen i Hindenburg ei benodi'n Ganghellor? Ai dyna'r drefn arferol?'

'Oes, oes, wrth gwrs... ond mae von Papen wedi cynnig clymblaid. Clymblaid? Am lembo! Mi fydd yn rhaid i Hindenburg gydymffurfio rŵan – mi fydd y pwysau'n drech na von Schleicher!'

'Felly, o'r un ar ddeg o weinidogion fydd yn y cabinet, faint ohonyn nhw fydd yn Natsïaid?' gofynnodd Lutz.

'Dim ond tri, mae'n debyg, gan gynnwys y Führer.'

'Ond sut fydd hynny'n ddigon, o ystyried bod penderfyniadau'r cabinet yn cael eu gwneud gan fwyafrif?'

'O, Lutz, rwyt ti'n ddwl weithiau. 'Sdim ots am hynny, siŵr! Ac mae'n rhaid bod von Papen yn fwy ynfyd nag o'n i'n feddwl os ydy o'n credu y bydd modd rheoli Hitler mewn clymblaid! Unwaith y bydd y Führer yn Ganghellor, bydd y rheolau i gyd yn cael eu sgubo ymaith!'

'Ond pam fod von Papen wedi cytuno i wneud hynny?'

'Oherwydd ei fod o'n dwp! Hefyd, mae rhyw fendeta bach pathetig rhyngddo fo a von Schleicher, mae'n debyg. Ha! Y clown hunanol! Hon fydd gweithred fwyaf arwyddocaol von Papen erioed... un oedd yn ddiangen, i bob pwrpas! Wyt ti'n ddyn sy'n betio, Lutz?'

'Am arian, Herr Doctor?'

'Wrth gwrs, am arian!'

'Ond mae hynny'n anghyfreithlon...'

Chwarddodd Goebbels. 'O, Lutz! Ydy, ar hyn o bryd... fel dyrnu Iddewon... ond ni fydd yn creu'r gyfraith yn y dyfodol agos – a'i thorri hefyd os byddwn ni mewn hwyliau i wneud hynny. A phaid ag anghofio am Fräulein Schmidt chwaith. Dychmyga dy hun yn y nefoedd rhwng ei choesau hi – mi fydd hi'n glafoerio o dy flaen di cyn hir! Dwi'n betio y bydd Hitler yn Ganghellor erbyn diwedd y mis, os enillwn ni'r etholiad 'ma ar y pymthegfed, ac mi gawn ni bopeth rydyn ni'n breuddwydio amdano ar ôl hynny. Felly, paid â'm gadael i lawr, Uwch-gapten – pan fydda i yn Berlin, bydd hanes yr Almaen yn dy ddwylo di! Alla i ddibynnu arnat ti?'

'Gallwch, Herr Doctor Goebbels,' meddai Lutz gan lyncu'n galed.

Pennod 33

Nos Lun, 30 Ionawr 1933

Gwesty Adlon, Unter den Linden, Berlin

'Wel, fel hyn fydd hi am y mil o flynyddoedd nesa, mae'n debyg,' meddai Art yn goeglyd bron i bedair wythnos yn ddiweddarach wrth edrych allan ar Unter den Linden trwy un o ffenestri'r lolfa goctel foethus.

Y tu allan, rhwygwyd y tywyllwch gan afon o dân: cannoedd ar gannoedd o ffaglau'n llosgi, yn cael eu cario gan res ddiddiwedd o barafilwyr y Sturmabteilung oedd yn gorymdeithio heibio i'r gwesty yn eu lifrai caci. Roedd y fflamau'n goleuo lliwiau coch, du a gwyn y baneri swastica yn ogystal â wynebau'r dynion oedd yn eu cario. Roedden nhw'n llafarganu geiriau rhyfelgar i gyfeiliant offerynnau pres, a'u hesgidiau trymion yn drymio rhythm milwrol i asffalt Unter den Linden.

Er bod yr olygfa arswydus yn ddigon i fferru'r gwaed, nid dyna wnaeth i galon Ifan suddo. Gwnaethpwyd hynny gan y miloedd o bobl gyffredin, yn eu siwtiau a'u hetiau gorau, oedd wedi herio'r rhewynt a'r oerfel er mwyn sefyll ar hyd ochrau'r lonydd i ddathlu penodiad Adolf Hitler yn Ganghellor Ymerodraeth yr Almaen.

Gwasgodd Ifan law Emmi'n gysurlon.

'Wnest ti erioed ddychmygu'r fath olygfa ar strydoedd dy ddinas?'

'Naddo,' atebodd hithau, wrth wasgu'i law yn ôl. 'Mae'n

torri 'nghalon i. Ond nid fy ninas i ydy hon mwyach.'

'Peidiwch â digalonni, eich dau,' meddai Neifion yn galonogol. 'Gwallgofrwydd torfol dros dro ydy hyn oll... meddylfryd y dorf. Fel mae pob meddwdod yn cilio, mi fydd y bobl 'na ar y strydoedd yn deffro'n ddigon buan, credwch chi fi... yn boenus o sobr, mae'n siŵr, ac efo pennau mawr!'

'Am be 'dach chi'n sôn?' gofynnodd Angus yn Saesneg.

'Mae'n hen bryd i ti wella dy Almaeneg, 'machgen i,' chwarddodd Neifion wrth droi i'r iaith fain. 'Dweud wnes i, Angus, nad oes angen i ni boeni am hyn oll. Mae pawb yn feddw heno, ond mi fyddan nhw wedi sobri fory.'

'Fory?' holodd Lincoln yn anghrediniol.

'Wel... o fewn chwe mis, beth bynnag, heb os nac oni bai.'

'Wyt ti wir yn credu hynny?' gofynnodd Art i Neifion. 'Roeddet ti'n frwd dros ddychwelyd i'r Unol Daleithiau ar ôl peth mor ddibwys ag erthygl bapur newydd amdanat ti a'r Brodyr Sklarek, ac yn pryderu bryd hynny am ddylanwad cynyddol y Natsïaid. Ond rŵan, a'r diawliaid mewn grym go iawn bellach, ti'n dod i'r casgliad nad oes angen i ni boeni? Dydy hynna ddim yn gwneud synnwyr i mi o gwbl.'

'Nac i minna,' meddai Angus.

'Ond nid dychwelyd i'r Unol Daleithiau ydy'r unig ddewis, nage?' holodd Art. 'Does dim modd i ni chwarae efo'n gilydd yno, cofiwch – mi fuasai'n sefyllfa wallgof ar ôl popeth 'dan ni wedi'i gyflawni... popeth 'dan ni wedi bod yn gweithio tuag ato fo. Be am Paris? Mae'r sin jazz yn wych yno, a llwyth o gerddorion Du yn rhan ohoni.'

'Wel, dwi ddim yn siŵr am Paris,' meddai Elias, 'ond does dim amheuaeth, dyma'i diwedd hi fan hyn. Drychwch ar y stryd!'

'Yn union,' cytunodd Lincoln.

'Yn Charlottenburg hefyd... yr holl anarchiaeth sydd wedi bod ar y strydoedd yn fanno,' ychwanegodd Ambrose, 'ac roedd hynny cyn i'r Natsïaid gipio grym, hyd yn oed. Mae wageni'r SA wedi bod yn taranu ar hyd y lle 'ma ers misoedd, a rhywun wedi cael ei ladd yn y ddinas bron bob nos.'

'Rŵan penodiad Hitler ar ben hynny,' ychwanegodd Angus.

'Ia,' cytunodd Ifan. 'Mae'r Comis a'r Natsïaid wedi ffrwyno'i gilydd, rywsut, hyd yn hyn, ond dwi ddim isio meddwl be ddigwyddith rŵan, ar ôl i Hitler ddod yn Ganghellor.'

'Na finna,' atebodd Lincoln. 'Na, ddrwg gen i, ond mae'r parti ar ben – go iawn y tro hwn. Dwi am adael y wlad cyn gynted â phosib... ond dwi ddim am fynd i Paris, nac unrhyw ddinas arall. Dwi wedi cael digon o Ewrop. Dwi am fynd adref.'

'Dwi'n teimlo'r un fath,' meddai Elias.

'A finna,' ategodd Ambrose.

'Dwi'n deall sut rydych chi'n teimlo,' ychwanegodd Yulia. 'Nid fy ngwlad i ydy'r Almaen chwaith, cofiwch... ond fuaswn i byth yn gadael heb Dietmar a Dad.'

'... na Ludmilla,' ychwanegodd Emmi.

'Wel, yn amlwg,' atebodd Yulia. 'Ond mae 'na un peth dwi ddim yn ei ddeall. Pam fod yr SA wedi gadael i Balas Neifion fod hyd yma, a phob busnes Iddewig arall yn y Westend wedi'i dargedu'n ddidostur? Dyna'r unig reswm pam ein bod ni yma o hyd, yntê? Trugaredd yr SA.'

'Efallai fod ganddon ni angel gwarcheidiol?' cynigiodd Neifion yn wan.

Ciledrychodd Emmi ac Ifan ar ei gilydd wrth iddyn nhw feddwl yr un peth: ai Lutz Schneider oedd enw'r angel gwarcheidiol hwnnw?

'Iawn,' meddai Art, 'dwi'n medru gweld 'mod i wedi colli'r ddadl. Yn ôl i'r Unol Daleithiau â ni, 'ta... wel, y rhai sy'n awyddus i fynd, hynny ydy. Yn ôl i Late Nite Plan a'r Sons of Saturn. Ond ydych chi wir yn sylweddoli be mae hynny'n ei olygu? Diwedd ein Asphalt Hustlers gogoneddus ni, a hynny am byth, mwy na thebyg.'

Nodiodd bron pawb eu pennau'n drist.

'Wel, mae hyn yn torri 'nghalon i, rhaid deud...' ychwanegodd Art yn brudd.

'A finna,' atebodd Elias, ac amneidiodd Lincoln ac Ambrose i'r un perwyl.

'Ond rhaid i ni wneud un peth cyn i ni fynd,' datganodd Art yn gadarn, 'ac mae'n rhaid i chi addo hyn i mi. Rhaid i ni recordio popeth sydd ganddon ni – pob darn o gerddoriaeth a phob cân – er mwyn i ni allu rhyddhau recordiau yn enw'r Asphalt Hustlers. Ar label recordio yn Ffrainc os bydd rhaid, er mwyn i'r band gael parhau i fyw... ar finyl, o leia. Er mwyn i'n cerddoriaeth chwyldroadol ni fynd o gwmpas y byd fel rydyn ni wedi'i gynllunio ers blynyddoedd.'

'Iawn,' meddai Elias. 'Rydyn ni'n gytûn felly.'

'Ond ydy *pawb* yn gytûn?' holodd Art. 'Mae angen pleidlais, os gwelwch yn dda. Y rhai sydd o blaid y cynnig, codwch eich dwylo.'

Un ar ôl y llall, cododd pawb ei law.

'Pasiwyd y cynnig,' nododd Art.

'Ond mae'n rhaid i ni ddechrau ar y gwaith fory,' meddai Ambrose. 'Dwi ddim isio aros funud yn hirach nag sydd raid.'

'Mi ro i alwad i Klaus yn y bore.'

'Klaus Wiedermann, y peiriannydd sain?' holodd Neifion.

'Y Klaus hwnnw, ia,' atebodd Art. 'Dim ond gobeithio na fydd ganddo unrhyw beth yn ei ddyddiadur am y pythefnos nesa.'

'Bydd, heb os,' meddai Neifion. 'Fo ydy'r gorau yn Berlin, a ganddo fo mae'r offer stiwdio gorau hefyd. Ond paid â phoeni. Gad i mi siarad efo fo gynta. Mi wnaiff o ollwng popeth arall sydd ganddo ar y gweill, ar ôl i mi roi cynnig rhy dda i'w wrthod iddo fo.'

Pennod 34

Amser cinio, ddydd Mawrth, 14 Chwefror 1933

Stiwdio recordio Klaus Wiedermann, Meinekestraße, Charlottenburg, Berlin

Yn anffodus, ni fu arian a dylanwad Neifion yn ddigon i sicrhau sesiwn estynedig gyda'r peiriannydd sain o fri yn syth ar ôl eu cyfarfod, ac roedden nhw wedi gofod aros – yn ddiamynedd iawn – am bythefnos cyn cael dechrau ar y broses recordio.

Doedd Art Wendell ddim yn hapus â safon y têcs offerynnol a recordiwyd yn ystod yr ail fore yn y stiwdio. Roedd o wedi bod yn gwrando ar y disgiau meistr yn yr ystafell reoli, gyda chaniatâd Klaus, wrth i'r lleill gael rhywbeth i'w fwyta – doedd dim nodau anghywir fel y cyfryw, ond doedd y band ddim ar dân chwaith. Swniai'r gerddoriaeth ychydig yn ddi-fflach, yn ddiffrwyth, rhywsut. Roedd rhywbeth ar goll, ond doedd o ddim yn siŵr beth: rhyw wacter nad oedd o'n gallu rhoi'i fys arno. Ond doedd hynny fawr o syndod dan yr amgylchiadau, ystyriodd. Nid am y tro cyntaf, crwydrodd meddwl Art yn ôl i fis Tachwedd y llynedd pan syfrdanodd Neifion bawb gyda'i gamp fwyaf erioed: darbwyllo Louis Armstrong i ddod allan o'i ffordd i Berlin er mwyn chwarae gig ym Mhalas Neifion gyda'r Asphalt Hustlers. Am brofiad bythgofiadwy oedd hwnnw! Trueni na fuasen nhw wedi gofyn i Klaus gofnodi'r perfformiad hwnnw. Dyna'r tro cyntaf i'r ddau drwmpedwr, Louis ac Art, rannu llwyfan ers eu dyddiau cynnar iawn yn New Orleans.

Roedd Armstrong wedi bod yn arwr i Art erioed, a'r ddau wedi'u magu yn yr un gymdogaeth. Wrth gwrs, roedd Neif wedi dod i adnabod Armstrong hefyd, yn New Orleans ac yn ddiweddarach yn Chicago – dyna pam roedd o wedi gallu ei berswadio i deithio i Berlin, siŵr o fod... hynny, a llawer iawn o bres. Gwyddai Art nad oedd modd ail-greu hud a lledrith y fath berfformiad unwaith-mewn-oes, ond roedd ganddo hawl i freuddwydio.

Wrth i'r cerddorion eraill gyrraedd yn ôl a dechrau setlo a chynhesu eu hofferynnau, manteisiodd Art ar y cyfle i orffwys ar *chaise longue* goch yng nghornel y stiwdio i gael smôc bach o'i hoff hashish Morocaidd. Gallai glywed ei gyd-gerddorion yn y cefndir: Brad yn ymarfer graddfeydd ar ei fas dwbl, Elias yn tiwnio'i ddrwm tannau, Angus yn newid y tant a oedd newydd dorri ar ei gitâr ac Ifan yn canu un o unawdau'r diweddar Bix Beiderbecke. Roedd Lincoln, Yulia ac Ambrose hwythau'n byrfyfyrio â'u hofferynnau chwyth yn gyfeiliant i'r cacoffoni gogoneddus.

Cafodd Art ei ddeffro o'i fyfyrdod gan leisiau'r cerddorion eraill yn croesawu Emmi, oedd newydd ddod i mewn i'r stiwdio.

'Hei, Emmi,' cyfarchodd Art hi. 'Ti'n iawn? Ti'n edrych braidd yn welw.'

'Ti bob amser yn deud 'mod i'n edrych yn welw, Art,' cellweiriodd Emmi.

'Wel, mi wyt ti... ond ti'n edrych hyd yn oed yn fwy gwelw nag arfer heddiw.'

'Mewn ffordd dda?' holodd hi gan wenu.

'Pa ffordd arall sydd, yn achos Emmi?' holodd Brad yn ddireidus.

'Wel, rhaid i mi gytuno â hynny,' meddai Ifan, 'ond fyswn i ddim yn meiddio peidio!'

Ochneidiodd ambell un.

'Glücklichen Valentinstag, Schatz,' meddai Ifan wrth Emmi,

'schon wieder.' Pwysodd hithau dros y piano a chusanu'i chariad yn ysgafn ar ei wefusau fel ateb a chyfarchiad mewn un.

Roedd yn anodd credu bod Emmi'n gariad iddo ers bron i bedair blynedd bellach, ystyriodd Ifan. Roedd o wedi bod yn aelod o'r band yn hirach na hynny, hyd yn oed, ac er bod y blynyddoedd wedi hedfan, allai o ddim cofio'r adeg cyn iddo ddod yn aelod o'r teulu clòs hwn.

'Be mae hynna'n ei olygu?' holodd Elias.

'Dydd Gŵyl San Ffolant hapus, cariad,' eglurodd Ifan.

'A, wrth gwrs,' meddai Angus, 'ro'n i wedi anghofio. Ydy'r ddau ohonoch chi'n mynd allan heno i ddathlu?'

'Dyna'r cynllun,' atebodd Emmi. 'Dwi wedi bwcio bwrdd i ddau yn Ristorante Aida.'

'Hyfryd!' meddai Angus. 'Mwynhewch.'

'Mi wnawn ni,' atebodd Emmi gan wenu.

'Na, o ddifri, Emmi,' meddai Art gan ddychwelyd at yr hyn oedd yn amlwg yn ei boeni, 'ti wir yn edrych yn flinedig. Ydy Ifan wedi bod yn dy fwydo di'n iawn?'

'Tri phryd sylweddol bob dydd, dwi'n addo.'

'Ond mae dy lais di'n swnio chydig yn gryg.'

'Paid â phoeni, Art,' meddai Emmi. 'Dwi'n iawn! Iawn?'

'Iawn,' atebodd yntau'n betrus, 'ond tra ydyn ni'n sôn am beidio poeni...'

'Na, na, na, Art!' ebychodd Brad. 'Plis dyweda wrtha i nad wyt ti ar fin dweud mai "Paid â Phoeni" fydd y gân nesa, achos mi fyddai hynny'n rhy gawslyd o lawer!'

'Tebyg meddwl pob doeth, Brad, ond o leia doeddwn i ddim angen addysg ysgol fonedd i feddwl am hynna!' chwarddodd Art.

'Ow!'

'Ond ia, fel mae Brad, un o feddylwyr praffaf ein hoes, yn amau, mi o'n i'n meddwl y gallen ni ddechrau efo "Paid â Phoeni" pnawn 'ma.'

'Syniad da,' meddai Emmi. 'Ti'n barod, Ifan?'

'Fel arfer.'

'Ti'n medru 'nghlywed i, Klaus?' holodd Art wrth wasgu botwm yr intercom yn y gobaith fod y peiriannydd sain yn gwrando.

Clywyd clecian o'r intercom, wedyn llais Klaus yn yr ystafell reoli ar draws y coridor. 'Ydw, Art. Dwi ar fy ffordd draw.'

Hanner munud yn ddiweddarach agorwyd y drws seinglos, a daeth dyn canol oed â phen moel a sbectol drwchus drwyddo i'r stiwdio.

'Ro'n i ar fin deud, Klaus,' aeth Art yn ei flaen, 'ein bod ni angen meicroffon amgylchynol ychwanegol i Emmi ac Ifan ar gyfer y gân nesa, sy'n ddeuawd.'

'Dwi gam o dy flaen di, Art,' meddai Klaus, gan ddangos y meicroffon yn ei law. 'Dwi wedi darllen y nodiadau. Felly, rhwng y piano a... ble fyddi di'n sefyll, Emmi? Fan hyn?'

'Perffaith,' atebodd Emmi, a oedd wrthi'n tynnu'i chôt wlân liw mwstard, a'i het glosh a'r sgarff o'r un lliw.

Yn ei gôt wen, edrychai Klaus yn debycach i wyddonydd na pherson creadigol wrth iddo osod y meicroffon ar ei stand yn yr union le cywir. Er mwyn gwirio lefelau'r sain rhwng y meicroffon newydd a'r meicroffonau eraill, âi'n ôl ac ymlaen rhwng y stiwdio a'r ystafell reoli tra oedd y band yn parhau i gynhesu'u hofferynnau. O'r diwedd, roedd Klaus yn hapus.

''Sdim pwynt i mi ofyn ydych chi isio rhedeg drwy'r gân cyn i mi ddechrau recordio, mae'n siŵr?' holodd Klaus.

'Ti'n ein nabod ni'n ddigon da erbyn hyn,' atebodd Art yn siriol.

'Y têc cyntaf ydy'r têc gorau?' gofynnodd Klaus.

'Yn union,' cadarnhaodd Art.

Roedd y cerddorion yn gwybod erbyn hyn fod angen iddyn nhw aros i Klaus gyrraedd yr ystafell reoli cyn dechrau chwarae, a chyn hir clywsant y sŵn cloncian oedd yn dynodi bod y ddisg wedi dechrau troelli. Cyfrodd Art i bedwar yn fud gan edrych ar Ifan, Elias a Brad.

Canodd Ifan y ddau nodyn cyntaf ar y piano ar ei ben ei hun, a daeth bas dwbl Brad a brwshys Elias i mewn ar y trydydd nodyn. Bron yn syth, gallai Art synhwyro fod teimlad hollol wahanol yn y stiwdio bellach. Roedd y faled wedi datblygu ac aeddfedu'n sylweddol ers i Ifan ac Emmi ei chyfansoddi bron i bedair blynedd ynghynt, ac yn sŵn ei nodau peraidd cafodd Art ei gludo i'w hoff glwb jazz yn Montmartre Du yn Paris. Caeodd ei lygaid, ac roedd hi'n un o'r gloch y bore a'r awyr yn drwm o fwg wrth i nodau cynnil, trawsacennog y piano gosi sain y bas dwbl. Doedd yr alaw hiraethus, hudolus ar y piano erioed wedi swnio cystal. Roedd Ifan yn athrylith, heb amheuaeth. Tyfodd y bachgen yn ddyn o dan ei drwyn, a sylweddolodd Art yr eiliad honno mai fo oedd y pianydd gorau roedd o erioed wedi chwarae gydag o. Roedd hynny'n ddweud mawr. Torrodd ei galon wrth sylweddoli na fyddai modd rhannu llwyfan na stiwdio gyda'r Cymro hoffus a dawnus byth eto ar ôl diwedd y mis, hyd yn oed petai Ifan ac Emmi yn penderfynu teithio gyda nhw i'r Unol Daleithiau. Dawnsiai bysedd Ifan ar nodau'r Steinway gydag ysgafnder nad oedd Art wedi'i ystyried yn bosib. Yn wir, roedd y trwmpedwr yn y fath freuddwyd fel y cafodd ei synnu gan lais melfedaidd Ifan, fel petai o erioed wedi clywed y gân o'r blaen.

> *Ers i mi dy nabod di*
> *Llenwir pob awr â thywydd teg*
> *Tywynna'r haul a llunnir cerddi*
> *Â phob gair ddaw o nef dy geg*

Syllai Ifan ar Emmi yn gariadus wrth ganu'r serenâd iddi, a syllai hithau'n ôl. Roedd trydan yn yr awyr, a gwyddai Art ei fod yn dyst i ddigwyddiad arbennig, unwaith-mewn-oes. Roedd hwn yn mynd i fod yn recordiad y buasai pobl yn gwrando arno ymhen canrif, heb ddyddio dim.

Trodd Art ei sylw at Emmi – roedd ganddi hi bennill i'w ganu i Ifan cyn y gytgan, pan fyddai'r gân yn esgyn i'r entrychion gyda'r ddau lais yn plethu i'w gilydd mewn harmoni â'r holl offerynnau eraill, gan gynnwys trwmped Art. Gwlychodd ei wefusau, yn barod am y gyfres o nodau meddal, hir fyddai'n ffurfio harmonïau cywrain gyda'r sacsoffon alto, y clarinét a'r trombôn.

Ond, yr eiliad cyn i Emmi ddechrau canu'r ail bennill, sylwodd Art ar rywbeth a achosodd bryder ynddo: rhyw newid bychan yn lliw ei bochau, rhyw syndod yn ei llygaid. Canodd yn fwy bregus a phrydferth nag erioed o'r blaen, fel petai hi'n cyhoeddi'i ffyddlondeb i Ifan am y tro cyntaf, fel petai'r ystafell yn wag heblaw'r ddau ohonyn nhw...

Ers i mi dy nabod di
Mae'r nos yn wledd sy'n blasu'n well
Mae gan dy lygaid fodd –

Ond, ar yr eiliad honno, taflwyd y trên oddi ar y cledrau.

'O,' ebychodd Emmi gan chwalu'r recordiad, 'dwi'n meddwl 'mod i'n mynd i chwydu!'

Rhoddodd ei llaw dros ei cheg a rhuthro heibio'r piano i gyfeiriad y drws seinglos. Diflannodd i lawr y coridor a wahanai'r stiwdio a'r ystafell reoli, ac eiliad yn ddiweddarach, clywodd Art sŵn cyfogi.

Pennod 35

Nos Lun, 27 Chwefror 1933

Bwyty Gwesty Adlon, Unter den Linden, Berlin

'Dyna ferch dda,' meddai Yulia'n dyner bron i bythefnos yn ddiweddarach wrth i Ludmilla, oedd bellach yn chwe mis oed, ddechrau sugno'n awchus ar un o'i thethi. 'Be sy'n bod arnoch chi?' gofynnodd yn heriol wrth sylwi ar ddyn twt, hen ffasiwn yr olwg yn stopio a rhythu arni'n gegagored. Tawelodd sibrwd cyfrinachgar, bonheddig y ciniawyr eraill. ''Dach chi erioed wedi gweld bron o'r blaen?' Dychwelodd y dyn at ei fwrdd ei hun gan fwmian rhywbeth annealladwy rhwng ei ddannedd ac ysgwyd ei ben yn ddryslyd.

'Chwarae teg iddo fo,' meddai Ifan, a oedd yn eistedd gyferbyn â Yulia wrth fwrdd crwn wedi'i osod ar gyfer tri, 'tydi o ddim wedi arfer gweld merched yn bronfwydo'n gyhoeddus. Doedd neb yn gwneud hynny ers talwm, mae'n rhaid.'

'Ers talwm? Y ddeunawfed ganrif, ti'n feddwl?'

'Wel... mae'r boi yn hen... ac, a bod yn deg, mae sawl un arall, gan gynnwys y gweinyddion, wedi bod yn taro golwg lechwraidd arnat ti hefyd. Fawr o syndod mewn gwesty mor fawreddog â hwn, am wn i.'

Edrychodd Ifan o amgylch yr ystafell fwyta grand, ar y waliau mahogani, y siandelïers a'r gwesteion ffroenuchel a oedd i gyd dros eu hanner cant. Roedd y gwrthgyferbyniad rhwng ffrog goctel gwta, binc Yulia a gwisgoedd syber pawb arall wedi bod yn ddigon syfrdanol cyn i Yulia ollwng un o strapiau'r ffrog yn gwbl ddidaro. Dechreuodd Ifan deimlo'n flêr yn ei siwt anffurfiol o dan lygaid barcud y ciniawyr eraill.

'Wel, mi gân nhw i gyd fynd i grafu,' meddai Yulia. 'Mi ddylai merched gael rhyddid i wneud hyn ym mhobman.'

'Yn bendant, ond...'

'Be wyt ti isio i mi wneud? Mynd â hi i'r lle chwech?' meddai Yulia'n bigog. 'Ti'n meddwl y buasai unrhyw un o'n cwmpas ni'n ystyried bwyta yn y toiled?'

'Wel, na, ond ella y dylen ni fod wedi bwyta yn rhywle arall heno... rhywle llai ffurfiol,' cynigiodd Ifan.

'Pam? Neif sy'n talu, a 'dan ni wedi bod yn gweithio fel lladd nadroedd yn y stiwdio'n ddiweddar, chwarae teg i ni. Rydyn ni'n haeddu trît.'

'Ti'n iawn, fel arfer.'

'Dwi'n iawn bob tro, cofia,' meddai Yulia gan wenu.

'Mae'r dyn 'na wedi galw'r prif weinydd ato... ti'n meddwl ei fod o'n gwneud cwyn amdanon ni?'

'Pam ti'n sibrwd, Ifan? Gwneud môr a mynydd o ddim byd maen nhw. 'Sgen i ddim llawer o fron beth bynnag. Ha! Tybed be fuasai ganddyn nhw i'w ddweud petai Emmi yn tynnu'i bronnau allan yn y bwyty 'ma? Mi fyddai ganddyn nhw rywbeth i edrych arno wedyn!'

Chwarddodd y ddau.

'Sôn am Emmi,' meddai Yulia, 'lle mae hi? Hanner awr wedi wyth ddywedon ni, yntê?'

'Ia, ond mi oedd hi wedi blino ar ôl y sesiwn recordio pnawn 'ma, ac mi oedd yn rhaid iddi hi ymweld â'i mam hefyd. Ella'i bod hi wedi mynd yn ôl i'r fflat i orwedd i lawr – roedd hi dan dipyn o straen heddiw.'

'Oedd, ond dim ond pedair ar hugain ydy hi, nid chwe deg pedwar. Ti'n meddwl ei bod hi'n feichiog?'

Gwingodd Ifan yn anghyfforddus yn ei sedd.

Rhoddodd Yulia ei llaw rydd dros ei cheg mor sydyn, collodd gwefusau Ludmilla eu gafael ar y deth. Diferodd llefrith i lawr ei ffrog binc, a rhoddodd y babi floedd fach. Anwybyddodd Yulia y staen ar ei ffrog ddrud.

'Ro'n i'n gwybod!' ebychodd wrth roi ei bron yn ôl i Ludmilla'n fedrus.

'Do'n i ddim i fod i ddweud,' meddai Ifan yn lletchwith.

'Dweud be?' holodd Emmi, a oedd newydd gyrraedd y bwrdd.

Chwarddodd Yulia. 'Dydy dy gariad di ddim yn un da am gadw cyfrinachau.'

'O,' meddai Emmi ar ôl cusanu Ifan ar ei foch ac eistedd i lawr rhyngddo fo a Yulia, 'wel... mae hynny'n dda o beth, siŵr o fod.'

'Pa mor bell wyt ti wedi mynd?'

'Deufis, mwy neu lai.'

'A,' meddai Yulia, 'babi nos Galan!'

Ciledrychodd Emmi ar Ifan. 'Digon posib, am wn i.'

'Wel, llongyfarchiadau mawr i chi'ch dau!'

'Diolch, Yulia.'

Stopiodd Ludmilla fwyta am ychydig eiliadau a gwenu ar Emmi.

'Helô, *Schätzchen*,' meddai Emmi'n dyner. 'Pwy sy'n ferch fach dlos?'

Piffiodd Ludmilla.

Sychodd Yulia'i hun gyda'i napcyn a chodi strap ei ffrog yn ôl ar ei hysgwydd. 'Ydych chi wedi dechrau meddwl am enwau?' holodd.

'Fi fydd yn dewis yr enw os bydd hi'n ferch, ac Ifan os mai bachgen gawn ni.'

'Teg iawn! Be ydy dy ddewis di?'

'Helga,' atebodd Emmi'n syth.

'Helga,' ailadroddodd Yulia. 'Mmm, dwi'n hoffi hynna.'

'Ydych chi'ch dau wedi archebu bwyd?' holodd Emmi.

'Naddo,' atebodd Yulia, 'roedden ni'n aros amdanat ti.'

Yn sydyn, rhuthrodd dyn canol oed tew, chwyslyd, mewn siwt rad yr olwg, i mewn i'r ystafell fwyta a'i wynt yn ei ddwrn. Gallai Ifan ei glywed yn dweud rhywbeth wrth un o'r gweinyddion am y Reichstag, ond doedd o ddim yn siŵr beth.

'Be ddwedodd y dyn 'na?' gofynnodd Ifan i'w gariad yn dawel.

'Bod y Reichstag ar dân,' atebodd Emmi. 'Mae'n anhrefn lwyr y tu allan, mae'n debyg.'

'Iesgob!' meddai Ifan. 'Dwi'n mynd i gael golwg, i wneud yn siŵr ei bod yn saff i'r tair ohonoch chi aros yma.'

'Mae o'n gymaint o ŵr bonheddig, yn tydi?' meddai Yulia.

'Be am dy fwyd di?' gofynnodd Emmi i Ifan.

'Archeba di drosta i, ac mi gymera i win gwyn hefyd, plis. Fydda i ddim yn hir.' Cusanodd Emmi ar ei boch yn gyflym cyn brysio allan o'r ystafell fwyta.

Roedd hi'n draed moch ar Unter den Linden, a phobl yn rhuthro i gyfeiriad Porth Brandenburg wrth i'r gair ledaenu am y tân. Trodd Ifan i'r chwith ac ymuno â'r dorf oedd yn llifo fel afon. Ychydig cyn iddo gael ei gario o dan y Porth, rhwng dau o'r pileri neoglasurol, gwelodd y fflamau oedd yn neidio o gromen adeilad y Reichstag.

Brwydrodd Ifan drwy'r môr o bobl hyd nes yr oedd yn sefyll o flaen pileri'r Reichstag. Gallai weld erbyn hyn fod y tân yn llosgi yn holl ffenestri'r adeilad crand hefyd, a phob chwarel o wydr wedi malu'n deilchion. Roedd dŵr y diffoddwyr tân yn hedfan mewn bwâu trwy awyr oer y nos i gyfeiriad y fflamau, ond roedd hi'n amlwg, hyd yn oed i Ifan, nad oedd y dŵr yn cael unrhyw effaith.

'Noswaith dda, Gymro,' meddai llais cyfarwydd y tu ôl iddo. 'Mae'n olygfa drawiadol, yn tydi hi?'

Trodd Ifan a gweld Lutz yn sefyll y tu ôl iddo yn ei lifrai a'i gap SS du. Roedd golwg hunanfodlon ar ei wyneb.

'Be wyt ti isio, y diawl?' atebodd Ifan. 'Sut wyt ti'n cysgu'r dyddiau yma? Gobeithio nad ydan ni wedi bod yn gwneud gormod o sŵn, a dy gadw di'n effro.'

Anwybyddodd Lutz ei sylw pigog.

'Be wyt ti'n ei feddwl o fy nghampwaith i, Ifan?' holodd wrth amneidio at y tân.

'Dy gampwaith di?'

'Ia,' atebodd Lutz yn falch, 'ond rhyw foi gwallgof o'r Iseldiroedd fydd yn cael y bai.'

'O? Pobl Iddewig, Comiwnyddion, Pwyliaid, Ffrancwyr a Saeson sy'n cael y bai gen ti fel arfer... o, a Chymry hefyd, wrth gwrs.'

'Gall pawb anghofio am yr etholiad ar y pumed o Fawrth rŵan – bydd heno wedi newid popeth, nid yn unig yn yr Almaen, ond drwy'r byd.'

'Gwranda arnat ti dy hun, Lutz. Twyllo dy hun wyt ti, yn union fel rwyt ti'n creu ffantasi am garu efo 'nghariad i. Mae'r peth mor drist... trasig a bod yn onest. Pa fath o lipryn sy'n symud i fyw, yn fwriadol, oddi tan ferch y mae ganddo obsesiwn efo hi, dim ond er mwyn cael gwrando arni'n caru efo'i chariad? Ti'n sâl! Pam wyt ti'n arteithio dy hun? Rhaid dy fod di'n sylweddoli nad oes gen ti obaith mul efo Emmi.'

'Fuaswn i ddim mor siŵr o hynny.'

Chwarddodd Ifan yn goeglyd.

'Drycha,' meddai Lutz wrth dynnu sylw Ifan at gar du oedd newydd stopio ar balmant y Charlottenburger Chaussee. 'Ti'n nabod y dynion 'na?'

Trodd Ifan. Gallai weld dau ddyn byr yn disgyn o'r car – un gyda mwstás cul, rhyfedd, mewn côt gabardîn frown, a'r llall hyd yn oed yn fyrrach ond â phen anferth, yn gwisgo siaced gaci. Yn syth, cawsant eu hamgylchynu gan haid o barafilwyr SA, oedd yn amlwg yn barod i'w hamddiffyn rhag unrhyw fygythiad.

'O... Hitler a Goebbels,' atebodd Ifan yn ddifater. 'Tydyn nhw'n greaduriaid bach rhyfedd?'

Daeth Lutz yn agos iawn at glust Ifan a sibrwd yn fygythiol, 'Ti'n meddwl dy fod di'n ddyn mawr sy'n cael siarad fel'na am y Führer a Gauleiter Berlin? Cred ti fi, Gymro, Emmi ydy'r unig reswm pam dy fod di'n dal yn fyw. Hyd yn hyn, dwi wedi bod yn arbed palas dy Iddew brwnt di – er mwyn Emmi yn unig – ond rŵan... ha! Rŵan, mae dy amser di'n tynnu at ei derfyn, fy nghyfaill bach i. Dwi wedi cael swper efo'r Führer a'r Gauleiter, gyda llaw... sawl gwaith.'

'O, wel, mae angen gweinydd arnyn nhw, debyg.'

'Gei di chwerthin, Gymro, ond ar ôl heno mi fydd eu pŵer nhw'n absoliwt... sy'n golygu y bydd fy mhŵer innau'n absoliwt hefyd. Os dwi'n penderfynu diffodd dy fywyd pitw di fel cannwyll, mi fedra i wneud hynny'n ddidrafferth a heb unrhyw gosb. Fydd 'na 'run gyfraith i dy warchod di ar ôl heno. *Nhw* fydd y gyfraith,' meddai, gan amneidio at y ddau Natsi, 'ac mi wnân nhw roi sêl eu bendith ar unrhyw beth dwi isio'i wneud. Dwi'n mynd i dy gyflwyno di i fyd nad oeddet ti'n gwybod ei fod o'n bodoli.'

'Difyr iawn, Lutz, ond fydd dim o hyn yn effeithio arna i, nac Emmi. A phaid â phoeni, mi gei di gysgu'n well yn fuan iawn.'

'Pam? Ydy Emmi wedi dweud wrthat ti am hel dy bac o'r diwedd?'

'Ddrwg gen i dy siomi di, Lutz, ond na... i'r gwrthwyneb. Dwi'n mynd â hi yn ddigon pell o'r gwallgofdy 'ma.'

'I ble?' holodd Lutz â thinc o banig yn ei lais nad oedd o'n gallu'i guddio'n llwyr.

'I Gymru, yn y pen draw, ond i Lundain cyn hynny. Wnei di byth ei gweld hi eto, am weddill dy fywyd bach trasig. Mewn ffordd, dwi'n gwneud cymwynas â chdi, ac mi fydd hi'n bleser gwneud hynny. Well i ti chwilio am ferch arall i ffantasïo amdani... un sydd o fewn dy gyrraedd di.'

'Gawn ni weld.'

Pennod 36

Brynhawn Mawrth, 28 Chwefror 1933

Stiwdio recordio Klaus Wiedermann, Meinekestraße, Charlottenburg, Berlin

Y diwrnod wedyn, agorwyd drws seinglos y stiwdio a rhuthrodd Yulia i mewn gyda Ludmilla ar ei braich a phapur newydd yn ei llaw.

'Lle wyt ti wedi bod?' gofynnodd Art yn biwis. 'A sut 'dan ni i fod i recordio efo babi yn y stiwdio? 'Dan ni wedi colli gymaint o amser heddiw'n barod!'

'Wel, esgusoda fi!' meddai Yulia'n goeglyd. 'Wn i ddim wyt ti wedi sylwi, Art, ond mae hi'n draed moch y tu allan, ac mae Dietmar wedi'i arestio!'

'Na!' ebychodd Emmi. 'Pam? Oherwydd y tân?'

Cerddodd Yulia at Emmi a rhoi'r babi yn ei breichiau. Derbyniodd Emmi y plentyn.

'Ty'd at Anti Emmi, *Schätzen*.'

Llwyddodd i dawelu'r ferch fach yn syth gyda'i llais cysurlon a'i hanwesu, a gwyliodd Ifan hi'n edmygus. Roedd hi'n mynd i fod yn fam wych.

A'i dwylo'n rhydd, agorodd Yulia'r papur newydd: copi o'r *Vossische Zeitung* oedd o.

'Be mae o'n ddweud?' holodd Art.

'Bod y tân wedi'i gynnau gan Gomiwnydd o'r Iseldiroedd.'

Gyrrodd geiriau Yulia ias i lawr meingefn Ifan. Doedd o

ddim wedi sôn wrthi hi nac Emmi am ei gyfarfod annisgwyl gyda Lutz o flaen y Reichstag y noson gynt.

'Mae'n ymddangos,' aeth Yulia yn ei blaen, 'fod Hitler yn manteisio ar y cyfle hwn i roi'r bai am bopeth ar Blaid Gomiwnyddol yr Almaen, ac i garcharu llwyth o Gomiwnyddion. Pedair mil ohonyn nhw hyd yn hyn, mae'n debyg.'

'Pedair mil?' holodd Angus mewn anghrediniaeth. 'A Dietmar yn eu plith?'

'Yn union.'

'Ond pam Dietmar? Be ddigwyddodd?'

'Ddaeth o ddim adref neithiwr,' atebodd Yulia, 'ond mi ddwedodd Siegfried, aelod o'r un gell â fo, wrtha i y bore 'ma fod pawb arall yn y gell wedi'u cipio gan un o garfanau'r SA. 'Dach chi'n cofio'r noson honno, bron i bedair blynedd yn ôl, yn y Weydingerstraße?'

'Y noson gafodd Ifan ei anafu?' holodd Lincoln.

'Ia. Yr un garfan oedd yn gyfrifol am hynny – y garfan y mae'r diawl bach Paul Bauer 'na'n aelod ohoni. Roedd hwnnw, a'r llabwst hyll 'na heb drwyn, yno neithiwr, yn ôl Siegfried.'

Ciledrychodd Emmi ac Ifan ar ei gilydd wrth i'r ddau sylweddoli mai carfan Lutz roedd Yulia'n sôn amdani.

'Mae'r Bauer 'na wedi casáu Dietmar erioed,' ychwanegodd Yulia.

'Oherwydd dy fod di wedi'i wrthod o?' gofynnodd Ifan.

'Ymysg pethau eraill.'

'Ond sut wyt ti'n mynd i'w gael o allan? Fedri di ei gael o allan?'

'Wn i ddim sut eto, Ifan,' atebodd Yulia, 'ond mi wna i, cred ti fi, hyd yn oed os bydd raid i mi roi ceilliau Bauer mewn feis... y bastard!'

'Ond sut mae cyfiawnhau arestio pob Comiwnydd, dim ond oherwydd gweithred honedig gan ddim ond un ohonyn nhw?' holodd Angus.

'Mae deddf arlywyddol frys wedi'i phasio heddiw,' atebodd Yulia gan chwilio yn y papur newydd. 'Aros eiliad... ia, dyma fo: *Verordnung des Reichspräsidenten zum Schutz von Volk und Staat.*'

'Be mae hynny'n ei olygu?' gofynnodd Ambrose.

'Mae'n golygu "Deddf Arlywydd yr Ymerodraeth er mwyn Diogelu'r Bobl a'r Weriniaeth".'

'Diogelu?' meddai Art. 'Dyna un da!'

'Ia,' atebodd Yulia, 'cafodd yr holl hawliau sifil cu hatal yn syth.'

'Hawliau sifil y Comiwnyddion?' gofynnodd Elias.

'Na. Hawliau sifil pawb.'

'Na!' gwaeddodd Ambrose yn flin. 'Ro'n i'n gwybod! Mi ddwedais i fis yn ôl y dylen ni adael yr Almaen o fewn pythefnos... ac mae'n rhy hwyr rŵan!'

'Ydy!' cytunodd Lincoln ac Elias ag un llais.

'Peidiwch â bod yn felodramatig,' meddai Neifion yn gysurlon. 'Mae ganddon ni hen ddigon o amser. Mi fyddan nhw'n canolbwyntio ar y Comiwnyddion am sbel. Ydy, mae'n biti nad ydy stiwdio Klaus ar gael bob dydd i ni, ond rydyn ni ar y trywydd iawn i gwblhau'r holl recordio erbyn dydd Gwener nesaf, y trydydd o Fawrth. Ar ôl hynny mi gawn ni ddiwrnod i baratoi a phacio ac yn y blaen... un Saboth olaf i mi, ac un swper olaf yn Ogof Neifion i bawb cyn teithio i Bremerhaven i ddal y llong gyda'r nos i Efrog Newydd – y rheiny ohonon ni sy'n mynd i'r Unol Daleithiau, beth bynnag.'

'Iawn,' meddai Ambrose yn anfoddog.

Ni ddywedodd Lincoln nac Elias air.

'Gyda llaw,' aeth Neifion yn ei flaen wrth droi at Emmi ac Ifan. ''Dach chi wedi penderfynu eto fyddwch chi'n ymuno â ni ar y llong?'

'Mae'n amser i chi ddweud wrth bawb, dwi'n meddwl,' meddai Yulia.

'Yulia!' ebychodd Emmi rhwng ei dannedd.

Cododd Yulia ei hysgwyddau'n herfeiddiol.

'Oes ganddoch chi gyhoeddiad?' gofynnodd Neifion.

'Wel... oes,' meddai Emmi'n anfoddog. 'Y peth ydy... dwi'n feichiog. Mi fyddwn ni ar y llong efo chi, byddwn, ond mi fydd ein taith ni'n gorffen yn Southampton. 'Dan ni'n symud i Lundain.'

'O, *Mazel Tov!*' meddai Neifion yn uchel â chymysgedd o gyffro a siom yn ei lais.

'Llongyfarchiadau mawr i chi'ch dau!' cytunodd Angus, ac ategodd pawb arall eu cyfarchion yn eu tro.

'Wel,' meddai Neifion, 'o leia mae hynna'n rhoi chydig bach o oleuni i ni yn y dyddiau tywyll hyn.'

Pennod 37

Brynhawn Sadwrn, 4 Mawrth 1933

Niebuhrstraße 61, Charlottenburg, Berlin

Bum niwrnod yn ddiweddarach, ysgydwodd Emmi'r glaw oddi ar ei hymbarél wrth fynd drwy brif fynedfa adeilad fflat ei mam yn y Niebuhrstraße – y fflat roedd Emmi wedi bod yn talu'r rhent ar ei chyfer ers iddi ddechrau canu yn y band bron i bum mlynedd ynghynt. Byddai'n braf petai Florian yn fodlon cyfrannu, meddyliodd, ond doedd fawr o siawns o hynny. Hyd yn oed pan oedd o'n blentyn, doedd o erioed wedi bod yn awyddus i rannu dim byd gyda'i chwaer na neb arall, ond roedd o wedi mynd hyd yn oed yn fwy crintachlyd byth ar ôl iddo gael ei daro oddi ar ei feic gan fws a'i anafu'n ddrwg ddwy flynedd ynghynt. Na, byddai'n rhaid i Emmi anfon arian yn ôl i'w mam ar gyfer y rhent ar ôl iddi hi sefydlu'i hun yn Llundain a chael gwaith. Dyna'r cynllun, beth bynnag.

Roedd Ifan a hithau wedi bod yn awyddus i symud i Gaerdydd yn wreiddiol, gan fod Ifan yn hiraethu cymaint am Gymru. Doedd hi byth wedi cyfaddef wrth Ifan ei bod hi wrthi'n dysgu Cymraeg drwy Ieuan, ac roedd hi wedi bwriadu datgelu hynny iddo wrth roi ei throed ar dir Cymru am y tro cyntaf. Ond yn y pen draw, daeth yn amlwg mai Llundain oedd yr unig ddewis synhwyrol, o ystyried holl gysylltiadau Ifan yno, heb sôn am y sin jazz fywiog. Roedd Ifan eisoes wedi cael sgwrs ffôn gyda Ray, perchennog clwb jazz Chicago Red, oedd yn fodlon cynnig swyddi iddo fo ac i Emmi, mae'n debyg.

Wrth ddringo'r grisiau i fflat ei mam, gwyddai Emmi y dylai fod yn drist wrth baratoi i'w gadael hi a gweddill ei theulu, heb sôn am ddinas ei mebyd, ond mewn gwirionedd roedd hi'n llawn cyffro wrth feddwl am droi dalen lân a dechrau pennod nesaf ei bywyd gyda'i chariad mewn gwlad arall. Lloegr fyddai eu cartref, ond byddai'n hawdd iddyn nhw ymweld â Chymru'n aml, ac roedd Emmi'n edrych ymlaen at gael gweld Blaenau Ffestiniog am y tro cyntaf – a gweld Ieuan eto.

Doedd hi ddim wedi sylweddoli bod modd caru bod dynol arall gymaint, ac er nad oedd hi erioed wedi dweud y geiriau hudol hynny wrtho, roedd Emmi'n siŵr nad oedd gan Ifan unrhyw amheuaeth am ei chariad, na'r ffaith y gallai ymddiried ynddi gant y cant. Ifan oedd ei chariad cyntaf, ei hunig gariad erioed. Mewn ffordd ryfedd, roedd y ddau ohonyn nhw wedi colli'u gwyryfdod i'w gilydd, gan nad oedd Emmi, cyn hynny, wedi caru gydag unrhyw un o'i gwirfodd. Ifan oedd ei theulu bellach, er gwaetha'r ffaith nad oedden nhw'n briod, ac roedd hormonau ei beichiogrwydd yn golygu ei bod yn ei chwantu'n fwy nag erioed.

Anwesodd ei bol yn ysgafn. Roedd hi'n edrych ymlaen at fod yn fam o'r diwedd, profiad roedd hi wedi ofni na fyddai'n ei gael byth, ac i Ifan fod yn dad. Er gwaetha'r glaw a'r awyr dywyll, roedd yr haul yn tywynnu ar Emmi Schmidt.

Edrychodd o'i chwmpas. Roedd hi wedi ymgolli cymaint yn ei meddyliau fel iddi ddringo'n uwch na fflat ei mam, ac roedd hi bellach ar y pedwerydd llawr. Chwarddodd ar ei chamgymeriad wrth fynd yn ôl i lawr y grisiau, a throi i'r dde at ddrws ffrynt ei mam. Daeth teimlad rhyfedd drosti, ac oedodd. Roedd hi'n rhy dawel. O ystyried bod y teulu i fod i ddod at ei gilydd er mwyn ffarwelio â hi – ei mam, Florian a'i wraig, Jana, a'u plant pedair a dwy oed – dylai Emmi fod yn clywed sgwrsio a sŵn chwarae'r plant, ond doedd 'run smic i'w glywed. Canodd

Emmi y gloch. Dim ateb. Canodd hi ddwywaith, deirgwaith. Dim. Roedd hi ar fin troi rownd a mynd adref pan gofiodd fod ganddi allwedd sbâr i fflat ei mam yn ei bag. Tyrchodd amdani yng ngwaelod y bag, gan addo iddi'i hun y byddai'n rhoi trefn ar ei gynnwys cyn cychwyn ar eu taith i Loegr. Bodiodd y drawfforch arian roedd Ifan wedi'i rhoi iddi hi ar ddechrau'u perthynas, cyn dod o hyd i'r allwedd.

Agorodd gil y drws ffrynt a chraffu rownd y gorncl, ond wnaeth hi ddim gweld na chlywed dim anarferol. Yn sydyn, clywodd sŵn bychan. Sŵn plentyn yn snwffian?

Rhuthrodd o'r cyntedd i mewn i'r lolfa, a chael ei syfrdanu gan yr olygfa fwyaf erchyll roedd hi wedi'i gweld ers llofruddiaeth ei thad a threisio'i mam bymtheng mlynedd ynghynt.

Dechreuodd sgrechian nerth esgyrn ei phen.

Pennod 38

Brynhawn Sadwrn, 4 Mawrth 1933

Fflat Emmi Schmidt ac Ifan Williams, Gelbes Haus III – 21, Mommsenstraße 5, Charlottenburg, Berlin

Roedd Emmi'n hwyr.

Dylai fod wedi dychwelyd adref awr ynghynt ar ôl ffarwelio â'i mam a theulu ei brawd. Roedd Ifan wedi dechrau poeni, ond roedd o wedi cadw'i hun yn brysur yn gorffen pacio ar gyfer y daith i Lundain. O'r diwedd, clywodd allwedd Emmi yn troi yn y drws, a rhedodd ias o gyffro trwyddo.

Ar ôl dod i mewn, trodd Emmi'n syth i gloi'r drws ar ei hôl, heb gyfarch ei chariad. Felly, aeth Ifan ati a'i chofleidio'n awgrymog o'r tu ôl, gan gwpanu'i bronnau gyda'i ddwylo. Yn hytrach na thoddi ac ildio, fel yr arferai wneud, rhyddhaodd Emmi ei hun o'i afael a throi rownd yn heriol.

'Dwi ddim mewn hwyliau, Ifan!'

'Ond... dwyt ti erioed wedi gwrthod o'r blaen.'

'Mae 'na dro cyntaf i bopeth. Beth bynnag, mi wnaethon ni garu bore 'ma.'

'Do,' meddai Ifan gyda'i wên fachgennaidd orau, 'ond mi oedd hynny oriau'n ôl.'

'Pwy ti'n feddwl wyt ti?' holodd Emmi yn biwis. 'Hogyn ysgol mewn siop fferins, yn cael helpu dy hun i'r cyfan?'

'Y...'

'Dim rhyw slwten ydw i sy'n lledu'i choesau i ddynion ar alwad!'

'I ddynion? Ar alwad? Emmi, am be ti'n sôn? Dwi'n dy garu di. Ti'n cario 'mhlentyn i.'

'Dy blentyn di, ia?'

'Wel... ein plentyn ni.'

'Mmm.'

'Be ti'n feddwl...?'

'Dim. Dwi'n mynd i gael cawod... ar fy mhen fy hun,' ychwanegodd wrth iddi sylwi ar yr olwg obeithiol ar wyneb Ifan. 'Dwi angen gwneud fy hun yn barod ar gyfer y swper olaf heno. Iawn?'

'Iawn,' meddai Ifan yn benisel a chlwyfedig. Doedd o erioed wedi gweld yr ochr hon i Emmi o'r blaen – tybed oedd ei hwyliau drwg yn gysylltiedig â'r hormonau oedd yn chwyrlïo o amgylch ei chorff? Ia, un o sgileffeithiau'r beichiogrwydd oedd hyn, yn siŵr o fod, ac roedd yn rhaid iddo ei chefnogi hyd eithaf ei allu.

Ond eto, roedd rhywbeth am ymddygiad ei gariad oedd yn poeni Ifan Williams yn fawr.

Pennod 39

Nos Sadwrn, 4 Mawrth 1933

Ystafell wledda Ogof Neifion, Gwladfa'r Plastai, Königsallee, Grunewald

'Ti'n siŵr y dylet ti fod yn yfed cymaint, cariad?' gofynnodd Ifan i Emmi'n bryderus.

'Pam lai?'

'Oherwydd y babi.'

'Fy nghorff i ydy o, Ifan. Os ydw i am yfed, mi wna i. Does arna i ddim angen dy ganiatâd di.'

'Ond dwyt ti ddim yn yfed hanner cymaint fel arfer... ti ddim isio meddwi, nagwyt, a ninnau'n teithio heno i Bremerhaven ar y trên, heb anghofio'r fordaith wedyn.'

'Nac'dw? Ella *'mod* i isio meddwi. Ti wir ar ôl yr oes weithiau.'

'Be yn y byd sy'n bod arnat ti?'

'Be ddylai fod arna i?' atebodd Emmi yn swta.

'Ti ddim wedi bod fel chdi dy hun ar ôl bod yn fflat dy fam pnawn 'ma. Be ddigwyddodd? Mi fedri di ddeud wrtha i... unrhyw beth.'

'Ddigwyddodd dim byd.'

'Ti'n siŵr? Dwi'n dy nabod di, cofia. Mae 'na rwbath o'i le... dwi'n medru'i synhwyro fo.'

'Does dim byd o'i le, Ifan, ar wahân i'r ffaith dy fod di'n niwsans efo dy holl holi!'

'Ond Emmi...'

'Na!'

'Dwyt ti erioed wedi deud petha mor gas o'r blaen... dwi ddim yn dallt,' meddai Ifan yn drist.

'Wel, 'sdim rhaid i ti ddeall popeth, nagoes?'

'Emmi!' bloeddiodd Yulia a oedd, yn amlwg, eisoes yn feddw. 'Ty'd i ddawnsio efo fi! Dawns ffarwelio'r merched. Dwi wedi cael llond bol o'r dynion 'ma efo'u dwy droed chwith!'

Heb ddweud gair arall wrth Ifan, na hyd yn oed edrych arno, cododd Emmi o'i sedd ac ymuno â Yulia ar lawr marmor yr ystafell wledda helaeth oedd yn gwneud y tro fel llawr dawnsio.

Bellach, roedd bron pawb yn dawnsio i recordiau'r Asphalt Hustlers, oedd wedi'u cwblhau y diwrnod cynt, o'r diwedd, ac roedd Brad yn gyfrifol am eu gosod yn ofalus ar gramoffon Neifion, un ar ôl y llall.

Edrychodd Ifan o amgylch yr ystafell – roedd pawb yn edrych yn hapus o feddw. Doedd hynny fawr o syndod, mewn gwirionedd – roedd hon yn noson bwysig, pinacl blynyddoedd o fyw a gweithio gyda'i gilydd fel band. Fel teulu. Gwyddai Ifan y buasai'n hiraethu am bob un ohonyn nhw. Ond o leiaf doedd o ddim yn mynd i golli Emmi, yr unig un na allai fyw hebddi.

Clywodd nodau dioglyd ei biano'i hun ar y recordiad o'r faled nwydus 'Un Noson ar Lannau Llyn Wann' wrth i Emmi a Yulia gofleidio'i gilydd fel tasen nhw'n gariadon, a dechrau dawnsio'n araf yn eu ffrogiau coctel. Oedd beichiogrwydd Emmi yn dechrau dangos? Sylwodd Ifan ei bod yn cydio'n dynn iawn yng nghorff ei ffrind, gan fwytho croen noeth ei chefn wrth i ddagrau gronni yn ei llygaid. Sibrydodd rywbeth yng nghlust Yulia a wnaeth iddi wenu. Roedd ymddygiad Emmi yn eithriadol o ryfedd heno, heb os nac oni bai.

Yn sydyn, clywodd Ifan rywbeth yn y pellter, dwy glec yn syth ar ôl ei gilydd. Ond roedd hi'n anodd bod yn siŵr uwchben twrw'r parti.

Ddau funud yn gynharach, roedd Milwr-SA Fritz Kramrisch wedi canu cloch drws ffrynt Ogof Neifion yn unol â gorchymyn cyn-Gapten carfan SA Sturm 12, a oedd bellach yn Uwch-gapten yn yr SS. Cuddiai tri dyn arall yn y cysgodion.

Agorwyd y drws gan Severin, bwtler dihafal Neifion.

'Noswaith dda, syr,' meddai Severin heb gyffroi dim wrth weld lifrai caci a rhwymyn braich coch swastica'r llabwst ciaidd oedd â thwll lle bu ei drwyn. 'Oes ganddoch chi apwyntiad efo Herr Grünbaum... neu wahoddiad ganddo?'

'Dwi ddim angen apwyntiad na gwahoddiad,' chwyrnodd Fritz.

'Oes, mae gen i ofn, syr,' atebodd Severin yn gwrtais ond yn gadarn. 'Mae parti preifat yma heno, felly, heb apwyntiad na gwahoddiad, chewch chi ddim dod i mewn.'

'O,' meddai Fritz, oedd yn dechrau syrffedu ar y gêm ddiflas. 'Erbyn meddwl, mae gen i wahoddiad wedi'r cwbl.'

'Oes?' holodd Severin yn amheus, gan godi un o'i aeliau.

'Oes,' cadarnhaodd Fritz, 'arhoswch eiliad. Rŵan, lle mae o wedi mynd? A, dyma ni.'

Tynnodd wn o boced ei siaced a saethu Severin ddwywaith yn ei dalcen.

Syrthiodd Severin yn glewt ar lawr marmor Eidalaidd y cyntedd helaeth. Syllai ei lygaid marw ar nenfwd uchel yr atriwm wrth i waed saethu allan o'r ddau dwll fel dau bistyll.

'Mae'r bwtler 'na wir yn ddigon i wylltio dyn,' meddai Lutz Schneider wrth gamu allan o'r cysgodion yn ei lifrai du a chap du yr SS. 'Dilynwch fi,' meddai wrth y pedwar parafilwr SA, wrth gamu dros gorff Severin fel petai'n faw ci ar y palmant. Rhag baeddu ei esgidiau newydd, gwnaeth ymdrech i osgoi troedio yn y llyn o waed oedd yn prysur gynyddu o amgylch pen yr ymadawedig.

Cerddodd Fritz ar ei ôl, yng nghwmni Paul Bauer, Horst Bockholt a Walter Bohne.

'Rŵan,' meddai Lutz wrth Fritz ar ôl iddyn nhw fynd heibio'r grisiau rhwysgfawr a chanfod coridor ar y chwith, 'ar dy ôl di, Fritz, fel y trefnwyd. Ti'n gwybod y ffordd, dwyt?'

Nodiodd Fritz ei ben. Diolch i wybodaeth gan rywun o'r tu mewn, gwyddai Fritz yn union sut i ddod o hyd i'r ystafell wledda yn y plasty enfawr, a phwy'n union fyddai ynddi. Cyrhaeddodd y milwyr ben y coridor hir a mynd i mewn i atriwm helaeth arall yng nghanol y plasty. Er bod Fritz yn gwybod y ffordd, doedd dim angen unrhyw gyfarwyddiadau arno, mewn gwirionedd. Dim ond dilyn sŵn y rhialtwch oedd raid.

Agorodd Fritz ddrws yr ystafell wledda, a chamu i mewn er mwyn asesu'r sefyllfa. Saethodd y siandelïers uwchben y bwrdd, wedyn y gramoffon. Malwyd y ddisg sielac oedd yn troelli arno'n deilchion.

Safai dyn tal, penfelyn yn gegagored wrth ymyl gweddillion y gramoffon. Rhaid mai Brad oedd hwn, ystyriodd Fritz, yr Americanwr gwyn. Roedd yn bechod ei fod yn gymaint o bishyn. Erbyn hyn roedd clebran y criw, yn ogystal â'r gerddoriaeth, wedi tewi, a'r rhai oedd yn dawnsio ar y llawr marmor wedi llonyddu. Yn eu plith, sylwodd Fritz, roedd sawl Negro mewn siwtiau drud yr olwg: roedd y peth yn warthus! Dim ots – roedd cynlluniau arbennig ar eu cyfer nhw, rhywbeth yn ymwneud ag ymchwil gwyddonol, yn ôl Lutz.

'Noswaith dda, foneddigion a boneddigesau,' meddai Lutz yn Saesneg, ei lais yn taranu dros y distawrwydd syfrdan, 'a diolch yn fawr iawn i chi am y gwahoddiad. Ond mae'n ymddangos eich bod chi wedi dechrau hebdda i. Dyna anghwrtais.' Trodd at Neifion. 'Hefyd, roedd rhywun wedi anghofio dweud wrth eich bwtler chi 'mod i'n dod, Herr Grünbaum. Severin oedd ei enw o, ia?'

'Oedd?' gofynnodd Neifion mewn dychryn.

'Cyn-fwtler bellach, mae gen i ofn,' meddai Lutz yn ffuggydymdeimladol. 'Dyna sy'n digwydd i bobl anghwrtais yn y Drydedd Reich. Mae ganddon ni safonau i'w cynnal, wyddoch chi.'

Claddodd Neifion ei ben yn ei ddwylo.

Oedodd Lutz am ychydig eiliadau er mwyn creu effaith ddramatig. 'Ond, ond, ond,' meddai o'r diwedd, 'sut o'n i'n gwybod am y parti 'ma? Dyna'r cwestiwn mawr, yntê? Sut o'n i'n gwybod mai heno fuasai'ch swper olaf chi? Y Swper Olaf... mae'n swnio'n Feiblaidd, yn tydi? Eich swper olaf cyn i chi deithio i Bremerhaven i ddal y llong i Efrog Newydd drwy Southampton... am chwarter i bump yn y bore. Ond – ac mae'n ddrwg iawn gen i orfod dweud hyn wrthoch chi – mi fydd yn rhaid i'r llong adael hebddoch chi.'

Ni ddywedodd neb air.

'Na?' holodd Lutz. 'Does gan neb unrhyw syniad sut o'n i'n gwybod? Wel, dewch i mi'ch helpu chi. Mae'r ateb yn eitha syml. Be oedd yn nodedig am swper olaf Iesu?'

Tawelwch pellach.

'Na? Neb? O diar. Mi ddylech chi ddarllen eich Beiblau'n fwy trylwyr, fuaswn i'n dweud. Edrychwch o'ch cwmpas... fel yn swper olaf Iesu, mae 'na *fradwr* yn eich plith.'

Roedd ambell ebychiad i'w glywed.

'Neu, a bod yn fanwl gywir,' aeth Lutz yn ei flaen, 'brad*wraig*...'

Ciledrychodd rhai o'r dynion ar Yulia, wedyn ar Emmi: yr unig ferched yn yr ystafell.

'Peidiwch â gwrando ar y coc oen 'na!' ebychodd Yulia.

'O,' atebodd Lutz yn goeglyd, 'dyna'r math o gwrteisi rwyt ti'n ei ddangos i westai arbennig, ia? Ond fuaswn i ddim yn disgwyl gwell gan Rwsiad budr. Putain Neumann wyt ti, os ydw i'n cofio'n iawn.'

'Mae Dietmar yn fwy o ddyn nag y byddi di byth, y ffycin Natsi! A does dim bradwraig yma chwaith!' bloeddiodd

Yulia. 'Dim ond celwyddgi a chachgi... sawl un, a deud y gwir... yn enwedig ti, Paul, yr haliwr bach annifyr i ti!'

'Gad hi,' meddai Lutz wrth Paul Bauer a'r parafilwyr eraill, a oedd i gyd wedi troi at Yulia'n fygythiol. 'Dim ond ceisio'ch pryfocio chi y mae'r slwten.'

Ufuddhaodd y parafilwyr, a thawelu.

'Felly,' gorchmynnodd Lutz, 'yn ôl at ein bradwraig ni. Pwy ydy hi? Wel, does dim llawer o ddewis, nagoes? Felly... cama ymlaen, os gweli di'n dda, Emmi Schmidt.'

'Na!' ebychodd Ifan, oedd yn dal i eistedd wrth y bwrdd.

'Ty'd 'laen, Emmi,' ailadroddodd Lutz, 'ty'd i gadw cwmni i mi fan hyn.'

Ceisiodd Yulia ei hatal, ond gwthiodd Emmi ei llaw ymaith a chamu tuag at Lutz heb betruso. Aeth ato, ei gusanu ar ei foch a'i gofleidio.

Doedd 'run smic i'w glywed yn yr ystafell.

Rhyddhaodd Lutz ei hun o afael Emmi er mwyn sefyll wrth ei hochr a rhoi'i fraich yn dynn am ei chanol. Gwnaeth hithau'r un fath, a throdd y ddau fel un tuag at Ifan.

'Rŵan,' aeth Lutz yn ei flaen, gan droi i'r Almaeneg, 'Horst, Walter, dewch â'r boi 'na draw fan hyn... yr un â'r gwallt du, ia... a'i gadair hefyd.'

Dilynwyd ei orchymyn.

'Ia, fanna,' meddai Lutz wrth i gadair Ifan gael ei gosod yn agos ato fo ac Emmi.

'Rŵan, gafaelwch yn ei freichiau o.' Trodd Lutz yn ôl i'r Saesneg. 'Sut wyt ti, Ifan?' meddai'n ffug-gyfeillgar. 'Dyma ni'n cwrdd unwaith eto. Wyt ti wedi mwynhau dy swper... dy swper olaf?'

'Mi dorrwyd ar ei draws o gan gwd,' atebodd Ifan yn heriol.

'O, paid â phoeni,' meddai Lutz, 'mi wnei di dalu am hynna'n nes ymlaen. Ond, yn gyntaf, mae gen i ambell beth i'w ddweud wrthat ti. Rŵan... mi ddwedaist ti rywbeth wrtha i y noson o'r blaen: dy fod di am fynd ag Emmi i ffwrdd o'r gwallgofdy 'ma. I Lundain, dyna ddwedaist ti. Fuaswn i byth yn ei gweld hi eto, am weddill fy mywyd bach trasig... dyna ddwedaist ti, dwi'n siŵr, yntê? Geiriau mawr, Ifan. Ond, yn anffodus, ti sydd ddim yn mynd i weld Emmi eto – mae hi wedi derbyn fy nghynnig i briodi. Dwi ddim wedi cael amser i brynu modrwy iddi eto, rhaid i mi gyfaddef. Dwi wedi bod yn eitha prysur, rhwng popeth.'

Ceisiodd Ifan dorri'n rhydd, ond heb lwyddiant. Tynhaodd gafael y ddau barafilwr SA, Horst a Walter, ar ei freichiau.

'Ti'n twyllo dy hun, y diawl!' gwaeddodd Ifan. 'Mae'n gwbl amlwg fod Emmi yn gwneud hyn dan orfodaeth. Fi mae hi'n ei garu, nid chdi! Mae hi'n cario fy mhlentyn i! Mae hi'n meddwl dy fod di'n ffiaidd!'

'O diar,' meddai Lutz yn nawddoglyd. 'Ti'n twyllo dy hun, Ifan, mae gen i ofn. Faint o weithiau wnest ti geisio ffrwythloni Emmi dros y blynyddoedd? Cannoedd o weithiau? Miloedd? Ond be ddigwyddodd? Dim. Dim, dim, dim! Ond, ar y llaw arall, daeth dyn Aryaidd ati ddydd Calan, a dyma hi'n feichiog mewn chwinciad.'

'Dydd Calan?' ebychodd Ifan. 'Am be ti'n sôn? Dwyt ti *erioed* wedi cysgu efo Emmi, y llipryn i ti, heb sôn am ddydd Calan! Nos Galan... dyna noson dy berfformiad trist, pathetig di, yntê? Ymddangos yng nghanol y nos i gwyno am sŵn ein caru ar ôl i ti symud i mewn i'r fflat oddi tanon ni. Dim ond er mwyn gwrando arnon ni'n caru y gwnest ti symud yno!'

'O diar,' meddai Lutz unwaith eto. 'Mae 'na ambell beth nad wyt ti'n ymwybodol ohono, mae'n debyg, Ifan. Ti'n cofio pan est ti allan bnawn dydd Calan am awr a hanner, er mwyn loncian o gwmpas strydoedd Charlottenburg? Wyt? Wel, wnaeth Emmi ddim dweud wrthat ti ei bod hi wedi manteisio ar y cyfle i fynd lawr y grisiau i 'ngweld i, naddo, i weld be roedd hi wedi bod yn ei golli am yr holl flynyddoedd. Mi roddodd hi brawf go iawn ar sbrings fy ngwely, mi fedra i ddweud hynny wrthat ti! A dyma hi, yn cario fy mhlentyn i... babi Aryaidd pur fydd yn glod i'w Führer.'

'Dwi wedi deud wrthat ti o'r blaen, y cwd, ti'n byw mewn ffantasi!'

'Mi ddwedaist ti hynny wrtha i o flaen y Reichstag yr wythnos ddiwetha, pan oedd o ar dân. Wnest ti ddim dweud wrth Emmi am y cyfarfod hwnnw, naddo?'

Atebodd Ifan ddim.

'Na, wnest ti ddim... felly wyt ti'n dal i feddwl bod Emmi'n deud popeth wrthat ti? Pob *cyfarfod* mae hi'n ei gael?'

'Dydy hynny ddim yr un peth o gwbl.'

'Nac ydy, Ifan... dim ond sgwrs gest ti a fi... ond Emmi a finna, ar y llaw arall...'

'Dos i grafu!' ebychodd Ifan. ''Sdim rhaid i mi wrando ar hyn. Dwi'n gwrthod credu gair o'r rwtsh 'ma. Dwi'n dy nabod di, Emmi.' Trodd at ei gariad. 'Dwi'n gwybod bod y diawl 'na wedi dy orfodi di i wneud hyn, rywsut... ydy o wedi dy fygwth di? Dwi ddim yn credu gair. Fi rwyt ti'n ei garu, nid y Natsi chwerthinllyd 'ma.'

'Mae'n ddrwg gen i dy siomi di, Ifan,' atebodd Emmi yn ddiemosiwn, 'ond mae pob gair yn wir. Plentyn Lutz dwi'n ei gario. Fo dwi'n ei garu bellach, nid ti, ac mae Lutz a finna'n mynd i briodi.'

'Lol!' ebychodd Ifan. 'Profa hynny i mi, Emmi! Profa nad wyt ti'n fy ngharu i!'

'Iawn,' meddai Emmi yn oeraidd, 'os wyt ti'n mynnu. Fuasai merch sy'n dy garu di'n gwneud hyn?'

Yna, aeth i lawr ar ei phengliniau o flaen Lutz. Dechreuodd ddatod botymau ei falog wrth edrych i fyny i fyw ei lygaid.

'Na!' bloeddiodd Ifan yn anghrediniol.

Ond anwybyddodd Emmi o. Rhoddodd ei llaw i mewn ym malog agored Lutz a thynnu'i bidyn caled allan.

Ebychodd pawb yn dawel wrth wylio'r hyn wnaeth hi nesaf.

Ochneidiodd Lutz yn chwantus, a dechrau anadlu'n drwm wrth edrych i lawr ar Ifan â golwg fuddugoliaethus ar ei wyneb.

Edrychodd Fritz ar Ifan. Roedd ei boen ddwys i'w gweld mor glir ar ei wyneb, ac yn y dagrau mud oedd yn powlio i lawr ei fochau. Roedd golwg gwbl druenus arno, a gwyddai Fritz ei fod yn teimlo'r un genfigen wyllt â fo, er mai Lutz roedd o'n ei garu, yn hytrach na'r slwten bengoch oedd wrthi'n bodloni cannwyll ei lygad mewn ffordd mor gyhoeddus. Allai Fritz ddim gwylio'r olygfa o'i flaen ond roedd y synau'n ddigon arteithiol... y synau erchyll nad oedd modd dianc oddi wrthyn nhw: y sugno, y griddfan a'r gwawdio. Ysai Fritz am gael rhoi terfyn sydyn ar y weithred ddieflig trwy golbio cefn pen y slwten efo carn ei reiffl, ond gwyddai y byddai'n rhaid i gefn pen y Cymro wneud y tro. Ond nid tan ar ôl i'r slwten adael yr ystafell yng nghwmni Lutz, wrth gwrs: roedd Milwr-SA Fritz Kramrisch yn deall ei orchmynion.

Pennod 40

Nos Sadwrn, 4 Mawrth 1933

Stydi Neifion, plasty Ogof Neifion, Gwladfa'r Plastai, Königsallee, Grunewald

'Mi oedd hynna'n gyffyrddiad bach pleserus, Emmi,' meddai Lutz wrth rwbio'i afl yn werthfawrogol. 'Diolch yn fawr!'

'Dos i grafu!' atebodd Emmi yn ddig. 'A phaid ag edrych mor hunangyfiawn, y bastard i chdi! Ty'd â wisgi i mi. Dwi angen cael gwared ar dy flas ffiaidd di o 'ngheg.'

'O, dydy hynna ddim yn rhamantus iawn, *Schätzchen*. Wyt ti'n deud pethau fel'na wrtho fo hefyd?'

'Na... ond y gwahaniaeth ydy 'mod i'n ei garu o. Ac mae o'n fy ngharu i, yn hytrach na fy nhreisio i, fel rwyt ti newydd wneud trwy fy ngorfodi i wneud peth mor afiach!'

'Dwi ddim yn credu'i fod o'n dy garu di mwyach, Emmi, mae gen i ofn. Dim ar ôl heno. A doedd o ddim yn edrych fel trais chwaith.'

'Tydi hynny fawr o syndod ar ôl i ti fynnu 'mod i'n ymateb fel gwnes i! Actio oeddwn i pan o'n i –'

'Yn butain?' cynigiodd Lutz.

'Ond dwi wedi gwneud fy rhan rŵan,' parhaodd Emmi gan ei anwybyddu, 'wedi gwneud yr hyn wnest ti fy ngorfodi i'w wneud yn erbyn fy ewyllys. Ond, os gwna i ddarganfod na fydd Ifan wedi cyrraedd Llundain yn ddianaf... neu os bydd unrhyw aelod o fy nheulu'n cael ei niweidio mewn unrhyw ffordd... gwae ti!'

'O, gwrandewch arni hi! Ti mor ddewr, mwya sydyn. Ond dwi ddim yn credu dy fod di mewn sefyllfa i 'mygwth i, Emmi.'

'Nac'dw? Wir? Mi fedri di ddifetha fy mywyd i. Mi fedri di chwalu fy mreuddwydion i, dwyn popeth sy'n annwyl i mi, fy mlacmelio i fradychu fy unig gariad a'm ffrindiau. Mi fedri di hyd yn oed fy ngorfodi i fod yn gaethwas rhyw i ti, y diawl annifyr, ond mi fydda i yn dy gasáu di â chas perffaith tra bydda i byw. A chofia... mi fyddai'n ddigon hawdd i mi dy ladd di yn dy gwsg.'

Ni ddywedodd Lutz air.

'Rŵan,' meddai Emmi'n oeraidd, 'y wisgi 'na, os gweli di'n dda... *Schätzchen*... os nad wyt ti isio i mi chwydu ar dy sgidiau newydd di.'

Pennod 41

Yng nghanol y nos, fore Sul, 5 Mawrth 1933

Cell arteithio'r SS, Prinz-Albrecht-Straße, Berlin

Edrychodd Lutz i lawr ar gorff difywyd Ifan. Pwysodd drosto er mwyn gwirio'i fod o'n dal i anadlu. Oedd, o drwch blewyn. Roedd hyn oll mor anghyfleus, meddyliodd – roedd ganddo bethau i'w gwneud. Sut oedd deffro rhywun anymwybodol, tybed? Cafodd syniad, a gwenu.

Yn ei isymwybod, roedd Ifan yn ôl yn bymtheg oed, ac yn cerdded o Dalywaenydd i gyfeiriad y gogledd ar ôl cael cweir arall gan ei dad. Syllai i fyny ar y tri chwarter lleuad wrth droedio'r ffordd serth yn yr eira. Roedd o'n rhynnu, ac yntau'n gwisgo dim ond côt denau a chap stabl i'w gadw'n gynnes. Diolch byth am y lleuad oedd yn goleuo'r tomennydd yn wyn – hebddi, ni fuasai'n gweld dim.

Dechreuodd synhwyro fod rhywbeth o'i le. Roedd o wedi colli rhywun roedd o'n ei charu'n fwy na neb arall. Dechreuodd y lleuad bylu, a daeth popeth yn fwy dryslyd. Roedd merch, ond nid ei fam oedd hi. Beth oedd wedi digwydd iddi? Allai o ddim symud ei freichiau na'i goesau mwyach. Teimlodd bwysau ar ei arddyrnau a'i fferau wrth i'r ddelwedd o Fwlch y Gorddinan ddryllio a stumio. Yn sydyn, daeth golau llachar i'w ddallu... nid golau'r lleuad, roedd hwn yn gryfach ac yn hyllach. Ac roedd gwayw aruthrol yng nghefn ei ben. Na, roedd ei ben i gyd yn brifo. Daeth yn ymwybodol o flas brathog, afiach yn ei geg. Roedd ei wyneb yn wlyb, yn diferu.

Deffrodd.

'Wyt ti'n hoffi'r gwin 'na, Gymro?' gofynnodd llais cyfarwydd. 'Mae'n dda, tydi? Dim ond y gorau i ti, cofia. Persawr ffrwythaidd cynhaeaf 1933... Château Schneider '33! A'r newyddion ardderchog ydy bod 'na hen ddigon ohono...'

Chwarddodd Lutz ar ei jôc wan ei hun wrth gau ei falog.

Poerodd Ifan wrth sylweddoli fod Lutz wedi piso ar ei wyneb: piso chwerw oedd bellach yn diferu i'w geg. Mewn panig, edrychodd o gwmpas yr ystafell fach, foel: roedd sbotoleuadau creulon yn y nenfwd a waliau o deils gwynion, sgleiniog o'i gwmpas, wedi'u sgeintio â gwaed. Roedd Ifan wedi'i glymu â rhaffau wrth gadair ryfedd oedd yn ymdebygu i wely caled cefngrwm, a'i goesau ar led. Straffaglodd i dorri'n rhydd, ond yn ofer. Llwyddodd i godi'i ben ryw fymryn, a gwelodd fod ei fferau wedi'u clymu wrth ddwy goes bren y gadair mewn siap V. Safai Lutz rhwng ei goesau yn edrych i lawr ar ei afl, fel petai ar goll yn ei feddyliau.

Roedd garddyrnau Ifan wedi'u clymu wrth ddwy fraich haearn y gadair, a'i ddwylo'n gorwedd ar blatiau haearn llydan. Erbyn hyn roedd Lutz yn chwarae gyda morthwyl mawr, gan ei basio o un llaw i'r llall, yn ôl ac ymlaen.

Bellach, gwyddai Ifan na fuasai'n gadael yr ystafell hon yn ddianaf, os o gwbl. Doedd ganddo ddim modd o wirio pa mor ddrwg oedd y gnoc gafodd o i gefn ei ben, ond allai o ddim cofio dim byd ar ôl i Emmi... na, allai o ddim dioddef meddwl am y peth. Doedd dim modd i neb ei frifo'n waeth na hynny.

'Ni chaniateir poeri, mae gen i ofn, Ifan,' meddai Lutz. 'Mae ganddon ni safonau ymddygiad llym fan hyn. Ond mi gei di sgrechian, nerth dy ysgyfaint, oherwydd fydd neb yn dy glywed di. A dwi'n amau y byddi di'n sgrechian, oherwydd rwyt ti'n mynd i gael dy gosbi am dy holl bechodau... ac mae llawer iawn ohonyn nhw!' Chwarddodd Lutz yn uchel. 'O, maddeua i mi – mi anghofiais ofyn wnest ti fwynhau dy noson.'

Allai Ifan ddim dweud gair oherwydd y gwayw yn ei ben a'r chwd oedd yn bygwth codi i'w geg, ond mae'n debyg nad oedd Lutz yn disgwyl ateb.

'Nid gymaint â fi, mae'n siŵr,' aeth Lutz yn ei flaen yn hunanfodlon. 'Mae gan Emmi ddawn, yn does? Mae hi'n gwybod yn *union* sut i blesio... na, sut i *fodloni* dyn. Rwyt ti wedi bod yn elwa o'r ddawn honno ers blynyddoedd, a hynny ar gam. Ti wedi dwyn blynyddoedd efo Emmi oddi wrtha i, ac mae'n rhaid i ti dalu am hynny. Oes gen ti unrhyw beth i'w ddweud cyn i'r ddedfryd gael ei gweithredu?'

'Pa ddedfryd? Rhaid 'mod i wedi colli'r gwrandawiad...' meddai Ifan o'r diwedd.

Chwarddodd Lutz. 'O, mi fydd yn chwith i mi heb ein sgyrsiau bach difyr ni, Ifan. Lle o'n i? O ia, y ddedfryd. Dwi wedi dod i'r casgliad bod marwolaeth yn llawer rhy dda i ti. Ti'n haeddu dioddef, dwi'n meddwl, yn gorfforol ac yn feddyliol... ac, wrth gwrs, mae gen i ddyletswydd at ddynoliaeth i sicrhau na fydd modd i ti ddenu na halogi unrhyw ferch Aryaidd arall.'

'Be am y lleill?' holodd Ifan.

'Y lleill?'

'Fy ffrindiau, lembo. Be ti wedi'i wneud efo nhw?'

'Fy musnes i ydy hynny, ond mi wna i rannu un pwt bach o wybodaeth. Yr Iddew tew 'na, Grünbaum – neu Neifion? Am lysenw chwerthinllyd! Ta waeth, mae o'n cadw cwmni i'w fwtler ffroenuchel bellach, yn unol â'r ymadrodd Almaeneg hwnnw, "edrych i fyny ar y blodau",' meddai gan chwerthin. 'Mi fydd y ddau ochr yn ochr hyd dragwyddoldeb, a hynny yn fy ngardd newydd i. Gardd ardderchog, gyda llaw.'

Oedodd Lutz am ennyd, yn dal i chwarae efo'r morthwyl. 'Dwyt ti ddim yn siaradus iawn heno, Ifan. Wyt ti wedi llyncu dy dafod?'

'Chdi sy'n siarad gormod, y diawl,' ebychodd Ifan yn dawel. 'Gwna di be leci di a chau dy geg. Mae gen i gur pen.'

'Dwi'n edmygu dy ddewrder di, o ystyried dy sefyllfa bresennol. Ta waeth, yn ôl at y pwnc. Ro'n i'n meddwl y buaset ti wedi llongyfarch Emmi a finnau – dyna fyddai'r peth cwrtais i'w wneud. Mi fyddwn ni'n dau yn symud i mewn i'r plasty 'na ar ôl i ni briodi, ond mae 'na gryn dipyn o waith i'w wneud arno cyn hynny, wrth gwrs... cael gwared ar ambell nodwedd ddichwaeth, chwalu'r elfennau Iddewig.'

'Ti'n deud celwydd. Fuasai Emmi byth yn caniatáu i ti frifo Neif. Mae hi'n ei garu o.'

'Pwy sy'n dweud bod Emmi'n gwybod? Ond arno fo mae'r bai am hyn oll, felly roedd o'n haeddu talu â'i fywyd.'

'Am be ti'n sôn? Be wnaeth Neif i ti erioed?'

'Wel, heblaw amdano fo, fuaset ti ddim wedi dod i'r Almaen, na chyfarfod Emmi. Hynny wnaeth selio'i dynged o. Petai o wedi aros yn yr Unol Daleithiau, yn ddigon pell; petai o ddim wedi dod yn ôl i Berlin mewn ffordd mor anghyfleus, buasai popeth wedi bod yn iawn. Hiraeth Neifion sydd ar fai am bopeth!'

'Wrth gwrs,' meddai Ifan, 'rhywun arall sydd ar fai bob tro, byth chdi dy hun.'

Anwybyddodd Lutz eiriau Ifan, a pharhau.

'Cyn iddo fo farw, mi fu Neifion mor garedig ag arwyddo ambell ddarn o bapur i mi. Mae'n rhyfeddol pa mor werthfawr mae darn o bapur yn medru bod, tydi? O ganlyniad, fi sy'n berchen ar Ogof Neifion bellach, a hynny efo cymeradwyaeth y Führer ei hun, i gydnabod fy ngwaith rhagorol yn achos tân y Reichstag. Mi fydd yn rhaid i mi roi enw newydd ar y plasty, wrth gwrs. Unrhyw syniadau?'

'Dos i grafu.'

'O, Ifan, dwyt ti ddim yn helpu dy hun. Wyt ti wedi sylweddoli bellach mai fi fydd yn penderfynu faint fyddi di'n ddioddef cyn marw?'

'Ro'n i'n meddwl bod marwolaeth yn llawer rhy dda i mi.'

'W, mae o'n trio bod yn glyfar!'

'Ydy Emmi'n gwybod 'mod i yma?'

'O, does dim pwynt i ti feddwl am fy narpar wraig i mwyach, Ifan. Does dim taten o ots ganddi hi be fydd yn digwydd i ti.'

'Felly,' meddai Ifan, ar ôl oedi ennyd a sylweddoli bod angen tacteg wahanol arno, 'wyt ti am chwalu 'mysedd i efo'r morthwyl 'na?'

'Dyna syniad. Byddai hynny'n golygu bod yr holl flynyddoedd 'na dreuliaist ti'n perffeithio dy sgiliau canu'r piano wedi bod yn wastraff... ac yn chwalu dy fywoliaeth di. Syniad da eithriadol!'

'Mae fy nawn gerddorol i'n dod â phleser i lawer iawn o bobl – fuaset ti wir yn dinistrio hynny?'

'Mae hi wedi dod â loes i mi. Er, nid cymaint â'r ddawn arall honno sydd gen ti...'

'Pa ddawn arall?'

'Ti'n gwybod yn iawn...'

'O,' meddai Ifan wrth i'w lygaid ddisgyn ar y bat pêl-fas oedd yn pwyso'n erbyn drws y gell. Llifai'r ofn trwy ei wythiennau go iawn rŵan.

'Ai dyna ddiben y bat 'na? Dod â fy mywyd carwriaethol i ben?'

'Mae'n bechod, Ifan. Mi allen ni fod wedi dod yn ffrindiau da, heblaw am y noson 'na yn y coed.'

'Pa noson?'

'Llyn Wann... Heuldro'r Haf... flynyddoedd yn ôl.'

''Sgen i ddim syniad am be ti'n sôn.'

'O, ti'n cofio'n iawn. Sawl gwaith wyt ti ac Emmi wedi caru yn yr awyr agored... mewn coed?'

'Ond sut...?'

'Sut o'n i'n gwybod? Dim ond anlwc, mae gen i ofn... i ti ac i mi. Mi o'n i'n digwydd bod yno... yn y coed...'

'O...'

'Ro'n i'n gwybod bryd hynny, Ifan, bod angen dy stopio di.'

'Drycha,' meddai Ifan wrth geisio cuddio'r panig yn ei lais, 'be am i ti fy natglymu a gadael i mi fynd? A' i'n ôl i Gymru, ac anghofio am hyn i gyd, ac Emmi, dwi'n addo.'

'Na, Ifan. Y peth cyntaf fuaset ti'n ei wneud fyddai ceisio ennill Emmi yn ôl, a fedra i ddim caniatáu i hynny ddigwydd. Ond dwi ddim am dy frifo di, wir. Dwi'n berson diwylliedig. Dwi'n mynd i'r opera heno efo'r Führer, a'r Gauleiter a'i wraig. Opera gan Wagner, dwi'n meddwl. Na, dwi ddim yn mwynhau brifo pobl, o gwbl.'

Gollyngodd Ifan ochenaid o ryddhad.

'Ond,' aeth Lutz yn ei flaen, 'dwi'n nabod rhywun sydd wrth ei fodd yn achosi gymaint o boen â phosib i bobl.' Cleciodd Lutz ei fysedd. 'Fritz! Ty'd i mewn!'

Agorwyd drws y gell, a suddodd calon Ifan pan welodd yr olwg faleisus ar wyneb y llabwst heb drwyn.

'Bore da, Gymro,' meddai'r milwr yn siriol wrth iddo godi'r bat pêl-fas. 'Ti'n fy nghofio i, dwyt?'

'Wel, Ifan,' meddai Lutz, 'mae hi wedi bod yn hyfryd sgwrsio efo ti, ond mi wna i dy adael di yn nwylo galluog Milwr-SA Kramrisch rŵan. Mae'n debyg eich bod chi'n nabod eich gilydd yn barod. Mwynhewch!'

Rhoddodd y morthwyl i Fritz, gadael y gell a chau'r drws ar ei ôl.

RHAN 3

12 MLYNEDD YN DDIWEDDARACH

Pennod 42

Nos Fawrth, 1 Mai 1945

Das Schneidersche Haus, a elwid gynt yn Ogof Neifion, Gwladfa'r Plastai, Königsallee, Grunewald

Roedd yr haul wedi machlud awr ynghynt: y machlud olaf cyn i'r Rwsiaid gyrraedd. Dyna oedd y farn gyffredin ymysg y cymdogion, beth bynnag. Mi fuasen nhw wedi cyrraedd heddiw, siŵr o fod, oni bai ei bod yn Ŵyl y Gweithwyr. Gallai Emmi glywed sŵn mortarau'r Fyddin Goch yn dechrau tanio unwaith eto yn y pellter o gyfeiriad y dwyrain a chanol y ddinas. Llifodd arswyd drwyddi. Gwyddai o brofiad beth roedd milwyr goresgynnol yn gallu ei wneud, a doedd hi ddim am i Helga orfod gweld ei mam yn cael ei threisio gan haid o'r diawliaid, fel y bu'n rhaid i Emmi ei wneud yn 1918 pan oedd hi flwyddyn yn iau na Helga. Na, ffoi am eu bywydau oedd orau, ond roedd Emmi mewn cyfyng-gyngor. Yn ffodus, doedd Lutz ddim yn rhan o'r broblem mwyach ar ôl iddo fynd i ddaeardy Llys y Canghellor y bore hwnnw er mwyn 'marw'n arwrol' gyda'r seicopaths eraill: Adolf ac Eva, Joseph a Magda a'r lleill. Gwynt teg ar eu holau! Ond sut oedd hi'n mynd i smyglo'i mam, Florian, Jana ac Ursula heibio i warchodlu Lutz, oedd wedi bod yn cadw llygad barcud arnynt o fore gwyn tan nos bob dydd ers deuddeng mlynedd? Roedd Georg, mab Florian a Jana, wedi bod yn aelod balch o Ieuenctid Hitler, ac wedi'i anfon i ffwrdd i gael ei hyfforddi'n filwr cyffredin yn un ar bymtheg oed, felly doedd dim angen i Emmi boeni am gael hwnnw allan o'r fflat.

Wrth i Emmi gamu ar hyd y gegin fawr, fodern, canodd y ffôn.

'Schneider,' meddai'n reddfol.

Roedd hi'n casáu'r cyfenw a orfodwyd arni ddeuddeng mlynedd ynghynt bron gymaint â'r dyn a oedd yn berchen arno – dyn oedd wedi dinistrio'i bywyd a'i gorfodi i fyw fel caethwas. Ond o leiaf doedd hi ddim wedi bod yn gaethwas rhyw, diolch i anallu Lutz yn y maes hwnnw, er ei bod wedi gorfod cyflawni 'dyletswyddau' wythnosol annymunol, a oedd yn ddigon i godi cyfog arni, yn llythrennol, bob tro. Gobeithio bod y diawl wedi lladd ei hun bellach. Petai Emmi'n gallu profi'i fod o wedi marw, ni fyddai angen ysgariad arni. Byddai'n rhydd i newid ei chyfenw'n ôl i 'Schmidt' hefyd... ond sut yn y byd oedd profi tranc ei gŵr?

'Emmi!' ebychodd Maria Schmidt i lawr y ffôn. 'Diolch byth! Ti'n dal yna!'

'Be sy, Mam?'

'Mae o wedi mynd! Mae o wedi'i heglu hi!'

'Pwy?'

'Y gwarchodwr. Does neb y tu allan i'r drws ffrynt!'

'Go iawn?'

'Dwi newydd sbio – does dim golwg ohono fo!'

'Iawn. Ydy pawb yna... Florian, Jana ac Ursula?'

'Ydyn.'

'Paciwch fag bach bob un, a dewch yma. Mae'n rhaid i chi fod yma o fewn yr awr – wyt ti'n meddwl y gallwch chi wneud hynny?'

'Ydw, am wn i. Ond be wedyn?'

'Rhaid i ni ffoi heno, ceisio cyrraedd llinellau'r Cynghreiriaid, a sleifio heibio i luoedd y Fyddin Goch.'

'Mae hynna'n swnio'n beryglus...'

'Wyt ti'n cofio be ddigwyddodd ar ôl y rhyfel diwetha?'

'Mmm.'

'Wyt ti isio mynd trwy'r un peth eto pan fydd y milwyr Rwsiaidd yn cyrraedd Charlottenburg fory?'

'Nac'dw, ond...'

'Dyna ni, 'ta. Ty'd. Does dim eiliad i'w cholli.'

'Ond be am Lutz?'

'Paid â phoeni amdano fo. Mae o wedi marw bellach, gobeithio.'

'Wyt ti'n siŵr?'

'Na, ddim gant y cant, ond dydy o ddim yma rŵan, ac mae hynny'n rheswm arall i frysio... rhag ofn iddo ddod yn ôl. Felly, dwi'n disgwyl dy weld di a'r lleill o fewn awr, iawn?'

'Iawn.'

Wrth i Emmi roi'r derbynnydd yn ôl yn ei grud, synhwyrodd fod rhywun wedi dod i mewn i'r gegin y tu ôl iddi. Trodd rownd mewn panig, ond dim ond Helga oedd yno. Gollyngodd ochenaid o ryddhad.

Roedd Helga'n mynd yn fwy prydferth bob dydd. Gwenodd Emmi wrth gofio cymaint o gywilydd deimlodd Lutz pan wrthododd Emmi ddewis enw arall ar gyfer ei merch – doedd Lutz ddim am gael ei weld yn copïo Joseph a Magda Goebbels, oedd wedi enwi eu merch hynaf yn Helga ddim ond flwyddyn ynghynt.

'O, ti sy 'na, *Schätzchen*...'

'Pwy oedd ar y ffôn?' holodd Helga.

'Nain.'

'Be oedd hi isio?'

'Mae hi'n dod i'n gweld ni heno... mae pawb yn dod.'

'Pam?'

Doedd dim modd twyllo Helga. Roedd hi eisoes mor graff ac aeddfed – llawer aeddfetach na'i hoed a hithau ddim yn ddeuddeg tan ddechrau mis Hydref.

''Dan ni'n gadael heno.'

'Dianc?'

'Ia.'

'Be am Dad?'

'Dydy Dad ddim yn dod yn ôl. Mae... mae ganddo fo gyfarfodydd pwysig efo Gweinidog y Reich Goebbels a'r... a'r Führer.'

'Pam wyt ti'n deud celwydd wrtha i, Mam? Mae'r Führer wedi marw.'

'Be?'

'Maen nhw newydd gyhoeddi ar y radio ei fod o wedi marw wrth frwydro'n erbyn Bolsieficiaeth.'

'O...'

'Ydy Dad wedi marw hefyd?'

'Wn i ddim, *Schätzchen*.'

'Fuaset ti'n drist?'

'Dos i bacio ambell beth – rhaid i ni adael ymhen awr. Mi fyddai Dad am i ni fod yn saff.'

Heb air pellach, trodd Helga a gadael y gegin.

Dechreuodd Emmi feddwl. Beth i'w bacio, bwyd i'w cynnal ar y daith... a beth am gysgu? Oedd ganddyn nhw babell? Yn y garej efallai. Roedd hi'n oer o hyd, yn llawer oerach nag arfer a hithau'n fis Mai. Gwell iddi ddweud wrth Helga am wisgo'r gôt ddyffl gynnes roedd Emmi wedi'i phrynu iddi hi ddechrau'r gaeaf diwethaf.

Trodd Emmi rownd yn sydyn er mwyn gweiddi i fyny'r grisiau nerth ei hysgyfaint.

'Helg–'

Ond bu farw gweddill y gair yn ei gwddf. Roedd Lutz yn sefyll o'i blaen.

'O!'

'Paid ag edrych mor siomedig.'

'Pam wyt ti'n dal yn fyw?'

'Dydy hynna ddim yn neis iawn.'

'Wel, dwi wedi hen syrffedu ar chwarae rôl y wraig

gydwybodol. Dwi'n dy gasáu di, fel rwyt ti'n gwybod yn iawn. Ro'n i'n meddwl mai lladd dy hun oedd y cynllun, efo'r lleill yn y byncer 'na. Mae Helga newydd ddeud bod Hitler wedi gwneud y peth iawn, o'r diwedd. Pam na wnest ti?'

'Dwi newydd ladd Joseph a Magda, ar eu cais, yn y swyddfa yn Wilhelmplatz.'

'Sut wnest ti hynny? Eu diflasu nhw i farwolaeth efo un o dy straeon cyfareddol?'

'Efo hwn.'

Tynnodd Lutz ddryll llaw o boced ei gôt gabardîn SS ddu. Fferrodd gwaed Emmi.

'Mi oedden nhw newydd wenwyno'r plant,' eglurodd Lutz.

'Be, y chwech ohonyn nhw? Helga, Hilde, Helmut...'

'Pob un.'

'Ond pam?'

'Doedd Joseph ddim yn medru diodde'r syniad y byddai ei blant yn ei weld fel troseddwr rhyfel.'

'Pam? Dyna ydy o. Dyna be oedd o erioed. Ac mi oedd yn rhaid i'r plant druan farw dim ond oherwydd ei fod o mor sensitif?'

'Ein tro ni ydy hi rŵan,' meddai Lutz yn dawel. 'Rhaid i ni i gyd farw, y tri ohonon ni efo'n gilydd, cyn i'r Rwsiaid gyrraedd. Ble mae Helga?'

'O, na, na, na, Lutz, mae croeso i ti farw. Mi wna i dy helpu di, â chroeso. Ond mae Helga a finna yn dianc.'

'Be? Ti'n bwriadu mynd â'n merch ni i ffwrdd hebdda i?'

'O, dos i grafu, Lutz! Ti'n gwybod yn iawn o'r dechrau mai merch Ifan ydy Helga. 'Dan ni erioed wedi cael rhyw go iawn, y llipryn i ti! Neu wyt ti wedi anghofio hynny? Yr unig godiad gest ti erioed oedd yr un o flaen Ifan! Tybed ai fo oeddet ti'n ei ffansïo mewn gwirionedd? Ac mae Helga mor debyg i Ifan – does dim modd i ti, hyd yn oed, wadu hynny. Does 'run o dy enynnau di yn agos iddi, diolch byth. Na, dwyt ti ddim yn mynd i'n lladd ni. 'Dan ni'n mynd i Lundain... neu i Gymru... i ddod o hyd i Ifan. Mae o'n haeddu dod i nabod ei ferch, hyd yn oed os na fydd o'n maddau i mi.'

'Mi fuasai honno'n siwrnai seithug, mae gen i ofn,' meddai Lutz.

'Pam hynny?'

'Achos 'mod i wedi'i ladd o.'

Llifodd rhew trwy wythiennau Emmi.

'Pryd?'

'Mewn cell arteithio, chydig oriau ar ôl y swper olaf.'

'Na!' bloeddiodd Emmi. 'Ti'n deud celwydd! Oes gen ti unrhyw dystiolaeth?'

'Dwi'n cadw un o'i fysedd mewn bocs yn fy stydi i fyny'r grisiau, fel cofrodd. Wyt ti isio gweld?'

'Ti'n sâl yn dy ben, y bastard!' bloeddiodd Emmi. 'Mi ddwedaist ti dy fod di wedi gadael iddo fynd adre'n saff. Dyna wnest ti addo! Dyna oedd y fargen!'

'Mi oedd yn rhaid i mi ddweud hynny, Emmi. Do'n i ddim am gymryd y risg y byddet ti'n gwrthod fy mhriodi.'

'Doedd gen i ddim dewis ond dy briodi di!' gwaeddodd Emmi. 'Mi wnest ti fygwth llofruddio fy nheulu i gyd petawn i'n gwrthod!'

'Ta waeth,' aeth Lutz yn ei flaen. 'Dydy hynny ddim o bwys bellach. Ble mae Helga?'

'Dwyt ti ddim yn mynd i'w lladd hi. Mi fydd yn rhaid i ti fy lladd i gyntaf!'

'Iawn,' meddai Lutz wrth godi'i ddryll, 'os wyt ti'n mynnu. Wel... hwyl fawr, fy nghariad i.'

'Mi wela i di yn Uffern,' atebodd Emmi'n oeraidd wrth frwydro'n erbyn ei dagrau.

Caeodd ei llygaid a meddwl am Ifan, ei hunig gariad, ac am Helga, eu merch dlos: y ferch na fuasai Ifan byth yn ei chyfarfod.

Aeth eiliadau heibio.

Roedd hi ar fin agor ei llygaid pan glywodd ergyd fyddarol, a sŵn llestri'n torri y tu ôl iddi, ond ni theimlodd Emmi ddim byd ar wahân i'r canu yn ei chlustiau.

Agorodd ei llygaid a gweld Lutz yn gorwedd yn llonydd ar lawr y gegin. Roedd gwaed yn diferu o gornel ei geg.

Ac yno, y tu ôl iddo, safai Helga â chyllell gegin waedlyd yn ei llaw.

RHAN 4

45 O FLYNYDDOEDD YN DDIWEDDARACH

Pennod 43

Brynhawn Mawrth, 3 Gorffennaf 1990

Tauentzienstraße, Charlottenburg, Gorllewin Berlin, Gweriniaeth Ffederal yr Almaen

Eisteddai'r hen ddyn ar sedd gefn limwsîn wrth i'r cerbyd moethus yrru'n llyfn heibio i'r hyn oedd yn weddill o Eglwys Goffa Kaiser Wilhelm. Roedd o wedi bod yn ymwybodol nad oedd yr eglwys wedi'i hailadeiladu, a hynny er cof am erchyllterau'r Ail Ryfel Byd, ac roedd yn cytuno â'r penderfyniad hwnnw. Rhy hawdd oedd anghofio.

Doedd dim golwg o neuadd ddawnsio Königin a oedd wedi bod wrth ochr yr eglwys, ac roedd rhyw dŵr llwyd hyll wedi'i adeiladu yno. Sut gebyst gafodd hwnnw ganiatâd cynllunio?

Tybed a allai o gofio ble roedd Ristorante Aida, y bwyty lle roedd o wedi cael swper y noson hudol honno dreuliodd o gyda'i hanner brawd, heddwch i'w lwch... ac Emmi, wrth gwrs. Ar y Kurfürstenstraße, tybed? Mae'n debyg nad oedd yr adeilad wedi goroesi'r rhyfel. Edrychai popeth mor ddieithr, ond yn rhyfedd o gyfarwydd ar yr un pryd. Roedd y ceir yn wahanol wrth gwrs, a'r siopau, a dillad y bobl ar y strydoedd yn llawer blerach na'r hyn roedd pawb yn ei wisgo bryd hynny. Ond doedd natur wyllt y ddinas ddim wedi newid cymaint: yn wyllt fel ffair, yn gosmopolitaidd, yn chwyldroadol. Roedd mwy o goncrid nag yr oedd o'n ei gofio – fawr o syndod o ystyried yr holl fomio ar ddiwedd y rhyfel. Ond roedd y Kurfürstendamm yn ddeiliog o hyd, fel yn y dyddiau a fu, dros hanner canrif ynghynt.

Teimlai'r hen ddyn fel aelod o deulu brenhinol. Roedd gyrrwr wedi bod yn aros amdano ym maes awyr Tegel, yn dal arwydd gyda'i enw arno: *Mr I Llwyd*. Menyw gwrtais iawn, ac am gar! Rhaid bod y ddynes roedd ganddo apwyntiad i'w gweld am dri o'r gloch yn un gyfoethog iawn.

'Pryd oeddech chi yn Berlin ddiwethaf, Mr Llwyd?' holodd y ddynes y tu ôl i lyw'r limwsîn mewn Saesneg perffaith. Roedd hi, yn garedig iawn, yn mynd â fo am wibdaith o amgylch y ddinas ar y ffordd i'r cyfarfod.

'Yn y tridegau cynnar.'

'Waw!' ebychodd. 'Rhaid bod cryn dipyn wedi newid ers hynny.'

'Mae'n ymddangos felly.'

Newidiodd y goleuadau traffig i goch ychydig cyn iddyn nhw gyrraedd cyffordd y Kurfürstendamm â'r Uhlandstraße. Croesodd llwyth o gerddwyr y stryd lydan ar frys, i'r ddau gyfeiriad, drwy'i gilydd.

'Ga i ofyn,' holodd yr hen ddyn, 'sut bennaeth ydy Frau Borkenhagen? Ydy hi'n berson da i weithio iddi hi?'

'O, mae hi'n hyfryd,' atebodd y fenyw gyda chynhesrwydd diffuant yn ei llais. 'Mae hi'n ein trin ni i gyd fel aelodau o'i theulu. Dwi erioed wedi'i gweld hi'n colli'i thymer. Mae Frau Borkenhagen yn trin pawb yr un fath, o'r glanhäwr i aelodau'r Bwrdd.'

'Mae hi wedi cael tipyn o yrfa, yn ôl yr hyn dwi'n ddeall.'

'O, do! Frau Borkenhagen oedd y Prif Weithredwr benywaidd cyntaf ar gwmni fferyllol yn ardal Berlin-Brandenburg,' meddai hi'n falch, 'ond mae hi mor ddiymhongar. Mae'n ddrwg gen i, ond mi fydd raid i mi droi'n ôl cyn hir, neu mi fyddwn ni'n hwyr.'

'Wrth gwrs. Diolch i chi am fynd allan o'ch ffordd i mi.'

Gwibiodd y car yn ôl i gyfeiriad Eglwys Goffa Kaiser Wilhelm a chroesi afon Spree cyn troi i'r chwith i mewn i'r Hofjägerallee.

'Ai Colofn y Fuddugoliaeth ydy honna?' gofynnodd yr hen ddyn.

'Ia.'

'Ond roedd hi'n arfer bod o flaen y Reichstag.'

'Oedd, ond cafodd ei symud yn 1938 gan Hitler.'

'Ydy Porth Brandenburg y tu ôl i'r Wal o hyd?'

'Na – mae'r rhan fwyaf o'r Wal wedi'i dymchwel erbyn hyn, a'r Porth yn cael ei atgyweirio, felly does dim modd ei weld.'

Trodd y car mawr i mewn i Molltkestraße a chroesi afon Spree unwaith eto.

''Dan ni ar fin croesi'r ffin i mewn i'r Dwyrain,' meddai'r gyrrwr. 'Mae'n deimlad rhyfedd o hyd. Roedd y Wal yn rhywbeth ro'n i'n ei chymryd yn ganiataol drwy 'mywyd...'

'Ifanc ydach chi,' meddai'r hen ddyn. 'Dwi'n cofio'r cyfnod cyn ei bodolaeth hi.'

Stopiodd y car yn llyfn ger adeilad trawiadol o frics coch a phaneli stwco gwyn.

'Dyma ni.'

''Dan ni yma... yn barod?' holodd yr hen ddyn yn anghrediniol. 'Doedd dim ffin i'w chroesi?'

'Mae'r blychau rheoli i gyd wedi mynd. Mae'r Almaen wedi'i hailuno, i bob pwrpas. Y Wal oedd yr unig beth oedd yn ein cadw ni ar wahân yn y diwedd.'

'Diolch o galon i chi am ddod â fi yma, ac am y sgwrs ddifyr.'

'Mae'n bleser. Dyma Frau Borkenhagen rŵan.'

Gallai'r gyrrwr synhwyro nerfusrwydd yr hen ddyn, a oedd wedi bod yn adeiladu trwy gydol y daith o'r maes awyr.

'Danke, Gabi,' meddai Frau Borkenhagen drwy ffenest agored y car, 'das wäre alles für heute. Du darfst jetzt Feierabend machen.'

Dynes osgeiddig yng nghanol ei phumdegau, wedi'i gwisgo'n daclus, oedd pennaeth Gabi.

'Oh, danke vielmals, Frau Borkenhagen!'

Rhyfeddodd yr hen ddyn – roedd hi'n bennaeth hael iawn os oedd hi'n anfon ei staff adref am dri o'r gloch y pnawn.

Trodd y ddynes i edrych i mewn drwy ei ffenest agored yntau. Cipiwyd gwynt yr hen ddyn. Roedd ei hwyneb hi mor, mor gyfarwydd, meddyliodd; bron fel edrych yn y drych, ond ar fersiwn benywaidd, ac iau, ohono'i hun.

'Ifan?' holodd mewn llais llawn cynhesrwydd.

'Helga?'

Pennod 44

Y diwrnod cynt: yn gynnar, fore Llun, 2 Gorffennaf 1990

5a Rhodfa Bryn-y-Môr, Aberystwyth, Cymru

Â bysedd crynedig, dechreuodd Ifan Llwyd agor yr amlen felen welw. Ac yntau bron yn bedwar ugain oed, roedd o wedi mabwysiadau cyfenw ei dad gwaed a'i hanner brawd ers degawdau bellach.

Roedd o wedi gorfod eistedd i lawr i sadio'i hun ar ôl darganfod yr amlen ar fat y drws... amlen yr oedd ei harogl yn ei gludo'n ôl i'r gorffennol pell. Amlen ac arni ysgrifen daclus merch nad oedd o wedi'i gweld na chlywed gair ganddi hi ers pum deg saith o flynyddoedd, tri mis a dau ddeg wyth o ddyddiau – merch oedd wedi'i fradychu i'r eithaf. Merch oedd wedi chwalu'i fywyd, ond merch roedd o, er gwaethaf popeth, yn ei charu o hyd.

Roedd ei galon wedi llenwi â chyfuniad rhyfedd o gasineb, chwant a chyffro wrth ddarllen ei enw a'i gyfeiriad mewn inc glas golau ar yr amlen, a cheisiodd baratoi ei hun am ei chynnwys.

Ond nid papur melyn gwelw oedd yn yr amlen, ond papur gwyn. Ac nid llawysgrifen daclus Emmi Schmidt oedd ar y papur, ond llawysgrifen lawer llai taclus person arall: llawysgrifen mewn inc du. Roedd rhywbeth arall yn yr amlen hefyd: copi o erthygl bapur newydd, a dau lun.

Darllenodd Ifan y geiriau Almaeneg, heb anadlu bron, a'i galon yn curo'n wyllt.

Annwyl Ifan,

Sut mae dechrau llythyr fel hwn? Rydw i ofn defnyddio'r geiriau anghywir, felly dechreuaf yn blwmp ac yn blaen.

Fi ydy merch Emmi Schmidt. A bod yn fanwl gywir, eich merch chi ac Emmi Schmidt.

Mynnodd Mam ysgrifennu'r amlen a rhoi twtsh o'i phersawr arni, ond mae hi'n rhy sâl i ysgrifennu llythyr, gwaetha'r modd. Hefyd, mae hi'n credu mai ofer fyddai gofyn i chi am faddeuant, ond rydw i'n fwy pengaled, mae gen i ofn.

Rydych chi'n adnabod y llun ohonoch chi, Mam a'ch hanner brawd, mae'n debyg. Mae Mam yn dweud iddo gael ei dynnu ym mhalas dawnsio Barberina yn yr Hardenbergstraße ym mis Awst 1929, yn ystod ymweliad cyntaf Ieuan â Berlin. Gallaf weld y cariad diamod yn pefrio yn llygaid Mam wrth iddi edrych arnoch chi – dydw i erioed wedi'i gweld hi'n edrych ar neb yn yr un modd, a tydi ei chariad atoch ddim wedi pylu hyd heddiw.

Mae Mam yn dweud mai deunaw oed oeddech chi pan gafodd y llun ei dynnu, ac mae'r llun arall dwi'n ei roi efo'r llythyr hwn yn un ohona i, ar ddechrau 1952, pan oeddwn innau'n ddeunaw oed. Allwch chi weld y tebygrwydd trawiadol? Gobeithio y bydd hyn yn ddigon o dystiolaeth i'ch argyhoeddi mai chi ydy fy nhad i. Gwn fod rhywun wedi ceisio taflu amheuaeth ar hynny amser maith yn ôl, ond mae o wedi marw ers diwedd y Rhyfel. Chwalodd Lutz gynifer o fywydau, gan gynnwys eich bywyd chi, a bywyd Mam. Cymylwyd fy mywyd innau'n sylweddol ganddo hefyd, ac mae hynny'n ddweud cynnil. Ges i fy magu fel merch iddo, ond wna i byth gydnabod 'mod i wedi ei alw'n dad i mi. Roedd o'n llwfr ac yn gelwyddgi hyd at y diwedd. Ar y diwrnod y bu farw, honnodd ei fod wedi'ch lladd chi mewn cell arteithio ar 5 Mawrth 1933. Dyna mae'r ddwy ohonon ni wedi'i gredu ers hynny, tan yr wythnos ddiwethaf pan fu i mi daro, drwy hap a damwain, ar yr erthygl amgaeedig yn y *Western Mail* amdanoch chi a'r arddangosfa yn y Llyfrgell Genedlaethol yn Aberystwyth. Fyddwn i byth wedi dod o hyd i chi fel arall, a chithau wedi newid eich enw yn y cyfamser. Dywedodd Mam iddi ysgrifennu at Ieuan ym Mlaenau Ffestiniog yn syth ar ôl diwedd y Rhyfel, a sawl gwaith wedyn, i holi amdanoch, ond ni chafodd air yn ôl erioed. Wn i ddim sut, ond mi wnes i'ch adnabod chi yn y llun yn syth. Dangosais yr erthygl i Mam, a doedd dim modd i mi ei chysuro. Sylweddolodd eich bod wedi mabwysiadu cyfenw'ch tad gwaed, a gyda'r wybodaeth honno, talais ymholwr preifat i chwilio amdanoch chi.

Mae Mam wedi dweud popeth wrtha i, felly dwi'n credu 'mod i'n gwybod beth y mae angen ei egluro i chi. Digwyddiadau 4ydd Mawrth 1933, yn bennaf.

Roedd popeth a wnaeth Mam y diwrnod hwnnw dan orfodaeth – mae hi'n gobeithio eich bod wedi sylweddoli a chredu hynny. Aeth Mam i ffarwelio â Nain a'r lleill ar ôl cinio, a phan gyrhaeddodd fflat Nain roedd pawb wedi'u clymu wrth gadeiriau yn y lolfa: Nain, Anti Jana, Wncl Florian, Ursula a Georg. Roedd Lutz yno hefyd, yn eu bygwth â gwn. Roedd Mam mewn sefyllfa amhosib. Gobeithio'ch bod chi'n gallu gweld hynny. Dywedodd Lutz wrthi y bydden nhw i gyd yn cael eu harteithio a'u lladd petai hi ddim yn troi ei chefn arnoch chi a dweud ei bod yn ei garu o. Mi wnaeth o ei gorfodi i honni mai fo oedd fy nhad i. Doedd ganddi ddim dewis. Ond cytunodd i chwarae ei gêm erchyll ar yr amod bod Lutz yn addo eich rhyddhau chi'n ddianaf, a sicrhau y byddech chi'n cyrraedd Llundain yn saff. Dyna faint roedd hi'n eich caru. Wedyn, o fore tan nos, bob dydd am ddeuddeng mlynedd, gorchmynnodd y bastard fod milwyr yn cadw golwg ar Nain a gweddill y teulu, ar wahân i Mam a finnau, oedd yn gorfod byw efo fo. Roedd yn rhaid iddyn nhw i gyd fyw yn yr un fflat, a doedd dim modd i neb symud heb i'r diawl gael gwybod. Gwyddai pawb beth fyddai'n digwydd petai unrhyw un ohonyn nhw'n ceisio dianc. Cafodd Mam ei dinistrio ddwywaith felly: unwaith y noson y gorfodwyd hi i fradychu pawb, ac unwaith yn rhagor pan ddwedodd Lutz eich bod chi wedi marw. Ddaeth hi erioed dros y sioc honno.

Dwi'n deall nad ydych chi erioed wedi priodi. Na Mam chwaith, ar wahân i'r briodas ffug a gafodd ei gorfodi arni. Caethwas oedd hi, nid gwraig briod. Hyd yn oed fel plentyn, roeddwn i'n gwybod mai ffug oedd popeth efo'r diawl. Doedd dim lle i neb ond chi yn ei chalon.

Pan oeddwn yn un ar ddeg oed, dysgais mai chi oedd fy nhad gwaed. Felly, ers pedwar deg pump o flynyddoedd dwi'n ymwybodol fy mod yn hanner Cymraes. Dros y blynyddoedd dwi wedi ceisio dysgu popeth allwn i am Gymru, a byddwn i wedi rhoi cynnig ar ddysgu'r iaith hefyd petawn wedi gwybod y gallwn gael sgwrs â chi. Nid oes modd i mi ddisgrifio fy nheimladau wrth i mi ysgrifennu'r llythyr hwn.

Gyda chalon drom, mae'n rhaid i mi ddweud wrthoch chi fod Mam yn wael iawn. Mae canser arni, a does dim llawer o amser ar ôl. Dyddiau, o bosib. Felly, dwi'n crefu arnoch chi: dewch, os gwelwch yn dda, i'w gweld hi, a hynny gynted ag y gallwch chi. Byddai'n golygu'r byd i mi, ac iddi hithau.

Mae fy manylion cyswllt ar gefn y llythyr hwn. Ar ôl i chi ei ddarllen, ffoniwch fi'n syth – unrhyw awr o'r dydd neu'r nos. Gallaf wedyn drefnu tocyn awyren i chi ar fyrder, a stafell mewn gwesty.

Gan obeithio clywed eich llais,
Helga Borkenhagen

Pennod 45

Brynhawn Mawrth, 3 Gorffennaf 1990

Ysbyty Athrofaol Charité, Charitéplatz, Dwyrain Berlin, Gweriniaeth Ddemocrataidd yr Almaen

Gosododd Helga gwpan a soser o flaen Ifan.

'Felly... mi ddaethoch chi,' aeth Helga yn ei blaen. 'Do'n i ddim yn siŵr fuasech chi.'

'Wrth gwrs. Allwn i ddim bod wedi cadw draw ar ôl cael dy lythyr di. Er, mae gen i ofn i bethau fynd yn drech na fi.'

'Dwi'n deall hynny.'

'Mae gen ti swyddfa hyfryd, gyda llaw,' meddai Ifan, gan edrych o'i gwmpas.

'Nid fy swyddfa i ydy hi, mewn gwirionedd. Mae pencadlys fy nghwmni yng nghanol Gorllewin Berlin, ond mae gan IJ-Pharma a'r ysbyty brosiect ymchwil ar y cyd ers cwymp y Wal, felly 'dan ni'n rhannu adnoddau bellach.' Oedodd am ennyd i yfed ychydig o'i choffi. 'Mae'r ysbyty hwn wedi bod yn rhan annatod o fy mywyd i. Yma ges i 'ngeni.'

Daeth cwmwl dros wyneb Ifan.

'Ddrwg gen i,' meddai Helga yn dyner. 'Chi oedd i fod yma y diwrnod hwnnw efo Mam, yn hytrach na'r diawl 'na. Chi ddylai fod wedi fy siglo yn eich breichiau.'

Roedd dagrau'n cronni yn llygaid y ddau.

'Na,' meddai Helga'n benderfynol, 'rhaid i ni fod yn gryf, er mwyn Mam. Mi gawn ni ddigon o gyfle i ddod i nabod ein gilydd... mae ganddon ni'n dau flynyddoedd, gobeithio.'

Bu distawrwydd am sawl eiliad cyn i Helga ei dorri'n betrusgar.

'Mae'n ddrwg gen i ofyn hyn, a dwi'n gwybod y bydd yn swnio'n hunanol, ond wnaethoch chi feddwl amdana i erioed?'

'O, do, bob dydd! Ac am dy fam, er...' Cliriodd ei lwnc. 'Mi wnes i chwilio amdanat ti ac Emmi sawl gwaith. Ro'n i angen gwybod unwaith ac am byth beth oedd y gwir.'

'Ond?'

'Mi fethais i.'

'Ddwedodd Mam eich bod chi wedi dewis enwau.'

'Do: Helga neu Aled. Byddai unrhyw "Aled" yn yr Almaen wedi bod yn weddol hawdd i'w ddarganfod, ond oes gen ti unrhyw syniad faint o bobl o'r enw Helga sydd yn yr Almaen? Mae'r cyfenw Schmidt yr un mor ddrwg.'

Chwarddodd Helga. 'Fuaswn innau ddim wedi dod o hyd i chithau heb yr erthygl 'na.'

'Mae'n wyrth. Mae hyn i gyd yn wyrth.'

Nodiodd Helga ei phen yn araf.

'Felly,' meddai Ifan mewn llais crynedig, 'Emmi. Pryd ga i ei gweld hi? Ydy hi'n gwybod 'mod i yma? Ydy hi isio 'ngweld i?'

'Wrth gwrs ei bod hi isio'ch gweld chi!' atebodd Helga gan wenu.

'Sut mae hi?'

'Maen nhw'n rheoli'r boen efo morffin. Maen nhw'n gwbl arddechog fan hyn, a bod yn deg. Mae Mam yng ngwlad y tylwyth teg yn aml iawn, ond mae'n cael cyfnodau pan mae hi'n cofio popeth. Cysgu mae hi ar hyn o bryd, ond mae'r nyrsys wedi addo fy ffonio pan fydd hi'n deffro. Yn y cyfamser, mi gawn ni fwynhau cwmni'n gilydd.'

Gwenodd Ifan. 'Mae'n teimlo fel taswn i'n blentyn ar noswyl Nadolig...'

'Mi allen ni dreulio'r Nadolig efo'n gilydd eleni, hyd yn oed.'

'Mi fyswn i wrth fy modd.'

'Ga i ofyn...' meddai Helga wrth edrych ar ei ddwylo, 'fo wnaeth hynna i chi?'

'Lutz?'

Nodiodd Helga.

'Na. Roedd o'n rhy lwfr o lawer. Mi roddodd orchymyn i un o'r milwyr eraill wneud hyn ar ei ran. Rhyw labwst cas heb drwyn.'

'Fritz! Ro'n i'n arfer cael hunllefau amdano fo pan o'n i'n blentyn.'

'Dwi'n dal i'w cael nhw.'

Bu distawrwydd lletchwith am ychydig eiliadau.

'Ydyn nhw'n boenus?' gofynnodd Helga o'r diwedd. 'Eich bysedd chi?'

'Y rhai sydd ar ôl, ydyn... yn hynod o boenus.'

'Mi ofynna i i un o 'nghyd-weithwyr edrych arnyn nhw i chi. Ond yn y cyfamser, be ddigwyddodd i chi wedyn?'

'Mi ges i fy nanfon o'r wlad. Rhoddodd Fritz fi ar long yn Bremerhaven gan ddeud y byddai'n fy lladd i taswn i'n dod yn ôl. Mi honnodd fod yr heddlu'n chwilio amdana i am lofruddio rhyw Natsi – lol llwyr, wrth gwrs, i fy mrawychu i.'

'Ac wedyn?'

'Mi dreuliais i fisoedd mewn ysbyty yn Llundain. Nid fy mysedd yn unig roedd y diawl wedi'u chwalu, ond...'

'Be?'

'Mi fyddai'n well gen i beidio â deud.'

'O... mae'n ddrwg iawn gen i.'

'Doedd gen i fawr o ddewis ond byw fel mynach am weddill fy oes.'

'Y bastard!'

'Ond, yn ffodus, ro'n i'n nabod rhywun cyfoethog iawn yn Llundain, Americanwr ro'n i'n arfer canu'r piano yn un o'i glybiau o, a chynigiodd hwnnw dalu am fy nhriniaeth. Ray, un o gyfeillion Neif...'

'Neif druan,' meddai Helga yn fyfyriol. 'Wnes i erioed ei gyfarfod o, ond mae Mam wedi sôn cymaint amdano fo dros y blynyddoedd.'

'Roedd o'n dipyn o gymeriad. Ydy'r hyn ddwedodd Lutz yn wir – ei fod o wedi cael ei ladd yn ei blasty, Ogof Neifion?'

'Ydy, gwaetha'r modd. Mi ges i fy magu yn y plasty 'na, heb wybod dim am yr holl erchyllterau oedd yn gysylltiedig efo fo. Do'n i ddim wedi sylweddoli ar y pryd fod sawl agwedd o fy magwraeth yn gwbl, gwbl erchyll. Hilde Goebbels oedd fy ffrind gorau, neno'r Tad! Ond, yn raddol, dechreuodd y gwir ddiferu allan... fel crawn o glwyf wedi'i heintio. Roedd bron popeth yn annioddefol i Mam, yn enwedig y ffaith iddi orfod byw yno, a chael ei hatgoffa bob dydd o bopeth ddigwyddodd yno a'i rôl hi yn y cyfan. Wn i ddim sut mae hi'n dal yn ei hiawn bwyll.'

'Oes gen ti blant, Helga?'

'Na. Mi o'n i'n briod am sbel – sy'n egluro fy nghyfenw – ond wnaeth pethau ddim gweithio allan. Ers hynny dwi wedi canolbwyntio ar fy ngyrfa.'

'Ac mi wyt ti mor llwyddiannus. Dwi'n edrych ymlaen at gael clywed mwy am dy waith. Fy merch fach i...'

Llenwodd llygaid Helga â dagrau.

'Peidiwch,' meddai hi. 'Rhaid i ni fod yn gryf i Mam. Dim dagrau, iawn?'

Anadlodd Helga'n ddwfn mewn ymgais i lonyddu ei hun.

'Ar ôl i chi adael yr ysbyty,' holodd hi o'r diwedd, 'be wedyn?'

'Roedd dy fam a finnau wedi bwriadu symud i Gymru yn y pen draw, ond i Lundain yn y lle cyntaf. Roedd Ray wedi cynnig swyddi i ni... ond wrth gwrs, dwi erioed wedi canu'r piano ers hynny. Felly, mi oedd yn rhaid i mi ddefnyddio'r hyn oedd gen i, sef fy Almaeneg.'

'Be wnaethoch chi?'

'Ges i waith efo cwmni dodrefn yn Llundain, un oedd yn allforio nwyddau i'r Almaen ac Awstria. Ond pan dorrodd y rhyfel allan... wel, do'n i ddim yn medru ymladd, wrth reswm, felly mi weithiais i fel cyfieithydd yn y lluoedd arfog. Gwaith caled ond diddorol, a chyffrous weithiau. Ar ôl y rhyfel, mi benderfynais ddod yn ôl i Gymru, a gwneud cais am swydd yn Aberystwyth. Dwi wedi byw yn y dref ers hynny.'

'Aethoch chi erioed yn ôl i Flaenau Ffestiniog?'

'Do... unwaith, flynyddoedd maith yn ôl, ond allwn i ddim aros. Gormod o atgofion drwg, a do'n i ddim yn teimlo 'mod i'n perthyn. Ond erbyn hyn, er nad ydw i'n nabod neb yno, dwi'n colli'r dref. Mi hoffwn i symud yn ôl, ond dwi'n rhy hen bellach.'

'Ond be am Ieuan, eich hanner brawd chi? Mae Mam wedi sôn cymaint amdano fo.'

'Mi gafodd o'i ladd yn y Rhyfel. Mae'n siŵr y byddai wedi ateb llythyrau dy fam fel arall. Ella na fyswn i wedi goroesi chwaith, oni bai am fy mysedd.'

'Peidiwch â deud bod Lutz wedi gwneud cymwynas â chi!'

'Na, fyswn i ddim yn deud hynna, Helga... byth. Ond ga i dy holi di rŵan?'

'Cewch, wrth gwrs.'

'Be ddigwyddodd i'r lleill, y cerddorion eraill?'

'Mi ofynnodd Mam yr un cwestiwn i'r diawl dro ar ôl tro. Cafodd Mam ei gorfodi i wneud dewis amhosib. Mi ddewisodd hi achub ei theulu gwaed, ond roedd y band yn deulu iddi hefyd. Roedd hi'n caru pob un ohonyn nhw'n fwy nag Wncl Florian, mi alla i ddeud hynny wrthoch chi i sicrwydd!'

Chwarddodd Ifan. 'Wel, do'n i ddim mor hoff â hynny ohono fo chwaith. Doedd o ddim yn meddwl 'mod i'n ddigon da i'w chwaer.'

'Doedd Wncl Florian ddim yn hoffi neb! Ond i ddod yn ôl at y lleill... wn i ddim, gwaetha'r modd. Gwrthododd Lutz ddatgelu'r gwir, ond 'dan ni'n eitha siŵr iddyn nhw i gyd gael eu lladd yn fuan iawn ar ôl y swper olaf hwnnw. Yn ôl Mam roedden nhw i gyd mor dalentog, yn enwedig y trwmpedwr... Art?'

'Ia, Art. Roedd o mor ddawnus, mae'n debyg y bysa fo wedi dod yn enwog iawn petai o wedi goroesi a chyrraedd yr Unol Daleithiau. Ond chlywais i ddim amdano fo wedyn, na 'run o'r lleill chwaith,' meddai Ifan yn drist.

'Mi wnaeth un oroesi – Yulia, y clarinetydd – ond does gen i ddim clem sut.'

'Sut gwyddost ti hynny?'

'Mi wnaeth Mam a finna daro arni unwaith, ar hap. Hi a'i merch...'

'Ludmilla,' cadarnhaodd Ifan. 'Mae hi flwyddyn yn hŷn na chdi.'

'Oeddech chi'n ei nabod hi?'

'Dim ond fel babi bach. Ro'n i yn yr ysbyty hwn pan anwyd hi. Mi oedd dy fam yno hefyd... a Dietmar. Doedd dim sôn amdano fo?'

Ysgydwodd Helga'i phen yn drist. 'Roedd y cyfarfyddiad mor anghyfforddus gan fod awyrgylch gwbl wenwynig rhwng Yulia a Mam. Mi geisiodd Mam egluro be wnaeth Lutz iddi, a'i fod wedi bygwth ei theulu, ond doedd gan Yulia ddim diddordeb na chydymdeimlad. Wna i fyth anghofio'i geiriau hi – mor oeraidd, mor derfynol. *Wir waren deine Familie.* Ni oedd dy deulu di. Mi gerddodd Yulia ymaith wedyn, a dyna ni.'

'Mae hynna'n swnio'n union fel Yulia, rhaid deud. Doedd hi'n gwneud dim ar chwarae bach,' meddai Ifan. 'Ga i ofyn un cwestiwn olaf, am y tro, beth bynnag?'

'Wrth gwrs,' atebodd Helga gan wenu.

'Wyt ti'n gwybod unrhyw beth am y recordiadau? Dyna pam arhoson ni yn Berlin cyhyd – i recordio popeth fel band cyn i ni adael yr Almaen. Mi oedd ganddon ni gerddoriaeth newydd... cerddoriaeth arbennig. Erbyn meddwl, mi wnaethon ni greu

Cool Jazz ugain mlynedd cyn i Miles Davis a'r lleill gael y clod am wneud hynny. Mi oedd yr Asphalt Hustlers mor, mor dda, mor... unigryw. Roedd dy fam yn gantores wych, wrth gwrs, ond roedd pawb arall o'r un safon hefyd. Am wastraff.'

'Wn i ddim sut i ddeud hyn wrthoch chi, ond...'

'Does dim rhaid i ti ddeud. Mi aeth Lutz ati i ddinistrio pob un o'r recordiau meistr...'

'Wel...' dechreuodd Helga, ond wnaeth hi ddim gorffen y frawddeg gan i'r ffôn ar ei desg ddechrau canu. Cipiodd y derbynnydd o'i grud.

'Ia... dwi'n dallt, Klaas, diolch,' meddai. 'Mi ddown ni'n syth.'

Roedd Ifan yn poeni ei fod am gael trawiad wrth iddo sefyll ochr yn ochr â'i ferch yn y lifft hen ffasiwn, gan fod ei galon yn curo'n beryglus o wyllt. Yn ddisymwth, llifodd atgof drosto o sefyll mewn lifft tebyg gyda Neifion dros chwe degawd ynghynt, ar y ffordd i gael ei glyweliad i fod yn bianydd yr Asphalt Hustlers, eiliadau cyn iddo gyfarfod Emmi am y tro cyntaf.

Pan gyrhaeddon nhw ddrws yr ystafell berthnasol, trodd Helga ato.

'Arhoswch yma am funud. A' i i mewn gynta, i wneud yn siŵr fod popeth yn iawn.'

'Wrth gwrs.'

'Mam?' holodd Helga'n dawel wrth erchwyn y gwely. 'Ydw i wedi dy ddeffro di?'

'Naddo, *Schätzchen*,' atebodd Emmi, oedd yn eistedd yn y gwely â'i llygaid ar gau. 'Dwi wedi bod yn effro am sbel... yn mwynhau'r hwb diweddaraf o forffin. Mae'r boen wedi cilio, am y tro, felly mi fedra i feddwl yn glir.' Gwasgodd law ei merch.

'Gwranda,' meddai Helga, 'mae gen i rywun fan hyn sy'n awyddus iawn i dy weld di...'

'Na!' ebychodd Emmi yn dawel. 'Dim... Ifan? Na.' Gwelodd

y wên yn lledu ar wyneb ei merch. 'Ydy Ifan yma... go iawn?'

Nodiodd Helga ei phen.

'O,' meddai Emmi'n ffwndrus, 'ond dwi'n edrych yn ofnadwy.'

'Paid â bod yn wirion, Mam. Fedret ti ddim edrych yn ofnadwy, hyd yn oed yn y fan yma. Ond mi alla i ofyn iddo fynd, os mai dyna wyt ti isio?'

'Na! Nage siŵr!'

Agorodd Helga'r drws ac amneidio ar Ifan i ddod i mewn.

Wrth i Ifan droedio'n betrus i'r ystafell, rhoddodd Emmi'i llaw dros ei cheg. Llenwodd ei llygaid â dagrau.

'Ifan?' gofynnodd yn dawel gan wylo'n fud. 'Ti wedi dod...'

'Pnawn da, Emmi,' meddai yntau mor bwyllog ag y gallai, er bod ei galon yn rasio.

'Ydy hyn yn golygu dy fod di... dy fod di wedi maddau i mi?'

'Does dim byd i'w faddau,' meddai Ifan gan wenu, a'r dagrau'n cronni yn ei lygaid yntau'n ogystal.

'O, Ifan...'

Allai Emmi ddim dweud mwy oherwydd llif ei dagrau. Estynnodd Helga hances bapur i'w mam, a cheisio'i chysuro.

'Reit,' meddai Helga'n uchel, 'dwi'n mynd i adael i'r ddau ohonoch chi siarad... iawn?'

Nodiodd Emmi ei phen.

Ciledrychodd Helga ac Ifan ar ei gilydd am ennyd fer, a gwasgodd Helga ei law'n ofalus wrth godi oddi ar y gwely. Gwnaeth y cyffyrddiad bach i ddagrau Ifan ddechrau llifo go iawn.

A hwythau ar eu pennau'u hunain yn yr ystafell bellach, ni ddywedodd 'run o'r ddau air am sbel, dim ond syllu ar ei gilydd. Emmi dorrodd y distawrwydd o'r diwedd.

'Drycha ar y ddau ohonon ni,' meddai, gan wenu trwy'i dagrau.

'Dwi'n gwybod.'

'O, alla i ddim disgrifio pa mor fendigedig ydy dy weld di, Ifan... a chlywed dy lais... o'r diwedd. Ac mae dy Almaeneg di'n wych o hyd.'

'A tithau mor hardd ag erioed,' meddai Ifan, dan deimlad.

'Celwyddgi!'

Chwarddodd y ddau.

'Mae 'ngwallt coch i'n dod o botel erbyn hyn,' meddai Emmi'n ddireidus, 'ond mae dy wallt gwyn di'n gweddu i ti i'r dim. Ti'n edrych... wel, yn arbennig.'

'Gobeithio 'mod i, i ti.'

'Bob amser.'

'Sut wyt ti?'

'Paid â gofyn cwestiynau dwl,' atebodd Emmi gan wenu'n gam. 'Dwi wedi gorfod aros yn rhy hir am gusan.'

Aeth Ifan yn nes ati, gan eistedd ar ymyl y gwely a phwyso drosti'n ofalus.

'Na,' meddai Emmi wrth symud ei hun i lawr a rhoi'i phen ar y gobennydd, 'dwi isio i ti orwedd ar y gwely efo fi... wrth fy ymyl i.'

Ufuddhaodd Ifan, gan deimlo'n anghyfforddus am beidio â thynnu'i esgidiau. Edrychodd i fyw llygaid Emmi, a digwyddodd rhywbeth hudol. Nid hen ddynes oedd hi mwyach, a doedd yntau ddim yn hen ddyn chwaith, rŵan ei fod mor agos ati, yn arogli'i phersawr. Roedd o'n ddeunaw oed eto, a hithau'n un ar hugain – y ferch harddaf iddo'i gweld erioed. Heb oedi mwy, cusanodd y llanc y ferch yn llawn ar ei cheg nes iddi roi ochenaid fach werthfawrogol, a llithrodd ei dafod rhwng ei gwefusau.

Torrodd yr argae.

Roedd Emmi'n ei gusanu'n ôl yn angerddol ac yn rhedeg ei bysedd trwy'i wallt trwchus fel roedd hi'n arfer ei wneud. Cusan hir, lawn emosiwn amrwd, a'r ddau'n anadlu'n drwm wrth iddyn nhw geisio gwneud iawn am dros hanner canrif o gusanau coll. Pan dynnodd Ifan yn ôl, roedd y ddau yn fyr eu gwynt.

'O,' meddai Emmi, wrth ddal i edrych i fyw ei lygaid, 'dwi wedi colli hyn gymaint. Dwi wedi dy golli di gymaint. Does neb yn cusanu fel chdi, Ifan, ond...'

'Be?'

'Am wastraff,' meddai'n dawel. 'Meddylia am yr holl garu y gwnaethon ni golli allan arno... yr holl ddegawdau...'

'Paid,' atebodd Ifan yn drist. 'Mae hynny'n torri 'nghalon i.'

'Be ti'n feddwl o'n Helga ni?' gofynnodd Emmi. 'Yn tydi hi'n glyfar, ac mor dlws? Tydi hynny fawr o syndod, a hithau mor debyg i ti. Rhaid dy fod di'n gwybod bellach mai dy ferch di ydy hi.'

'Wrth gwrs,' sibrydodd Ifan, 'mae Helga wedi egluro popeth i mi. Paid â phoeni am ddim byd. Dwi'n dallt pam y gwnest ti'r hyn wnest ti, ac yn dallt nad oedd gen ti ddewis. Mi fyswn i wedi gwneud yr un peth, yn dy sgidiau di. Doedd dim bai arnat ti.'

Roedd Emmi yn wylo nes bron â thorri'i chalon ar ei ysgwydd bellach, dagrau o ryddhad a thristwch melys. Cydiodd yn llaw Ifan, ond yn lle cysur, cafodd fraw.

'O, Ifan! Dy fysedd hyfryd di!' Agorodd ei llygaid yn fawr wrth sylweddoli. 'Lutz?'

'Ia... wel, un o'i filwyr.'

'Be wnaeth o i ti i gyd?'

'Ti ddim isio gwybod.'

Daeth hynny â hyd yn oed mwy o ddagrau i lygaid Emmi.

'Ro'n i'n meddwl ei fod o wedi dy ladd di... dyna ddwedodd o ar ddiwedd y rhyfel.'

'Mi wn i. Mae Helga wedi deud y cwbl wrtha i.'

'Mi allai o fod wedi deud y gwir wrtha i cyn iddo fo farw... ro'n i'n haeddu hynny ar ôl popeth wnaeth o i mi – i ni – ond hyd yn oed yn y diwedd, doedd o ddim yn medru godde'r syniad ohonat ti a fi... y bastard! Mi fuasen ni wedi medru bod mor, mor hapus efo'n gilydd byth ers hynny! Dwi'n ei gasáu o rŵan yn fwy nag erioed!'

Yn sydyn, gwingodd Emmi mewn poen.

'Sshh,' meddai Ifan wrth ei chofleidio'n dyner. 'Dwi yma... a dwi'n mynd i aros efo chdi, am byth.'

'Dwi'n dy garu di, Ifan.'

Gwenodd yntau a sychu'i bochau gwlyb gyda chefn ei law.

'Mi o'n i'n meddwl na chawn ni ddeud hynny wrth ein gilydd,' atebodd yn dawel, gan wenu'n gam.

'Merch ddi-glem ddwedodd hynny.'

'Merch dwi wedi'i charu ers yr eiliad i ni gwrdd, yn fwy na dim arall. Dwi erioed wedi stopio dy garu di, Emmi.'

'Na finna tithau. Rhaid dy fod di'n gwybod hynny bellach.'

Tarfwyd ar eu coflaid gan gnoc ar y drws, a daeth Helga i mewn heb aros am ateb.

'O, ddrwg iawn gen i darfu arnoch chi... ydych chi isio i mi'ch gadael chi am sbel eto?'

Gan chwerthin, symudodd Ifan yn ôl i ochr y gwely, a chododd Emmi ar ei heistedd.

Am y tro cyntaf, disgynnodd llygaid Ifan ar rywbeth cyfarwydd iawn yng nghornel yr ystafell.

'Ai dy hen gramoffon HMV di ydy hwnna, Emmi?'

'Ia!' atebodd, yn llawn cyffro. Trodd Emmi at ei merch. '*Schätzchen*, ydy'r record gen ti?'

'Y record?' holodd Helga.

Nodiodd Emmi'i phen yn gynhyrfus.

'Wrth gwrs.'

'Caea dy lygaid, Ifan,' meddai Emmi. 'Wnei di ddim credu hyn!'

Ufuddhaodd Ifan, ac o fewn hanner munud clywodd nodau ei biano'i hun, bas dwbl Brad a brwshys Elias. Gwrandawodd arno'i hun ac Emmi'n canu serenâd i'w gilydd, gan drysori pob nodyn.

Ers i mi dy nabod di
Llenwir pob awr â thywydd teg
Tywynna'r haul a llunnir cerddi
Â phob gair ddaw o nef dy geg

Ers i mi dy nabod di
Mae'r nos yn wledd sy'n blasu'n well
Mae gan dy lygaid fodd i adeni'r
Sêr ym mhob ffurfafen bell

Paid â phoeni:
Clywaf i dy galon,
llawn daioni,
cariad triw a llon.
Ti sy piau'r ddawn i adeni,
deol pob un loes o'r fron.

Ers i mi dy nabod di
Mi wn na ddaw'r hin ddrwg yn ôl
Ein dyfodol sydd i'w gyfansoddi
A llun ohonom, gôl yng nghôl

Ers i mi dy nabod di
Gwaredaist bob un dydd o loes
Creaist frig lle caf gyhoeddi:
'Rhof fy llw i ti am oes'

Paid â phoeni:
Clywaf i dy galon,
llawn daioni,
cariad triw a llon.
Ti sy piau'r ddawn i adeni,
deol pob un loes o'r fron.

NODIADAU HANESYDDOL

Mae'r nofel hon yn seiliedig ar neu'n gysylltiedig â'r digwyddiadau hanesyddol canlynol, ond mae'r cymeriadau, ac eithrio'r ffigyrau hanesyddol a enwir, a'r stori yn ffrwyth dychymyg yr awdur.

Rhestr o ddigwyddiadau hanesyddol, perthnasol

12 Ebrill 1861: *dechrau Rhyfel Cartref America*. Roedd yn rhyfel cartref rhwng yr Unol Daleithiau (y 'Gogledd') a'r Taleithiau Cydffederal (y 'De'), a oedd wedi ymwahanu oddi wrth weddill yr Unol Daleithiau yn dilyn degawdau o ddadleuon ynghylch caethwasiaeth.

26 Mai 1865: *diwedd Rhyfel Cartref America*. Dechreuodd cyfnod yr Ailymgorfforiad ac ymdrechion llywodraeth yr Unol Daleithiau i atgyfannu'r 11 o daleithiau a oedd wedi bod yn Daleithiau Cydffederal.

6 Rhagfyr 1865: *diddymu caethwasiaeth yn yr Unol Daleithiau*. Cafodd Trydydd Gwelliant ar Ddeg i Gyfansoddiad yr Unol Daleithiau ei gadarnhau. Erbyn diwedd yr Ailymgorfforiad, roedd llawer o Americanwyr Affricanaidd (a fu'n gaethweision ynghynt) yn llenwi swyddi cyhoeddus ac yn pleidleisio mewn etholiadau.

24 Rhagfyr 1865: *sefydlu'r Ku Klux Klan yn yr Unol Daleithiau*. Roedd yn gyfundrefn dreisgar wedi'i sefydlu gan gyn-filwyr o'r Taleithiau Cydffederal, ac roedd ei hamcanion yn cynnwys gwrthwynebu polisïau'r Ailymgorfforiad a ffrwyno Americanwyr Affricanaidd.

18 Ionawr 1871: *uno tywysogaethau a theyrnasoedd yr Almaen.* Cafodd yr enw 'Ymerodraeth yr Almaen' ei fabwysiadu'n gyfansoddiadol.

2 Mawrth 1877: *diwedd cyfnod yr Ailymgorfforiad yn yr Unol Daleithiau.* Adenillodd 'Gwaredwyr' gwynion rym gwleidyddol yn y taleithiau deheuol a dechrau ceisio gwrthdroi'r buddion roedd yr Americanwyr Affricanaidd wedi'u hennill yn ystod cyfnod yr Ailymgorfforiad. Defnyddiodd grwpiau goruchafiaethol gwyn fel y Ku Klux Klan drais, bygythio a therfysg i atal cyfranogiad gwleidyddol gan Americanwyr Affricanaidd ac i fynnu hierarchaeth hiliol. Dechreuodd taleithiau deheuol yr Unol Daleithiau fabwysidau deddfau er mwyn gweithredu arwahanu hiliol mewn mannau cyhoeddus, ysgolion, trafnidiaeth, ayyb. Cafodd y deddfau hynny eu galw'n Ddeddfau Jim Crow (ar ôl gwawdlun hiliol o ddyn Du mewn sioe *minstrel*).

18 Mai 1896: *dyfarniad Goruchaf Lys yr Unol Daleithiau yn achos Plessy v Ferguson.* Cadarnhaodd y llys fod gwahanu hiliol yn gyfansoddiadol ar yr amod bod cyfleusterau ar wahân yn 'gyfartal' (gan anwybyddu tystiolaeth bod y cyfleusterau ar gyfer pobl Ddu yn israddol). Byddai'r dyfarniad hwnnw'n llywio'r gydberthynas hiliol yn yr Unol Daleithiau am y 60 mlynedd nesaf.

28 Gorffennaf 1914: *dechrau'r Rhyfel Byd Cyntaf.* Roedd yn wrthdaro byd-eang rhwng dwy glymblaid: y Cynghreiriaid (sef clymblaid wedi'i harwain gan Ffrainc, Prydain, Rwsia, yr Unol Daleithiau, yr Eidal a Siapan) a'r Galluoedd Canol (sef Ymerodraeth yr Almaen, Awstria-Hwngari, yr Ymerodraeth Otomanaidd a Bwlgaria).

4 Rhagfyr 1915: *ailsefydlu'r Ku Klux Klan yn yr Unol Daleithiau.* Ar ei newydd wedd, byddai'r KKK yn targedu carfanau y tu hwnt i'r Americanwyr Affricanaidd, fel Pabyddion, pobl Iddewig a mewnfudwyr eraill. Roedd gan y gyfundrefn filiynau o aelodau yn yr Unol Daleithiau erbyn canol y 1920au.

17 Awst 1917: *rhyddhau 'Tiger Rag' gan yr Original Dixieland Jass Band yn yr Unol Daleithiau.* Gellir dadlau mai dyna oedd y recordiad jazz amlwg cyntaf. Roedd yn fand gwyn a allai fod wedi rhoi'r argraff mai cerddorion gwynion a oedd wedi creu jazz. Yn ogystal, mynnodd y cerddor gwyn, Nick LaRocca, mai ef oedd wedi cyfansoddi'r gerddoriaeth. Y gwirionedd yw, fodd bynnag, fod llawer o gerddorion Du wedi creu jazz ymhell cyn y recordiad hwnnw: er enghraifft, Buddy Bolden, Freddie Keppard, Jelly Roll Morton, King Oliver a Sidney Bechet. Hefyd, roedd hi wedi dod yn gân safonol yn New Orleans cyn iddi gael ei recordio dan y teitl 'Tiger Rag'. Nid dyna'r tro olaf y byddai cerddorion gwyn yn ceisio meddiannu jazz.

9 Tachwedd 1918: *genedigaeth Gweriniaeth Weimar.* Ildiodd Caiser Wilhelm II orsedd yr Almaen, gyda'r wlad ar drothwy anhrefn, rhyfel cartref a chwyldro. Trosglwyddwyd grym i lywodraeth wedi'i harwain gan y Rhyddfrydwr Cymdeithasol, Friedrich Ebert.

11 Tachwedd 1918: *Dydd y Cadoediad.* Arwyddwyd cytundeb cadoediad gan yr Almaen a'r Cynghreiriaid (Ffrainc, Rwsia, Prydain, yr Eidal, Siapan a'r Unol Daleithiau).

30 Rhagfyr 1918: *sefydlu Plaid Gomiwnyddol yr Almaen.* Amcan y blaid oedd sefydlu gweriniaeth sofietaidd yn yr Almaen. Hyd at 1925, roedd agwedd ac ymddygiad y blaid yn gymharol gymedrol, ond wedyn aeth yn gwbl Stalinaidd. O 1928 ymlaen, cafodd ei rheoli a'i hariannu i raddau helaeth gan Blaid Gomiwnyddol yr Undeb Sofietaidd yn Moscow. Ystyriai Plaid Gomiwnyddol yr Almaen holl bleidiau gwleidyddol eraill yr Almaen yn rhai 'Ffasgaidd cymdeithasol'.

1918–1923: *blynyddoedd llymion Gweriniaeth Weimar.* Roedd y Weriniaeth newydd yng nghanol peryglon a phroblemau yn y blynyddoedd cynnar, megis tlodi enbyd, gorchwyddiant, eithafiaeth wleidyddol ac arwahanrwydd rhyngwladol.

28 Mehefin 1919: *diwedd swyddogol y Rhyfel Byd Cyntaf.* Arwyddwyd Cytundeb Versailles, a chanddo amodau llym iawn o safbwynt yr Almaen, gan gynnwys taliadau iawndal llyffetheiriol – roedd yn rhaid i'r Almaen wneud taliadau iawndal (sef tua 31.5 biliwn o ddoleri) i'r Cynghreiriaid am y niwed a gafodd ei achosi gan y Rhyfel Byd Cyntaf.

17 Ionawr 1920: *mabwysiadu'r Gwahardd yn yr Unol Daleithiau.* Cafodd cynhyrchu, gwerthu a chludo diodydd alcoholaidd eu gwahardd o ganlyniad i ddegawdau o weithredu gan garfanau dirwestol yr oedd llawer ohonynt yn cysylltu alcohol â diwylliannau mewnfudwyr, ac yn rhoi'r bai arno am broblemau cymdeithasol. Y Rhyfel Byd Cyntaf a gynyddodd y galw am y Gwahardd, yn rhannol oherwydd bod llawer o Americanwyr yn cysylltu cwrw a gwirod gyda mewnfudwyr o'r Almaen a oedd yn cael eu diawleiddio yn sgil teimladau gwrth-Almaenig.

24 Chwefror 1920: *sefydlu'r NSDAP, sef y Blaid Natsïaidd, yn yr Almaen.* Meginwyd esgyniad y Natsïaid gan y teimladau cryfion o gywilydd a dicter a gafodd eu hachosi gan amodau llym Cytundeb Versailles. Byddai hynny (ymysg pethau eraill) yn arwain at yr Ail Ryfel Byd o fewn ugain mlynedd. Yn amlwg, roedd y blaid yn un asgell dde eithafol, ac roedd llawer iawn o'i haelodau'n wrth-Semitaidd o'r cychwyn cyntaf. Wedi dweud hynny, ar y dechrau, roedd hi'n blaid wrth-fusnes, wrthddosbarth-canol a gwrth-gyfalafiaeth yn y bôn. Erbyn y 1930au, fodd bynnag, roedd y pwyslais wedi newid, a hithau bellach yn blaid wrth-Semitaidd a gwrth-Farcsaidd yn bennaf. Cyn y Dirwasgiad Mawr, a achoswyd gan Gwymp Wall Street (gweler isod) ac a waethygodd safonau byw i'r fath raddau fel y byddai Almaenwyr cymedrol yn cael eu gyrru i eithafiaeth wleidyddol, nid oedd y blaid wedi llwyddo i gywain llawer iawn o gefnogaeth gan bobl yr Almaen.

5 Hydref 1921: *sefydlu'r Sturmabteilung (SA) (Adran Ymosod y Blaid Natsïaidd) yn yr Almaen*. Hon oedd asgell barafilwrol wreiddiol y Blaid Natsïaidd ac fe chwaraeodd ran sylweddol yn ymddyrchafiad Hitler. Byddai ei pharafilwyr yn ymosod ar unedau parafilwrol y gwrthbleidiau, ac yn enwedig y Rotfrontkämpferbund (gweler isod). Erbyn y 1920au hwyr, bydden nhw'n ymysod ar bobl Iddewig a'u heiddo hefyd.

24 Mehefin 1922: *llofruddiad Walther Rathenau, Gweinidog Tramor yr Almaen*. Roedd Rathenau yn ddyn Iddewig ac yn symbol o Weriniaeth Weimar. Yn rhannol oherwydd iddo fynnu bod yn rhaid i'r Almaen gydymffurfio â'i hymrwymiadau dan Gytundeb Versailles, cafodd ei gyhuddo gan rai o fod yn rhan o gynllwyn rhwng pobl Iddewig a'r Comiwnyddion. Ar ôl ei farwolaeth, ystyriwyd Rathenau yn ferthyr i ddemocratiaeth gan lawer, ond cafodd pob coffâd amdano ei wahardd ar ôl i'r Natsïaid gipio grym.

18 Gorffennaf 1924: *sefydlu'r Rotfrontkämpferbund (Cynghrair Ffrynt Goch yr Ymladdwyr)*. Cyfundrefn barafilwrol asgell chwith eithafol oedd hon, a oedd yn gysylltiedig â Phlaid Gomiwnyddol yr Almaen. Byddai ei hymladdwyr yn ymosod ar yr heddlu ac ar elynion gwleidyddol fel y Sturmabteilung.

1924–1929: *Y Dauddegau Euraid.* Yn sgil gweithredu Cynllun Dawes (a oedd yn cynnwys cyfres o fenthyciadau rhyngwladol, yn bennaf gan fanciau yn yr Unol Daleithiau, er mwyn lleddfu effaith andwyol taliadau iawndal dan Gytundeb Versailles), roedd sefydlogrwydd ariannol a gwleidyddol wedi'i adfer i raddau helaeth, a'r Weriniaeth yn gymharol lewyrchus. Roedd dinas Berlin ar ei hanterth. Chwaraeodd rôl flaenllaw mewn sawl maes, megis gwyddoniaeth, pensaernïaeth, celf, sinema a cherddoriaeth, ymysg meysydd eraill.

9 Tachwedd 1926: *penodiad Joseph Goebbels yn Gauleiter (Arweinydd Ardal y Blaid Natsïaidd) yn Berlin-Brandenburg.* Roedd Goebbels ar lefel uchaf y Blaid Natsïaidd ac yn un o ddilynwyr mwyaf teyrngar ac ymroddedig Hitler. Arloesodd yn y defnydd o radio a ffilm at ddibenion propaganda. Ac yntau'n wenwynig o wrth-Semitaidd, byddai'n dadlau dros anffafriaeth hiliol gynyddol lem wrth i'r amser fynd heibio, gan gynnwys ymgais i ddifodi holl boblogaeth Iddewig Ewrop yn yr Holocost. Treuliodd ddiwrnod olaf ei fywyd yn Ganghellor yr Almaen ar ôl hunladdiad Hitler, a chyn ei hunanladdiad ei hun (gyda chymorth un o swyddogion yr SS).

1 Mai 1929: *Gwaedfai.* Roedd yna ffrwydrad o drais yn Berlin wrth i Blaid Gomiwnyddol yr Almaen gynnal gwrthdystiadau Gŵyl Fai, gan herio gwaharddiad yr heddlu ar unrhyw gynulliad cyhoeddus. Ymladdodd 8,000 o Gomiwyddion gyda'r heddlu wrth i'r Natsïaid wylio'r frwydr o'r cyrion. Cafodd y Rotfrontkämpferbund ei wahardd yn sgil hynny, ond parhaodd i weithredu'n anghyfreithlon wedyn.

24 Hydref 1929: *Cwymp Wall Street a diwedd y Dauddegau Euraid*. Roedd economi'r Almaen wedi bod yn cael ei chynnal ers pum mlynedd gan arian wedi'i fenthyg gan fanciau Americanaidd dan Gynllun Dawes, ond mynnwyd bod llawer o'r arian hwnnw'n cael ei ad-dalu'n sydyn, ar yr un pryd. Achosodd hynny argyfwng ariannol a fyddai, yn ei dro, yn arwain at y Dirwasgiad Mawr a chythrwfl economaidd. Cyfrannodd yr ansefydlogrwydd dilynol at fethiant gwleidyddol ac economaidd Gweriniaeth Weimar. Cafodd pobl yr Almaen eu dadrithio. Manteisiodd y Natsïaid ar y teimlad hwnnw i'r eithaf.

13 Gorffennaf 1931: *cau Banc Darmstädter*. Arweiniodd hyn at alwadau cryf ar sawl banc arall, a thaniwyd argyfwng bancio yn yr Almaen. Er mwyn atal pobl rhag codi arian o'u cyfrifon a'i gyfnewid am arian gwledydd eraill, caeodd y llywodraeth holl fanciau'r Almaen am dair wythnos. Bellach, mae'r digwyddiad yn cael ei ystyried yn foment arwyddocaol yn esgyniad y Natsïaid.

4 Ionawr 1933: *Cynllwyn Köln / Cologne*. Cafodd cyfarfod cyfrinachol ei gynnal yn Köln rhwng Franz von Papen (cyn-Ganghellor yr Almaen) ac Adolf Hitler. Cynllwyniodd y ddau i ddisodli'r Canghellor Kurt von Schleicher ac arwain llywodraeth newydd ar y cyd. Ychydig a wyddai von Papen, fodd bynnag, iddo agor y drws wrth wneud hynny i unbeniaeth Natsïaidd, y Drydedd Reich, yr Ail Ryfel Byd a'r Holocost.

15 Ionawr 1933: *etholiad lleol yn ardal Lippe (Gogledd Rhein-Westphalia)*. Enillodd y Blaid Natsïaidd y gyfran fwyaf o'r bleidlais (39.48%). Cafodd yr etholiad ganlyniadau pellgyrhaeddol.

30 Ionawr 1933: *dechrau'r Drydedd Reich*. Cafodd Adolf Hitler ei benodi'n Ganghellor yr Almaen (er o fewn clymblaid) gan yr Arlywydd Paul von Hindenburg ar anogaeth Franz von Papen.

27 Chwefror 1933: *Tân y Reichstag*. Llosgwyd adeilad Senedd yr Almaen yn fwriadol. Cafwyd Iseldirwr ifanc o'r enw Marinus van der Lubbe yn euog o gynnau'r tân, ond awgrymwyd gan rai haneswyr iddo gael ei symbylu gan y Sturmabteilung (gweler uchod) i wneud hynny. Cymerodd y Natsïaid y tân yn esgus i atal hawliau sifil, gan honni bod y Comiwnyddion wedi bod yn cynllwynio yn erbyn Llywodraeth yr Almaen.

5 Mawrth 1933: *Etholiad Ffederal yr Almaen*. Yn sgil arestiadau torfol yn dilyn Tân y Reichstag, cafodd miloedd o Gomiwnyddion eu hamddifadu o'r cyfle i bleidleisio. Enillodd y Blaid Natsïaidd 44% o'r bleidlais.

23 Mawrth 1933: *Deddf Alluogi yn yr Almaen*. Pasiwyd 'Deddf Amddiffyn y Bobl a'r Wladwriaeth' a alluogodd Hitler i lywodraethu trwy ordinhad.

7 Ebrill 1933: *cyhoeddi Deddf Adferiad y Gwasanaeth Sifil Proffesiynol yn yr Almaen*. Diben y ddeddf honno oedd cael gwared â phobl Iddewig a 'phobl annymunol' eraill a'u cau nhw allan o gyflogaeth gyhoeddus yn yr Almaen.

10 Mai 1933: *llosgi llyfrau gan y Natsïaid yn Berlin*. Gwyliodd torf o 40,000 o bobl wrth i lyfrau 'an-Almaenaidd' gael eu llosgi yn Sgwâr yr Opera (sy'n cael ei alw'n Sgwâr Bebel heddiw). Roedd yn rhan o ymgyrch hil-laddiad diwylliannol yn y 1930au. Y llyfrau a gafodd eu targedu oedd y rhai a oedd yn cynrychioli ideolegau gwrth-Natsïaidd, gan gynnwys llyfrau wedi'u hysgrifennu gan bobl Iddewig a/neu hanner Iddewig, Comiwnyddion, sosialwyr, rhyddfrydwyr a heddychwyr.

5 Rhagfyr 1933: *diddymu'r Gwahardd yn yr Unol Daleithiau.* Roedd y Gwahardd wedi cael sawl effaith anfwriadol, fel cynnydd mewn troseddu cyfundrefnol a diystyru'r gyfraith.

10 Ionawr 1934: *dienyddiad Marinus van der Lubbe.* Torrwyd ei ben â'r gilotîn dridiau cyn ei ben-blwydd yn 25 oed.

13 Gorffennaf 1935: *ffurfio'r Benny Goodman Trio.* Roedd Benny Goodman yn glarinetydd jazz enwog ac yn ddyn Iddewig. Mewn gweithred feiddgar a dorrodd dir newydd, ffurfiodd Goodman driawd gyda'r drymiwr gwyn, Gene Krupa, a'r pianydd Du, Teddy Wilson. Dyna oedd y band jazz amlwg cyntaf yn yr Unol Daleithiau i gyfuno cerddorion Du a gwyn. Byddai hynny'n helpu i chwalu gwahanfuriau hiliol dros y degawdau nesaf, er mai'n araf bach y digwyddodd hynny.

15 Medi 1935: *cyhoeddi Deddfau Nuremberg.* Tynnwyd dinasyddiaeth Almaenig oddi ar holl bobl Iddewig yr Almaen. Paratôdd hynny'r ffordd ar gyfer dad-ddynoli pobl Iddewig. Byddai'n arwain at erchyllterau'r Holocost.

30 Medi 1938: *Cytundeb Munich.* Arwyddwyd cytundeb rhwng yr Almaen, y Deyrnas Unedig, Ffrainc a'r Eidal a ganiataodd i'r Almaen feddiannu Gwlad y Swdetiaid, a oedd yn rhan o Tsiecoslofacia. Y gobaith oedd y byddai dyhuddo Hitler ac ildio i'w gais yn osgoi rhyfel. Ni chafodd llywodraeth Tsiecoslofacia ei gwahodd i'r trafodaethau.

9 Tachwedd 1938: *Reichspogromnacht (Noson Pogrom y Reich).* Digwyddodd cyflafan wrth-Iddewig ar draws yr Almaen. Er iddi ymddangos yn ddigymell, roedd yn drais cyfundrefnol wedi'i drefnu gan y wladwriaeth Natsïaidd. Roedd yr SS, yr SA a Ieuenctid Hitler i gyd ynghlwm â hi. Cafodd busnesau a chartrefi pobl Iddewig eu fandaleiddio, eu hysbeilio a'u dinistrio. Yn ogystal, cafodd dros 1,400 o synagogau eu llosgi neu eu difrodi. Lladdwyd o leiaf 91 o bobl Iddewig. Cafodd dros 30,000 o ddynion Iddewig eu harestio a'u hanfon i wersylloedd crynhoi.

16 Mawrth 1939: *cyhoeddi Protectoriaeth Bohemia a Morafia gan Hitler*. Cafodd Tsiecoslofacia gyfan ei meddiannu gan Wehrmacht yr Almaen.

1 Medi 1939: *dechrau'r Ail Ryfel Byd*. Roedd yn wrthdaro byd-eang rhwng dwy glymblaid: y Cynghreiriaid (sef y Deyrnas Unedig, yr Unol Daleithiau, yr Undeb Sofietaidd a Tsieina) a Galluoedd yr Echel (sef yr Almaen Natsïaidd, yr Eidal a Siapan).

20 Ionawr 1942: *Cynhadledd Wannsee*. Cafodd cyfarfod o uwch-swyddogion y Blaid Natsïaidd ei gynnal yn Wannsee (Llyn Wann), un o faestrefi Berlin. Galwodd Reinhard Heydrich am gydlynu gweithredu'r 'Datrysiad Terfynol', sef cynllwyn i ddifodi holl bobl Iddewig Ewrop yn systematig.

27 Ionawr 1945: *rhyddhau gwersyll crynhoi Auschwitz gan Fyddin Goch yr Undeb Sofietaidd*. Roedd tua 7,000 o garcharorion wedi'u gadael ar ôl, a chafodd y milwyr Sofietaidd ysgytwad wrth weld graddfa troseddau'r Natsïaid. Bellach, cydnabyddir y dyddiad yn Ddiwrnod Cofio'r Holocost.

30 Ebrill 1945: *cipio'r Reichstag yn Berlin gan Fyddin Goch yr Undeb Sofietaidd*. Roedd yn gyfystyr â gorchfygiad yr Almaen Natsïaidd. Cyflawnodd Adolf Hitler hunanladdiad.

8 Mai 1945: *Diwrnod Buddugoliaeth yn Ewrop.* Ildiodd yr Almaen Natsïaidd yn ddiamod.

17 Mai 1954: *dyfarniad Goruchaf Lys yr Unol Daleithiau yn achos Brown v Board of Education of Topeka.* Dyfarnodd y llys fod gwahanu hiliol mewn ysgolion yn yr Unol Daleithiau yn anghyfansoddiadol. Effaith hynny oedd troi'r dyfarniad yn achos Plessy v Ferguson (1896) (gweler uchod) ar ei ben. Roedd yn garreg filltir ac yn fuddugoliaeth ysgubol i fudiad hawliau sifil America.

12 Ionawr 2008: *pardwn i Marinus van der Lubbe.* Cafodd bardwn swyddogol ar ôl ei farwolaeth gan nad oedd ei euogfarn yn cael ei hystyried yn ddibynadwy bellach.

Rhestr o ffigyrau hanesyddol (yn ogystal a Joseph Goebbels a Louis Armstrong) sy'n cael eu crybwyll yn y nofel (mewn trefn ymddangosiad)

Hans Schweitzer (llysenw Mjölnir): arlunydd Natsïaidd o Berlin, yr Almaen (1901-1980).

Bessie Smith: cantores *blues* o St Louis, Missouri, yr Unol Daleithiau (1894-1937).

Joseph 'King' Oliver: canwr cornet jazz o Aben, Louisiana, yr Unol Daleithiau (1881-1938).

Earl 'Fatha' Hines: pianydd jazz o Duquesne, Pennsylvania, yr Unol Daleithiau (1903-1983).

Lulu White: meistres puteiniaid ac entrepreneur o Alabama, yr Unol Daleithiau (1868-1931).

Harry Carney: sacsoffonydd jazz o Boston, Massachusetts, yr Unol Daleithiau (1910-1974).

Danny Polo: clarinetydd jazz o Toluca, Illinois, yr Unol Daleithiau (1901-1949).

Sylvester Ahola: trwmpedwr jazz o Gloucester, Massachusetts, yr Unol Daleithiau (1902-1995).

George Chandler: taid yr awdur o Lundain (1888-1978).

Marie Chandler: nain yr awdur o Lundain (1891-1970).

Marjorie Heymans: modryb yr awdur (ac un o blant George a Marie Chandler) (1920-2006).

Dennis Chandler: ewythr yr awdur (ac un o blant George a Marie Chandler) (1921-2009).

Lewis Jack Chandler: tad yr awdur (ac un o blant George a Marie Chandler) (1921-2004).

Ray (Renato) Starita: sacsoffonydd jazz o Sisili, yr Eidal (1904-1979).

Armand 'Al' Starita: clarinetydd jazz o Sisili, yr Eidal (1901-1981).

Duke Ellington: pianydd a chyfansoddwr jazz o Washington

DC, yr Unol Daleithiau (1899-1974).

Paul Whiteman: arweinydd band jazz o Denver, Colorado, yr Unol Daleithiau (1890-1967).

Harry Foster: rheolwr y Kit-Kat Club yn Llundain yn y 1920au (manylion pellach ddim ar gael).

Jack Hylton: pianydd ac arweinydd band o Great Lever, Swydd Gaerhirfryn, Lloegr (1892-1965).

Elisabeth Bergner: actores o Drohobych, Ymerodraeth Awstria-Hwngari (heddiw Wcráin) (1897-1986).

Karl Zörgiebel: gwleidydd o Mainz, yr Almaen (1878-1961).

Freddie Keppard: canwr cornet o New Orleans, Louisiana, yr Unol Daleithiau (1890-1933).

Frankie Trumbauer: sacsoffonydd jazz o Carbondale, Illinois, yr Unol Daleithiau (1901-1956).

Bix Beiderbecke: canwr cornet a phianydd jazz o Davenport, Iowa, yr Unol Daleithiau (1903-1931).

Stefan Weintraub: pianydd jazz ac arweinydd y Weintraub Syncopators o Breslau, yr Almaen (1897-1981).

Paul von Hindenburg: arweinydd milwrol a gwladweinydd o Posen, Prwsia (1847-1934).

Max, Leo a Willi Sklarek: brodyr a dynion busnes a oedd yng nghanol sgandal ar ôl iddyn nhw gael eu cyhuddo o dwyllo Bwrdeistref Berlin yn y 1920au hwyr (manylion pellach ddim ar gael).

Wilhelm Marx: barnwr a gwleidydd o Köln, yr Almaen (1863-1946).

Hermann Müller: gwleidydd o Mannheim, yr Almaen (1876-1931).

Heinrich Brüning: gwleidydd ac academydd o Münster, yr Almaen (1885-1970).

Franz von Papen: gwleidydd o Werl, Prwsia (1879-1969).

Heinrich Himmler: gwleidydd Natsïaidd o Munich, yr Almaen (1900-1945).

Magda Goebbels: gwraig Joseph Goebbels ac aelod amlwg o'r Blaid Natsïaidd o Berlin, yr Almaen (1901-1945).

Harald Quandt: mab Magda Goebbels a'i chyn-ŵr, Günther Quandt (manylion pellach ddim ar gael).

Walter Wagnitz: aelod o Ieuenctid Hitler (manylion o fan geni ddim ar gael) (1916-1933).

Hermann Göring: gwleidydd Natsïaidd o Rosenheim, yr Almaen (1893-1946).

Wilhelm Frick: gwleidydd Natsïaidd o Alsenz, yr Almaen (1877-1946).

Adolf Hitler: unben Natsïaidd o Braunau am Inn, Awstria (1899-1945).

Y Tywysog August Wilhelm: uchelwr ac aelod amlwg o'r Blaid Natsïaidd o Potsdam, yr Almaen (1887-1949).

Kurt von Schleicher: swyddog milwrol a gwleidydd o Brandenburg an der Havel, yr Almaen (1882-1934).

Kurt Freiherr von Schröder: uchelwr a chyllidwr o Hamburg, yr Almaen (1889-1966).

Eva Braun: ffotograffydd y chymar Adolf Hitler o Munich, yr Almaen (1912-1945).

Helga, Hilde, Helmut, Holde, Hedda a Heide Goebbels: plant Joseph a Magda Goebbels o Berlin, yr Almaen a gafodd eu lladd gan eu rhieni (1932/1934/1935/1937/1938/1940-1945).

Miles Davis: trwmpedwr a chyfansoddwr jazz o Alton, Illinois (1926-1991).

DIOLCHIADAU AC ESBONIADAU

Rydw i'n ddyledus iawn i'r bobl ganlynol...

Amhosib fyddai gorbwysleisio pwysigrwydd Llinos Griffin. Nid fy nhiwtor Cymraeg ydy hi bellach, ond fy Ngwrw Cymraeg (a Chymreig), ac mae ei chymorth, wedi'i roi yng nghyd-destun yr holl fentrau ieithyddol a cherddorol rwyf wedi ymgymryd â nhw ym myd y Gymraeg dros yr wyth mlynedd diwethaf, gan gynnwys y nofel hon, wedi bod yn anhepgor. Heb Llinos, fyddwn i ddim wedi cyflawni dim.

Ni fyddai modd ad-dalu fy nyled i Nia Roberts, golygydd creadigol Gwasg Carreg Gwalch, chwaith. Golygyddion creadigol yw arwyr y diwydiant llyfrau, a dylid rhoi'u henwau nhw ar glawr pob nofel yn ogystal ag enw'r awdur. Heb ffydd ddiwyro Nia ynddyda i, fyddwn i ddim yn awdur. Heb ei dawn hi, ni fyddai'r nofel hon cystal o bell ffordd, er mai fi'n unig sy'n gyfrifol am unrhyw wallau neu anghysondebau!

Roedd y Prifardd a'r cyn-Archdderwydd, Myrddin ap Dafydd, yn arwr i mi cyn i mi yrru'r drafft cyntaf o *Llygad Dieithryn*, fy nofel gyntaf, ato. Mae ei lyfr cwrs, *Clywed Cynghanedd*, yn dal i fod yn feibl i mi (ac i gynifer o gynganeddwyr eraill), ac nid oedd yr un wasg i mi erioed ond Gwasg Carreg Gwalch, sydd wedi bod mor hael ei chefnogaeth o'r cychwyn cyntaf. Yn wir, atebodd Myrddin fy e-bost cyntaf ym mis Gorffennaf 2020 o fewn deng munud, a hynny yn y nos!

Mae gan yr hanesydd lleol, Steffan ab Owain, gysylltiad gyda'r nofel hon sydd wedi para'r un mor hir â chyfnod cario'r nofel ei hun: sef bron i chwarter canrif. Ymweliad tyngedfennol â cheudyllau llechi Llechwedd ger Blaenau Ffestiniog ar yr 28ain o Fai 2001 a ysgogodd y nofel, ond roedd yr ymweliad hwnnw hefyd yn gyfrifol am gychwyn y broses a fyddai'n arwain, yn ei thro, at ddechrau fy ymdrechion i ddysgu Cymraeg ar y 1af o Awst 2016. Steffan a ddarparodd y cyngor cyntaf ynglŷn â hanes yr ardal yn 2001, a Steffan a oedd mor garedig â'm helpu i wrth i mi wirio ambell ffaith hanesyddol, chwarelyddol ddiwedd 2024 (er mai fi'n unig sy'n gyfrifol am unrhyw gamgymeriadau hanesyddol sydd wedi llithro trwy'r rhwyd, fel petai!).

Mae Vivian Parry Williams yn hanesydd lleol penigamp arall, ac yn gyfaill mawr i mi. Paragraff yn ei lyfr hanes, *'Stiniog a'r Rhyfel Mawr*, a ysgogodd fy nofel gyntaf, ac mae Vivian wedi bod yn eithriadol o hael ei gymwynas o ran darparu gwybodaeth werthfawr dros ben ynghylch sawl agwedd ar y nofel hon, fy ail nofel (a ysgogwyd, yn eirionig ddigon, 18 o flynyddoedd cyn dechrau'r broses o ysgrifennu fy nofel gyntaf!).

Yn ogystal, hoffwn gydnabod cymorth dihafal cyfaill mawr arall o Fro Ffestiniog, sef Iwan Morgan.

Mae Berlin a Blaenau Ffestiniog yn ddau o'm hoff lefydd yn y byd, ac yn gartrefi ysbrydol i mi. Er bod y nofel hon yn wahanol iawn i'm nofel gyntaf, *Llygad Dieithryn*, y ddau le hynny sydd (heb ymddiheuriad) yn serennu yn y ddwy nofel, a hwythau mor agos at fy nghalon.

Diolch o galon i Huw Meirion Edwards am ei eiriau caredig ar y clawr. Diolch i Huw hefyd am ei adborth manwl, ardderchog ar ran Cyngor Llyfrau Cymru.

Diolch i Bedwyr ab Iestyn am ddylunio clawr trawiadol y nofel hon, ac am roi fy syniad gwreiddiol ar waith mewn ffordd nad oeddwn i wedi gallu'i dychmygu.

Diolch i Tiffany, fy ngwraig, am bopeth a wnaeth hi er mwyn fy ngalluogi i ysgrifennu'r nofel: heb ei chymorth, byddai wedi bod yn amhosib.

Diolch i'r Prifardd Aneirin Karadog am fy nysgu sut i gynganeddu (ac, yn enwedig, i englyna).

Diolch i'r Prifardd Twm Morys am roi llais a sawl symbyliad creadigol i mi.

Diolch i Llwyd Owen am ei haelioni a'i garedigrwydd.

Diolch i Chris Baldwin am ei ysgogiad o'r bedd ynglŷn â hanes jazz yn Llundain yn y 1920au.

Diolch hefyd i Marged Berry am roi sylw i'r nofel ar ei phodlediad llenyddol penigamp, Sgribls, cyn iddi hi gael ei chyhoeddi, hyd yn oed.

Fel sawl awdur arall, cefais ysgytiad enbyd gan ddirgelwch y Fedal Ddrama yn 2024 a'r holl ddyfalu a ddaeth yn ei sgil. Yn fy achos penodol i, roedd hynny oherwydd i mi fod yn ymwybodol fod yn y nofel hon sawl cymeriad Du, yn ogystal â chymeriad (eponymaidd) Iddewig. Yn wir, does dim modd gwadu bod hiliaeth yn thema graidd i'r nofel. A fyddwn i wedi mentro'r perygl o'i hysgrifennu ar ôl yr hyn a ddigwyddodd ar y Maes ym Mhontypridd? Na fyddwn, siŵr o fod. Ond roeddwn i wedi ysgrifennu'r rhan fwyaf ohoni'n barod, ac mae hanfod y plot yn dyddio'n ôl i ddechrau'r ganrif. Er i mi ystyried y peth o ddifrif am sbel, doeddwn i ddim yn barod i'w thaflu i'r bin sbwriel ar ôl i mi arllwys cymaint i mewn iddi. Gobeithio y gwelwch chi, ar ôl i chi ddarllen y nofel, fod cariad a pharch wrth ei gwraidd, yn ogystal ag awydd brwd i gondemnio hiliaeth o bob math. Yn hynny o beth, hoffwn dalu teyrnged i Malachy Edwards a Nathan Abrams a oedd mor garedig â gweithio ar y nofel hon a rhoi'u hadborth amhrisiadwy fel darllenwyr sensitifrwydd. Mae fy niolch iddyn nhw'n ddiddiwedd, a hoffwn ddiolch hefyd i Gyngor Llyfrau Cymru sy'n gwneud cymaint bob dydd i gefnogi'r diwydiant llyfrau Cymraeg, ac i Malachy am ei eiriau hael ar y clawr.

Hoffwn ddiolch o galon yn ogystal i'm cyfeillion, Paul Rowlett, Greg Pearce a Daniela Schlick am ddarllen drafftiau cynharach o'r nofel hon ac am eu mewnbwn hynod o werthfawr ynglŷn â llawer o bethau (gan gynnwys gwirio'r darnau Almaeneg ac adborth ynglŷn â'r Nodiadau Hanesyddol yn achos Dani). Chwarae teg i Paul, aeth mor bell â darllen dau fersiwn gwahanol o'r nofel!

Ac, yn olaf ond nid lleiaf, diolch yn arbennig i chi am roi cynnig ar y nofel hon: heboch chi, ni fyddai'r diwydiant llyfrau Cymraeg yn bodoli.

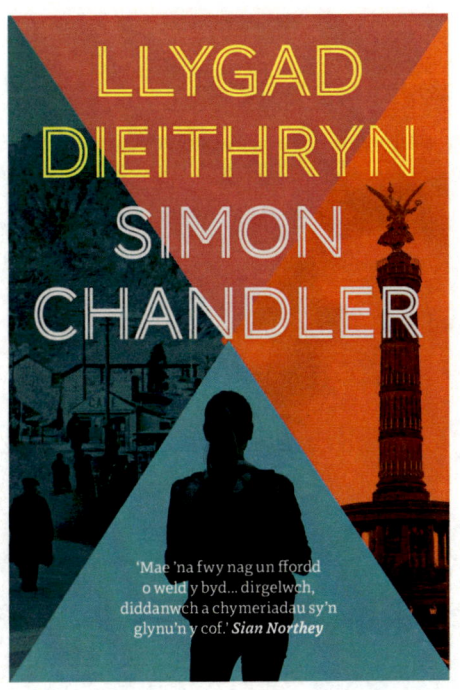

a mwy o lyfrau amrywiol o wefan Gwasg Carreg Gwalch

carreg-gwalch.cymru

CEFNOGWCH EICH SIOP LYFRAU LEOL